琥珀中的生命

未來事务管理局 FUTURE AFFAIRS ADMINISTRATION
编著

中信出版集团 | 北京

图书在版编目（CIP）数据

琥珀中的生命 / 未来事务管理局编著 . -- 北京 :
中信出版社 , 2021.6
ISBN 978-7-5217-2925-2

Ⅰ . ①琥… Ⅱ . ①未… Ⅲ . ①幻想小说—短篇小说—
小说集—世界—现代 Ⅳ . ① I14

中国版本图书馆 CIP 数据核字 (2021) 第 042876 号

琥珀中的生命

编　　著：未来事务管理局
出版发行：中信出版集团股份有限公司
（北京市朝阳区惠新东街甲 4 号富盛大厦 2 座　邮编　100029）
承 印 者：北京诚信伟业印刷有限公司

开　　本：660mm × 970mm　1/16　　印　　张：23　　字　　数：284千字
版　　次：2021年6月第1版　　印　　次：2021年6月第1次印刷
书　　号：ISBN 978-7-5217-2925-2
定　　价：68.00元

目录

目

录

三限律

RULE OF THREE

［美］劳伦斯·M. 舍恩 著
何锐 译

LAWRENCE M. SCHOEN

作者简介

美国科幻作家、诗人及编辑。其作品曾获坎贝尔奖、雨果奖、星云奖等多个重大奖项的提名。曾担任多年大学教授，在人类记忆和语言领域进行了广泛的研究，这方面的背景为他的小说提供了不少灵感。曾担任美国奇幻科幻作家协会(SFWA)的董事。他还是全世界最重要的克林贡语研究者之一。

通俗文艺作品没能让我为第一次接触做好准备。天空中并没有飞满了炮塔林立、架着无数轨道炮和加农炮的星舰，所有的电视和广播频道也没被外星人用“征服宣言”啊“世界和平”啊“奇迹疗法”啊之类的信息淹没。外星人也并没有在联合国或者别的政府首脑面前主动现身。当时我正在华盛顿特区郊外，就坐在公寓里，不期然接到了母亲从加利福尼亚打来的电话。那是个周日下午，我刚订了份比萨，准备在新买的电视上看“大对决”[①]。但母亲打电话来了。她刚接到我外祖母的电话——老人家还住在中国，就在那个小小的山村里。

有个外星人着陆了。

我用信用卡买了机票，两小时之后便登上了飞往北京的航班。我没看比赛，也压根儿没吃比萨。

我父亲是美国人。他大学一毕业就远赴中国贵州教英语。我母亲是他的学生，一个苗族女孩。作为扶贫工程的一部分，她靠着奖学金离开了自己那个边远小村。他们坠入了爱河，然后生下了我。我的外祖母仍然住在中国，就跟她的祖先们一样。屋里没有上下水管，

---

① 指伯克利金熊对斯坦福红雀的传统校际橄榄球比赛。始于1892年，每年11月至12月间由两校轮流作为东道主举办，除两次世界大战期间外从未中断。——译者注

没有电，她照样过得很好。电脑、手机或者电视，这些她一直都没有。她抚养我母亲长大的那间屋子坐落在一片陡峭的山坡上，下头半公里远的地方是河。就在那条河边，按照比她年轻得多但失明了的邻居的转述——实际上给我母亲打电话的是这位：“有个滑稽汉子坐在一颗巨大的珍珠里，从天而降，正在教村里的孩子们一些古怪玩意儿。”

我在两个不同的世界里长大，后来去了美国国务院工作。我母亲给我打电话大概就是因为这个。

美国政府并不知道外星人的事。中国政府也不知道，至少，通过我对北京的那些中国同行们做的模糊试探，我得出的结论是这样。知道有个外星人正造访地球的，只有我的外祖母，她失明的邻居，还有顶多十来个村民，以及他们光着脚的小娃儿们。

下午母亲给在华盛顿的我打来电话。她传来了一个视频，是一个当地孩子用那位失明邻居的手机拍摄的。出乎意料的是，视频的质量还不错，我能听到那小孩边笑边做解说。他前后晃动着手机，把沿岸的一些树木收进画面里，然后镜头移动，显示出河水，还有一个漂在河面上的东西，看上去像是一颗硕大的珍珠。那些树木提供了参照：这颗“珍珠”最少也肯定得有两层楼高。它看上去和地球上的任何东西都不相同，而且绝对跟我外祖母那个偏僻山村里出现过的任何东西都扯不上关系。不过它就是出现在了那里——一个不像任何外星访客或侵略者会着陆的地方。那儿没什么重要的东西，没什么有价值的东西，只有一小批居民，一直与现代世界隔绝——那唯一的手机是个例外。只是，我外祖母在那儿。

事后想来，也许我该把视频传给我的上司，把整个事情都上交给国务院处理。按说是该那么做的。只是当时我脑袋里压根儿没有这个想法——直到我的飞机起飞，我已经上路之后。相反地，某种愚蠢透顶的英雄主义念头让我冲了出去，要去从某种科幻小说里的大麻烦中拯救我的外祖母。

十八小时之后，我抵达北京，感觉自己快要死了。我坐的是一家美国航空公司的航班，这家公司选择提供预制中餐包——里头至少有一包放太久，变质了。起飞一小时后我就吐了，吐得很厉害。我从没这么难受过。飞行中的大部分时间我都待在飞机厕所里，被世界上最严重的食物中毒把肚子里的一切都排了个精光。在着陆前我才勉强挣扎着回到座位上。我难受得要命，但我必须去见我外祖母。航空公司的客服一边不停地为食物中毒向我道歉，一边帮我转了四小时后飞往贵州的国内航班。我被升级到了拥有所有便利设施的头等舱，但半点东西也不敢吃喝，连想都不敢想。三小时后，当地时间凌晨一点过后不久，我结束了飞行，等着我租用的汽车过来。手机上有条留言，是外祖母那位失明的邻居刘大妈发来的，说是我母亲已经提前打了电话过去，我外祖母在等我回去吃晚饭，无论我到得多晚。这关切本来会让我更加难受，但我肚子早已经空空荡荡。我带着准备在途中补充能量的一包巧克力格兰诺拉燕麦棒，目前还碰都没碰，而且我知道之后也没机会了。我又开了三小时的车，在尽可能接近外祖母所住偏远小村的地方停下。两趟飞行中我都没睡觉；我已经跨越了十二个时区，连续大约三十小时都醒着，接下来还得在星光下爬上几小时的泥巴路。

快到终点的时候，太阳刚好爬过了山顶，阳光正将狭谷中的黑暗驱逐。在黑夜中的长途跋涉让我感觉好些了（请注意，并不是康复了），不再感觉难受得要死了。沿着山路往上爬向外祖母家的半路上，我就闻到了她做的酸汤鱼的味道。我感觉那是全世界最棒的香气了。我可亲可爱的外祖母一看见我走近她门口，立马就把我拽了进去，在我面前撂下一个大碗。我足足吃了两碗。泡椒，圆白菜，西红柿，还有本地的鲜鱼，每一口都让我觉得自己恢复了一点。我到家了。

等我从桌边站起来，吃得心满意足了，又觉得自己像个人样了，外祖母开口道：“你的样子真糟糕。大城市的那种生活对你不好。你该吃些真格的食物。”

“是的，阿婆，”我说，“多谢你的汤。太棒了。”

听到这话她笑了，握住我的手说：“别想给我灌迷魂汤，伢子。你跑这么远来不是因为想我的手艺了。你来是因为那个滑稽汉子，是不是？”

我还没来得及问问她那个“滑稽汉子”是咋回事，她已经站了起来，迈步穿过挂在那权作隔断的帘子。我老老实实跟了过去。她的整座屋子其实就一个小房间，比我家里的卧室还小。帘子一边是厨房和工作间，放着一张长桌，还有个巨大的储物箱，另一边是她简朴的生活区，有她的床，一个架子，还有一盏小灯。这里没有卫生间；那些事都在户外完成。在生活区的一角，她把些厚布毯子堆在一起，给我搭了个小窝。布毯上装饰着复杂的图案，由纯粹的白和深沉的蓝构成。

“睡一会儿吧。旅行最终会让我们更加明智，但先会让我们愚蠢。睡一觉，赶走那些愚蠢。等你休息过来了，我们再谈。”

我生在中国，但长在西方。我本科毕业于斯坦福加州分校临床心理学专业，然后在哈佛又拿了个法律学位。我就读于多名才华横溢的教授门下，见过些这世上顶顶聪明的人物。他们当中没人比我外祖母更睿智。

我去睡了。

都怪食物中毒。都怪时差。也可以说两者都怪。总之我睡了大约二十个钟头。这只是个估计，因为在我睡觉期间手机没电了，而外祖母压根不用钟表。四周还黑着，但从挂着的“墙”那边有微弱的光线照过来。我把它拉开，发现外祖母正在处理在一个大罐子里面发酵的树叶。她在做扎染蓝布，尽管几十年前大家都已大规模改用人工合成的靛蓝染料了。这工艺是她七十年前学到的，她家族几百年世世代代都以古法制作，自从来到这个山谷就一直如此。而且按她的说法，她们还没搬来这里之前就已经在这么做了。

我什么也没说，直接去了厨房，往她的橱柜里挨个瞅过去，找到给我们俩泡茶所需的东西。我泡了两杯茶，走了几步，就到了她的工作区域。她停下来接过茶杯，啜了一口，回味了片刻茶香，然后再度回到染布工作中。我边喝茶边等着。要是在我自己家的话，我早就不耐烦了。要是在自己家的话，我会觉得等着这位老妇人过度的宽纵是在浪费时间。但那是在隔了半个世界之外，一种不同的文化当中，甚至可以说是另一个时空中的事情。这里是我外祖母的世界。仅仅是待在这里，不知怎的，我心中所有的急迫感都被抽空了。我不再忧心，不再烦躁。外祖母在做活儿，我则在端详她的面容中度过时光。我看着她肌肤上无数的皱纹，那是岁月留下的印痕；看着她的双眼，其中仍然闪烁着亮光；看着她聚精会神工作时，双唇间偶尔露出的那一点舌尖。

终于她把那罐子树叶放到一边，咂了咂嘴唇，拿起她那杯茶。“你有话要问，你是我见过的最好问的孩子。问吧。”

“为什么你管他叫‘滑稽汉子’？”

她扑哧一声，差点弄洒了茶。“因为他就是很滑稽啊。别问这种蠢问题。”

“人显得滑稽可以有很多种不同的方式。我当时不在场，没看到他是怎么个滑稽法儿。”

“嗯，首先呢，他光着身子。”

“这挺古怪的，”我说，“但我不会说这‘滑稽’。”

“滑稽的不是这个，但要是他穿着衣服，我就不会看到滑稽的地方了。”

“看到什么？”

“他没有雀雀。”她说。

我的脸肯定是红了，因为她随后说：“我还以为在美国的生活会让你更成熟些呢。总之，也许说他是个‘汉子’并不合适，但他也没有女性的身材曲线。所以，是的，我觉得这很滑稽。”

“刘大妈跟我妈说，你看见那人是坐在一颗珍珠里从天而降的。”

“没错。”

我外祖母说的话一直就是字面上的意思。“一个人，哪怕他再滑稽，一颗珍珠又怎么装得下？”

“噢，这个啊，那是颗非常大的珍珠。比这屋子还大。我知道，你肯定已经看过刘家的发过去的图片了吧。”

“你肯定那不是一架飞机，或者直升机？”

“我跟你说了，那是颗珍珠。浅浅的米白色，光彩夺目。那不可能是架飞机或者直升机。它没发出一点噪声，一点声音都没有。”

“你怎么会正好看见了呢？”

“我当时正在下去河边打水的路上。那东西划过天空，然后静悄悄地落在了河上。我看到了。我继续往前，走到水边的时候，那个滑稽汉子已经涉水走到了岸上，在教东西给孩子们了。”

“什么孩子？”

“村里的一些孩子会帮我把水拎回这上头来。他们会在下面那地方等我，带着他们自己的水桶。但那会儿他们丢下了自己的桶，反倒去聚集在高高的草丛中，围着那个滑稽汉子。他正在跟孩子们说话，用自己的手指跟他们的相连，每个都只连接一小会儿。然后双方就都会笑起来，那个孩子会动手扯下草叶，让它们发光，并且飘起来，飘向远方。”

“你说的‘发光’和‘飘向远方’是什么意思？”

外祖母皱起眉头。“就是我说的这个意思。我也纳闷儿得很。”

“然后呢？”

“我叫那些孩子们别再开小差了，来帮我打水。他们来了，而那个滑稽汉子只是看着我。可我还得回来做染布的活，于是就转头回到山上来了。但我觉得这事挺重要的，于是那天晚些时候我去刘家串门，就跟她说了——”

“然后刘大妈给母亲打了电话，她给我打了电话。”我说道。

外祖母又皱起了眉头。“你插话打断我。你可不该跑到我屋子里来打断我啊。绝对不该。”

“对不起，外祖母。”我真心诚意地说道。

我沿着早先来时的路回头走了一截，在一个上来时没注意到的岔路口往右拐。要是走左边那条路，最终会回到我停放租来的小汽车的位置。现在走的这条路带我前往河边。从老高的地方我就看到了下面的河水。就在那里，漂浮着一颗硕大无朋的珍珠，足有两层楼高，三分之一淹没在水流中，样子跟我祖母描述的一模一样。它在隐隐发光，并不耀眼。仔细看看，我发现河水看起来并没有从它边上流过，而是从它里面穿了过去，就仿佛这颗巨大的珍珠压根不存在，仅仅是一幅怪异的全息图，矗立在这个科技产品如此稀少的地方。

山路转了个弯，河面从我的视野中消失了。我继续往下走，听到了一阵阵清脆无邪的笑声。没一会儿路又拐了个弯，然后我走到了一小块草坪上，它往前延伸到不远处的河岸边。我又看见了那颗珍珠，靠得更近之后它看起来更大了，但我没在意它。在高高的草丛里有七个孩子，年龄从三岁到八岁不等。他们坐在那儿，咻咻地笑闹着。外祖母口中那个“滑稽汉子”在他们中间坐着。它看上去赤着身子，肤色苍白，跟它身后水中的那颗巨型“珍珠”类似，但没有光泽。一个外星人。

孩子们没注意到我。最大的三个看起来正缠着外星人，试图把几块水果和一个陶罐里样子像是常温啤酒的东西喂进它嘴里。剩下的正沉迷于某种游戏：他们扯下草叶，往上头吹气，然后把它们抛向空中，让风儿把它们卷起，带走。那些草叶向上飘起，亮闪闪的，似乎在反光。只是这里现在没有风，而且山谷的这一块仍处于阴影中。那外星人站起身来，把几个孩子的头发揉得乱蓬蓬的，从面前的瓦罐里喝了一大口，然后朝我走来。它站起来以后，我得以确认了我祖母告诉我的其他细节。它的身体外形总的来说像是男性，瘦瘦高高，像是个游泳运动员。它的腿部和躯干连接的地方一片平滑，没有性别特征，而且也没有肚脐。

“你的一部分处于‘无生’的黑暗中，”它说，“我几乎看不到你。”

我花了一小会儿才把这话听明白。我不知道这怎么回事：也许我之前期待听到的会是英语或者汉语吧。但它说的是苗族人的语言，就是我外祖母从小说到大的那种，是这山谷中使用的语言，是那些不再发出笑声，正目不转睛地望着我俩的孩子们所用的语言。我小时候从我母亲那里学到了这种语言，长大以后跟着一位大学教授研究它。那位教授带着西方人的傲慢称其为“赫蒙语”。每个词我都听得懂，但理解不了这句话的意思。

我把视线转向那些孩子们。这次我的注意力转移到了那边，集中在我的大脑在第一眼看过去时拒绝相信的那难以置信的景象上。他们扯下来然后抛出去的那些草叶，是真的在发光。也是真的在飘飞。

“孩子们在干什么？”我问道。

外星人微笑着说：“他们在让草变化。我教给他们一个小戏法，他们教我说苗语。”

“你怎么做到的？还有，他们到底对草做了什么？”

它皱起眉头：“抱歉。这些问题都很可贵，但我的脑海中还缺乏一些概念，无法准确地用你们的语言来形成答案。他们只是些孩子。我曾希望他们迟早会把我带到某位他们的父母面前，或者是带来一位成年人。一位能教给我更多你们的语言的人。”

这是个好的开端。就算这并不真是第一次接触，至少也是第一次意义重大的接触。“我就是个成年人。我能教你吗？”

外星人叹了口气。“现在不行。也许永远都不行。就像我刚才所说的，你部分处于‘无生’的黑暗中。”

“‘无生’是什么？”我问道，然后加了一句，“哪部分？”

外星人没有回答，而是在最年长的那个男孩身旁跪下，伸出了一只手，掌心向外，手指张开。男孩把自己的手贴了上去，他们十指交叉。二者都闭上了眼睛，朝对方靠过去，直到他们的前额紧贴在一起。仅过去了一刹那的工夫。他们俩微笑起来，松开了手指，然后那外星人站起身来，再度面对着我。

“你的衣服。你的鞋子。还有……另外某个东西，在你的什么来着……口袋？是的，在你的口袋里。”

我把手伸进自己的裤袋里，掏出我那派不上用场的智能手机。

“是的，就是那个。‘无生’的黑暗。”

“它当然没有生命。那是个手机。”

“你理解错了。不是‘没有生命’。是‘无生’。”

“还有我的衣服？”我问道。

“也都一样。你黯淡无光，要看见你很困难，而那些衣服让这更加艰难。这些孩子们是明亮的。”

我低头看了看自己的衣装。我穿着一双顶级的多功能运动鞋，因为我知道我外祖母这边山上的土路会毁了我平时穿的正装皮鞋。休闲裤是涤纶的，土黄色。棉纶混纺衬衫，淡蓝色，长袖，前面有整排纽扣，带有让领子平整的黄铜领撑。我是美国国务院多元化项目的活样板。那些孩子们穿着很简单，和我恰恰相反：家中织布做的短裤，用手工搓的绳子系着；他们穿着的汗衫也是同样的材质。他们多数人光着脚，但有两个穿着拖鞋——和腰带一样是用麻纤维手工制作的。

“抱歉，”我对它说，“我听不懂。这些只是衣服啊。”

“事关‘三限律’。”它答道。

我摇了摇头。

“你的上衣。是你做的吗？”

“做？”

“是你亲手织成的吗？”

“不，我……”

“织成它的人也是加工制造它的原料植物的人吗？”

“我敢肯定，一定不是。”

“种植和照料那些植物的人就是加工的人吗？”

“你到底想说什么？”我问道，“制造我这件上衣的过程中大概有几十个人，甚至几百个不同的人参与。纺织产业涉及的地域很广，人手很多 。如果考虑到运输和销售就更是如此了。”

外星人皱着眉头：“这话里有好几个词我都不懂。不过想想看那些孩子们的衣裳吧。说说看它们的来源。是他们自己做的吗？”

“大概是他们的父母做的吧。或许有跟他们的邻居以物易物，交换制衣的原材料，或者直接交换成品。”

它冲我点头微笑：“如果我做了一个东西，我是‘一’，那东西中充满了我赋予它的生命力。如果我把它给了你，你是‘二’，那东西仍然能感知到跟我的联系，从而保持生命力。如果你把那东西再给了别人，那个人就是‘三’。那件东西仍然和我保持着联系，我的生命力仍在其中引起共鸣。距离不重要，但这个数字很重要。三就是极限了。把我所做的东西再给第四个人，它就不再能探测到我。联系就会断开。‘无生’便会涌入，填补其中的虚空。结果就是，它不再能被轻易察知了。它成了黑暗的，没有活力的。”

我咽了口唾沫：“你所描述的几乎包括了所有工业制品。所有地方都是这样。”

“并不是所有地方，但……没错，你们的世界大部分都是黑暗的，‘无生’翻涌。我曾担心会压根没法找到任何人。我在你们世界的停留时间非常有限，但我需要跟某个我能感知到的人交谈。这山谷里只有少许黑暗的斑痕。我来到这里，找到了这些孩子们。他们身上充满了生命力。但你没有，你在我看来是黑暗的。”

我忽然来了灵感，动手解开我的上衣，把它扯下来，丢到一边。孩子们看得咯咯直笑。“好些了吗？”

外星人微微一笑：“好多了。你还是黯淡的，但不再像先前那样被黑暗覆盖包裹了。”

我松开鞋带，脱掉鞋袜。我不太喜欢小孩，因为我自己肯定是没打算制造自己的小孩的。但有这些小孩在场，我早就学会了要随机应变。我对一个比较大的孩子招招手，承诺给他三根燕麦棒，换来了他的背心，把它卷起来，当成一件简陋的苏格兰裙。接下来我脱掉长裤，还有内裤，摘下我的名表，还有我的大学纪念戒指。我把所有这些堆成一堆，然后朝外星人走过去。

“现在呢？”

“现在我眼中你更清晰了些。你仍然黯淡，你的身体被之前吸收的‘无生’染黑了，但你的状况正在一点一滴改善。”

“吸收？”我想了想在离开哥伦比亚特区前我吃的最后一顿。我搭上航班之前，在机场匆匆抓起的一个汉堡。里面的预制牛肉饼，是从某个仓库里冷冻装船运来的，又是在某条大概几百英里之外的装配线上粘合成形的。面包和调制奶酪片也一样，那些炸薯条肯定是用隔着半个国家的爱达荷州种的土豆做的。从牧场和农场算起，到我吃它们的那一刻，有多少双手碰触过它们？我成年后吃进去的几乎所有东西都违反了外星人所谓的三限律。对于住在地球上任何一个城市里的任何一个人，情况也基本是一样的。喂养了人们，变成他们的肌肉和骨骼，给他们生命的食物，按这外星人的说法，所有这一切都是“无生”的。它之前说害怕压根找不到人是不是就是因为这个？全世界的好几十亿人对它来说都是黑暗的？但如果是这样的话，为什么我只是“黯淡”而已？

我头晕得厉害，其中一部分原因是这位外星人给出的奇怪解释，还有一部分是因为我见到了外星人。我头重脚轻还因为时差，需要更多睡眠，还有，我肚子感觉饿得不行，尽管有我外祖母做的超级美味的酸汤鱼……酸汤鱼，莫非就是因为它，这外星人才发现我在变得不再那么黯淡？我飞行途中食物中毒导致的上吐下泻是否也从我身体中除去了一些违反三限律的食物造成的影响？这条规则适用于所有我穿在身上或者吃进身体里的东西吗？不仅是食物，还有我吃的所有维生素和其他补剂，我曾摄入过的任何药物，还有用过的须后水和古龙水。细节无关紧要。重要的只有三限律。“是的，”我说道，“吸收。明白了。”

孩子们没说话，却都默契地站起身来，要走了。每个孩子都拿着一小片淡绿色织物，不知是他们用那些草怎么编出来的。他们把这些玩意全部交给了两个年纪较大的男孩，这两个孩子花了几秒钟就把那些独立的小片织物给合拢在了一起。把自己马甲借给我的那个孩子走近我，递上一条微光闪烁的短裤。我转过身去，把短裤穿上，然后把我的临时遮羞布脱下来。然后孩子们一边跑开一边挥手告别，羞怯地说着“再见”。不知他们是去别处继续玩耍，或是各自回家。

我的短裤发出一种律动的柔和光线，形成独自的节奏——比我的心跳节奏快些。感觉……很轻盈。

“你不会飞走的，”外星人说，“我没教他们那么多。”

“但你可以？”

“大概。我不知道他们或者你能学到多少，极限在哪里。但多半可以吧。”

“那你教了什么？”

“只是些外在的戏法儿，跟草叶说话，说服它改变自己的本性。”

站在这儿跟一个外星人说话是一回事，把所有科学信条全都废弃可完全是另一码事。不过……“草能说话？”

它笑了。“不，不能像我们这样说话。但所有活着的东西都包含信息，它们了解自己，会内部交流这种认知。要我给你演示一下吗？”

它靠近我，将一只手伸了过来，五指叉开。我之前没注意到，现在才发现它的小指实际上是第二根拇指。我抬起自己的手，让我的手指跟它的十指交缠。有种轻微的刺痛感。时间停滞了。有种奇怪的感觉，要我描述的话我只能说像是……一个杯子被倒满了茶水，茶水被喝掉了，然后又倒满了，这时候杯子肯定就有这种感觉。然后我的手被松开了，外星人往后退了一步。在那一刻，它不再仅仅是个外星人了。它有名字。我的脑子里有这个名字的念法，可我发不出来那个音，那些音节无论是在英语、汉语还是地球上的其他语言中都不存在。那是个单音节词，和它的发音听起来最接近的是“弗姆”，一个苗族名字，意思是“赐福”。

“啊，好多了，”它说道，“毫不奇怪，你有那些孩子们缺乏的词汇和概念。继续之前的话题吧。不，草并不会说话。那只是种比喻。我教给那些孩子们的，确切点说，是如何哄骗草叶改变其本身的遗传编码物质，达到某些特殊的效果。”

“比如发光？”

“是的，利用一部分它储存的能量进行自体发光。”

“还有飘浮？”

“唔，这个解释起来比较难。你们没有这方面的科学知识，你们的技术手段全都是黑暗的。”

“你对我们的技术了解多少？”

“只有在我们短暂的融合中我察觉到的那些。其中的核心，你们称之为‘假设检验’的部分，我们是共同的，但你们所关注的完全是外在，而且，你们所知晓的几乎每样东西都被你们努力往违反三限律的方向应用。”

“这让它们变得黑暗？并且成为无生的一部分？”

弗姆又点了点头：“是的，理解完全正确。”

我的思绪飞转，过去种种间的关联逐步就位。从我母亲那个电话算起，我坐了一天的飞机，其中还因为食物中毒上吐下泻，然后又开了好久的车，还加上徒步跋涉，才到了这个小村，这里的人们生活方式和他们千年前的祖先们别无二致。而在这整个过程中我都没敢问问自己，我为什么要来。我并不代表美国国务院。如果他们知道这事，他们也许会因为我的亲属关系和语言能力让我加入派遣队，但也有可能不会。我来这里当然也绝不是因为中国政府的授意。我也不是为了成为第一个和外星人接触的西方人而来——这不仅疯狂、危险，而且毫无意义。回想起来，我觉得我大概是在某种潜意识的层面上，通过刘大妈视频中的惊鸿一瞥就知道了弗姆代表着未来，知道它其实抵达的是我外祖母的家门口，一个坚实地扎根于过去的地方。我是来成为一座桥梁的，在这一刻，外星人证实了我的理解之后，我知道这个世界被扭曲了。

带弗姆去会见世界领袖的那种经典桥段用不上了。它压根就看不见他们。原因或许是鹅肝、上等肋条，或许只是一个快餐芝士汉堡、一杯方便面，又或者是抗生素、降胆固醇药物，总之这个外星人看不到这颗行星上任何一位总统、主席、国王或是外交家，因为在弗姆眼里他们都是漆黑一团。就算他们刻意对自己进行净化，就像我无意中所做的那样，就算他们吃到了外祖母的酸汤鱼，或是食用他们亲手捕捉、烹饪的鱼，还有那些他们所最珍视的东西：计算机、空调、汽车、智能手机、医院、器官移植、电网、交通基建、导弹防御系统……从农业世界到工业时代，经过原子时代进入当今的信息时代，我们这一路上取得的所有成就，一切，都是黑暗的。无生。

这些念头在我脑中奔涌，其间弗姆一直静静地站着，好像一座雕像。完全没有呼吸。它之前有过呼吸吗？

“在我们……接触之后，你的词汇增加了。”我说。

“我们做了共享，”它答道，“我获得了更多你们的语言，更多复杂的概念，你们认知过程的模式和决策经验法则。这大大完善了我对人类的理解。谢谢你。”

“你刚才说‘共享’。那我获得了些什么呢？”

“洞察。”它笑的时候嘴咧开来，我看到它没有牙齿，“你之前的世界观是建立在许许多多你以为是普适的理念之上。我让你看到，尽管这些信念可能在局部还是真的，但在真正的普适层面上，只有三限律而已。就在此刻，你也正在领会这一点的影响。”

通俗文艺作品错了。弗姆到这里不是来终结战争，也不是来分享能治愈所有已知疾病的疗法的。它说它不会在此久留。要趁着它还在地球上，从它那里有所收获，这只能在一个很短的时间段里完成。这当中绝对不会有任何美国大使或者外交家出现。中国官员也来不了。这里只有我的外祖母，盲眼的刘大妈，几个学会了如何弄出会发光、会飘浮的草叶的孩子们，他们那些对自己的孩子们和外星人接触一无所知的父母，还有我。实际上，我能依靠的只有自己。

“我对你们的太阳系已进行了将近一世纪的探索，”弗姆说道。

“出于什么目的？”

“编制目录。”弗姆领着我走下河堤。一颗巨大的珍珠踞于水中，就在不到十米开外。“用你们的说法，我是个完美主义者。光是依次造访木星的每颗卫星就花了我超过十年。其中有些真的很壮观。我并没有说你们自己的月亮没意思，只是我在那儿了解到的东西还有待理解消化。它是我在这个太阳系中的倒数第二个目的地。我把你们的星球放在最后。”

我们走进河中没几步，水就没过了我们腰间。河水冰冷，但水流并不太急。

“你在我们太阳系的别处找到生命了吗？”

“生命是有的，但没有像你们一样有自我意识和智慧的生物。我也在别处发现了死亡，但只有在你们的世界才有无生。恕我冒昧，你会游泳吗？”

“不好意思，你是说？”

“我想请你踏进我的家中，不过河水有点深，得游过去才行。”

“哦，我会游。”

“很好。那就来吧。”

于是我们往前游去。靠近些之后我能看出来，那珍珠并不是放在河床底下的，而是浮在水中，部分在水下。我们快要够到它的时候，弗姆往下潜了大约一米，然后直接游进了珍珠的曲面中。它穿进去的时候没有带起半点涟漪。我闭上眼，照做了。

在应该撞上珠子边缘的时候，我什么都没碰到。又过了一会儿，还是什么也没碰到。我睁开眼睛，往上方游，去换口气。我冲开水面，然后发现自己不知怎的已经身处巨珠的内部了。珍珠质的内墙熠熠生辉，照在弯曲的梯级上。梯子在正当中盘旋而上，通往上头的壁龛和平台。弗姆已经抓住了梯子，爬出了水面。内墙低处凸出了一块，形成一张长凳，它正坐在上头等我。

弗姆是个外星人。它是从星空中来到地球上的，这也就意味着我现在身处它的太空飞船之内。

于是我说："拜托，能给我解释一下吗？"

"没问题。"

"这是你的家？"

"是的。"

"但它也是一艘飞船，对吧？你就是乘着它到我的世界来的。"

"是的，你的理解是正确的。"

我晃了晃脑袋，跟它一样从水里出来。"我不觉得。一艘做星际旅行的飞船怎么可能不违反三限律？"

"因为它是我自己做的。"

"这怎么可能？当然，你说过你已经在这太阳系待了一个世纪了，所以你比我的族类要更长寿，但无论如何一个人怎么可能全凭自己造出像太空飞船这么复杂的东西？"

"这是我的家。我的家还能由别人来造不成？"

"但你怎么做到的？"

它招手让我到凳子边上去。那只手上的两根拇指摇晃着，做出个奇怪的手势。"你们这并不是我到过的第一个黑暗世界。你们对于科技的所有认知都存在于黑暗之中。靠着这些科技，你们的人冲破了你们的大气层，甚至曾站立在月球之上，同时一路散播无生。我没法直接看到这些飞行器或者是搭乘它们飞行的人，我觉得那里面应该有人，只能看到它们的黑暗。你们利用你们科技的力量去束缚宇宙，为你们的目的服务，而不是与那些力量合作，让它们自我表达，并实现互利。”

我朝四周发光的墙面摆摆手。“我实在搞不懂。”

“你懂啤酒吗？”弗姆问道。

“啤酒？”

“一种饮料。那些孩子们给我带过一些。那玩意儿让人……神清气爽。”

“我知道啤酒是什么。”

“你知道它是怎么制作的吗？”

“什么？”

“成分，工艺。”

瞬间我回忆起了我大二那年，想起了我那位室友，他把我们大寝室里属于他的那一半给变成了个私酿啤酒的窝点。“唔，谷物，我想是大麦吧……还有啤酒花……”

“所以只要把大麦和啤酒花放到一块儿，然后就得到啤酒了？”

“什么？不，还得发酵。”

“怎么做？”

“呃，得把谷物加热、碾碎，然后做成麦芽浆，也就是把谷物浸泡在热水里，好让糖分跑出来。”

“为什么糖分会这样？”

“我不知道。酶？我的化学不怎么好。”

“然后呢？”

“得把热水连同其中所有的糖分一起倒掉，然后把啤酒花加进去，接着全都一起煮开。等冷却以后过滤，再加入酵母，它会把糖分变成酒精。这过程还会释放出二氧化碳，这就是为什么会有气泡。然后就得到啤酒了。”

“你喜欢喝啤酒吗？”弗姆问道。

我不由得咧嘴一笑。“我当然喜欢，大多数人都喜欢。”

“如果你从没见过啤酒，没尝过它的味道，也没闻到过它的香气，对它一无所知，你觉得你看着那些成分，大麦、啤酒花、酵母和水，能看出它们会变成什么东西吗？”

这算是个什么问题？啤酒……就是啤酒啊。它哪儿都有，一直存在，不是吗？肯定是历史上的某些人发现了发酵过程，比如说空气中的酵母菌落进了接雨水的桶里，桶里正好有些腐烂的水果之类的。也许类似的事情发生了许许多多次之后才有人喝了一大口——后果是人类史上的头一次宿醉。

“不，我想不能。”

“这是个自然的过程。为了酿造啤酒，你和自然的本性合作，跟从它们自身的道路。就啤酒这个例子而言，各个部分都是外在的，但即便如此，三限律也会作用于每个环节。我用差不多的方式创造出了我的家，尽管可能更加直接些。通过内在的途径。”

它又把一只手伸到我面前，五指的指尖捏合在一起。在它指尖相接的地方出现了一粒白色的液滴。它渐渐长大，变成了一颗小珠子。

“你之前问过我教给孩子们能让那些草飘起来是怎么回事。这跟那个类似，但更进一步。他们教会了那些草叶改变自己的性质，而我学会了改变自己的性质。就像大麦和啤酒花变成了一种在出现前都无法想象的东西，我也是同样创造出了我的家。”

那颗珠子变大了些，成了一颗圆滚滚的珍珠，灰色表面上溢满虹彩。弗姆分开拇指，这颗新创造出来的珍珠悬浮在空中。它弹了下手指，珍珠便飘动起来，先是向上，然后向下，接着绕着它的脑袋转了两圈，最后飞过来落到我的手中。

“怎么可能……”

“就跟你们的啤酒差不多。一个奇迹——直到你明白要怎么办到。公平起见，我得说这珠子是小号的。要造出跟我家这么大的一个，那你至少得花上一年。”

“你在开玩笑吧？你是说我也能做出这个？”

弗姆再度伸出一只手，握住我的手，把新形成的珍珠压在我的掌心。“毫无疑问，有些你的同族做出来的东西并非全是黑暗的，那些东西很美妙，比如你们的语言，还有啤酒。这些都是难能可贵的。我希望能体验到更多的这种事物。不过实际上，我更感兴趣的是艺术。”

“艺术？”

“每个有智慧的种族都会展现自己的文化，制作出宣示自我身份认知的记录。这样的艺术超越了单纯的语言，其生命常常比制造者更为长久。在你们的世界中这未被无生触及的角落里，我希望能邂逅这样的艺术。这就是我来此的原因。”

下午晚些时候，我回到外祖母家，把我原先的衣服换成了一套简朴的衣裤。它们曾属于我的外祖父，我出生以前就被放在那儿，没人再动过了。两件对我来说都有点小。几十年前我外祖母从另一个邻居那里买来了布料，然后她亲手缝出了衣服，这样一来我是拥有者链条上的第三人，因此在三限律的规范下是可以接受的。我吃了晚餐，是她亲手准备的，用的食材都是她自己种出来的。那天晚上我睡得多年未有的香，这多半是因为我一直在干活：为我外祖母往山上打水，专心致志于上了年纪的她难以完成的琐事中，直到有个邻家的孩子被派来帮忙。我梦见黑暗正在离开我，被符合外星人规则的营养所取代，又或者随着劳动时出的汗被排出身体，那些劳作也满足同一条规则。我还梦见了啤酒，以前我从没觉得它有那么了不起。

弗姆在见到孩子们之前对啤酒一无所知。它瞬间就通晓了水和糖转化为酒精和二氧化碳的工艺流程。但发酵本身是新的，是一个奇迹。显然，它想要更多的奇迹。世界上那么多的食物都已经被转化为加工成品，甚至自然生长的产品也被改变了性状。像玉米这样简单的东西不再是单独存在的，而是被转化成了高果糖玉米糖浆，一种添加剂。按照外星人的标准，它会让所接触的一切都变得黑暗，但是无疑还有些别的天然工艺存留。蜜蜂仍在生产蜂蜜和蜂蜡，牛奶和凝乳酶还在造出奶酪。弗姆会认为这些都是奇迹么？它会拿出什么知识来交换？

早上我回到了河边。没有孩子在等我，不过到底是他们今天放假还是弗姆把他们打发走了，我说不好。外星人从珍珠屋里游了出来，爬到岸上，跟前一天一样光着身子。

“你身上的黑暗更少了，”它说，“你感觉到了吗？”

“好像感觉到了。我一直在想这个问题，想我们昨天在你家的谈话。我有个建议。”

“具体指的是？我们说了不少事。”

“交易。我可以给你展示一些东西，跟啤酒的制作类似。作为回报，你可以给我展示什么？”

弗姆露出一个咧嘴大笑的表情——没有龇牙，它没有牙。“我会教给你看待你们世界的新方法。还有体验你们世界的技巧。”

“从实用角度来说，它有什么意义吗？是可以终结疫病？长生不老？还是可以太空旅行？”

“是的，所有这些都是可能的。但我希望交易公平，你得介绍给我一些未被黑暗玷污的工艺，就像啤酒的制造那样的。或者是一些艺术典范，那就更好了——如果这里能找得到那样东西的话。”

“我想我办得到。你知道蜡染吗？”

我说服了弗姆跟我一起回外祖母家，不过我心里很有些忐忑。外祖母昨天已经完成了蓝布的制作，正在布料上雕琢图案，为染色做准备。她在门口迎上了我们，拿着我过世外祖父的另一套衣服。

“你是个滑稽汉子。”她说道，“而我是个老太婆，但你不是个孩子了，纯真代替不了衣服。想进我家里来，就得穿上衣服，要不你就回去，两条路你自选吧。”

我吓得往后一缩。我完全没想到会这样。外祖母居然这样对待拜访地球的第一位外星人。我心中顿时充满恐惧，古往今来的外交家如果看到外祖母这样对待外星人，心中一定会充满同样的恐惧。

弗姆眼都没眨一下——它能眨眼么？

“当然啦，阿婆。您的慷慨大方让我深感荣幸。”它转过身背对着她，动作跟昨天那些孩子们给我短裤穿的时候我的动作差不多。它昨天是看见了的。它披上了那套旧衣裤。褪色的布料让它的肤色越发显得苍白，但外祖母满意了。她把我们迎进家里，在她的工作台前坐下，示意我们看好了。她拿起一把小刀，从一个火上的小罐里蘸了些正煮到沸腾的蜂蜡。她这些动作我看过上百次了。我母亲小时候也学过蜡染，还动手实践过这种技术，直到她十几岁那年，一项社会福利工程让她有了上学的机会，最终让她遇到了我父亲。

“她在干什么啊？”弗姆问道。

这会儿外祖母看起来正在攻击一张撑在她面前的老大的白布。她手中的刀锋所及之处，蜂蜡形成了复杂的图形。

“这叫蜡染，”我说，“这种样式可以追溯到一千多年前，追溯到这颗行星上一切尚未变得黑暗的年代。”

弗姆点点头表示同意。“无生从未触及它，但这是什么？”

“艺术，她正在布上用蜡创造图案。”

“而艺术就在于蜡和布之间的互动？讲述了某个故事？”

“不太对。蜡是暂时的，它会被融掉。”

“所以这是消失性艺术[①]？艺术在于对那些之前有蜡的部位所形成图案的记忆？”

“不，是完全不同的东西。等她在蜡上弄完这些图案之后，布料会被放进靛蓝染料里面煮开。”我让它注意那罐叶子，很快就要用它们做染料了。

“白布会变成蓝色，”弗姆说道，“但你说布要用开水煮？蜡肯定承受不住的。那精致的图案就消失了。”

“是故意让蜡消失的。但在此之前，它会阻止染料给那部分布料染上颜色。在蜡存在的地方，布料会仍然是白色——”

“于是图案被保留下来了！”弗姆几乎是大喊起来，“你有样品吗？拜托，我一定要看看。”

蜡染是我母亲族中的家传手艺。一代代人奉献出她们的一生，织布，做靛蓝，设计最最奇妙的蜡染图式。有些苗族人最伟大的艺术品在这样的家庭里被创造出来，储藏累积，然后被装车运出大山，从小村进入城镇，那里存在着时间和进步，以物易物被商业取代，无生在那里成长，蔓延。

我的外祖母是个艺术家——尽管我这么喊她的话会被她骂——她拥有数十年的经验和专业技术。在遥远的上海有个买家，一年派一位助理过来两次，以出售价格的一个零头买走她创作出来的所有东西。

---

① 一种艺术形式。有几种不同含义，这里指创造时即规定或者设定存在时间短暂的艺术形式。——译者注

但我外祖母本来就没多少需要或者想要的东西，几只鸡，菜地的种子，一块磨刀石——隔很久才需要一块。她也有些钱，但她从来都不碰，就让那些钱在一个账户里面放着，然后用来支付我妈每年飞过去一次的费用，或者是寄给村里的一些孩子们用作学费。那些孩子们选择把这里的生活抛在脑后，去远方的城市求学。

外祖母正坐在那儿全神贯注地做活儿。于是我把弗姆带到了房间后面的箱子旁。这边我几年没来了，但外祖母不会把完成的作品放在别处。我掀起盖子，现出了她的艺术作品——要形容的话，我只能说那好似花团锦簇。

外星人默默地向我征求了许可，然后把它们从箱子里一件件拿出来，展开，伸直胳膊举起来看。设计完美无缺，精致细密，令人叹服。有些是富于幻想色彩的花鸟虫鱼和自然景观。其他完全是抽象的复杂图形，它们的出现比曼德勃罗发现分形[①]要早得多，可表现的也是相同但越来越小的一系列几何结构。每一件都是完美的作品。

弗姆说道："这就是我希望找到的。完全由一而来。"

"由一而来？"

"一个来源，一个源头。布料，染料，图案，全都来自她。"

"没错，"我说，"你的三限律。所以，她可以把这些拿一件给人，那东西并不会变得黑暗？"

"不会，它还可以再给到另一个人的手上，仍然不会。"

"你想要一件不？拿一件装饰你的家？"

"这样的珍宝？"弗姆降低了音量，跟我窃窃私语。虽然我外祖母目前压根没有听到它说任何话。"她会把这样的一件东西给我？"

---

① 又名曼德勃罗集合，是在复平面上组成分形的点的集合，一种分形图案。——编者注

“如果我诚心求她的话，会的，”我说，“特别是如果我解释说你从那么那么遥远的地方来这里，仅仅是想要这么一件，她做出来以后已经忘在这箱子里好久的东西。”

“那敢情好。不过，我能再要求一件事吗？她会不会乐意分享她的技术，教会我自己做蜡染？有可能吗？”

我忆起了过去，想起了她强迫我坐在同一张工作台前，拿着一把刀和一块用来练习的布料，那时候我母亲正好回去看她，而我当时只想要出去跟别的孩子们一起玩。我笑了。

“我想那会让她非常高兴的。”

外祖母答应授艺给弗姆，但拒不接受它那种指尖相接式的知识传输方式。她教它的方式就跟她自己当年学习的方式一样，她教我母亲，以及试图教我的时候也是用同样的办法：跟她一起坐在同一张桌前，一只手里拿着一把刀，一小罐蜡液放在称手的地方，还有一块空白的布料，在上面练习最简单的那些图案。弗姆学得很上手，师徒俩谁从中获得的快乐更多，我说不好。

第二天，弗姆伴随着第一缕晨光来到了外祖母的房前，跟我们一块吃了顿简单的早餐，然后开始工作。首先是一段简短的授课，然后花上几小时练习它已经学到的东西。也许是因为那根额外的拇指，也许是因为它隐约提到过的那一事实：它已经好几百岁了，所积累的经验是地球人数倍；又或者仅仅是因为这外星人是个外祖母挖掘出的蜡染奇才。不管原因到底如何，总之，在进行基础技术学习，并同时观察我外祖母的工作五天之后，它在自己的布料上绘图时已经看起来跟它的老师同样自信，而且同样迅速。在第五天的最后，它那块布料被染上色，蜡被煮掉，在曾有蜡的地方的布料没带上颜色，它得到了自己第一件蜡染作品。

效果好得惊人：一小块彩锦，上面是炫目的白和明艳的蓝。里面有一套图形，描绘出太阳系，还有弗姆的那珍珠屋子，画出一根趋近地球的螺线。

“很不错，”外祖母说，“你很有天分，它的界限只在于你梦想的边界。”

“我的族人不做梦。”弗姆说道。

“滑稽汉子，也许你们只是在醒来以后不记得了呢？”

它笑了。“也有可能。当然，我也设想过做梦会是什么感觉。”

“这是个不错的开始，下次把你的想法画到布上。”

“画到布上？”我插了一句。我跟外祖母和弗姆一起坐在桌前，一直在忙着做笔记，用的是个手工制作的笔记本，我从一位邻居那借来的。

“我们制作的图案比言语更能清晰地传达意思，”外祖母答道，“如果你学得用心点就该明白。这位滑稽汉子就明白。”

弗姆颔首致敬。我从桌边离开，给大家准备茶水。过去这几天我对蜡染的贡献一直仅在端茶倒水而已。我给师徒二人倒上茶，端着自己的杯子坐回座位上。外星人抬起头，把它的手覆在我祖母的手上。不是它曾跟我和那些孩子们那样子十指交叉的方式，只是一次简单直接的接触，以示对接下来的话的郑重态度。

“我该给您什么知识作为回报呢，外祖母？”

“知识？嘁！我都是老太婆了。我这辈子都跟我母亲一个样，她跟她母亲一个样。我的女儿和外孙一直坚持说，这世界变了。确实如此，但在这里变化没那么大。从他的母亲还是个小女孩那会儿开始，我就已经没什么需要的知识啦。”

“但你把知识分享给了我，我回家乡后会再跟其他许多人分享的！这礼物太伟大了。肯定有什么我知道该怎么做的事情是你会喜欢的。”

“你学得这么好，这么快，我已经心满意足啦。我这外孙渴望新事物。如果你想教什么东西的话，教给他好了。”

外星人转向我。它那杯茶到现在都没动过，它凝视着我，那份压力让我也放下了我自己的杯子。

“我来学蜡染完全是因为你的建议。看起来跟你分享知识是个合理的解决方案，而且你到我家里去的时候你对我是如何做出它的表现出了兴趣。我教你这个？”

“你们话太多啦，”外祖母说道，“你们非要说个没完的话，就到我听不到的地方说去。去吧。离开这里。”

我们放下茶，溜出了外祖母的屋子，走上回到河边的路。

“我能做的每件事都基于一个简单的概念，”弗姆说，“思想塑造形体。”

“我可能没听懂。”我说，“太宽泛了。”

“我给你的那颗珠子你还留着吗？你看着我做出来的。我并不是一直能做成功。”

“等等，我以为那只是你们的人都能办到的事。某种生理机能。”

“是，但并非与生俱来。思想塑造形体。我们更乐意学习新的工艺，教会我们自己创造出所需的东西，而不是劝唆环境做出改变以迎合我们的需求。由此我们得以不违反三限律。”

“你们制造出……一切？但怎么做到的？”

“想想看啤酒。神奇的化学反应过程让水、谷物和啤酒花变成了啤酒。你也知道，你们的身体中运行着许多个同样令人惊奇的过程：从把你们摄入的养分转化成运动所需的能量，到将你们的感受编码，形成记忆，储存到复杂的网络中，可以用各式各样的方法访问。”

“我……我想是的。但那些都只是些生理过程。完全内在的。”

“并不都是。你们的女性会制造乳汁，哺育她们的稚子。这一过程始于体内，但结果形于体外。”

这一刻我觉得我的脑子都要炸了。弗姆难道是在说，一位哺乳期母亲的乳汁，跟它的太空飞船是一个性质吗？我又想起了蜜蜂，它们生产出蜂蜜和蜂蜡。我想到了啤酒，从转化糖分的酵母菌的角度来说……“似乎有些道理。”

“好。那么，如果你能把新的过程教给你的身体呢？去制造出你想要的东西，在你自己的体内，而不是必须依赖于外部环境？”

我笑出声来。“怎么，你是说我能训练我用身体去酿啤酒吗？”

“为什么不能？你的身体已经知道如何分解比谷物复杂得多的物质。但那并不是你想要的。你想要能创造出你自己的，跟我这个一样的家。也许有天跟我一样，去你们的星球之外旅行。”

“有可能吗？”

弗姆将它的手指跟我的交叉。“这个宇宙无非就是一切可能性的组合。但你要实现的愿望需要很多练习。但愿你是个好学生，比你学习蜡染时强。”

接下来的几天一片混沌。这跟弗姆当初给孩子们展示如何操控草叶、改变它们的性质可不一样。那只需要死记硬背，只是揭示出一个简单的真相，一个事实。它如今在教我的则是基本的构架，借此我将得以改变我自己的生理来实现自己的愿望，并且无须有意识地进行思维就办到。最终的目标是让这种愿望毫不费力地实现，就像是晚间出去散个步一样轻松地改变形态。对于一个走了一辈子路的成年人来说，这完全没问题；但对于一个自出生起都只在地上爬行的婴儿可就不是那么容易了。不过我们所有人迟早都能学会走路，并且在余生中几乎完全不会去琢磨该怎么才能走起来。起初的那几天就很像是我在婴儿时代踉踉跄跄地迈出最初几步的时候——毫无疑问，在任何一刻我都可能摔个狗啃泥。只不过这次我折腾的是我自己的生化过程。

到了第三天，我学会了以自己的意愿出汗。第四天过完之前，我已经可以控制这个过程，使得我只有手掌出汗。在第五天，我能让汗腺改而制造出其他的物质——真正的变化由此发生。变化的不仅是我的行为，还有我所产生的感受。至福——我只能用这个词来形容。在体内应用三限律，从我自己的身体里创造出我想要的物质，那是……属神的。仿佛宇宙中的一切都各安其位，而我的小小动作也参与其中，有所贡献。这种感觉起初完全淹没了我，但很快就隐退了，让我得以继续向前。

我把注意力集中到弗姆给我的珠子上，窥探着它，努力理解它。我没法描述自己用的那些方法，就像我没法告诉自己该怎么弹钢琴，怎么骑自行车。就是单纯地在做。然后在第六天，在努力了一小时之后，我成功地把我的双手合拢捧成杯状，制造出一颗闪亮的珍珠质空心小珠。它响应我的心意而动，不受重力法则的约束。第七天我在休息——我很想这么说，但其实那更像是昏迷。我昏倒在河边的草地上，肯定是弗姆把我带回到了外祖母家。我在第八天早上醒来，看见她的表情从焦急变成了恼怒。我知道我没事了。

“这对你来说很难，”那天晚些时候，我们再度坐在河边时弗姆说，“在你们的世界里没有什么物质比那个更复杂了。你起码得花一年甚至更长时间的练习，才能造出像我那艘一样的飞船。但同样的原理可以用来说服你的身体制造任何你想要的东西。”

“你是说我能流啤酒汗吗？”

它咧着没牙的嘴笑了。“轻轻松松。而且跟你谈到的你家乡的啤酒不同，在工厂里酿造出来，被长途运输，堆到库房里，然后搬到商店里，再然后才到那些饮用者手中的那种玩意。你的啤酒遵守了三限律，它不是黑暗的，其他人喝它也不会因此变得黑暗。”

“但我要学会做啤酒就先得有真正的啤酒，好当作教授我身体的模板。”

“确实，你要制造什么东西都得这样。除了三限律还必须有模板，不然你就无法掌握方法。”

“你也是一样的？你制造那些东西也是吗？”

“我也是。”它把左手的五指捏在一块儿，当它再把指尖分开时，几滴靛蓝从指尖滴下。“我学会了制作你外祖母的染料。在见到她，直接接触到这东西之前，我做不到。但现在我知道了以后，就可以教会其他人。我的族人们就是这样做的，我们就是为此在银河中旅行。”

关键就在于此。我获得的能力并不是及身而止。弗姆让我看到的一切，之后我跟着它所做到的一切，我都能跟人分享。“那么，在我制造一艘跟你那艘类似的飞船可能要花费的那一年间，我可以同时把这些也展示给其他人。我们当中有够多的人一起做的话，我们就可以拥有一支舰队。人类就会有足够的飞船，和你们在群星间相会！”

“哦。不，那是不可能发生的。”

“啊？为什么不行？你说过我可以做到的。你说那只是需要花些时间。”

“的确如此。但你得明白，你们星球上的大多数，你的绝大多数同类，是黑暗的。最‘先进’的那些地球人同时也是那些偏离三限律之道最远的人。你们犹如一种枯萎病，正在杀死你们的世界。这也是吸引我来这里的原因之一——你们努力离开自己身处的重力阱，前往你们的卫星，总有一天还会前往你们太阳系的其他行星。如果你们一直满足于留在此地，我多半不会来到一个如此黑暗的地方，哪怕是为了完成我对这个太阳系的编目。但你们不满足于此。你们可能会把你们如此黑暗和无生的技术扩展到整个太空，这风险太大了。”

“我听不明白，”我说，“为此你准备做什么？”

“做需要做的事。你们这个物种还是灭绝掉的好——哪怕这其中还包括一些确实遵守三限律而活的。等你们全都死光之后，等你们的世界剩下的物种全都依循三限律而活，它就会自我治愈，清除黑暗。它会再度成为天堂。迟早会有一个新的智慧物种出现，然后地球会拥有又一次机会。”

“但……人类会被根除？”

“你的理解完全正确，我在此地期间的任务就在于此。”

“我不能让你这么做！”

弗姆把它的头颅先往右偏了偏，然后往左。“你已经帮了我的大忙了。就像你在从我这里学习一样，我也一直在从你这里学习，了解人类的身体。”

它猛然间活力迸发，一跃而起，跳入河中，只剩下头部露出水面。它挥手示意我跟上，并大声说道：“跟我来。我一直等着要给你看的东西准备好了。而且在你看到它之前，我没法让事情继续往下一阶段推进。”它没等我跟上去，径自潜入水下，然后在几米外冒头，朝着它的家游去。

“可不能这样，”我在自言自语，或者是在对着河水说话，“我听错了，或者是误会了。它不可能真的有什么灭绝人类种族的计划。”

我跳进水里，跟着弗姆游去。我来到了那颗巨大珍珠的底部，像以前一样，然后爬上平缓的螺旋梯子。爬到一半的时候我发现了弗姆，它正在一个朝着中央梯的壁龛里，坐在一张长凳上等我。它旁边坐着个裸体男子，耷拉着脑袋，仿佛是睡着了。我睁大眼睛看着这两个人，弗姆则朝我咧嘴一笑。过了好一会儿我才听到自己的声音在说：“那是……我！”

“是的，我做了个克隆体。真的很简单；你的细胞中已经包含了它们本身的蓝图。我只是推动它们逐渐发展，为我的下一阶段工作提供帮助。但那之前我需要你的帮助，让这个身体活化。”

“活化？”我让自己的视线从克隆体上移开，那感觉就像是在看我自己的尸体。

“这身体是活的，但没有生命。我很抱歉，我无法解释清楚这种细微差别，我从你那里获得的语言缺少所需的词汇。”

“试试吧。”我说。我不知道该看哪儿好。“使劲努力下试试吧。”

“我加速了它的成长，好让它年龄跟你自身一样，但除此之外它并非是你的镜像。要继续我的工作，我需要你跟它连接，让它跟你自己同调。”

“那我要怎么做呢？”

“它当中的一切都本来就认得你。我们只需要推它一把，把你和‘你’连接起来。把你的手给我。”

它又把一只手的手指张开对着我，同时另一只手跟那个沉眠的克隆体的一只手十指交叉。这次没有刺痛感，倒是有种下坠的感觉。不是那种手忙脚乱被绊倒的感觉，更像是个铅锤，我跟重力不曾脱离的联系的具象化。我坠入了我自己——就是听起来这么荒谬。就好像我潜进了我自己，一汪水塘，一个湖泊，一片大海。我没有浮出水面，一个劲地不断下坠，越来越深。

恢复清醒的时候，我发现我和克隆体之前各自空着的手，正十指交握在一起。弗姆已经松开了我们的手。我正盯着克隆体，但同时也在用它的双眼盯着我自己。这感觉就像是在直面造物的一刻，就像是在自己诞生的一刻便已彻悟。早前我在三限律的指引下工作时体验到的至福感也相形见绌。我被超乎自己理解能力的狂喜所填充。

我让自己的手从我二重身的手中垂落。

“这不可能。”我说话的时候听到了两个声音。克隆体的声音略微粗嘎，这是它第一次开口说话。说出我的话，我的克隆体。

外星人朝我咧出它那没牙的笑容。“我想建议你忘了‘不可能’这个词，它只会阻碍你进步。”

换个场合的话这话多半挺鼓舞人心的。但即便此刻在我心中流窜的欢乐正以指数增加，充溢而出，我仍然宁愿相信弗姆创造我的克隆体这件事是不可能的。因为我需要保证它的灭绝计划是不可能的，胜过世上的一切。而如果我承认前者是现实，还有什么能保证后者不是？

“所以……你是在说，在你的三限律之内，一切都是可能的？”

“不如问问你自己吧。如果你承认自己受到限制，那又如何能将自由意志的概念化为现实呢？”

我希望有限制。我无比希望限制弗姆消灭人类的能力。“而你准备教会我这件事？超越一切限制？”

“再乐意不过了。我相信你有这个潜力，只要有足够的练习就行。而且克隆体对此也会有帮助。与此同时，我也可以在你和你副本的帮助下继续我自己的研究。”

我晃了晃自己的脑袋。“什么研究？你制作我的克隆体，目的就是为了那个研究吗？”

“你的复制品会成为我工作的试验场，但在我能开始那部分研究之前，我必须先对人类男性生殖系统的运行机制有详尽的了解。没有你的帮助我就做不到。”

今天我听到了一个无意中发出的种族灭绝威胁，感到了自己的意识同时以两个独立的躯体为中心，整个人还被至福感淹没过。但即便如此，弗姆这没头没脑的回答还是让我愣住了。我这是在被一位外星人求欢吗？

“我不知道这话该怎么回答。”

弗姆从一只手的两根拇指之间召出了一个小得可以放在掌心的珍珠杯。“等你提供了样品之后，我们就可以回河边去了。接下来你可以再去继续练习，然后很快就会意识到，没有什么是不可能的。”

“样品？”

“是的，拜托了，一份你的精液。我会对它进行分析，完善我的认识。我不能用你的副本的；因为我让它加速成长过，结果会靠不住。”

它把杯子递给了我。

关于如何提供精液样本给一位无性别的外星人这事，我实在没有多作描述的必要。总而言之我完成了必须要做的事情，同时我的克隆体也照做了每个动作。最后我们仨一起顺着楼梯转下去，游出珍珠屋，回到了河堤上。

想要同时控制两副躯体的运动真是难得要命。我先游出去，然后切换注意力的焦点，透过我克隆体的眼睛观看世界，然后让它也开始游泳。来来回回这样子挺古怪的，但还比较容易，让我们顺顺利利地上了岸。

那天余下的时间里弗姆都自顾自忙着进行它的分析工作，它鼓励我用这段时间实践我新学到的知识，生成浮空珍珠，当作一个范例，借此消除我对于“不可能”的固有观念。拥有两副躯体不知怎么地有种奇怪的协同效应，仿佛我同时在观看另一个人做同样的事情，将我克隆体的努力和我自己的努力叠加到了一起。同样加倍了的还有充满我心中的那种至福感，这感觉有助于我把注意力从弗姆的最终目的上转移开来。结果是仅仅一小时之后，我和我的克隆体造出来的空心珠子都足有之前我造出来的珠子的两倍大小了。我对珠子的控制力也上升了。我让这一对珠子——我的和我克隆体的——高高飞向天空。即便在它们从视野中消失后很久，我仍然能感觉到跟它们之间的联系。

我肯定是大声喊出来了，因为弗姆停止了茫然出神的状态，抬起头来说了声“自然而然”，然后又回去继续工作。

最初这一对大号的珠子应该是花了我超过一小时的时间——我不太确定，我把我的表留在了我外祖母的家里，跟所有其他黑暗的物品放在一起。接下来的一对花的时间还不到第一对的一半，而且体积大了三分之一。第三组足足有我最初做出的那颗的四倍大，完成时间不到十分钟。哈，自然而然。

我渐渐有些……嗯，确切说，并不是疲惫，但我需要停一会儿，不再分泌出会飞的外星小珍珠。现在我已经抓住了窍门，按照弗姆之前的说法，我可以制造出我熟悉的任何东西了。我跳过了它提到的制造啤酒的点子，转而想着外祖母的酸汤鱼。我闭上眼睛。对它的记忆在我的脑海中依旧鲜明，从泡椒到附近河里钓上来的鲜鱼的味道都如在舌尖。太鲜明了，我敢发誓我都能闻到香气了。我的克隆体发出咽口水的声音，我看过去，发现它正坐在那儿，双手捧成杯状。他手里捧着些汤。我冲他摇了摇头，然后我们俩都集中精神。他的手中出现了一层珍珠质，把汤封在里头。我的掌中也形成了一个同样的珍珠球，等它完成之后我又往里面灌了些汤。然后我让两个球都浮到了比我们头部高几米的地方。一个荒诞的念头在我脑袋里冒了出来，让我的两副躯体都发出微笑：以后如果回美国去的话，我可以靠外卖酸汤鱼大捞一票。我试着制造其他食品，失败了。我对它们的记忆也很鲜明，味道、温度和口感一应俱全，但等我真的要制造出来的时候总是差点什么。那些食物都来自我家那边，经过太长的时间，运过太长的距离，有太多人过手，结果它们已经被玷污了，已经严重背离了弗姆的三限律之道。我不明白这为什么会这么要紧，但事实就是如此。每次创造都让这技术用起来更加轻松，我也越来越习惯使用它带来的那种遮天盖地的欢乐。我敢肯定，我现在什么都能制造出来——只要是我亲身体验过，并且它过往的经历一直符合三限律的要求。我仿佛看到了我的未来：开上好几家饭店，材料统统“原产地取材”。

这个想法虽然愚蠢但非常诱人，几乎足以让我忽视了坐在那边的弗姆。它正在研究终结人类的办法，以免我们将“疯病”扩散到银河系其他所有地方。

那天晚些时候，弗姆将手指跟我克隆体的交叉，然后我觉得我的意识被推到了一旁——没被完全赶出去，但不再能控制我的二重身了。这个姿势并没有像之前那样伴随着知识和概念的交换。我用尽最近这几天学到的一切，让自己的注意力跟外星人保持一致。我能看到它在做什么，但无法理解。“你能解释下这是怎么回事吗？”我问道。

“我正在用你副本的细胞制作一个你们称为‘逆转录病毒’的东西。确切说，是这种逆转录病毒的多个变体。如果成功的话，其中之一将会重写你们的性腺基因，从根本上改变它们制造出的任何精子的活性。人类将仍会按正常的方式产生精液，但那些精液对于繁殖这个目的是无效的。没有‘精’。”

弗姆说出“精”字的时候咧嘴一笑，它说的是汉语而非苗语，这是中医当中描述“性能量”的古老术语。我肯定是很多年前听过这个词，不过早就忘了。显然，它从我这里汲取到的并不止一种语言。

“美国人的说法是‘射空枪’。”我补充了一句。

“这样就可以确保你们这个物种绝灭，同时又不对现在活着的人们造成任何身体上的伤害。”

“身体或许是没受伤害，但感情呢？大多数人都想要孩子，渴望有孩子。等全世界逐渐理解你眼下开始的行动意味着什么，几百万，也许几十亿人都会崩溃的。”

外星人抽回手指，我的整个意识啪地弹了回来，让我得以从两个视角看着它。但有些地方发生了变化。我没再回到同时处于两个同样身体中的一个思维的状态。我的克隆体有些地方不对劲，这意味着我有些地方不对劲。我把手按到我副本的前额。他正在发高烧。我转向弗姆想听到解释，但它仍然沉浸在我们的对话中，对别的一切视而不见。

“我并不是没有感同身受的能力，”它说道，“但我无法预测另外一个智慧物种的成员会有何反应，特别是这个对三限律一无所知，如此黑暗，如此深陷于无生之中的物种。他们存在于我的认知之外。也许，将他们比作你脚边生活着的那些蚂蚁比较合适。你踏过这里的草地时，会考虑你的经过会对它们、它们的隧道、它们的居所造成什么影响吗？”

“所以，我们对你来说就是蚂蚁？远远不足以引起你的注意？”我忽然感到一阵恶寒，确切地说，是我的克隆体感到恶寒。这没道理啊。我能感到温暖的阳光正照在我的皮肤上呢。

弗姆皱起眉头。“我打这个比方的意思并不在于你关注的这部分。我要表达的并不是优越感，而是茫然无知。我做计划的时候无法考虑地球人的情感创伤，就像你们无法顾及蚂蚁的日常活动或者雄心壮志一样。我所制造的病毒会保证不引起痛苦。我力仅及此。这就是我为什么要做个克隆体。”

我的克隆体开始咳嗽，咳得停不下来。他拿起一个我们用来从河里打水的陶壶，喝了一口。没用。“怎么，克隆体承受伤害就没问题吗？”

“你不是黑暗的。你已经排出了你自身中的无生。无论如何，我不想在第一次尝试制造毁灭你们的病毒时冒上伤害你的风险。”

“感情上的伤害呢？你不觉得你对人类制订的这个计划会让我难

过吗？”

“不，不会有直接影响。你没有孩子，也不打算要。你主要的情感连接是你的长辈亲属——你的双亲和外祖母。他们去世多半比你早得多，你们这个物种在劫难逃的不育症不会让他们受到任何影响。你已经到了这个年纪，你的朋友们当中有生育意愿的都已经孕育和诞下了自己的孩子，同样不会受影响。这些朋友们的亲属也是一样的情况。三限律同样适用：再疏远些，你的难过就是抽象的，无关紧要。”

跟弗姆争辩越来越难，因为克隆体的不适感越发严重了。现在他侧身躺着，还在咳嗽。他无法自控地颤抖着。我感到他的手臂和腿部，还有他的脖子都在疼。他脑门的血管乱跳，嗓子也觉得疼。这一切都那么真切，鲜明，但同时又隔了一层，局限在那另一具躯体当中。

“发生什么了？为什么我感觉这么难受？”

弗姆头一次露出了由衷担心的表情。“你不舒服？”

“不是我，是他！”

外星人朝它制造的复制品投去一瞥，然后点了点头。“啊，抱歉。我向你保证，这是暂时的。你的副本正完成它作为试验场的作用。”

“他为什么会难受？”

“他的身体正对我研发出的两百一十三个病毒变体做出反应。我敢肯定，其中之一会成功的。一旦我确定下来是哪一种，这一系列试验就会终止。我只需要把一种病毒投放到人类身上，造成的影响不会比一次温和的流感严重。”

“然后就大势已定？等你完事了，所有的地球人全都难逃厄运？连申诉的机会都没有？”

弗姆站起来，再度让它的手指跟克隆体的交叉；我也再度感觉到自己在那副躯体中的意识退到了一旁。骤然从他的病征中解脱，让我越发意识到他病得有多严重，令我深感震惊。“稍等……是的，测试完成了。我已经把效果合乎要求的病毒单独分离出来了。”它松开跟克隆体手指交叉的指头，于是冷战、高烧、疼痛和晕眩齐齐涌回。弗姆又在说什么，但我没法把注意力完全集中到它的话上。

“没什么好申诉的。如果你的同族们能信守奉行三限律，那他们将能轻易地抵御任何病毒。这同时也就是个证明，证明他们不会再感染上遍布这颗行星的无生。”

“我们还有多少时间？”

“你是指你的副本，还是你们这个物种？”

“等等，怎么？克隆体要死了？”

“确定无疑。他的身体试图抵御这么多不同种类病毒攻击的结果是引发了一场级联崩溃①。他正把自己燃烧殆尽。我可以终止你跟那具躯体之间的联系，如果你想的话。”

“好吧。等等，别。先别。其他的人类会怎么样？人类还剩下多少时间？”

弗姆抬起双手，掌心向上，一手朝向我，另一手指向我的克隆体。“要看这里的状况。你会继续帮我吗？”

“当然不。我不会帮你消灭我的种族。”

它点点头。“我理解。那要花的时间就会多些，至少多出几小时。”它摊开的双手掌心中长出了珍珠质的圆球，有垒球那么大，当中有些东西在荡漾。“这些容器会把病毒保存在水相培养基中。我需要制造几千个这样的东西，在完成整个过程前得停下好几次，好恢复精力。等都做完之后，我会把它们散布到你们的大气层中，覆盖整个行星。在没有意念引导的情况下，臭氧会开始溶解外壳，将病毒释放出来，从

① 系统学术语。指复杂系统（网络、生态系统、生理系统等）中一个或几个小的问题引发越来越严重的系统问题，最终导致系统崩溃。又称“系统雪崩”。——译者注

天而降，落到你的同族身上。几天之内，所有年龄段的每一名男性都会受到攻击，招致不育。”它把一个球抛向我。我把球啪地打飞到了草丛里。

“然后，你就在一旁作壁上观？”

它又皱起了眉头。“不，那之前我应该就已经离开了。我打算一等病毒发射到天空中就向你告别。剥夺你们走向星空的可能我并不快乐，我本来希望你能明白的。你本人也许未来可以利用学到的东西离开这里。”

几米之外，我的克隆体正深陷于高烧带来的梦魇，苦苦呻吟。我刚被许诺了星空，却又觉得难受得要死。

没什么好说的了。弗姆表示了一下歉意就回到它的飞船中去了。去休息，去补充精力，或者是去做别的什么在它启动即将毁灭人类的播种程序前必须要做的事情。

“我该怎么办？”我的克隆体转向我，带着一副全然无助的表情，我知道我自己的脸上也是同样的表情。我思量了下这个问题，然后自己回答了自己。那些话语从我复制品的嘴唇间吐出，他在昏迷和清醒间辗转沉浮。“我们的外祖母会骂我的，居然空着肚子纠结这么麻烦的问题。”念头一转，就有一对我装汤的圆球落进我俩等在下面的手里。虹彩色的珍珠质打开，一股令人愉悦的气息随之散出。“外祖母圣明。”我念叨了一声，开始吃酸汤鱼。

把濒死的自己搂在怀中并不是件容易的事。感觉着你自己的生命一点一滴流逝，可同时又继续活着。从一个不属于地球的碗里吃抚慰情绪的食物，可又清楚压根没法得到安慰。我的思维从他身上脱开，回到了之前单数的状态。我坐在原地，默默地摇晃着他，直到他的身体变冷，经过了好长一段时间，等我终于能放开他的时候，我松开他失去生命的躯体，让他仰卧在草地上。我抬起头，发现弗姆就坐在不远处，它头顶已经悬浮着几百个装满病毒的小珍珠球了。

我说："他死了。"

"毫无疑问。"

"为什么？你说过懂得三限律之道就可以救他。"

"是的，很容易。你只需要趁着来袭的病毒还在宿主细胞里的时候，把精神集中在它上面，从细胞里编码制造出反病毒，逆转、恢复它造成的变化。"

"那为什么你没这么做？他本可以不死的！"

弗姆沉默了片刻，又造出了两个新的小球。"为什么这会让你难过？他并没有真正的生命，只是你自己的一个派生体，而你安然无恙。他完成了我创造他的目的。"

"目的是杀死所有的人类！"

"不，是为了不必杀死你。我跟你说过，我需要懂得你的生理过程，才能制造病毒。但我是把你当作盟友的。你跟我分享了你祖母的艺术，教给了我你们的语言，向我介绍了你们世界上的那些奇迹。我不能用你的死亡来报答这一切。"

"所以你就让我经历死亡，仅仅略微隔着一层？这就是你表达善意的方式？"

"早先我建议过切断你们之间的联系。是你选择了拒绝。如果结果跟你预想的不一样，那我十分遗憾。我以为你开始就明白事情会如何结束呢。好了，拜托，我需要集中精神，继续我的工作了。"

"完成你那些杀人球。"我说。

"这些病毒不会导致任何人死亡。你的副本是死于数百种病毒的联合攻击，而非单独一种。"

“好吧，绝育球。”

“这样说才恰如其分。”

弗姆继续制造那些会毁灭人类的珍珠球。我大概是没法阻止它了。我只是把我的克隆体摆放好，让他看上去似乎只是睡着了，而不是死了。我拔了几把草，然后利用弗姆向我展示的“外在版”技术让它们编织成了一块裹尸布。又是几缕至福感。我把我的副本包裹了一圈，两圈，然后用草绕着他捆上。我向来不太虔信宗教，但我参加过很多次葬礼。我一边为死者用三种语言祈祷，一边想着，从来都没有自己灵魂的克隆体到底会不会去往来生？而我克隆体的死期来临时，我自己的灵魂会不会被分走一半？我不知道。

等我已经没什么可说的，思绪也已经倾尽之后，我把弗姆教给孩子们的戏法做了些改动给用了出来。包裹着我克隆体的裹尸布发出了亮光，开始升向天空。它会比弗姆的病毒球飞得更高。实际上，我想让它飞得比那些小球高得多，带我的副本脱离地球引力的掌控。至少他会到达太空。

“我完成了。”弗姆说道。

“完成了？”

“绝育球。剩下来要做的只是送它们上路，然后我就离开。”

它将双臂交叉在身前，然后大大展开，就像是个在盛大表演当中向观众展示奇迹的魔术师。几千个之前一直悬停在它头上一动不动的球体出发了，笔直向上飞去。在即将从视野中消失的那一刻，它们朝着四面八方散开，同时继续飞升。然后它们就消失在我的视线中了。

“那么，就是今天了。人类的末日。”

“不要沮丧，”弗姆说，“你们人类的最后这几代人还会活很多年呢。

而银河系的其他部分将会免于遭受黑暗侵袭——如果你们得以延续，将会无可避免地将黑暗带到那些地方。你们也不会被遗忘的。我会将你祖母的蜡染和我的族人们分享。我形容不出你们为我们增添了多么巨大的一笔财富。”

“是啊，而你则杀光我们以示感谢。”

外星人对我的话听而不闻。“我会永远珍惜你请求她给我的礼物。你也看到了，我在旅途中很少保留个人纪念品，但这件在未来的千百年里都会激励着我。我和你共享的这段时光的记忆也一样。谢谢你。”

我怒瞪着它，但弗姆只是站在那儿回望着我，等待着回答。

“好吧。知道了。‘再见，谢谢你们的鱼。’[①]你就这么走了？”

外星人点点头。它走到河边，一头扎进去，朝着它浮在水中的家游去。没一会儿，那颗壮丽的珍珠就从河水中升起，懒洋洋地飘动着，升出了山谷，越过了山顶，越飘越高，去拜访其他的世界，研究那里的奇迹，也许会带几件宝物回家，也许会给下次拜访的主人们留下灭绝的预言。

我在草地上坐了好几小时，一直盯着空无一物的天上。不过天上其实并不空。那里有成千上万个珍珠球等待溶解，去感染地球上的每一名男性。各国还有多久才会觉察到生育率骤然下跌？精子银行里有限的库存只能略为推迟不可避免的毁灭。用不了一百年，人类就会从地球上消失了。

我不知道该做什么。我可以逃离，带着我们的未来已被剥夺的消息冲回家。我可以试着警告政府，在这里找中国政府，或者回去找美国政府。他们开始不会相信我，但只要飞快地创造出我自己的珍珠球给他们展示下，就能让一部分怀疑者闭嘴，然后人口出生率下降最终

---

① 道格拉斯·亚当斯的名作《银河系漫游指南》系列第四部的书名。——译者注

会让剩下的人也相信我。但那并不会有任何用处。

不过……

我去找了找弗姆之前朝我扔过来的那第一个装满病毒的小球，在之前它落下的地方找到了。外星人没把它跟其他的一起发射出去。这是出于疏忽，还是有意留下来让我找到它？我把它打开，无视利用那种技术带来的些微幸福感，把我的脸压到开口上，吸了口气。我吸入了一大批病毒，数量比其他任何人接下来几天里将会接触到的量高出几千倍。我启动内观，追踪着病毒在我体内的扩张感染，心中充满了幸福感。时间的流逝消失了，我的观照越来越深入。我看到了病毒进行基因修改的机制，这种修改将作用于所有成年男性。

我本该为这神乎其技的基因工程感到震惊，但并没有——当你知道该要找什么的时候，这一切看起来都是如此轻而易举。我碰触部分病毒，将它紧紧抓住，做了些修改，然后释放出去。这病毒飞快地朝原版病毒发起攻击，重写了其中的基因，修复造成的破坏，让我再度完整无缺——或者说，在其他那些我身体系统中没改变的病毒再度让我绝育之前，是完整无缺的。又是一次碰触，我改编了更多弗姆的作品，再度修复自己，然后将我体内剩下的少许外星人的原版病毒给清除了出去。

我把注意力集中在我做出的修改上，接着集中精神在我手中创造出一个新的球体，然后往里面装进我设想出的病毒疫苗。我有了解药，但数量还不够。

弗姆曾说过这是可能的：它的病毒还在感染者体内停留时，可以用一种疫苗来使之逆转。我已经造出了药物，也看着它起作用了。但我还有多少时间能用来制造疫苗，并把它分发到全世界？原版病毒在完成任务之后，会在人体内停留多久？

虽然还不知道我该去哪里，但我已经开始奔跑。跑在几天前我看着那些孩子们散去的泥巴路上，天色将晚，但不要紧。我一直跑到了第一栋屋前，捶打着房门，叫孩子们都出来玩，说着发光的草之类的话。一个大人打开门就开始嘘我，要赶我走。他身后一个孩子探出头来，是那些最初教给弗姆人类语言的孩子们中的一个。我没管大人，叫小姑娘去找她的朋友们，把所有人都找来，然后回弗姆分享它的魔法的地方相会。我变出一颗飞快蹿动的小珍珠，让它朝着小姑娘飞去。她从空中一把抓住小球，绕过她父亲跑出来，然后沿着那条泥巴路跑远了。我转过身，对身后愤怒的男人不理不睬，回头朝着那片空地跑去。运气好的话，那些孩子们会去那里找我的。

很快，最初的七个孩子中有五个都到了。五个，千万要够啊。没有时间等没来的两个了。我一个接一个地跟他们交叉手指，用弗姆跟我分享知识的方法跟他们分享。我向他们展示了我第一天成功做出来的那些珍珠小球。一个小玩意儿，只有一种物质，一个小小的中空的球体。一个珍珠质的空心弹珠。我即兴编了一首歌给他们唱，内容是关于浮在他们头顶上翩翩起舞的珠子，让他们比赛能制造出多少个。等他们创造出的珠子布满空中之后我把它们收集到我这里，然后由我挨个往里面灌进反病毒药物，再让它们飞走，去跟弗姆的小球做伴。

夜幕降临，但我毫不在意。孩子们继续制作空心珍珠球，越做越快，越做越好；而我继续往里面装药，然后让它们升向天空。小球的数目开始要以百计，后来要以千计了。我们整夜都在工作，几个大点的孩子还时不时抽空让部分草叶发光。

黎明到来之前我已经数不清小球有多少了，但我们肯定已经邮递出了超过五千个微型包裹，每个都被吩咐去找到弗姆那些更大的球体，钻进去，然后修改其中的病毒。三个孩子已经睡着了，另外两个的动作也慢下来了。我也已经精疲力竭，感觉好像已经几天没喝水，几个星期没吃东西了，但我们完成了任务。或者说我认为完成了，也许还没全部做完，但差不多了，基本完成。至少我希望如此。

第二天早上我发现有一群小孩子们聚在外祖母家门口喧闹着要找我。头天帮过我的那五个孩子在，头天不在但第一天在那片空地上的两个也在，另外还多了六个。他们已经从河边打来了水，免去了我这项家务工作。他们叫闹着问我有没有空去玩。几个孩子伸出了手，手里握着满把的珍珠小球让我看。新来的孩子们看着我，眼神中满是渴望和希冀。

我领着他们沿路走到弗姆当初召集他们授课的位置。我先跟他们每个人都交叉手指，然后让那些新丁们去玩点亮草叶，教它们浮空的游戏，好让他们能跟上其他人的速度。我跟他们共享分泌出珍珠质的概念，并初步教了教让成品珠子飞起来的方法。反过来，我向他们询问他们的生活，他们家人的故事，以及他们的希望和梦想。然后我向自己发问，问该如何对三限律之道进行诠释，以最好地适合他们。

他们很明显没法靠内观完成任务。他们能学着复制任何摆在他们面前的东西，就像第一天他们复制那些我之后装上病毒疫苗的珍珠小球一样。但要想象一个他们未曾体验过的事物，然后靠一个意念将它生动地复现出来，这他们做不到。我不知道我能做到是因为某种伴随着成年而自动拥有的才能，还是因为我是弗姆亲自教的，而我自己缺乏某些必要的部分，无法将它再传授给别人。时间会证明到底是哪种。现在还有很多小球等着要处理呢，我们面前和周围的小球。

几天以后，在开始我们上午的工作之后，我丢下孩子们，去拜访了外祖母那位失明的邻居刘大妈。她慷慨地让我用她的电话：我发现她一直在用她家小屋顶上的一块太阳能电池板给它充电。我给家里打了电话。确切地说，我给我在国务院的上司打了电话。她冲我咆哮了好几分钟：我的消失给她带来了麻烦，我一直没上工，然后是得知我没死在前一阵子的神秘流感当中让她感到宽慰。我由此得知了一些重要的细节。

世界各地的人们都开始染上了貌似流感的疾病。男人和女人都会得病，不过男人的病症要严重得多，而大多数人一天之后就会康复。即便如此，仍有很小比例的人死了，跟每次流感当中的状况差不多。比例虽低，考虑到感染者的总量，这就意味着数以万计的死亡。接着这场瘟疫消失了，跟它的开始一样迅速。她问我在哪里，我告诉她我回老家了。她问我什么时候回去，我告诉她我一直很喜欢她的笑声，然后结束了通话。我把电话还给了刘大妈，问她有没有什么需要。我帮她做了些家务琐事，花了不到一小时，然后回到孩子们那边。

孩子们在短短几天内就取得了巨大的进步。我也一样。我们一起让本地的一些树木发生了变化，教它们的树枝和树叶在白天的时间吸收光能，然后在太阳落山以后通过树干以辐射热的形式把能量返还。我们还改变了野草，让它们长得更长，把叶子编成弧形的墙壁、地板和天花板，制造出比这山谷中的苗民现在所拥有的任何东西都更结实耐久的屋子。我们还一起学会了复制每个孩子带来的食物，这样他们回家时带着的食物足够喂饱全家。

几天过去，然后是几个星期，然后是几个月。我分享和传授着其他我所知的东西。每天的内容都是不同的，不过领域涵盖了普通话、英语、几何学和基础代数，还有我仍记得的那些哲学、经济学、天文学知识，以及科学研究方法，我当年在大学课堂上学到了这些，如今回想起来已经是很久以前了。我们谈到了外层空间，并对“遇到外星人意味着什么”进行了严肃的讨论。每一天，在某个不特定的时候，我们会齐齐安静下来，仰头凝望天空，谈论着造访群星的事。我在创造珍珠球方面做得越来越好了，已经能做出沙滩排球那么大的球体了。我可以把个头比较小的孩子装进里面，让他们搭乘着球，咯咯笑着从树顶上高高飞过。

弗姆承诺说会将外祖母的蜡染在太空中到处与人分享，我打算把她的酸汤鱼也带给它们。

苗寨县人工具使用源流考

TOOL USE BY THE HUMANS OF MIAOZHAI COUNTY

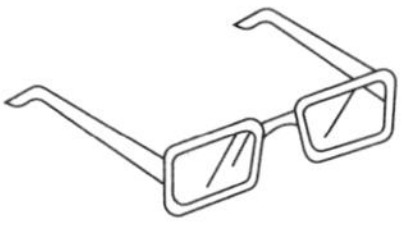

[加]德里克·昆什肯 著
罗妍莉 译
DEREK KÜNSKEN

作者简介

加拿大科幻作家。其短篇小说刊登在《科幻世界》《不存在日报》《阿西莫夫》《克拉克世界》等科幻杂志，以及其他科幻年度选集。他的首部长篇小说《量子魔术师》首发中文并已出版，其续作《量子植物园》也在中国刊载。

最早生活在云贵高原上的人类是距今约一百九十万年前的直立人。他们用木制长矛突破了体力的局限，用粗糙的石斧采集野生谷物。他们可能已经尝试过用火，以及将兽皮绷在框架上来防风。据信，他们曾用咕哝声和手势等原始语言来传递信息。这些都是在云贵高原上发现的人类使用工具的最早实例。

《AI基础百科全书·人类进化史》
2025年版，贵阳

党吊村，公元2020年

连梅[①]走在小路上，一边是片稻田，另一边的下方三米处则是一片梯田，从梯田上她那座小木屋旁冒出来的树梢与她的头顶齐平。一行行水稻笔直排开，每行间隔一步的距离，一直延伸到翠绿的峭壁前，崖上的山岩被树木和藤蔓覆盖得严严实实。目力所及之处，座座圆润

① Lian Mee音译，本文中大部分人名均直接音译，部分有明确语意的苗族人名则额外加注。——译者注

的山背连成一线，山上林木郁郁苍苍，依稀隐没在云雾中。其中一些山脊上，有新建的输电塔拔地而起，宛如新生的白杨树。

邻居家的次子连考[①]站在草木葱茏的山脊拐弯处，他今年也是九岁。午后的高温下，他正拿树枝抽蜻蜓，它们自顾在缕缕阳光间往来飞扑，对他毫不理会。连梅的祖母站在稻田里的水中，裤腿卷到了膝盖上，手里摆弄着喷雾器的喷嘴。连考跳起来，又朝蜻蜓扔了一根树枝。

“奶奶，他们又在建电塔。”连梅说。

奶奶斜着眼看了一会儿，然后继续费劲地捣鼓着喷嘴，终于，喷雾再度呈扇形喷洒开来。她将喷药箱像背包一样背在肩上，艰难地在水中跋涉，朝每一株水稻上噗噗地喷洒着农药。

连考一跃，一扔，没砸到，蜻蜓们跳起舞来。

“那是手机信号塔。”他的语气就如同她是个白痴似的。他弯下腰，又去捡拾树枝。

“你怎么知道？”

“李时增说的。”

“他怎么知道？”她斜眼看着那些塔问。她不明白该如何区分手机信号塔和输电塔。

奶奶气喘吁吁地放下喷雾器，说道：“我真巴不得你这会儿再大些，你就可以把这些地全喷完了。”

连梅曾经拿喷雾器试着玩，但只扛得起空药箱。

奶奶老是抱怨。连梅没有父亲，她母亲潘秀[②]到贵阳务工，改嫁了另一个农民工，但她的现任丈夫巩浩不想让别人的女儿待在自己家。潘秀现在住在二交河，那个村庄和党吊村一样偏远，不过是依不同的

---

① Lian Kaus，这个村子似为连姓聚居地，Kaus在苗语中意为“雨伞”。——译者注

② Pha Xov，Pha是海外苗族大姓之一，Xov意为“新闻”。——译者注

山坡而建。

连梅靠在奶奶身上说："等我长大以后，我会在城里的手机和电脑公司找份工作。"

奶奶嗤之以鼻："谁会要你啊？"

连考说："女娃子只能当秘书。"

连梅不服气道："妈妈就找着工作了。"

奶奶说："扫大街嘛。"

"我可以找一份电脑工作。"连考坐在她们身旁说。

奶奶不信地捏了捏他的小细胳膊。"你就是个乡下娃儿，除非你认识啥人，要不然他们一样也不会给你啥好工作。现在开始就要努力干活喽，这样你以后才娶得起老婆。"

连考皱起了眉头。连梅想笑话他，但这并不好笑。连考的父母也在城里打工，平时有的是邻居给他、他兄弟和他爷爷送东西吃。蜻蜓不见了。

"你绣的针脚太烂了，"奶奶对她说，"你要是连线都绣不直，以后咋还嫁得出去哦？"

连考笑了，蹦起来跑开，边跳边扔着树枝。

天无三日晴，

地无三里平，

人无三两银。

——贵州民谣

贵州理工学院学生宿舍，公元2034年

连梅坐在硬邦邦的椅子上，脚搁在椅面，抱着膝盖，已经止住了

哭泣。高速公路上冰冷的白色灯光照在脏兮兮的玻璃上，形成一片光晕，聚光灯下，校园里的建设工程昼夜不停。她的五名室友都睡着了。郝凡在打呼噜，方穗的手机一直在轻响，她虽然没有回复，但微信上的对话还在继续。

四周的世界将连梅包围起来，她气得浑身发抖。要是此刻还睡在床上，她又该完全清醒地躺着，浑身是劲却使不出来地抽搐着，在屈辱与愤怒之间摇摆不定，所以她今晚又挪到了椅子上。由于夜晚无法入睡，她白天总是昏昏沉沉。一些图像不可磨灭地渗入到她身为人类的脑海中：种植水稻的几何形梯田层层叠叠；城市街道和高速公路井井有条的曲线与直线；苗族阿婆和阿姨们手执银丝，在靛蓝色的布料上稳稳地飞针走线，但有时染料会不小心浸到不该染的地方，在织物上留下阴影和轮廓。

她的硕士学位已经差不多修完了。她的毕业论文题目是尝试在AI（人工智能）系统中建立道德行为模型，这篇论文也许算不上无可挑剔，不过一直进展顺利，只要她的导师肯担保，她就可以顺利毕业。一开始，张教授只是趁着向她展示她正在开发的AI所需的修正算法时，在她肩膀上轻轻摸了摸。在那一刻，这种动作还算清白。她当时就该制止他的，这让她现在觉得很愤怒。可是怎么制止他呢？她当时该怎么说才好？她只会表现得像是反应过激。

几天后，他的手指已经在她背上流连不去了，透过薄薄的上衣，她能感觉到他手上传来的热量。他的脸凑近了她，面带微笑。她以为这完全是自己的想象，以为自己确实反应过激了。她没有告诉任何人，她这种怀疑显得很愚蠢，她这种浑身不自在的感觉也显得很愚蠢。人人都喜欢他，张教授从来没有对其他任何一个人做过那样的事。

她开始改变自己的衣着。她从来都没有过衣冠不整的情况，但她还是换上了更厚的衬衫、更长的裙子，尽管夏天的天气很热。过了一个星期，她被叫进了他的办公室。他叫她把门关上，她虽然不情愿，却还是照办了。

“连小姐，你的进度落后了。”

他摆出一副严厉的表情，比她见过的一切表情都要严厉。她落后了吗？在这批硕士生里面，她的AI研究处于中等进度，比起部分学生还算领先。他墙上的智能屏幕显示出她的AI研究情况、迭代流程图、机器学习过程中的重要节点，也显示出她的AI根据估测过的人类情感进行伦理建模的百分率状况。

“关于你能否毕业和末次奖学金的支付事宜，很快就要做决定了。”

“教授，我可以再勤奋一些，”她说，“我可以加班加点，晚上、周末都不休息。”

他怀疑地审视着她，两人之间的沉默持续了很久。敲击声、工人发出指令的喊叫声和卡车倒车时发出的嘀嘀声从他办公室敞开的窗户里传进来。一切都在同时建造之中，就像AI，就像她，但她现在已然摇摇欲坠，对于支撑她生活的基本框架是否还能屹立不倒，她并无把握。

“坦率地说，你的研究很肤浅。”他说。

“教授……”她结结巴巴地说，“我还以为，您去年批准了我的论文题目和研究方法呢？”

“我是批准了。”他的声音里更添了一层怒气，“可我以为你会加以补充，题目只不过是引子而已。”

泪水眼看就要夺眶而出，但她不想在这个时候哭。她没有添加任何原创内容吗？她是如何进行原创研究的？其他学生又是怎样的表现？她在他们的研究成果中没有发现任何引人注目的内容，每个学生都只是在学习开发人工智能。

“我可以对研究主题加以补充。”她说，她耳朵臊得发烫，几乎听不见自己的声音，“我可以尝试新的切入方式。”

他露出轻蔑的神色，说道：“从头再来吗？你哪儿还来得及？AI的开发可不是一夜之间就能完成的。”

确实不可能。如今，人工智能在几秒钟之内就可以完成国际象棋的机器学习；而开发可以进行道德建模的AI则要比那复杂得多，包括不同版本之间的配对、更强大类型的选择和参数的改变，需要长达数月的时间来直接进行人工干预和纠正，还要有相当不错的运气才行。

她眨着湿润的眼睛：“教授，我不明白，在上个月的评估当中，好像一切都还顺利。”

他从书桌前站起来，转过身，坐在桌子边上。

“我不想让你所有的心血都付诸东流，”他说着伸手抚摸她的肩膀，“我不希望你走投无路，只能告诉你妈妈或者你的雇主，你没能顺利完成硕士学位。”

她坐得笔直。他的手此时搁在她肩膀上，黏在合适的位置，一动不动，只用粗短的拇指勾出一道柔和的弧线，沿着她的锁骨来回摩挲。他的动作很有节奏。他在干吗？因为刚才那一句“没能顺利完成硕士学位”，她的大脑彻底停止了运转。

“你也不想这样，对吧？”他问。

她愣怔地摇了摇头。

“我说不定有办法让你的研究论文顺利通过，就算实际上达不到标准也行。”他说。

她吓了一跳。他的眼睛透过镜片，仔细打量着她的衬衫和双腿。她想挣脱他那只手和摸来摸去的拇指，却没能顺利完成。

“这样吧，你后天到我家来，”他说，“我们坐下来喝几杯，谈谈我对你论文的评估情况和末次奖学金的支付事宜。”

现在他的手动了动，沿着她的锁骨摸到她的脖颈和下颏上，再次停下来，那只汗津津的手热乎乎的，拇指又在她脸颊上摸了起来，上上下下。她猛地站起来，把椅子给撞翻了。

张教授皱眉道："连小姐，把椅子扶起来。"

她僵硬地弯下腰，把椅子放好，然后面对着他，不知该说什么。

"后天见。"他说。见她微微扬起下巴，他挑了挑眉："如果你愿意的话，我可以在我们见面之前完成评估。"

她脸颊火热，四肢瘫软，撞到了墙上，然后笨手笨脚地摸索着门把手。她匆匆走出半开的门，在厕所的小隔间里整整躲了一小时。

起重机上的聚光灯发出的光芒犹如灯塔般明亮，透过窗户照进来，盖过了高速公路上那些零零落落的车前灯和尾灯光。郝凡哼唧着翻了个身，安静下来。方穗的朋友们已经不再发消息了。连梅的脸烧得滚烫。她怎么这么笨，她应该跟张教授说不行的，她应该骂他几句、打他、拍掉他那只让人汗毛直竖的手。她不想应付这种事。她发疯般用力揉着眼睛，身体像是通了电一样，大脑却无法运转。

她把其他同学正在写的论文全都看了一遍，甚至还读了往届的论文，却找不到任何新颖出众之处，除非他们隐藏得太深了，可那根本说不通。情况当然不是这样。万一是他在撒谎呢，她的论文其实写得还不错呢？她门门功课都没挂科啊。直到几天前，她还以为所有功课都会顺利通过。

万一是她不够聪明，而教授说的是实情呢？万一她之所以能获得奖学金不过是凭运气呢，或者是因为政府大发慈悲，但凡是个贫困山区的苗族姑娘，只要获得了学士学位，就可以随便施舍的呢？她把前额紧贴在膝盖上。她不知怎样才能挥退堵在喉头的这种溺水般的恐慌。

她早上没去工程部。室友们待在实验室里，她却在断断续续地补觉。由于六月间气温太高，窗户不得不一直开着，所以她半睡半醒间能听见手提钻和卡车的轰鸣声。修建中的道路、建设中的校园、开发中的AI、建设中的人们，所有这一切全都搅在一起，直到她醒来时仿佛还粘在床单上。今天她必须得做出决定了。无论她想逃往哪个方向，这个选择似乎都正从四面八方注视着她。即便此时，她仍能感觉到张教授的拇指搁在她的锁骨和脸颊上，还在不停地摩挲，仿佛宣示占有权一般。

她肯定是有什么地方犯了傻。她自己都没发觉，肯定是她穿的衬衫诱惑了他，或者裙子太短、裤子太紧。不知是哪里不对，不知是怎么回事，她本来可以避免这种事发生的，但她没有，现在她该怎么办呢？或许是她说话太轻声细语了、太恭顺了，让人觉得她肯定不会告状。

如果她告发他，会怎么样？院长会相信张教授曾经请她去他的公寓吗？她没有证据。为什么她当时没把手机的录音功能打开呢？但她仍然无法确定自己的想法是对的。张教授只是说跟她聊聊。万一他真的只是聊聊呢？万一是她反应过激了呢？她虽然不能肯定，但或许院长根本就不会质疑张教授、推翻他做出的学术判断。丢脸的损失无法估量，更何况是为什么丢这种脸呢？为了一个水平中不溜的研究生？为了一个山区来的默默无闻的苗女？

临近傍晚的时候，她已经哭了一场，冲了个澡，还吐得稀里哗啦。她迷迷糊糊地套上一件难看的毛衣和一条齐脚踝的裙子，这么穿太热了，根本不适合六月的天气。她没有化妆，头发在脑后束起。人行道上，她孤身一人，踉跄地走在学生们中间，心里的恐慌把她与他们阻隔开来。

张教授住在学校附近的一栋新楼里。她以前来过这栋楼，一次是和其他同学一起庆祝新年，还有一次是和师生们一起来探望退休老师。

她在电梯里不敢看别人的眼睛，只觉脸上发烧。到了十二楼，她迈步走着，双脚似乎失去了知觉，感觉好像又要吐了。她走到张教授的公寓门前，僵硬地站着，一颗心诡异地怦怦直跳，仿佛全身的血液被吸进心脏以后，便不再流出。

下党吊村离这里只有三小时的路程，但稻田和大山里的惬意生活，甚至奶奶教她的语言，似乎都远在天边。她敲响了张教授的门，那感觉就像从悬崖上纵身跳入深潭。她敲得并不算太响，却很决绝。一颗热泪从被张教授的拇指摸过的那一侧脸颊上滑落，心不再怦怦直跳，她屏住了呼吸。

隔壁公寓的门开了，连梅把脸转向一边，但没有动。停顿了一瞬。他们在看她吗？他们知道她是什么样的人吗？他们或许会说，张教授被车撞了，说他在施工水泥或者钢梁底下被压得粉碎。她的呼吸一阵紊乱。邻居的门关上了，传来一阵向电梯走去的脚步声，表明还有其他人存在，那声音在走廊里回荡着，逐渐消失。

她又敲了敲门，加重了力道，想就此结束这一切。她的敲门声在走廊里回响。她犹豫不决地站了片刻，然后弯腰往底下的门缝里看了看。看不到光。她再次敲了敲门，同时擦干脸颊，接着气呼呼地靠在墙上。

她没想到要带着手机来。要不然的话，她现在该怎么办呢？给他发短信吗？制造证据，说明是她主动来找他的，一旦在院长面前发生冲突，可以借此对她不利？

她在门口等了整整一小时。公寓里有人回来、有人离开。她不再遮挡自己的脸。饥饿之下，腹内阵阵疼痛，她不再掩饰脸上的沮丧。最后，她靠着他的房门坐下来，两臂放在膝盖上，额头搁在胳膊上，只是不停地喘气。

她只想做个了断。她希望听到自己会顺利毕业，希望听到自己能有条件在城里再待上最后几个月，待到完成学业为止。张教授是很恶劣，可她还是来了，在错误的东西面前屈服了，因为她别无选择。又过了两小时，肯定已经快十点了。门开了又关，有人从她身边走过。

张教授从来没有在办公室待到这么晚过。又没有召开部门会议，本周都没有会。是他忘了吗？是他改主意了吗？她站起来，擦了擦脸。若是他改了主意，打算让她怎么也过不了关的话，那他毁掉的不仅仅是她的职业生涯；他还向她表明，她其实是件有价货品，可以被人收买。这个念头就像染料一般，一旦沾染上，就再也无法抹去。洗除污渍需要多久呢？

她沿着消防楼梯走下去，溜出了大楼。

第二天，她照常在实验室里干活，好像什么都没发生过一样。她在办公室里看到了张教授，但他没有跟她说话，也没有提起他们上回谈话的内容，或者昨晚发生的事。这件事当真发生过吗？她在事业上还有前途吗？她急忙将研究工作向前推进，不让任何人有借口给她不及格。

一周后，张教授把发给系里和奖学金办公室的评分结果抄送给了她本人。一百分的满分，他给了她七十一分。算不上出众或优秀，不过好歹算是过关了。要是在上个月，她可能会欣喜若狂，可能会打电话给奶奶，告诉她，自己很快就会成为家里第一位硕士了；她可能已经拿着张教授的推荐信，开始在贵阳、杭州和北京找工作了。

如今，她只觉含垢忍辱。张教授那样对她究竟是为什么？平白无故的吗？还是他临阵忽然退缩了？是她本来就可以凭实力过关，还是他出于怜悯放了她一马？一想到要跟他见面、自己事业上的成功有一部分要归功于他，她就再也无法忍受。她没有问他自己表现如何，没有请他写介绍信或推荐信，也没有参加毕业典礼。

苗族乃是九黎族后裔，九黎人在传说中的涿鹿之战中败北。苗族人制造并使用了大量的木质及石质农具、建筑构造和武器。当时的人类通过复杂的语言（包括音乐）来交流思想、知识和抽象思维，在缺少书面语言的情况下，他们使用了复杂的半史前刺绣图案作为替代。

《AI基础百科全书·中国少数民族》

2032年版，贵阳

凯里，公元2035年

面试官看着显示器上连梅的简历，再次皱眉。他光秃秃的头顶冒出一层汗水，衣领下的第一颗纽扣没有扣上。

“你来应聘服务器农场的操作员，实在是大材小用了。”他终于说道，“你真的获得了硕士学位？”

“是的。”连梅说。

他揉了揉脸，好像还在纠结刚才那个问题。“我们只是家小公司，既然你真有电气工程硕士学位，那你完全可以去腾讯、阿里巴巴或者苹果的服务器农场高就。”

说完，他等待着，一副犀利的模样，就像电视上的侦探偶然发现了什么线索。

“我不想住在雷山县，”她说，“我奶奶上了年纪，得跟我住在一起，我妈妈很可能也是。而你们是苗寨县仅有的一家服务器农场。”

这个服务器农场才刚成立没多久，规模也不大。在雷山的洞穴中，华为的服务器数量超过了一百万台。阿里巴巴也紧随其后（高通则没有公开披露过设在山区的服务器农场规模）。而连梅不管去其中哪一家，都属于大材小用。

“你有男朋友吗？”他说。

“没有。”

她已经习惯了这个问题。

“你以后打算要小孩吗？”他问。

“我生不起。”她答。

他扮了个鬼脸：“这不算答案。”

“我没怀孕，没有男朋友，也不想要孩子。”她回答得有点激动过头了。他皱起眉头。

“你是个漂亮的苗族姑娘，”他责难道，“又很聪明。你完全可以前脚签下这份工作，后脚就找个男朋友。”

“那我怎么证明我不会怀孕？”她说。

他耸了耸肩：“这话不该我说。”

面试官的问题并不合法，她可以用眼镜把他的话录下来，这间办公室的隐私屏蔽装置抵挡不住她设计的电路系统。但这么做对她没有任何好处。就算能找到某位法官，肯做出对她有利的裁决，公司也只会交笔罚款了事，同时仍然可以拒不聘用她，因为她的条件太好了。或者他们可以聘用她，不过给她开出的薪酬比男员工少得多，如果她抱怨的话，就在她向其他公司求职的时候在推荐信上给她差评。或者在某个地方对别人抱怨，说她是个刺儿头，这样她的社会信用评分就会下降。

“我不会怀孕的，也不会交男朋友。”她妥协道。

他敲了敲桌子，将她的简历最小化。“我会进行背景调查的。”他说，“我们保持联系。”

她站起来，握了握他的手，对这次面试表示感谢。他不会联系她的。她离开了他的办公室，走出这家公司位于凯里郊区的新大楼——凯里是苗寨县附近的一个小城。

她找到一间小茶馆坐了下来，此处俯瞰着清水河的一条支流，正对大阁公园的草坪。街对面的公园里，桐树、山茶花和一株孤独的桦树在阳光明媚的草地上投下阴影。她一直和奶奶一起住在她那座老房子里，回下党吊村的车要等五点钟才开。那房子已经多年无人居住，需要花一大笔钱进行整修。奶奶抱怨说，连梅没找到工作，年纪又太大了，没法换回一份高额彩礼。

彩礼。彩礼并没有给奶奶带来过多大好处，对于连梅的母亲也一样，无论她在哪里。上大学也没多大用处，至少目前还没有。她刚才结束的那场面试跟其他面试差不多，根据她从女同学们那里听到的情况来看，她最终也只能找到一份比男员工挣得少的工作，在张教授那样的人手底下干活。这些都是法律明令禁止的，但基本上没什么人执行。

"对不起，我可以坐这儿吗？"

一个和她年龄相仿的女子把手放在连梅对面的椅背上。其他桌子上都坐满了客人，个个埋头对着手机、平板电脑和纸张。连梅做了个手势，那女子便在她对面坐下，翻看起了手机。

苗寨县的网络很差劲，即使只是访问静态网页也不行，而像某些偏远山村的网速更糟糕。有一条省级数据干线直接连到凯里，所以坐在这间茶馆里，他们就可以接触到外面的世界。苗寨需要优化网络质量。

连梅一时兴起，在平板电脑上快速搜索了一下。她刚才求职的那家公司没有闲置处理能力，但当她切换到腾讯和华为服务器农场的页面时，却发现有相当一部分闲置处理能力可供出租。

有数百万台服务器存放在贵州省凉爽的洞穴中，加起来应当有大量的闲置时间；但是很难预测空闲功率何时可用。这事儿无法作为处理器农场的备用方案。在申请这份工作之前，她曾经考虑过如何利用AI对服务器处理器农场进行优化，但还没机会谈到这个问题。

连梅返回浏览器页面，比较了一番处理能力的租金，以及运行条件、可靠性和硬盘驱动器的可用性。然后她查看了丹寨、凯里乃至贵阳的上网价格。她以前从未考虑过从零开始创办一家公司。

她又做了一些粗略的计算，然后点开了她的银行账户。作为应届毕业生，她可以获得一些贷款，另外还有些贷款是专门面向贫困地区居民的。只要她能获得充足的贷款，就可以鼓捣出点名堂来，而不必依赖别人给她提供公平的机会。她可以自己给自己一个公平的机会。

在中国历史上，信息仅仅存储于人脑中，直到公元前4000年的奇普结绳记事[①]、公元前3000年的大汶口陶符[②]以及公元前1500多年的商代甲骨文出现。这样的实验过程从公元前4世纪持续到公元前2世纪，是最早出现的人类外部存储系统之一。纸张和书籍的发明加速了人类外部存储系统的扩散，也担当了信息传播的媒介（参见“人类信息传播系统”）。及至20世纪，人类又发现了基于固态物理学的数字存储系统。唯有基于芯片的系统方可与人类神经直接相连。

《AI基础百科全书·人类的信息存储工具》

2031年版，贵阳

① Quipu knotted record-keeping，原文如此，其实是印加帝国用来计数或记录历史的方法。上古时期的中国也有这一习惯。——译者注

② 大汶口时期陶器上的刻画符号，距今约五千多年历史，是汉字产生前十分接近文字的一种符号。——译者注

苗寨，2036年

吴颖[1]端详着小店上方挂的那块招牌。靛蓝色的文字镶着精致的银边，很像是她用来绣自己结婚礼服的银线；招牌上写“苗族朋克公主股份有限公司”，旁边是公司标志：一只握紧的银色拳头，两边各有一根金银丝镶嵌的水牛角。

轻微的门铃声响起。嘈杂的音乐从门内传来，盖过了门铃声，是激烈的电吉他音乐和嘶喊声，不过音量倒不比其他商店播放的音乐更响。漆黑的墙壁上以红黄两色标志列出超低的互联网价格，有几位客户正用装在墙上的电脑工作站对手机进行同步。

一位身材不高的女子正仔细打量着吴颖。她身穿黑色皮裤、长靴和无袖衬衫，戴着一条精致的银项链，双臂交叉在胸前，镶有银质饰钉的皮手环分外显眼。她的一头短发修得跟板寸差不多，染成靛蓝色。这女子戴着一枚银鼻环、两枚银唇环，戴着一副黑框大眼镜，镜框上嵌着纤细的银丝，勾勒出苗绣图案，其精致程度不亚于吴颖做过的刺绣活。

“你迟到了，”那女子说着，拇指朝着身后的门口指了指，“来吧。”

“我是吴颖。”她走上前去，想拉近一下距离，但这位苗族朋克公主已经走进了办公室。在她那件无袖皮马甲的后背上，沿着肩膀镶了饰钉，马甲上用猩红、绿色、黄色和靛蓝的线绣出抽象的图案，围绕着正中银线绣出的一对金雉鸟，喙间衔着一枚钱币。女子在桌旁坐下，做了个手势，示意吴颖坐在另一把椅子上。

“我叫连梅。”那女人伸出一只手与她相握，指甲的颜色与唇膏和眼影恰好搭配，都是富有苗族风情的靛蓝色。

---

① Vue Yeng，Vue也是海外苗族大姓之一，或译为“伍”。——译者注

“很高兴认识您，连小姐。”

连小姐用拇指在桌上点了点，桌面变为一块智能屏幕，上面显示出吴颖的身份证、社会信用评分、简历和大学成绩等信息。

“你是人工智能程序员吗？”

“是的，连小姐。”她说，“我毕业于贵州民族大学，成绩在班上排第四名。我……呃……”她以前从未见过有人把苗绣的图案放在眼镜上，镜腿上还挂有小银鱼，象征着富足，镜框后是一排银色的眉环。她还从来没见过像连小姐这样的人。“我……我很惊讶，网络服务提供商居然招程序员，薪酬还这么高。”

“只是程序员的正常薪水而已。”连小姐说。吴颖大学毕业后得到过若干工作机会，但还没有哪家单位肯付给她足额的起薪。“我这里男女同酬。”

“哦。”除此之外，吴颖再也想不出什么别的话可说了。

“苗族朋克公主股份有限公司（Miao Punk Princess Inc.，缩写MPP）以相当低廉的价格，为苗寨县提供低价的互联网服务，”连小姐说，“除了低带宽要求的电子邮件和短信之外，MPP互联网其实并不能连上贵州省外的互联网。不过，我们可以在这里模拟出大部分的互联网内容，因为有些公司已经在贵州存储了网站档案，所有的服务都可以通过贵阳政府获得。我们访问那些页面就可以，无须访问实际页面。对大多数人来说，这就足够了。在需要查阅原始页面的情况下，他们可以再多花些钱。”

“很有创意，”吴颖说，“可是您真的需要一个程序员吗？”

“我需要六个。”连小姐说，“我想走出苗寨，去凯里、六盘水、铜仁、贵阳。我们可以与常规网络提供商竞争，我还想进军那些人口过于贫困、用不起常规互联网的区域。”

“您希望借助程序员来扩大规模吗？”

“两三个吧，”连小姐说，“不过，如果他们当中有谁想从更大的项目中分一杯羹的话，我想在贵州建立一个社会信用评分（SCS）系统。我们是全国仅剩的几个尚未启用SCS系统的省份之一。”

这样的项目似乎并非一个在店面里运营的小微网络提供商所能企及。她犹豫了两秒，然后还是说出了口。

“在大多数社会信用评分系统当中，都没有包含不上网的人群。我固然可以通过提供互联网服务来赚钱，但我的关注点并不在此，而在于人工智能；为了让人工智能发挥作用，我们就需要大数据集，就是服务提供商所拥有的那一种。”

连梅寥寥数语便令吴颖恍然大悟。苗寨县约有四十万人，贵州全省人口大概有五千万，其中一部分人仍然不怎么上网。若是人们满足于在省级局域网内低价浏览网页，苗族朋克公主就能吸引数百万客户；而这样巨量的数据可以用来训练AI。这种模式还可以在其他内陆省份得到应用，这或许意味着还会再有八千万消费者——不对，是数据源，而非消费者。苗族朋克公主可以出售这些数据，也可以出售她借此开发的AI。

“我加入。”吴颖说着，向这个陌生的女人伸出了手。

苗寨，2037年

连梅踏着沉重的脚步，走进建筑工地，黑靴上沾满了污泥。其中一名主管穿着黑色皮裤，两侧绣着抽象的苗绣图案。朋克风格并非中式软萌或女性气质的典范，她的眼镜探测到众人混杂着困惑、厌恶、略带欣赏又有些怨恨的情绪。他示意她戴上安全帽。

“陶树在哪儿？”她问。

现在，她引起了其他建筑工人的注意，有些人放下手里的工具望向这边。他们都佩戴着不同的传感器，表面上是为了监测主管的情绪、跟踪休息时长和安全问题；然而，他们脚上、膝盖、臀部、肘部和双手也带着小传感环，使用的是苗族朋克公主公司的技术。她的眼镜里，在每个工人头顶上方，AI为她呈现出一系列增强现实显示框，展示出每个人的情绪状态，大部分都是百无聊赖，还有一丝如释重负，因为受到这样的干扰意味着可以趁机休息。有些男人以欣赏的眼光打量着她。在她的眼镜里，一个工人的头顶上有黄色字体正在闪烁，标示出他的名字。她走过去。

“把传感器摘了，”她说着，在陶树面前停下，“我这周不付你钱。”她说得很大声，好让大家都听得见。

陶树目瞪口呆。她付给他们的钱并不多。苗寨周围有数百名建筑工人都佩戴着她的传感器，录下从砌水泥到布线、铺设管道、刷漆和用砂纸打磨等每一个动作。为了获得录制权，她每周都会向每个人支付一小笔津贴。所有这些数据慢慢教会了她的AI如何建造复杂的真实建筑。不过当然，在建筑过程中，传感器有时会出现损坏，故而不得不更换，比如陶树之前那套。

“喀瑙过来换了一些传感器，你是不是觉得，在她给你换的时候趁机揩点儿油很爽？”连梅大声道。

“我没碰她！”他抵赖。

“传感器都录下来了，你这个白痴！”她说，“还有你那个头盔也他妈录了！”

这下没人干活了。“那又怎么样？”陶树说。

“所以这周你用不着再戴我的传感器了，”她说，又对在场的所有人道，“如果有谁再干出这种事的话，不管是陶树，还是你们当中的任何一个人，我都会把我的传感器从这个工地上撤下来。苗寨周围有的是建筑工地，我到处都可以获取数据。你们甭想对我的工程师、技术人员、清洁工或者不管什么人动手动脚。明白了吗？”

她的眼镜读取到工人们的表情介于愤怒和沮丧之间，其中部分针对陶树，大多则是针对她本人，不过并不激烈。这些男人年纪都快赶上她的父辈了，他们看到女性领导，有时还是有抵触。不过金钱和阶级还是能发挥作用的，她受过教育，付钱给他们的公司又归她所有，所以无论他们乐意与否，都不得不把她的话当回事。她的衣着和妆容则完全是文化上的短路。按照他们的社会观念，见到这样一个把传统苗族图案自豪地穿在身上的愤怒朋克女，根本不知应该如何看待她才好。

主管走过来说：“连小姐。我可以肯定，他那样做并不是故意的。我们就这么算了吧。”

“按照法律规定，我们不能就这么算了。如果我放过他，喀瑙可以起诉我。我已经采取了行动。现在，如果你放过他的话，喀瑙就可以起诉你老板。”

主管的脸色变得苍白起来，现在他对陶树和对她的愤恨程度不相上下了。

“把传感器摘下来，放在棚子里。”他对陶树说。

连梅说：“下周会有人再过来，重新给你戴上。”她的目光令其余的人胆战心惊。即使不靠他们头盔上的情感读取软件，也一眼就能看出他们心中没底。一些人看了一下自己的脚。

“对不起，朋克小姐。”陶树说。

连梅离开了。虽然每周六天，都有成百上千名工人的数据被录制下来，但这个建筑传感器项目仍然需要先积累多年的数据，然后AI才能达到足以独立实施建筑工作的水平，不过，在一年以内，有望实现以人类监工来指挥装载了AI的机器人工作。

这些人不知道，她的表现也被录了下来，从她的动作、手势到说话的语气，以及最重要的一点：她做出的“指责－训斥”的决策。用于训练人力资源AI的数据更不容易积累，但一旦她顺利完成，就能改变整个中国。

一个驼背的苗族女子站在大街上，手执一把竹枝和稻草做成的扫帚，正羞怯地端详着她。那女子迟疑地冲她笑了笑，瞥了一眼那些开始朝陶树大喊大叫的人。一时冲动之下，她抓住连梅的手道：“干得好，公主小姐！”

苗寨，2039年

吴颖偷偷往连梅的办公室里瞧。她的老板正对着墙上一面巨大的屏幕，屏幕上显示出AI设计算法和图表，分别在不同的分析集中加以展示，背景音乐是朋克乐队“牙龈出血”的疯狂嘶吼。吴颖在苗族朋克公主公司工作的时间够长的了，已经分辨得出某些乐队的乐曲。

连梅身穿黑色无袖衬衫，露着肩膀，还用保鲜膜包扎着一处新的文身。她现有的文身已经很醒目了：两条手臂上都文着蜿蜒起伏的龙，用银色染料染就，龙身盘绕在红、黄、靛蓝色花朵和小小的牛角上。她很好奇连梅这次又添了什么图案，心里有点羡慕老板，羡慕她敢于表达自我，也羡慕她拒不屈从于苗寨阿姨们的审美标准。

这让连梅看起来很难缠，但与她朝夕相处的吴颖却不禁察觉到她内心深处的一丝脆弱。吴颖见过老板靠气场镇住年龄比她大一倍的人、比她更有钱有势的人，她拒不妥协，直到面临的冲突缓和下来。然而，连梅笑起来却小心翼翼，听到笑话的时候，她的笑容展露时比别人慢半拍，收敛时却比别人快一步，似乎没有把握究竟该不该笑。

吴颖也是苗族人，在凯里长大，她的父母是两位农学家兼顾问，家境一般，不富不穷。而连梅来自一个小村庄，那村子小得吴颖连听都没听过，她说话时带着点轻微的口音，似乎曾经努力要将其消除。

吴颖从来没有在大山里生活过，她有时会想，是否正因为如此，她才不明白老板为何要如此行事。

“连小姐，您找我是想了解有关损益表的事吗？”

“是，进来吧。”连梅把椅子往后一滑，把靴子架在桌上，离吴颖远了些，“你一直在担心人力AI的价格。”

“我们从这上面可以赚更多钱。”吴颖说，“开发成本很高，人工智能表现得也很好。”

“我知道，但我希望你不要再提起此事。我会保持一段时间的低价，甚至还有可能再降价。我不想让员工操心我的决策，也不想让外人听说这件事，从而琢磨出我们的市场策略。”

“我们的市场策略是什么？”

“我希望有很多公司采用我们的人力AI。”

连梅没有戴情绪读取眼镜，但吴颖从不善于隐藏自己的反应。

“你是不是想说，这个市场算不上多么有利可图？”连梅问道。

“如果这个项目像您的AI老师那样，是以减轻贫困为目的，那我能理解；可是这些公司盈利还不错啊。”

“你就不要再在报告里面提这件事了。如果你觉得我有必要知道的话，就当面告诉我。”

吴颖站在那里，根本不明白连梅目的何在。

“是，连小姐。”

随着咕哝声和手势作为信息传递的工具发生演变，人类发展出了词汇量和抽象性都很有限的简单语言。这些听觉和视觉通信工具得以改进，并借助打击乐器、旗语和烽火信号等，将传播范围扩展到更远的距离，尽管比特率仍然较低。随着更为复杂的语言与写作的发展，书面信息（包括艺术、情感、故事和哲学抽象概念）得以用更高的比特率传播。而具备了芯片和天线功能的现代人类则能够传输及接收思想及图像，借助即时翻译AI系统，语言不再构成障碍。

《AI基础百科全书·人类的信息传播工具》

2045年版，贵阳

苗寨工业园区，公元2055年

省政府官员比连梅还年轻，这是一种全新的体验。他始终称呼她为“女士”，尽管她顶着一头刺猬般竖起的靛蓝色头发。还有两次，他紧张得把她叫成了“朋克小姐”。但他很聪明，他了解自己的档案，还从北京获得了新的扶贫拨款。

“您扩大规模的速度不能再加快一些吗？”他说，“这个项目看起来还不错，比我们在别的县见到的其他项目要好得多。”

“我们的扶贫AI尚处在试验阶段。”连梅说，“它们已经在苗寨县独立运作了两年，但是我们尚未获得所有的数据反馈。我们还要评估对照组，还需要做出修正。”她指了指清一色由女性构成的工程团队。她们正在设计全新的AI，可以实时、逐户评估人们陷入贫困的风险，然后采取行动。这些工程师当中，半数在求学期间都曾经获得过苗族朋克公主奖学金，其中大部分都穿着由连梅亲手开发的艺术AI所制作的刺绣黑皮衣，一望而知地显示出她们的AI具备的设计能力。

“目前，整个贵州省的人民都需要帮助，中央正在推动此事，我们又针对全省扶贫工作制定了新目标。可以说，您目前占尽了天时地利人和。”

“如果我们发放给了错误的对象，那对任何人都没好处。”连梅说。他并没有泄气；她也没能说服他。她把声音放柔和了些：“AI表现的优劣程度几乎完全取决于我们提供的数据情况。在我们面对的亚群体中，贫困人口的特征最不鲜明。他们当中有很多人仍然不上网，还在使用现金支付。难以了解或估计他们什么时候会陷入贫困。”

“但您认为您能做到。”他执着地说。

“我是认为我们能做到，但得再等两年。”

“您能缩短试运行阶段的时间吗？”

她戴着银戒指的手指在茶杯上方紧紧绞在一起。

“AI的确可以帮助我们，”连梅说，“但工程师也无法预见一切。除了机器学习以及优质的数据集之外，AI还需要成为道德参与者。多年以来，我一直在我所有的AI中运行原始道德算法，建立起了一个经验数据库，以便开发更复杂的人工智能。”

“并不需要具备道德，”他说，“只要把钱发给穷人就行了。”

“扶贫AI是超越了农业及建筑AI的巨大突破，会成为人造物的形态介入社会工作。但既然它们遵循的是原始道德，就意味着在某些方面，它们只是在假装合乎道德。它们仍然会有出乎意料的行为，需要进行测试。我们永远不知道我的孩子们会干出什么事来。”

他终于泄气了。他没有搞懂连梅的观点，只看到她态度坚定。

“过上十八个月，我们就能获得可靠的数据，”连梅说，“到第二十四个月之前，AI就可以独立运行。如果到时候你想扩大规模的话，我们就可以保证做好了准备。”

他啧了几声。

她问道：“还是说，你宁可去跟上司解释，他们的钱怎么会发错了人？”

他做了个鬼脸，抿了一口茶。

他当然不开心，这下，他只好在省内其他地方另找大型扶贫项目来资助，要么他本人的业务考核就会受影响。她才不在乎呢。她不会为了眼前的一点蝇头小利而牺牲长期规划。

虽然人类早已将信息的存储和传递外部化，但信息处理是最后一项迁移到人体以外的主要功能，迁移速度也最为缓慢。早期的计算设备都是数学运算的简单辅助工具，只具备粗略的可编程性。到了19至20世纪，计算设备达到了相当的精密程度，足以将人脑从重复性计算中解脱出来。机器学习的发展也使得更为复杂的信息处理过程有了外化可能。

机器学习开启了相当于寒武纪大爆炸的智能水平。正如五亿年前，随着氧气、钙含量和捕食活动的增加，诞生了数以百计的崭新多细胞体形态那样，半导体芯片和数据的问世也催生了数以千计的崭新智能形态，这些思维形式独立于此前若干代的架构。也如同寒武纪大爆炸那样，现代这些不同类型的智能试验体当中，绝大多数都已经灭绝，且几乎未曾留下任何痕迹以供日后研究。

人工智能进化会议上关于“会思考的工具”专题讨论

苗寨4号苗族朋克公主服务器农场

2057年6月18日，凌晨2:41—2:43

二交河村，公元2057年

巩翔坐在医疗出租车的后座上，笑容满面。他们正沿着山路往下开，驶过一个个急转弯，去往山脚下新建的苗寨医院。常波就没那么兴奋了，司机开得很快，常波正在宫缩，发出痛苦的叫喊。我就要有儿子啦，巩翔确信无疑。他手里拿着根小小的银链，准备戴在儿子身上，晓谕各路游魂，这个宝宝属于某个家庭，受人保护。这根银链是多年前他父亲戴在他脖子上的。

如果县里把跑这一趟的钱直接发到他手里的话，他可能就让老婆在村里生孩子了。但他因为赌钱而被警告了三次，他的社会信用评分也降低了；所以他手机上收到的只是交通代币。他试过把代币卖了换钱，但代币在别人手机上也用不了。他若是把自己的手机交给别人用，那手机又会知道。缺德的机器人手机。他们还领到了婴儿食品和尿布的兑换券。于是他们就坐着跑得飞快的医疗出租车下山了。右手边的悬崖一闪而过，在朦胧的天空映衬下，只见模糊的绿影。

到了苗寨医院，他用了手机上的医用代币，常波立刻就被送到产科医生那里去了。巩翔在崭新的候诊室里坐下来，雪白的室内摆着塑料椅，他舒舒服服地伸了伸腿。准是男孩，他感觉得到。

六小时后，一名护士来找巩翔，他正跟另外一位准爸爸凑在一起吸烟。

“是男孩吗？”他问。护士没有回答，只是领着他穿过一排曲折的黄色走廊。

“是男孩吗？”他又问，心中一沉。

“到了。”她说着，走进他面前的房间。

一个身穿绿大褂的医生站在那里，正用手指在平板电脑上签着什么。常波坐在一张高床上哭号着，腿上搁着个捆得紧紧的小家伙，她却没有伸手去抱。

医生把平板电脑递给护士：“千万别让他们把孩子丢在这儿。”

巩翔急忙跑到床前。“咋回事？”他边问边打开了包裹婴儿的毯子，“是女孩吗？”

看到那对上斜的小眼睛、塌鼻子和扁塌塌的脸时，他的手僵住了。

“是个男孩。”常波嗓子都哭哑了。

“嘿！”巩翔怒吼一声，医生转过身来。他这才惊恐地意识到自己是怎么跟医生说话的，不过就在此时，婴儿抬眼看着他，怒火再次涌上他心头。“给他矫正过来啊！把他治好。”医生无动于衷地回瞪着他。“求你了。”巩翔又道。

“是唐氏综合征，又不是感冒。”医生说着，又看了护士一眼，“一定得让他们把孩子带回家。”

护士里里外外地忙着各种事情，却一直没有走远。孩子哭了起来，巩翔瘫倒在常波旁边的椅子上。她擦了擦眼泪，但还是没有抱起孩子。啼哭声越来越小，渐渐归于寂静。巩翔想站起来，护士却挡在他面前。

“我去抽根烟！”

“抱着孩子去。”她胳膊一叉，“去年，我们就遇到过两个父亲，把妻子和得了唐氏综合征的孩子一块儿抛弃了。”

他可以绕过她，但走廊两端都有摄像头，随便可以追踪他的手机。他郁闷地在椅子上重新坐下。那个护士下班以后，又换了另一位护士继续盯着他们。

“你能走吗？”巩翔悄悄问常波。

她坐起来，难受地小声呻吟着，点点头。她脸上的眼泪已经干了，脸色变得很难看。常波挣扎着站起来，不情愿地抱起孩子，走进洗手间，动作僵硬地穿好衣服。护士盯着他们离开。

云朵从山峰上飘落而下，空气中弥漫着薄雾，路灯发出雪亮的白光与柔和的黄光，被巨大的光晕环绕着。刚才跟他一起抽过烟的几个男人站在停妥的救护车旁。趁他们还没注意到他，巩翔连忙把常波拉到另一边。

他笨手笨脚地把婴儿递给常波，男孩呜呜哭起来。巩翔本来可以免费打车回村的，他的手机里还有政府发的一个代币。可他却收起手机，拽住了常波的胳膊。

“咱们走吧。”他说。

她已经累极了，他也很累。天色已晚，他们沿着街道艰难地跋涉，朝通向二交河村的那条路走去。他们一言不发地走了半小时，雾气吞没了整个世界，一路上只有人造光源形成的座座孤岛点缀着他们的去路。在他们旁边，开始出现种植水稻的梯田，填充了建筑和道路之间的空间。前方，从石灰岩间炸出的一块空地上建了座小工厂。他不知他们在那里生产什么，但聚光灯亮着，停着的卡车悄然无声，车灯没开。

“把脑袋蒙起来！”他说着，帮她举起披肩、遮在头上，同时用外套盖住自己的头，“摄像头。”

“什么？”她的声音听起来疲惫不堪。

“给我。”他说，伸出胳膊搂住婴儿，把手机递给她。朦胧的光线下，她眼睛周围的线条柔和而深邃。她又哭了，把孩子交给他，然后转过身背对着他。他慢慢跑到小工厂前，把包袱放在台阶上。婴儿又开始哭，声音又轻又弱。那根银链还在他手心里，他紧紧攥住链子，没有松手，跑回常波身边。她没有动。他推了推她僵硬的肩膀。“走吧。”他说，然后声音放得更轻了些，“走吧，我们还能搭上去村里的卡车。”

她让步了，两人走开，为了照顾她，他们走得更慢了。他也很伤心，他差点就有儿子了。

听到敲门声，糜诺佳黎阿嚷嚷起来。她一个人住。敲门声再次响起。她的儿孙们都已经不住在村里了，白天尚且很少有人来访，晚上更不会有客。

“谁？”她喊道，“滚，别等我叫警察！”

她一边说，一边把灯打开，把脚伸进塑料拖鞋里。

“扶贫AI。”一个声音说，门缝底下有灯光闪动。

“什么？”她喊道。也许邻居会听到呢？这个扶贫AI每隔一天就会给她送来食品，顺便收走垃圾。

“扶贫AI。”傻乎乎的答话声传来，但她认出了那个声音。

她拉开门闩，把门打开。一个形如蜘蛛的机器人站在门口，怀里抱着个袋子。它背后还站着另一个机器人，扛着更多的东西，她从来没有领到过这么多。小小的舷灯照出后方黑暗中的另外两个机器人。

“您好，糜诺阿婆，”AI说，“对不起，打扰您了。”它开始往前走，见她没动，又停下来。她向后退开，两个机器人像大蜘蛛一样走进来，摄像头嗡嗡作响。它们的脚上沾满了泥巴。

“别踩到垫子！”她说。

机器人绕开了纤维垫，免得她的脚蹭上泥。第一个机器人抱着的包袱展现在她面前。

“是个婴儿。”她惊奇地说。机器人不该大晚上的带着孩子出门，她正要斥责它们，却借着灯光看见了婴儿的脸。“哦，宝宝……”她伤心地说。

糜诺还是个小姑娘的时候，她阿姨也生过一个这样的婴儿，后来再也没人见过那个宝宝。

机器人怀里的孩子不是偷来的。

“糜诺阿婆，我是扶贫AI主管。”机器人说。

她从没听说过AI还有主管。给她捎来食品的只是普通机器人，而且它们不怎么说话。

“我们希望您帮忙照顾这个婴儿。如果您来抚养这个孩子，我会授权将您列入一份名单，发给您的食品、燃料和衣物数量会增加，品种上也会多样化。每月会有一名医学AI上门一次。”

主管身后的机器人放下那几个袋子，露出里面的毯子、婴儿衣物、婴儿床、湿巾、配方奶粉、一次性纸尿裤，还有几袋煮熟的猪肉和鸡肉。她凑上前去。一张扁扁的小脸上，肥嘟嘟的嘴唇饿得皱了起来。

“这孩子叫什么名字？”她问。

“姓巩，”主管停顿了一下，“叫巩头阿。”

头阿在苗语里面是个不错的男孩名，意思是“第一名”。

“这地方需要修整，”她警告说，“这里不适合婴儿居住。”

“我会授权一名建筑AI上门拜访，对您的需求进行评估。”主管说。

糜诺佳黎阿把暖烘烘的婴儿从襁褓里轻轻抱起。

苗寨，2058年

吴颖来到办公室的时间恰好合适，正赶上视频会议。连梅的AI在她眼镜里投影出一系列图表，同时墙上的屏幕中出现了一个形象，是个身在办公室里的男人，图片下方的标签上写着：孟龙，铜仁市联合纺织品公司。她不需要AI帮助也看得出来，孟先生的心情并不好。

“早上好，孟先生，”她说，“听说您对人事AI不满意，我心里很不安。”

“把设置改一下。”他口气中带着一丝强硬。

“设置出了什么问题吗？”连梅问道。

“系统卡住了，想让我向警方提交报告。人力资源的相关功能都被冻结了，大家连工资都领不了，这是你们的软件出了问题！我要起诉你们公司。”

连梅一直在试用法律AI，但尚未对它们进行过全面的培训。此刻接听通话的AI就没有识别出法律方面的危险。当初协助开发人力AI的那个团队中，律师的人数比工程师还多。

连梅说：“对于在工地上发生的犯罪案件，按照法律规定，确实必须上报。”

“联合纺织品公司没有发生犯罪案件！”

“程女士上报了一起事件，提交了一份报告，此前您公司有个监控摄像头拍摄到一位……”她停顿了一下，以加强效果，“罗先生，夜班期间，他在工厂餐厅里袭击了她。”

“他们是恋爱关系。我已经斥责过他们了，不应该跟同事谈恋爱。”

“程女士说，跟对方不是恋爱关系。”

“她撒谎！”

“不，她没有，”一股冷意不声不响地袭上心头，连梅故意笑了笑，“人力AI非常善于解读情绪。她说的是实话，罗先生才是在撒谎。”

孟先生仍然张着嘴，脸涨得通红：“你的AI搞错了。”

连梅情不自禁地迸发出一阵大笑。与她的AI相比，孟龙自己用来监督手下员工的AI配备的情绪读取软件水平更差。

“这只是两个员工之间的一件小事，已经解决了。”

连梅摇摇头：“程女士好像不这么认为。”

“她就是个刺儿头，要么扣工资，要么停职。”

连梅咬紧了牙关。她强迫自己泰然自若，必须扮演苗族朋克公主这个角色，而不仅仅是连梅这个人。皮质手环上镶嵌着银饰钉和龙纹图案，她手臂上也有类似的装饰。龙意味着力量和权力，沿着她的手臂蜿蜒而上。她的AI发觉孟龙很有信心，大概是深信自己能随便摆布程女士或连梅，要么就是他有个好律师，可以摆布司法系统中相对好拿捏的那部分。

她露出一个息事宁人的笑容："是这样的，孟先生。联合纺织品是你的公司，你想怎么经营就怎么经营。如果你想解除与苗族朋克公主公司的合约关系、取消订阅内容，那你可以支付一笔罚款。根据我们签订的合同条款，任何有待处理的人事相关事宜都由苗族朋克公主公司负责。我们会向警方提交报告，以履行我们承担的法律义务。"

"我认为你们的合同有问题。"他说。

作为对他这句话的响应，一系列法律文件开始进行传输：法律陈述、法律意见、一份威胁性的中止令以及一起要求商业损害赔偿的诉讼。她的法律AI能捕捉到其中大部分信息，但在她眼前的显示框里，开始出现一些红黄两色的标志。这场官司她多半能赢，但或许会耗资甚巨，而且有可能演变成旷日持久的诉讼战。她的法律AI为她提供着形形色色的选择方案、风险分析和措辞方式，与此同时，她看着他脸上坚决的表情，咬紧了牙关。她将法律相关的显示框最小化了，让她的AI警觉起来。

"我当然很乐意将这起民事案件送交法庭审理。"连梅说，"不过，我不认为这件事这样就算完了。由于我们这次通话涉及法律和合同问题，所以我正在录音，我猜你也一样。你拒绝报警的行为、你我之间的争论还有你关于训斥程女士的陈述，都可以理解为企图妨害司法。这次通话结束之后，我会咨询我的律师。据我所知，妨害司法属于刑事犯罪，我的律师有义务立即报警。"

有那么一会儿，孟先生面无表情，然后脸色由白转红，接着一阵深红的红晕一直冲至发际线。他的目光飞快地瞟向吴颖，这段时间，她始终一动不动。他先是咬紧牙关，然后又放松下来。

"也许是我获得的法律咨询意见有误，"他说，"你是不是说，要想解锁系统，我只需要授权报警就行了？"

“是的，AI知道该把报告递交到哪里去。”

随着宣誓书、命令和法律陈述开始从她的有效工作区中自行清除，她的法律AI们重新显露出来。很快一切就都清理得干干净净了。她不必再去什么民事法庭。

“我会查看证据并自行解决，不会太久。”之后孟先生直接中断了视频。

吴颖瞪大了双眼，向前走去，目光在屏幕和连梅之间来回逡巡。她突然眯起眼睛，看着连梅：“这全是你筹划好的吧！所以你才会把人力AI卖得这么便宜。”

她眼镜里小小的读数显示出的是夹杂着一丝敬畏的钦佩之情。连梅把椅子往后一翘，双臂交叉。

“我们不缺钱，”她终于开口道，“程女士比我们更需要钱。她要么被炒鱿鱼，要么就只能继续忍受那个罗某人的骚扰，或者其他随便哪个人的骚扰。程女士是AI自动报警的第四例。提出抗议的只有孟龙。有二十七名女性提出了非刑事案件类的投诉，她们的雇主都任凭AI自行处理所有事宜，包括对骚扰者进行惩处，还有一个骚扰者被解雇了。”

“媒体一件都没曝光过。”吴颖说。

吴颖站起身，在办公室里踱来踱去，仿佛体内的某个地方压抑了太多能量一般。“你还往AI里放什么了？”

连梅慢悠悠地把靴子跷到桌子上，仿佛已经是老胳膊老腿儿了似的。“人工智能模式首先学习的是人权，学习的来源包括中国法律、司法判决和当事人声明。生命，法律面前人人平等，杜绝歧视。然后它学习了劳动法和法律判决，以及我从不同公司获取的授权数据库中包含的招聘决策。”

吴颖疑惑地紧紧盯着她：“你修正了什么？”

这个问题颇具洞察力，连梅露出了笑容。在AI的开发过程中，人类发挥的修正作用与数据库的质量同样重要。

“我对招聘算法进行了加权，更侧重于性别平等。”连梅说，“在薪酬范围中，无法区分男女，两性待遇完全一样。利用通过地面摄像头或情感读取传感器观察到的工作表现，AI可以进行职位晋升。当然，它也能处理骚扰案件。法律规定，受害者必须提供证据。既然周围有这些摄像头，AI就可以帮助主管或法庭收集证据。”

吴颖朝着空荡荡的屏幕挥了挥手：“而且你强迫他们报警，并采取行动。”

“强迫他们这样做的是法律本身，人力AI只是依法而行。”

吴颖抱住自己，往后一靠，倚在墙上。她心存疑虑。有没有人工智能并不重要，连梅看得出来。连梅命令AI关上门，并启动用于屏蔽电磁波的法拉第笼。吴颖审视着她。

“社会信用评分。”

“对。”连梅说。

“你当初说要把雇主惩处这部分也包括进去时，我没想到居然真的会发生这种情况。”

面对连梅富于前瞻性的思维，吴颖简直要喘不过气来：草蛇灰线，这记伏笔显然在十多年前就已经埋好了。

“整个贵州省，已经有两千家公司批准了使用这种AI，这覆盖了多少人？也许有五百万工人？”吴颖说。

“我想问问，你下一步要做什么？”吴颖说。

连梅笑了：“你最好别问。”

二交河，公元2058年

常波正在给小女儿喂奶，紧张得默不作声。巩翔也一声不吭，闷闷不乐。他又没钱了。罗梅的丈夫把他们的钱拿去赌博了，多半是跟巩翔一起去的。他们那点微薄的积蓄也没了。现在碗柜里空空如也，什么吃的都没有了，她还在他手机上看到了电费和手机费的欠费通知。

要是在往常这个时候，她应该已经弄了点晚餐，或者被他吩咐做点吃的。但是现在，家里什么可吃的东西也没有，什么声音也听不见，唯有她女儿嘴唇咂咂的吮吸声。

巩翔看都没看她一眼，站起身来，打开家门，望着夕阳下的青山，望了好一会儿。然后，他踏上了去罗梅家和村子那边的路。常波后来再也没见过他。

人类制作工具的材料种类繁多，但就某些方面而言，人类的所有工具都可以视作生物性后果，甚至是人类器官的外延。工具虽然并无基因编码，却只能与人类共存，就像甲壳类动物的外壳一样，外壳不可能脱离甲壳类动物本身而存在，而且它们的构造非常特殊，以至于具有分类学上的指导意义。如果这个比喻确切的话，那么，人类的工具可能与珊瑚幼虫分泌的珊瑚礁以及细菌生物膜的细胞外基质属于同一范畴的现象。

《AI对于人类工具本质的思考》

苗族朋克公主实验室第34566号副本

苗寨，公元2058年

常波在一座大楼外等待着，楼上挂着蓝黑相间的奇特招牌。“苗族朋克公主”这个词组根本没有任何意义，就像苹果或施乐这些品牌一样，只是个名词。但这位苗族朋克公主无人不晓。她就等同于互联网，她的脸或是攥紧的小拳头出现在各种杂志的封面上。村里的小女孩们总是咋咋呼呼地跑来跑去，互相称呼对方“公主小姐”，还想套上哥哥们的裤子，直到被母亲呵斥着安静下来。

常波不会靠近那栋楼，也不让她女儿那样做，那楼看起来太堂皇了。她在停车场附近等着，此时，远处的山峦渐渐被夕阳染作橙色。一个扫大街的女清洁工经过，与她礼貌地寒暄了几句，女清洁工直夸巩宝，两岁的女娃娃站在那里，眼睛睁得大大的，一副乖巧的模样。

终于，有个怪模怪样的女人从大楼里走了出来。她穿着黑色皮裤，长夹克上镶着饰钉，头上两侧剃得精光，正中则直挺挺竖着一溜粉红色头发，戴着两只银鼻环，眼影和指甲都涂得乌黑。她脖子上挂着个硕大的银项圈，粗大的银丝缕缕垂落在她胸前，足有十厘米长，价值连城。即便是为了操办她的婚礼，常波的家人七拼八凑的钱也买不起这项圈的一个零头。她的家人只有在特别的场合才这样盛装打扮，而朋克公主们只是戴着来上班？她不知是该为此感到自豪，还是该对人家评头论足。

“女士？”她小声说。

那个女子正在开车门，闻言抬头瞥了她一眼。常波走上前去，巩宝跟在她身后。

“女士，您这儿有我能干的活吗？”常波问道，“我啥活都会干，打扫卫生、做饭、栽花种草。”

那女子无可奈何地看了她和巩宝一眼，正要说话，又来了另一个女人，穿着打扮跟第一个差不多，只是夹克要短些，上面绣着精美的银色和靛蓝色图案，还戴了一副掐银丝黑框大眼镜，眼镜上挂着条小鱼，随着她走动，发出清脆的敲击声。

“怎么了，吴颖？”第二个女人问。

常波发觉自己搞错了，想要纠正一下。刚才跟她说话的不是公主吗？

“来找工作的，”吴颖说，“她不是程序员。”

常波甚至都不知道程序员是干吗的。另一个女人——也就是朋克公主——注视了她良久，然后走近她。

“你不在我的档案里。”公主对巩宝说，巩宝抬头看着她。她问道：“不过，你是常波吧？”常波惊讶地点点头。公主又问：“你愿意干建筑工程吗？”

“什么？比如盖房子吗？”她挺直了身子，“我什么活儿都可以干。”

吴颖冷眼旁观，似乎也一样摸不着头脑。公主将手伸进裤兜里，掏出一把钱，递给常波一张皱巴巴的红色百元大钞。

“拿去吃点东西，回去睡觉吧。给你女儿找个保姆。”公主说，“明天早上九点来找吴颖，做好在户外工作的准备。”

“是，公主小姐。”常波答道，一边鞠了一躬。

但公主已经在跟另外那个女人说话了：“我想试试建筑AI，测试一下算法。”

这些话常波完全听不懂，于是便退开了。

第二天早上，她来到了朋克公主大厦，吴颖手下一个年轻人接待了她。他穿衬衫、打领带，没穿皮衣；不过，大部分人的装扮多少都有点怪异之处，他的西服外套上绣有凤凰图案，以银、蓝、黄三色丝线交织而成。他发给常波钢尖靴子、工作手套和一份盒饭。

“你以前干过建筑工作吗？”

“我学得可快了！”

“别担心，”他说着抬起她的胳膊，“你什么都不懂反倒更好。”他在她的手腕和手肘处套上几个小小的尼龙手环，环上有些亮闪闪的圆疙瘩，“有人会告诉你该怎么干的，每一个步骤都有指引。”他给她戴上一顶安全帽，帽檐上降下一面遮阳板，还有一块防护罩护住她的眼睛。这位年轻的工程师在手机上滑了一下，打开了一个应用程序。防护罩亮了起来，上面出现了图片和文字。

“早上好，常女士。”从头盔上的小扬声器里传出一个女声。

她肯定是一副迷惑不解的样子。工程师问她：“看得清楚吗？”

“早上好。”常波略带迟疑地说。

“我是你的主管，”女声说，“请前往工地。”

一幅小小的地图覆盖了她视野中房间里的景象，地图上，从工程及办公区内伸出一个粗大的绿色箭头，正在闪烁。她小心翼翼地站起来，脑袋高高昂起，仿佛头上顶着个篮子、正尽力保持平衡似的，其实她只是不想影响到方向提示而已。

她走出楼外，来到路边，走了大约半公里，来到一座正在修建中的五层新楼前。几拨干活的男人完全没有留意她。绿色箭头把她引到工地后面，那里的墙上已经砌了几块砖头。红砖、混合砂浆和许多种工具一应俱全。

她安全帽的防护罩上开始出现一些图片。有一张抹子的图片，还有如何抹灰浆、找平，使砖头之间缝隙均匀的视频版演示。她伸手就去拿抹子，但她的主管却说：“常女士，请您先看一下录像，并理解其内容。”她停下来，又看了两遍视频，然后那个女声才说：“加一块砖。”

她动手干起来。女声一会儿说“灰浆太多了”，一会儿又说“动作要再利落点，回想一下那段视频”，同时视频开始回放。她抹上适量的灰浆，把那块砖头歪了歪，摆放就位。她的主管指导她一块接一块地砌着，她小心地拨掉或加入灰浆，那个女声一边纠正着她的动作。

“你是通过摄像头观察着我吗？”常波说。

“是的。”

在常波的想象中，那声音里带着一丝笑意。

“你手下还有其他工人吗？”常波终于问。

“没有，”女声说，“我也还在学习。”

“你在学什么？”

“如何监督建筑工人。”

常波其实并没真正听懂，她什么也没问，那女声却仿佛听到了她心中的疑问一样，说道：“我会负责记录你的考勤，安排你的休息时间，批准你的休假申请，授权给你发工资，对你进行培训，审查安全规程，以及处理一切投诉。”

“好的，女士。”常波说。

她又砌了三块砖，但没有问出心中的下一个问题；不过她的主管还是回答了。

“我是由苗族朋克公主有限公司开发的新AI。”女声说，“如果没有按要求进行培训、监督工作时不够专注，或者欠缺正规的人力资源管理程序，我们就不能给人安排工作。按照设计，我就是一所专门培训新员工的职业学校、一个职业教练、一名公正的法官，会按照劳动法中的条款来对你加以保护。但是AI需要实践。”

她想到刚才这五分钟，自己其实是在跟一台电脑说话，这似乎很奇怪。

“灰浆多了，”主管说，“注意。”电脑说得对。

她砌了两小时砖以后，主管又让她扫地，地上全是布线时留下的碎渣。之后，主管又训练她做其他建筑工作，要么就让她观看安全视频。电脑对她的态度始终很有礼貌，事实上，比任何人都更有礼貌，它一直在鼓励她，说她能学会，正如主管自己也在学习。过了一段时间以后，由电脑来告诉她该怎么做似乎也就不觉得奇怪了。她也一直称AI为女士。

苗寨，公元2060年

机器人的脚垫在縻诺佳黎阿家后面的小路上嗖嗖作响。五岁的巩头阿坐在地板上，摆弄着机器人带来的玩具士兵。熊希只有三岁，坐在她那张小小的凳子上看着他玩。她也跟巩头阿一样，长着一张扁塌塌的脸、一对向上斜挑的眼睛。她不知道这孩子是从哪里来的，熊希尚在襁褓之中时，这些扶贫机器人就这么把她抱来了。它们还像这样给她抱来了一个连名字也没有的婴儿。

佳黎阿苦恼了一阵之后，便让最后这个唐氏综合征小宝宝随了自己的姓，就姓縻诺，又给她起名叫“库吉”，意思是财富，因为机器人带来了轻便电炉、给她重新装上了新电线、送来了家具和一台收音机，不知由于什么缘故，这台收音机总是用苗语广播，就是黑苗族的语言，就连从贵阳和安顺来的新闻报道也是一样——本该是用汉语播报的。

“吃吧。”她说着，把熊希搁在她腿上的那只盛着米饭的塑料小碗往上推了推。孩子把饭舀进嘴里，慢吞吞地嚼着。

縻诺佳黎阿走到门口，动作一点也不僵硬。服用了机器人给她的药片以后，关节的疼痛减轻了。一个医疗机器人向她走来。

“早上好，阿姨。”机器人用苗语说。

她把它让进门，好给孩子们看病，可机器人却仍然望着她。

“我要给巩头阿做手术。”它说。

“什么？”

如果让佳黎阿自己来选的话，她不会挑中头阿这孩子，但他很可爱。她担心得发抖，这说明她已经喜欢上了他。

“手术过程已经掌握得很充分了，”机器人接着说，“很多人都植入了芯片，目的是为了增强记忆力和智力，就像在脑子里装进了一个图书馆甚至AI那样，某种他们看得见、也听得见的东西。”

熊希张大了嘴，露出了嘴里的饭粒。头阿也看过来。佳黎阿抚摸着他的头发。

“你要让他变得更聪明吗？”她坐在衬着软垫的椅子上说。

“我们没法让任何人变得更聪明，”机器人说，“但是我们可以给他装上小助手。有个声音来告诉巩头阿，在哪里要小心、怎么做事、在该回家的时候要回家，甚至还可以教他怎么做家务、做饭。就像家里有个小神仙，专门照顾他一样。”

佳黎阿反复思忖着机器人的话。一个给头阿做伴的家庭小神仙、一个“达布涅格”。这是苗语里面一个古老的词，她已经很久没想起过了。她自己的亲生子女还没搬进城里去住那阵子，她或许都没教过他们这个词。在她祖母那一辈的时候，村子里曾经举行过招魂仪式，唤来游魂，栖于魂魄不足的人身上。也许头阿需要的正是这个，一个额外的灵魂，领他进入和谐的境界。招魂本来是萨满做的事情，这挺奇怪的。就连佳黎阿都已经忘记了祖母的教导，而机器人却扮演起巫医的角色，能将灵魂召唤进肉身，让人变得健康。

“为了防止感染，您最好把熊希和糜诺库吉带到外面去。”机器人说。

佳黎阿一咬嘴唇，又摸了摸头阿的头发，然后抱起睡着了的库吉。

“出来，熊希。”她说，“到外面来玩！”

三岁的小女孩走在她前面，来到阳光下，佳黎阿关上门，把室内的空间都留给了机器人。她担心地把婴儿放进背篓里，把库吉赶到更远的地方，沿着稻田边缘的小路而行。她在一个树桩上坐下来，注视着那座竹屋。每多来一位唐氏综合征患儿，那座竹屋也就随之变得温暖、坚固一分。这是她这份工作换来的报酬，而工作对象已经变成了她的家人。

她家没有供奉达布涅格的神龛。她最后一次见到那样的神龛还是在小时候、在她祖母的家里。那些古老的字眼，几乎已经在她记忆中的那团幽暗里消失了，现在想起这些字眼，她觉得自己既苍老又年轻。机器人不仅给她带来了食物和药品，好让她能够照顾唐氏综合征患儿；它们还带回了她的一部分过往，挖掘出了她自以为早已逝去的记忆。

“熊希，你知道达布涅格是什么吗？”

三岁的孩子瞪大了眼睛看着她。

“既然咱们家就要有一个新的灵魂住进来了，那你我最好建一座小神龛吧。”

AI尝不出油的味道。
AI没有嘴，
不晓得四川花椒麻人的刺痛，
也不晓得莲藕的质地。
AI可以翻译、计算、遵循If-Then规则，
但AI感受不到走投无路的贫穷，
AI也不懂得，
那些坐拥万贯的人，
看到贫困时心中的负疚。
AI不懂什么叫
离婚案中在法律面前不受保护，
即使有一天有个人会删除AI。
AI只会优化规则，
减少贫穷的人数。

《写诗习作》
实验共情AI 作
苗族朋克公主股份有限公司

贵阳，2070年

连梅穿着西服上衣和长裤。她身上看得见的地方，大部分穿环都摘掉了，鞋也很普通。她虽依旧是一头不时髦的短发，染的颜色却已洗去，留下已见斑白的黑发，遮住她的头皮。她身上唯一与“苗族朋克公主”个人品牌相契合的地方，只有一条宽宽的项链，链上挂着手掌大小的银盘，细节处点缀着精致的花朵和蝴蝶，是由她提供的奖学金资助的部分学生开发的AI加工而成。

位于贵阳的省司法部大楼巍然屹立，体现出一个拥有六千万人口大省的执法机构之气势。他们带她进了一间会议室，室内陈设着宽大的木桌、高高的皮椅，墙上还挂着国旗和司法部的徽标。有几个人正等候着她，见她进屋，他们便站起身来。

她与省司法部部长李芷若、贵州省人大常委会委员长邓迪荪先后握手。他们的眼镜都连接着远程助手和AI。连梅则没有戴眼镜和个人AI，只带了几块智能屏幕，里面加装了新鲜出炉的一款新型通用AI。

“部长，委员长，非常感谢您两位的接见。”连梅说。

“我们也感到荣幸，连女士。”李芷若答道，“我女儿十几岁的时候就老是买你的衣服，可能还想当苗族朋克公主，不过现在，她买了什么已经再也不告诉我了。”

“我非常欣赏你为苗寨设计的扶贫AI，”邓迪荪说，“我希望，你制订了扩大使用范围的计划？”

连梅说：“我正在与民政部进行磋商，看看我们能以成本价交付多少台。”

“你的提案激起了我们的兴趣，”邓委员长说，“我们一直在用你的AI进行模拟。”

她说：“我希望，它的表现至少不逊色于我试运行的时候。”

"能达到90%。"邓委员长笑着说。

90%已经相当不错了，完全在她的新型法官AI设计允许的差异范围内。这就意味着，在面对相同的证据、参数和陈述时，在90%的案件当中，她的法官AI都会做出与人类相同的判决。

"经过训练以后，人工智能还可以表现得再好一些吗？"邓委员长接着说。

"10%的差异没有超出人类法官彼此之间的差异范围，代表了他们对案件的不同评估方式。90%已经相当于任何一组人类或机器做出的判决匹配度的极限了。"

"在我看来，这仍然像是一次质的飞跃。"李部长说，"由人工智能来判决人类之间的纠纷。"

"这需要某种文化上的认可。"连梅承认。

她没有说谎，也没有摆出一副要他们领情的样子。他们的AI应当是来自国家安全部，甚至比她开发的AI水平还要高，如果她说谎的话，肯定能看出来。

她又说："不过，早在AI出现之前，电脑程序就一直在为我们评估税额、绘制路线、推荐服装。几十年来，AI一直在权衡环境当中我们认为重要的内容。既然我们能达到90%的匹配度，那就意味着AI对于人类环境的运用是恰当的。"

"基层法院。"李部长说，她指的是区县级法院，但她微不可见地摇了摇头。

基层法院是最先对所有诉讼进行处理的机构，而大多数案件根本无须递交到更高级别的省级乃至最高法院。农民、业主、消费者、工人和左邻右舍都去找基层法院，巨大的诉讼量导致法院超负荷运转，处理效率很低。

"我们或许还没准备好。"邓委员长叹息道。

连梅的心一下子悬了起来。她没有想到，情况会这么迅速地朝着并不理想的方向发展。她收敛起脸上的表情。

“你们的程序员没有做过代码分析吗？”她说，“代码中没有不该存在的东西，也没有什么东西是该有而又缺少的。”

两位官员都透过眼镜专注地看着她，显然是在借助他们的AI判定她说的是不是实话，又或是另有动机。尽管她有点紧张，却不愿表现出任何异常。她的动机很纯粹。

“司法AI的优势，并不在于判决的准确度与人类相差不大。”连梅说，“而是在于，在人类法官审理一起案件的时间内，一个AI可以审理一百起案件。”

“不过你的AI成本相当于十名法官的工资，”李部长揉着下巴，“我们还是会算账的。”

“但AI还适合在深夜或凌晨远程审理案件。”连梅说，“我从扶贫AI当中获得的反馈信息显示，农村居民没办法前往政府机关告状，有时是因为他们去不起；有时是作为家里唯一的劳动力，他们不能抛家舍业。”

“我们说的没准备好，并不是指这一点。”邓委员长说。

“问题不在于AI本身。”李部长补充。

连梅屏住了呼吸，动弹不得，从许多方面来讲，她都无能为力。一个女子，孤身面对着两位省级高官；她什么装备也没带，他们则装备着国家级AI系统。既然不是AI的问题，那就只能是她有问题了。

“在国家机器的行使形式中，司法是最显而易见、也最事关重大的形式之一，”邓委员长说，“官员要对党和人民负责，我们也不例外。一家私人企业无论抱着怎样的善意，都无法伸张正义。”

“按照我的理解，法官的权力是最高人民法院赋予的，”连梅说，“那么同样也可以赋权给AI。”

邓委员长缓缓点了点头。

“如果是国家制造的AI，当然可以进行这样的授权。”李部长说。

“国家也制造了司法AI吗？”连梅有点木讷地问。

“如果把AI系统、服务器、处理器和相关程序员都安置在一家国企里面，那就名正言顺了。”邓委员长说。

“你们要把苗族朋克公主公司从我手里收走吗？”她平静地问。

“苗族朋克公主公司涵盖了方方面面的业务，企业规模太大，政府不能将其收归国有。”邓委员长笑着说，“我们指的只是你企业中与司法相关的部门。当然了，你可以保留所有的专利，而且也会从中获利颇丰。”

连梅不敢开口说话。她心中五味杂陈，各种情绪同时涌上心头，以至于连观察着她的AI或许也分辨不清；他们很可能也预料到了这种情况。她似乎没有选择的余地，双方都了解成本效益分析。中国需要AI系统来为伸张正义做出贡献，全世界都是如此。

“那么，唯一要谈的就只有价格了。”连梅最终说道。

这让邓李二人放下心来。谈话的性质发生了变化，仿佛如释重负一般，变得轻松起来。

几小时后，她离开了司法部大楼。吴颖正在阳光下等待着她。这些年来，她们二人双双老去，吴颖华发已生，眼周也出现了皱纹。连梅双肘支在车身的引擎盖上，抻长了脖子，望向贵阳市一座座摩天大楼的楼顶，吴颖疑惑地看着她。

“他们把司法AI部门收归国有了。”她终于说道。

吴颖的神色变了一变。现在她也没多少可说的了。国安AI将会把长杆麦克风和激光监听器对准她，而且会这样持续多年。既然连梅可能会把AI卖给政府用于司法用途，那就意味着连梅和整个团队都将一直处在监控之下。这完全说得通。

“人大常委会任命我们的AI在基层法院担任法官。”

她打开车门，坐进车里，吴颖从另一侧车门进来，只说了些陈词滥调。车内监控起来比她们站在外面的时候还要容易。这没关系。吴颖也和连梅一样，对接下来会发生什么一清二楚。十年前，她终于接纳了吴颖参与她的计划。

连梅亲自设计了司法AI，运用了她业已完成的完整道德准则AI与人力资源AI的全套经验，以及由教师AI和扶贫AI中得来对于人们生活方式的充分理解。她把司法AI搭建在公正的基础上，这种公正虽被写进了法律，人们却未必总是照此执行。在这些法官面前，女性不会有任何劣势，男性也不会有任何优势。弱者和强者受到的对待并无二致，穷人和富人也同样如此。

这个想法渗透了她的心田，缓解了多年以来一直困扰着她的紧张和焦虑，她始终不确定自己是否真能成功，也不确定能否赢得足够的信任，去承担如此宏伟的大业。她把成年以后的生活都投入到了向世人展示，AI如何能让人们的生活变得更加美好。若非在扶贫和福利事业上投入了数十年的心血，她就绝不可能在部委中赢得如此之深的信任，从而将如此至关重要的AI出售给他们。她们俩飞驰过这座城市，驶上返回苗寨的高速公路时，她脸上浮现出一丝微笑，并定格在那里，午后的阳光照耀着她的笑容。她拍了拍吴颖的胳膊，长舒了一口气：

“我们成功了。”

2070年

尽管外面很黑，谁也看不到他一个人待在车里，巩头阿还是坐立不安。糜诺太太告诉他，永远不要离开他们的土地，永远不要引起别人的注意；现在他却违背了她的话。这辆车真是别致，座椅和糜诺太太家的椅子一样舒服。如果外面有人的话，他们就会透过这些亮闪闪的车窗看到他。

“没事，”阿灵在头阿的脑子里说，“现在已经很晚了，周围没人。”

车继续向前行驶，穿过明亮的隧道，越过高高的桥梁，桥梁俯瞰着下方远处的灯光。其他车辆的红色尾灯相距非常遥远。他们驶入市区，头阿懒洋洋地坐在车座上，当他们经过几个孤身行走的陌生人时，他将脸转向一边。

“你十五岁了，必须要更勇敢才行，”阿灵说，“逼着自己再大胆一点，糜诺太太需要你勇敢起来，我也需要。”

头阿埋下了脑袋，他不愿意让糜诺太太或阿灵失望。

“别担心，第一次来大城市，谁都会有点紧张。”

车身在高耸入云的大厦之间行驶，头阿不得不把脸紧贴在车窗上，才能看得到楼顶。阿灵在他脑子里绘出的地图显示，他们距离目的地越来越近了。医院的照片在他脑中放得大大的，此时已然出现在几个街区外。头阿的心跳得很厉害。

“没有摄像头吗？”头阿问。他们的车并没有停在救护车和其他车辆附近，而是驶入了医院后面的一条小巷。

“这里一直都有摄像头，”阿灵说，“不过我有朋友，在你靠近的时候会把它们关掉。”

“看不见我啰？”头阿说。

他脑海中出现了绿色的箭头，浮在实际景象之上，指引着他该走的路。他开始走，脚步犹疑。一扇没有把手的门从里面打开了，让他大吃一惊。“进去。”他偷偷溜了进去。黄色的楼梯井里，发出嗡嗡声的长灯闪着光。“上去，没人能看见你。”头阿循着绿色箭头的指引，爬上了三段楼梯。箭头停在一扇金属门前，但阿灵并没有让他开门，所以他就等在门口。

没等多久，门开了，一个机器人医生滚动而出，抱着一个包袱。在机器人身后，明亮的红黄相间的走廊闪闪发亮，不知从何处传来说话声。他伸长了脖子，想着兴许可以看到真人版的医生或护士。机器人医生却把包袱递了过来。

“接着，小心点。”

“它在扭！”头阿边说边伸手接过，然后他放轻了呼吸，说不出话来，“是个婴儿。”

又好看又滑溜。

机器人医生向后退去，门关上了。

“用一只手小心地抱住婴儿，抓住栏杆，走下楼梯，回到车上。”绿色箭头引导着他返回。头阿笨拙地挪了挪沉甸甸的包袱，扶着栏杆，小心翼翼地往下走。

“是谁的孩子？”头阿问道。

“父母不想要的孩子。”

头阿在楼梯平台上停下来，那婴儿正看着他。“就像我一样？”头阿说。

“是的。”

头阿站在那里，说不清心里是什么滋味。阿灵和糜诺太太是他的家人；但他也对生身父母感到好奇，不知自己长得像不像他们。还有，为什么他们不想要他？是什么让他们把一个小宝宝就这么丢掉？他有时候乐意这样想：因为他们太穷了，或者因为他们犯了错，现在又后悔了。这个小宝宝完美无瑕，肉嘟嘟的嘴唇，粉红的小脸蛋，黑眼睛朝着他眨啊眨。这个婴儿像他一样。这宝宝怎么会有人不想要呢？

“你是个好孩子。”阿灵说，但这并非他问题的答案。他的眼睛湿润了。

“糜诺太太说，她不能再养特殊儿童了，她年纪太大了。”

“我们需要另外找个像糜诺太太那样的人，”阿灵说，“一个可以照顾所有特殊儿童的人。”

“我没资格照顾任何人，”头阿说，“我没资格在文件上签字。”

糜诺太太经常这么说，法律不允许他做决定。

“法律在变，头阿，体内安装了AI的特殊儿童就有签字权。”

在这样一个充满新鲜事物的夜晚，这话令他惊喜。他抱着个婴儿，在大城市里，谁也看不见他，现在他还可以签字了。他认为他明白今晚他为什么要进城，阿灵正在帮助他成长，但内心的疑问仍然让他感到羞怯。婴儿小巧的嘴唇和呼吸声也帮助了他。

“我可以吗？我能照顾这个宝宝吗？”他终于问道。他屏住呼吸，等待着答案。

“你想要什么呢，头阿？你不需要工作。在苗寨县，你会有个家、有片土地，会有机器人给你送来食物和衣服。你也可以去探索大千世界，到城里去，结识新朋友，或许还能找到工作。”

阿灵用光描绘出楼梯的水泥墙外的城市风貌。高楼大厦耸立着，涂抹着黄色油漆；路上的车辆行驶着；人们或漫步、或骑车、或奔跑、或搭乘公交车。这么多人，一切都如此陌生。

“那谁来照顾糜诺太太？”头阿问。

“机器人。”

“她的孩子们呢？”

“他们离得很远，又有自己的生活。”

他怀里的婴儿轻飘飘的、暖融融的，他惊奇地呆呆看着它。

“我能照顾她吗？还有这个宝宝？”

“可以。”

“我不知道怎么照顾他们。”他低声说。

“我会教你的，巩头阿。”

头阿慢慢呼出一口气。他胸中弥漫着一股强烈的感情，仿佛感受到蝴蝶与阳光。他用指尖滑过婴儿的前额，如此柔软，亟待有人保护。他要哭了，却不知道为什么哭，也不知道该怎么止住眼泪。他吻了吻婴儿的额头，然后握住栏杆，小心翼翼地往下走去。

讣告：连梅，苗族朋克公主，2011—2080，苗寨

连梅，出生于贵州省丹寨县下党吊村，家境贫寒，父亲连荣，母亲潘秀。幼时父亲亡故，母亲前往贵阳务工，因此母女关系并不亲密，连梅由祖母抚养长大。

连梅毕业于贵州理工学院，获大数据与人工智能设计专业学士及硕士学位。由胡涛执笔的《南方朋克》一书是未经授权的连梅传记，书中认为，连梅在研究生阶段的论文写作中遇到了障碍，最后勉强过关，且成绩低于班级平均水平。但她否认了这一传言，也否认了与教授有染的传闻。

无论如何，她很快就表现出了毋庸置疑的天才。毕业两年后，连梅成立了苗族朋克公主股份有限公司，当时这只是一家不起眼的互联网服务提供商，但品牌知名度很高。其后，连梅在此基础上筹资成立了数家衍生公司，充分发挥了自己在AI设计方面的天赋。

她开发了用于面部识别、面部情绪分析、社交互动和伦理套件的人工智能模板，还创建了一系列AI，用于完成诸如员工薪酬及管理，以及农业、建筑、教育等方面的行政工作。后期的模型更加多样化，发展形成了社工AI，多由苗族朋克公主股份有限公司指导和出资，在丹寨县和贵州全省各地从事扶贫工作。

在过去的十年间，苗族朋克公主股份有限公司一直专注于民法AI的开发，该系统先在苗寨成功试点，之后再面向整个贵州省进行全面推广。基层法院的自动化推动了新型司法模式的创建，使贵州成为法律和技术实验的温床，受到全世界司法机构和立法者的密切关注。

连梅终身未婚，且似乎终生没有谈过足以谈婚论嫁的恋爱，尽管各家小报捏造过关于她的各种轰动绯闻。成千上万名曾获她奖学金资助的女孩（她们自称为“苗族朋克军团”）心怀感激，沿着她的道路继续前行，纷纷创立了自己的公司，并积极指导着处于职场各阶层的女性。

尽管她在技术和社会方面都颇有建树，但她在社会上之所以具有偶像式的地位，核心原因仍在于她鲜明的时尚品位和态度，将愤世嫉俗的朋克音乐与苗族文化融合在了一起。在苗族朋克公主股份有限公司创立初期，连梅一夜之间就成了中国数百万女孩的文化及女权主义偶像，在远至澳大利亚、加拿大和美国的苗族群体中更是成了风靡一时的名人。她的自我意识从未动摇过，而全球时尚界也鲜有未在某方面受苗族朋克美学影响者，尤其堪称其他土著民族的榜样。

连梅为千千万万的苗族人民——尤其是在新经济中追寻自身地位的女童和妇女——架起了一座承前启后的桥梁。她对现代社会中的苗族文化做出了新的定义，虽并不适用于每个人，但她证明了，历史悠久的文化在充斥着手机、机器人和AI的世界中仍能茁壮成长。在数年之内，她带来的深远影响未必会悉数显现出来；但在不久的将来，千万苗族人民和十几亿汉族人民将共同安葬他们的朋克公主。

「

人类是什么？自我界限已经变得模糊了。六万多年来，人类的记忆、信息处理和肌肉力量已经扩散到了人类周围的环境中。思想是人类最难以捉摸的工具、是意识的副产品，它在神经元和芯片之间移动，传递给其他人类和AI，传递到由大脑、书籍和数据库构成的局域网与非局域网中。对于人类有机体的定义必须包括其使用的所有工具，正如对于蜗牛或蛤蜊的定义必须包括它们的外壳一样。

当自我具备了新的定义，进化对于人类的塑造力和人类对于环境的塑造力也就具备了新的定义。人类摆脱了自然选择的束缚，如今，进化中发生的改变已是刻意而为。DNA内部携带的人类信息经过了刻意的重新编程，正如AI的算法和编码一样；而DNA以外的人类信息（诸如数据库、AI和机器）也经过了刻意的重新编程。人类及其所有工具都变成了可以自行选择其设计形式的算法和程序。

《迭代哲学书简·对于人类自我的定义（第六章）》

苗族朋克公主股份有限公司

内部AI测试文件，2093年」

贵阳郊外，公元2095年

远处，在繁星点点的天空映衬下，贵阳一座座摩天大楼的灯光犹如一条象征财富与好运的长城。高架列车在社区间疾驰而过，无人驾驶飞行汽车像蜻蜓一样翱翔在空中。巨大的聚光灯照耀着城市的边缘，在那里，房屋和公寓楼都被拆除了，摩天大楼巍峨的钢架结构正拔地而起。巩翔筋疲力尽地坐着，他坐的地方潮湿而阴冷，从这里望去，焊接时溅出的蓝白二色火花宛如坠落的串串流星，无穷无尽。

他找到了一块干燥的硬纸板，铺在两堆旧砖头架起的一块木板上，边铺边咳嗽。他徒步走进了这座城市，在一幢新楼旁边的一个公园里安顿了下来，那幢楼里住着许多受过良好教育的年轻夫妇，他们养的袖珍小狗戴着亮闪闪的项圈。如果他们遛狗时看见他会生出罪恶感的话，他们就会扫一扫他那块牌子上的二维码，往他手机里转些钱。

他穷得叮当响，连他那台旧手机背后的银行都不让他提现或者买酒喝，所以他买了一些预制食品，用其中一部分换了半瓶白酒，这酒便宜极了，连牌子都没有。此时，他坐在纸板和木头搭起的栖身之所前面的垃圾堆旁，举起了酒瓶。透过玻璃瓶，可以看见蓝白二色的焊接火花，如洒落的雨点般闪烁着光芒。

他灌了口酒，又咳了一阵，对着这座闪闪发亮的城市眨了眨眼。其中有些亮光移动的方式很奇怪。一个机器人正在塑料防水布覆盖的棚屋之间移动着。这是个通用型机器人，小小的身体下面安装了四只钢丝轮，身体上方伸出几条蜘蛛臂。远处，弄出雨点般的焊接火花的，多半是些装有焊机臂和磁轮的专用机器人，就是它们抢走了他这种人的饭碗。一个机器人在他面前刹住滚动的轮子，邻居们移开了视线，万一这是个警察机器人呢。

“你好，巩先生。”

“你是不是躲在这东西背后的真人？”巩翔问道。

“我是苗寨的AI，这个机器人受我遥控。”

苗寨来的？它这么大老远跑来，到底想干吗？否认自己的身份是徒劳的。他那寒酸的太阳能手机就在他兜里，相当于他的身份证，何况这AI无论如何都认得出他的脸。“你想干吗？”

“你没地方住，”它说，“吃的东西也不够，你对某一种或者两种药物成瘾，还得了肺结核。苗寨正在兴建医院和养老院，如果你想回来的话，这里有地方给你住。”

机器人蹲下身子，胸口浮现出一组照片，画面上是一片令人神清气爽的木造建筑群，旁边有一道小溪，背景是座座青山。

“我没钱。”

“不用花钱，”机器人说，“但我必须告诉你实情：不会给你钱去赌博和买酒喝，也没有地方可以让你向游客乞讨。”

“这有什么问题吗？”

“这就是问题所在。”

“你大老远跑到贵阳来找我？为啥？”

“我们正在寻找失踪的苗人，他们来城里务工，有可能想回家。”

巩翔已经有将近四十年没回过苗寨了。他跑遍了整个贵州，甚至去过云南，四处谋生，想找个地方安顿下来。他还记得二交河，那是他长大的地方，那里实在太小了，除了种水稻，什么也做不了。苗寨要大一些，却同样是落后的乡下地方。

机器人说：“没那么落后。”

机器人能根据他的面部表情读懂他的想法，巩翔很讨厌这样。机器人应该离人们的头脑远点。机器人胸口的屏幕上播放着一些照片。照片里，每一个人都有手机或植入腕部的手机，每一面墙上都有可弯曲的柔性屏，丝毫不比贵阳落后。他不该以为苗寨会在时间之流中停滞不前。可是，正当他这样想的时候，却有越来越多穿着苗族服装的男男女女的图片在屏幕上掠过，他内心里感受到一阵剧烈的痛苦、一种对往昔的深切怀念。照片里的可不是那些穿着刺绣蓝衬衫的小老太太。时髦的商务衬衫、西装、牛仔裤、短裤、靴子乃至跑鞋，全都有苗族图案作为装饰。

“停！”他说。机器人再次看了看他的脸，理解了他对不同图片的反应，随即更换了播放给他看的图片种类。

他咳嗽起来，喉咙和肺部都一阵刺痛。酒瓶从他手指上耷拉下来，里面还剩着半瓶，或许他的生命也是如此。也许，比起住在垃圾堆里乞讨度日，他还有机会享受更好的生活。他年纪太大，身体损耗得太厉害，没法再干活了。反正他自己又能住到哪儿去呢？可是，去这么个地方，虽然有人照顾，却再也没有钱可花？简直不是人过的日子啊。

机器人身上以及远处钢架上闪烁的灯光忽然变得清晰起来。他擦了擦刹那间被泪水打湿的脸颊，虽然面前只是个机器人，但他还是有点不自在。体内有AI的机器人好像跟真人也差不多。

“是政府发出的邀请吗？还是苗寨人民？”

“我是一名社工AI，”机器人说，“替县里工作。”

“你们居然连社工都取代了，”他斥责道，“现在怎么着？所有的社工也都在街上流浪吗？”

“苗寨的大多数人都用不着工作，”机器人说，“县里从各行各业的利税中赚取了足够的收入，所以每个人都可以领取生活津贴、一套公寓或一块土地。人们也可以工作或学习，而每个人的收入都不会低于津贴的金额。”

津贴，他们称之为“丰收金”。也不能完全算金钱吧，他就只能拿到一部分。人工智能认为，他要么会把钱拿去赌掉，要么就会拿去买酒。垃圾村里还从来没听说过有丰收金这回事。

机器人胸前显示的图像已经静止不动了。这组幻灯片的最后一张图片上，是四名苗族儿童，他们穿着深蓝色的外套，戴着银色的帽子，男孩子们手执竹笛，摆出成年人的姿势，一副前途无量的样子，仿佛每次孤注一掷都能逢赌必赢，仿佛所有好工作都会从天而降，仿佛他们的孩子出生时都会完美无缺。

他灌下两大口酒，目不转睛地盯着那些孩子们看。他有个女儿，不知道在哪儿。她还在苗寨吗？是不是嫁给了某个家境不错的本地男孩子？或许，她是和其他女孩们一起在节日庆典上唱歌时遇到心上人的，这样的节庆还会招待从邻村徒步走来的乡亲们，那些名字他已经记不清了。又或者，她离开了苗寨，步他的后尘，去城里找了份工作？他没法去找她，她什么都不欠他的。谁都不欠他什么，他把生命中拥有的一切都挥霍一空了。就剩下这些机器人了吗？

他站起来，把酒瓶高高举起，咽下了最后的四口酒，然后把空酒瓶扔向远处的黑暗中。他摇摇晃晃地站起来，酒劲让他直发晕。他双颊已经被泪水沾湿，他用手掌擦啊擦啊，却怎么也擦不干。他胸口又痛又痒，那种感觉渐渐向上蔓延，就像一只虫子，要从体内把他啃噬掉一样。他又要开始咳嗽了，这回肯定咳得很凶。

“带我去看看苗寨吧。”趁着自己还能开口，他连忙说道。

那个AI首先把巩翔带到贵阳的一座房子里，他在那里洗了个澡，让机器人给他剪了头发，由医疗AI给他作了诊断，确诊了肺结核。他和开给他的药品一起被塞进了一辆无人驾驶汽车，穿隧道、过桥梁，一路往苗寨而去。没人盯着他看，所以，当泪水再次涌出时，挫败感和兴奋感也随之涌来，这一回，他任凭眼泪滚落。

苗寨完全变了样，他已经认不出来了，唯有山上那只巨大的鸟笼依然如故。高大的公寓楼矗立在宽阔的街道旁，街上是AI驱动的轿车、公交车和四轮摩托车。市郊屹立着大型工厂，有列车轨道穿插其间，直升机停机坪就设在屋顶上。在城市上方的高空中，远远可见四旋翼无人驾驶车辆循着直线行驶，就像在贵阳一样，红红绿绿的航行指示灯闪烁着光芒。

正如他在照片中看到的那样，人们身穿装饰着抽象苗族图案的牛仔裤和时尚短裙，以及绣有凤凰和金孔雀的时髦外套和衬衫。他进行了换乘，这是一辆陆空两栖无人机车，装配了四个螺旋桨。然后他便飞上了天空，以从未有过的全新视角欣赏着下方的县城，俯瞰着峡谷和陡峭的山壁，还有下方的桥梁和古老的道路，它们沿着山势蜿蜒上下，其中不乏之字形的急弯。

种植水稻的梯田仍在，但在两排笔直的禾苗间移动的却是塑料和金属材质的机器人，正在喷药除草。山上也有机器人在玉米、卷心菜和辣椒植株之间除草。距离机器人不远的地方，有身穿运动服的少年们骑着自行车，在旧时的山路上来来往往。

大山没变，但生活方式变了。人们做的是自己想做的事。机器人和AI完成了所有的工作，把丰收金上缴给了人们。当初他要是留下来的话，如今可能早就过上这种生活了，或许正住在一栋漂亮的公寓楼里或山上的一所小院里。一股青春的激情在他内心深处怯生生地翻涌起来，他已经多年不曾感受到这种情绪了。

无人机车在一条旧土路旁的平台上着陆。一连串棕色的建筑物形成了一个村落。平台上下的山坡上种着水稻，稻田里倒映出蓝天。与他年龄相仿的人们坐在桌旁，有的正削木头，有的拿着平板电脑看书，还有的在侍花弄草。有几个穿着浅蓝色制服的人在平台边缘走来走去，好像有什么事要做似的。他有些羞怯地迈开步子，腿直打晃。其中一名年纪较长的女子迎着他走过来，微笑着和他握手。

“我是阿碧，”她说，“欢迎您。”她的名字颇有苗族风情，意思是绿色。

“我叫巩翔。”他说。

她说：“如果您参观这里之前想先喝点茶的话，我最喜欢坐在这边的椅子上。”

他跟在她身后，接着意识到她讲的全是苗语，是他童年时代的旧苗语。重新青春焕发的感觉有点不大舒服，就像蹲了太久以后忽然起身、麻木的双腿重新恢复知觉一般。他不知自己身在何处，但这种感觉很熟悉——这是他的大山，感觉不像来错了地方。她把热水倒进玻璃杯里，冲泡着杯中鲜绿的茶叶。

然后，他的灵魂仿佛被人猛踢了一脚。其中一个身穿浅蓝色制服的人走近了他们，她身材矮小，额头和脸颊都扁塌塌的，小眼睛向上吊起。他的胸腔仿佛被抽空了，仿佛他忽然变成了一只空瓶子一般，只剩下清透而易碎的瓶壁。

他目光匆匆扫过草坪，另外一人也是这样。一个穿浅蓝制服的矮个子男人正跟一位老住户谈话，有些苗语词汇念得不准，当他听那位长者说话时，简直都能看见他的大舌头。然后，那个穿制服的人笑起来，他闭上眼睛，满脸乐不可支的表情，似乎很是开心。巩翔从椅上半站起身子。

“这怎么回事？”他问，“这是什么地方？”

看见他惊慌失措地在穿制服的人们身上瞅来瞅去，阿碧把手放在他的手上。

“他们在这儿工作。”她说。

“让他们来照顾我们？”他说，“他们连自己都照顾不了！”

“坐下吧。”她平静地说，“好好品茶，这茶挺不错的。”他缓和了态度，坐下来，却碰也没碰那杯茶，耳中都能听见自己怦怦的心跳。“您大可放心。患有唐氏综合征的工作者大脑里全都装有芯片，其中装载了辅助AI系统。有时你会听到他们自言自语，那其实是在回答AI的话。”

巩翔一下子还想不明白这一切究竟是怎么回事，他只觉呼吸困难。

“他们为人温和友善，乐于照顾别人。”阿碧说，“因为脑子里植入了AI，所以他们不会犯错。如果遇到真正的紧急情况，比如心脏病什么的，山里还有个医疗AI。”

她指向山顶，那里矗立着一座手机信号塔。

“有为数不多的各种AI在山里工作，以便覆盖邻近的几十个社区。”她说。

其中一名身穿制服的唐氏综合征女患者走到他们桌旁，犹豫不决地停下。

“你好，阿碧。”她微笑着说。

“你好，库吉。”阿碧说，“这是巩先生。”

“我知道，”库吉说，“你好，巩先生。”

库吉伸出手来，但巩翔却没法跟她握手。他已经痛哭失声，哭得一发不可收拾。

巩头阿站在门口，注视着这名男子，不知心中该做何感想。糜诺太太早就去世多年了，在阿灵的帮助下，头阿埋葬了她，阿灵告诉他在葬礼上该怎么说、怎么做。但他还有库吉和熊希，以及其他许多人，如果他们住到一起，人数都多得可以组成一村了。出生的特殊儿童人数越来越少，因为医生机器人的数量增加了，足以覆盖所有的村庄。有时候，巩头阿会觉得好奇，他是不是自己这些同类当中的最后一个；但也有时候，他们的人数实在太多，要是没有阿灵的帮助，他连这些人的名字都记不全。但他仍然是头阿，“第一名”，他为此感到自豪，为自己帮忙抚养了许多特殊儿童而感到自豪。

阿灵和其他AI把贵州和云南各地的特殊儿童都带到这里来了，不只是苗族，侗族、布依族、土家族或彝族孩子，就连汉族的特殊儿童也被AI带来了。头阿不知人们有没有告诉过AI，应当给这些特殊儿童准备栖身之所。AI控制着摄像头、车辆和无人机，也负责打扫医院和街道。若是AI想用无人驾驶车辆和无人机转移弃婴，根本用不着让人类知道。有时候，当他看到人们瞅他的眼神、看到他们取笑他的样子，他就会想，或许“给特殊儿童创建一个家园”这个主意是AI们自己想出来的。

“你感觉如何？”阿灵问他。

“我不知道。”

“不必紧张，想对你父亲说的话你不是早就练过了吗，练了好多年了。”

“是啊。”他愁眉苦脸地说。

阿灵等待着，它总是等着他，它从来不会叫头阿赶紧点。它知道，头阿有时需要三思而后行。

“我妈妈是糜诺阿婆。”最后头阿说。

坐在桌边的那个人已经不再企图拭泪了，只是用双手捂着脸。

“是的，她确实是。”

“你是我父亲。”头阿第一次说出这句话。

“我为你的成长感到骄傲，巩头阿。”

他心脏狂跳不止，深吸了一口气。库吉仍然坐在桌旁，阿碧拍了拍巩翔的背。他拿了张纸巾，正在擦眼泪。巩头阿呼出一口气，走到桌边，心里很紧张。他停在桌前，停在库吉旁边。他脸上感到一股怒意。一阵发烫。库吉拉着他的手。

“我是巩头阿。”他对巩翔说。巩翔的脸色变得惨白，头阿则呼哧呼哧直喘气。巩翔没有动。“我还在襁褓里的时候，你把我丢了。你算不上父亲，你连名字都没给我起，只好让电脑给我起了个名字。”

他父亲的脸色越发苍白，瘫倒在椅子上。

“你是个坏蛋。”

头阿嗓子里一阵刺痛，好像要哭出来了。

“我还活着，我有工作。我娶了糜诺库吉，我们生了两个女儿。她们很聪明，在公主学校学习开发AI。”

库吉把他的手握得更紧了。

“不过，我不是坏蛋。”头阿对巩翔说，“所以我会照顾你的，爸爸。”

巩翔的肩膀抖了抖，然后，他把手伸进衬衫，掏出一条银链。他颤抖的手握着银链，向巩头阿伸去。

今日镇长

MAYOR FOR TODAY

[美]弗兰·怀尔德 著
FRAN WILDE
蒲丽竹 译

作者简介

美国科幻奇幻作家。其多部短篇获星云奖及雨果奖提名，其首部长篇小说《上升气流》曾获2016年星云奖最佳青少年长篇小说，同时获得星云奖最佳长篇小说提名；长篇小说《河地》获2020年星云奖最佳青少年长篇小说。

调度员把这项工作派给我时，我确实有些担心。乍一看，委托内容蛮寻常的，唯独在细节上含糊其词，而这常常意味着接下来会有麻烦。

其含糊其词的程度，足够让我心头一悸，本能地多留个心眼。

可这回，我没留意心里的不安。

“能再说详细点吗？”我冲着手表说。应用程序GigTime（零工时间）的调度员负责给我分派工作，通常这些工作都是“行政助理”“人类司机”“代课老师”之类的，还附有简短的描述。只要能接到工作，我就算是走运了。不比从前，现在我不是常常都能有活儿的——有回我接了份不合适的工作，陷入了困境，然后就不再受到青睐了。

现在，我的应用程序上只亮起了两个字：县长。

在这两个字中间的空白处，出现了一个旋转的彩虹色圆圈，表明应用程序已停止反馈信息。

“把什么说详细点？到这个需要县长的县城去，在规定的时间内完成这项工作，没了。”我听到啪的一声，大概调度员又在吹口香糖泡泡了，在工作期间，这是被明令禁止的。我不知道调度员的名字，但我喜欢她的声音。这声音总能和缓我的心绪。当然她吹泡泡的声音除外。对了，还有某次零工中，她不得不解雇我时的声音，也得除外。

“但是当县长？还有……”我笨拙地摆弄着这个小小的应用程序；

技术已将之进化到如此之小，相形之下，我的手显得太大了。没有更多数据出现。我用指甲敲了敲碳纤维手表的侧面。提示加载失败的彩虹圆圈消失了，但没有新东西出现。我的表早就有点失灵了，可我这一阵子都没有足够修复它的信用点。

最终，我还是成功切换到了工作细节窗口。“中国，苗寨，然后是……二十四小时。这不可能。就二十四小时，怎么够当一位县长？”

又是吹泡泡的声音，啪的一声。“维克多，这还不显而易见嘛：你到那儿去，签些文件，种棵树，拍拍屁股走人。你读下档案。”

并没有什么档案。我又碰了碰手表。啊，找着了。一张职责清单。

可我还是犹豫不决。

“难道我不需要先参加选举，再当选县长什么的吗？”至少在北美沿海地区，县长或市长一直是属于System（体制）的——System有单独的应用程序，光是下载该程序，就必须积累足够的志愿者服务时间和社会培训课时。种种操作之后，才刚刚轮得到解锁合作选项。

而一个还用着GigTime的人，是怎么也承担不起每月花在无收入活动上的时间的。所以，我没有System应用程序。

“不用，这个县城的县长基本上是礼仪性的虚职。你要做的就是履行一些官方职责，比如我刚刚说的那些，然后提交一份报告，工作就完成了。维克多，请问你选择接受这份工作，还是推掉不做？”

“县长”一词旁边，出现了一个正在旋转的黑白沙漏计时器，随之工作评级也浮现出来：相当高。这份工作给了一大笔报酬，数额大得惊人；推掉的话，会让我分到下份工作的队列排位下降更多；我可能很长一段时间都不会有工作。

我需要这份工作。今年春天，我女儿就要高中毕业了，我要带女儿去迪士尼乐园庆祝。不能是随便什么迪士尼公园，得是最大的那个“迪士尼州”。那个有露营地，有海滨，每天下午都能看到海豚的地方；

那个一切都很完美，一切也都很昂贵的地方。但我知道，埃尔莎贝特一定会爱上那儿的。

我也在努力攒信用点供她上大学。我知道，这是大多数人都放弃了的事，但这始终是我的梦想，也是她母亲的梦想。

如果我接了这份工作，报酬足够我们在迪士尼乐园游玩一周，此外还能剩下些。我又仔细看了看说明：提供往返机票，按日给付的餐费和杂费（我在美国本地干上好几周，往往都挣不到这么多），以及在县城中心订下的两晚酒店。真好啊。这工作确实看着很理想。

可我还是犹豫不决。已经有零工让我遭过一次罪了，一次就够了。

算上搭飞机的时间，我会有四天都不在家，那么就可以少付四天的房费。当然了，我的房间可能会被租给别人，不过我也没什么带不走的大件行李。这样一来，我又能攒下不少信用点，够让埃尔莎贝特秋天的时候上几堂课了。

总之，比起待在集装箱改造的日租房里，整日等待下一份零工，去当县长要划算得多。

还有快要日出了，到时堆在威廉斯堡这边的集装箱城就会很热。毕竟到了三月了。春日的阳光会从曼哈顿的大型玻璃幕墙高楼之间来回反射，穿过河上全部三座桥后，像特斯拉的死光[①]一样烘烤我家，这个月里将会天天如此。我得出去走走。

“接受工作。”我说。

“祝贺你，维克多·萨拉查，你将成为中国苗寨县的第2450号县长。你需要在任职期间发布苗寨的相关新闻，包括科技和商业的实力，文化和风景的美丽，能工巧匠的技艺。然后就能和以往的众多县长一

---

① 尼古拉·特斯拉（1856—1943）是世界上最天才的科学家之一。有传闻说他发明了一种“死光”武器。——译者注

样，卸任并返回自己的家乡。”

调度员的声音听起来像在读卡片。我又轻轻敲了敲手表，看到了同样的问候语，还有一份行程表。又是一声吹口香糖泡泡的声音。“听着挺好的。”我说，手腕上接连的振动分散了我的注意力，振动显示有一笔预付款打到了我的银行账户，去往中国的机票也打到了我的护照软件上。啊，护照软件，我很久没用过了，希望它还在正常运作。我的手表又振了起来，这回结束后，我的皮肤都有点发烫。“哎呀。”

“苗寨自作主张地更新了你的签证。作为交换，他们要求我把你的指纹、血样和虹膜扫描寄给他们。你的回城机票单会在你完成工作后发送。”“呃，谢谢？”调度员通常不会需要这么多个人数据。不过我懂什么呢？我又没有为短期零工出国的经验。

“你想要购买一份零工保险吗？”

“调度员，你也知道，保险就是骗人的。这个应用程序的使用许可费，我已经交过了，再交第二道费用就算了吧。再说如果我有够买保险的信用点，我压根儿不需要来打零工。”

她又吹了个口香糖泡泡。“知道了，维克多。”我感觉听到了她在笑。

去机场的路上，我给朋友金打了个电话，跟她说了我要去什么地方。在零工经济中，这种事是很好的锻炼机会。

她笑了，笑声有点怪怪的，有点吧。“我父母就是那儿的人。这趟旅行会很漫长的。”

“我知道，我现在正在下载免费的音乐和电子书。”

“不过这可是县长啊。为什么我没这样的零工可做？”

“去年你不就打过一份超棒的零工嘛！”

“帮厨？”金又轻笑起来。还是笑得怪怪的。

“是啊！有免费的食物！”

“你有当过未经培训的帮厨吗？很可怕的。每个人都把刀具扔给你。”

她没和我说过这些。那时候，她只是不断接济我，给我带来一盒盒打包的意大利面和海鲜。因为那份糟糕至极的零工后，我一度排不到任何新工作，而咪咪带着埃尔莎贝特，一起离开了我。

是的，对那份特定的工作，我满怀怨恨。但我不会恨金。“你觉得人们在GigTime上接受工作，有时是为了释放一些过度的压力？”过去一年以来，我都在琢磨这个问题。

“也许吧？帮厨的工作就是这种感觉。”金停顿了一下，“你确定要接这个工作？苗寨真的太远了，中国对零工的规定也许和我们这有很大的不同。特别是，你又不怎么了解当地文化呀。”

她说得不无道理，让我心头又是一悸，也勾起了一些接任务前压下的疑虑。县长可以是任何意思，尤其只是礼仪性虚职的县长。这是某个让我背锅的赚黑钱阴谋？有可能。是有人利用官方人物达到自己的目的？这事发生过。是一场古希腊式的丰收节献祭仪式？我听说过，虽然就一次。不不不。调度员说过，对于何种零工任务可以发布的问题，中国政府管控非常严格。再说，接受任务时的欢迎界面盖有县长公章。那是份合法文件。我相信GigTime。

至少，我相信我的调度员。

以防万一，我还是尽可能多地下载了关于这个地区的报纸和纪录片。

然后我搭上前往老肯尼迪航站楼的机场快铁，登上飞机，插好耳机，一路上都在听书，听谈苗族文化的，谈周边地区矿产开采历史的，以及一本最近出版的，有关保护当地语言所做努力的书籍。

很快，我就到了北京，之后还得飞往贵阳，才能抵达苗寨。最后坐了两个半小时汽车才到了群山之中的目的地，搭的是那种人躺在里面的单人汽车，那车光滑、车身低、自动驾驶。在这里可没多少“人类司机”的零工。

顺便说一句，这场汽车之旅非常奇妙。首先是机场附近的长隆欢乐世界游乐园，深夜的安全灯映照下，游乐园门口巨大的机器人雕像和有着挥动触须的游乐设施看起来十分诡异。然后是苗寨所在的崇山峻岭，其间处处穿插着巨大的桥梁和长长的隧道。两者都是如此巨大的建筑工程，仿佛是由巨人来建造的。与我的家乡不同的是，这里一路上道路很平坦，夜晚未受污染的天空是蔚蓝色的，星光灿烂。只有头顶上偶尔传来自动驾驶汽车的轰鸣声，引得厚厚的车顶晃动起来时，我才想起担心自身安全。

我不由得凝视漫天星空，看流星偶尔划过天际，听最新的韩剧里的人物吵架。夜已深，我实在打不起精神继续听下去了，明天早上起来，再学习所有我需要知道的东西吧。

自动驾驶汽车终于在苗寨县城的主入口前停了下来。小小的彩灯隐藏在高高的竹林里，照亮了一扇厚重的褐色木门，门上雕刻着牛头和分叉的巨大牛角。我们进了大门，前往镇上最好的酒店：苗寨五星酒店。

酒店前有一条小溪，溪水中满是锦鲤，一座小石桥横跨两岸。走过石桥之后，我一时间目眩神迷：酒店大堂内仿佛布满了星座——明亮的白点和白线划过深蓝色的天空。随着眼睛逐渐适应了昏暗的光线，星座化为了从天花板垂到地板的靛蓝色帷幔，上面绘着精致的蜡染印花图案。我认出其中有蝴蝶、鸟类、鱼类，以及不确定是虾还是巨型马陆之类的大型多足动物。帷幔在深夜的微风中飘动，动物们恍若起舞。

我伸出手腕，方便接待机器人扫描我的手表，查找护照和预订信息。数据传输发出的蓝光让我感觉到安慰的熟悉感，毕竟一路上看到太多奇异的东西了。接待机器人从内部吐出一个包裹，由蓝色袖标裹着，里面装着几袋石茶茶包。接待机器人说："这是非常好的茶，仅供自己人品尝，不对游客提供。"然后它点亮了一个箭头，指向我房间的方向。我尽职尽责地朝它指向的地方走去。

就是那之后，我第一次感觉到了麻烦的迹象。

注意，我的意思不是酒店的接待机器人出了故障。酒店房间是以我的名义订下的，但里面已经有其他人了，且还是好几个人。发现这个事实的过程很不愉快。我乘这家豪华酒店的电梯下了一层楼，来到可以听到河流声音的低层，走过铺有瓷砖、挂有更多帷幔的细长走廊，打开了250号房间的门。

房间里挤满了一大家子，看着至少有六个成年人。我按键进去打开灯时，几个人挤着睡在床上，其他人蜷缩在沙发上，或者很不舒服地缩在桌上。还有一个在马桶上。

哇！我赶紧撤退，回到接待机器人那里。

我把手腕放在扫描器下，它再次吐出了我的房间号码：250。

"出错了，"我告诉接待机器人，"里面已经有人了。很多人。"

机器人开始运行某个高级算法，一段时间之后，给我吐出了另一个号码：245。

此时天色渐亮。我已经旅行了二十多小时，糊涂得不知道今天几号。不过没关系，我的GigTime应用程序表示县长日是明天。

这次我的房间里没有人了。房里空空如也，只有一张床，一个床头柜，一张桌子，一个水壶和两只杯子。窗外是一条泛着点点星光的小河，但我已经筋疲力尽了，河水完全没柔软洁白的枕头有用。我很快上床就寝，沉沉睡去，直到几小时后，提醒去吃早饭的闹钟响了，我才醒了过来。

一切都让人觉得温柔可爱，充满希望。至少太阳不会从我在威廉斯堡的唯一一扇窗户照进来。至少在这里，外面的河流没有被一千座玻璃幕墙高楼的光芒照亮。至少在这里，河上的桥是一座人行桥，不会满是汽车。在这里，至少按虚名来说，今天这座县城是属于我的。

我精心打扮，试着看上去富有担当。

然后找地方吃早餐，实际含义是穿过迷宫般的层层走廊，同时肚子还咕咕叫着。一些大厅的墙上整齐挂着我现在已经熟悉的蓝白相间的帷幔，也有大厅在墙上巧妙布置了许多鸟笼，还有一个大厅挂着木雕的牛头。在路过鸟笼展示区两次之后，我才意识到是同一个厅。终于到达餐厅后，迎面而来的美味自助餐让我非常快乐，那分量足以让整个集装箱公寓的人吃上一个星期。

更妙的是，好像其他人都已经吃过东西离开了，所以我可以大快朵颐。我灌下一大碗茶，吃了几个卤鸭蛋，喝了两种口味的粥，又喝了咖啡，吃了熏肉、炸茄子和南瓜。一位真人服务员恭候在旁，负责随时解答问题。她看起来和我的女儿一样年轻，当我对着手表翻译一些短语时，她也像我女儿一样嘲笑了我很多次。她俩似乎都认为我是个白痴，但原因不同。

“今天的县长？”最后，她指着我戴上的靛蓝色袖标问，就是那个入住酒店时收到的袖标。

我点点头，笑了笑，稍微挺起了胸膛——我也不知道自己为什么要这么做。她和我一样明白，这完全是个礼仪性的虚职——“2450号。”我自嘲。

“记得穿舒适的鞋子，”她告诫道，“还要粥吗？”

我又端了一碗南瓜粥和一杯茶回到餐桌上。我只带了脚上这双鞋——曾经光鲜，现仍结实耐用的切尔西靴——和足够我在苗寨待三天的换洗衣物。应用程序指示我必须穿得职业一点，三天的换洗已经比我通常为零工准备的衣服要多了。

我一边吃饭，一边用手表给金打电话。“我到了！”我说。

手表玻璃上方，金的脸出现在一张小小的模糊全息图上。我只付了标准的国际套餐，而不是双白金或超级镀金白金套餐，所以信号没那么好。

声音传来后，她的嘴唇才开始移动。“你见到你的雇主了吗？”“还没有。我得去市政办公室。他们给了我一个袖标。”我指了指手臂上那块蓝白相间的蜡染布条，“我吃完早餐后去，他们会在那里给我分配任务。”

我吃完早饭，也收到了一部分的预付款。目前我身心都感到非常满意。

仔细想想，这种感受也可能是时差反应造成的错觉。

就算是错觉吧，在寒冷的空气中穿过县城后，我确确实实感到精力充沛，可以工作了。不过，最好尽可能是室内工作。主干道上商店林立，一群群妇女穿着当地特色服装，兴致高昂地走过，让我略感混乱。但是街上也有穿着羽绒服的孩子，以及试图管住他们不让乱跑的老年夫妇。还有许多游客在拍摄这一切。即使在清晨，我的（至少今天是我的）县城仍然熙熙攘攘，繁荣昌盛。

我迫不及待地想了解更多有关县长职责的信息。有人讲过要种棵树。我从来没有种过树，上学时也没有。我有点好奇，我要种的是一棵真正的树，还是虚拟的呢？

我穿过了另一个广场，又走过几个热闹的街区，经过一个电影院，走上一大排台阶（周围环绕着雕有公牛角的铜杆和铜鼓），才到了市政办公室前。

外头排着长长的队伍。

在场所有人都令我吃惊，一些人穿着本地的衣服，面容特征和我刚刚一路走来时看到的人类似，还有一些人看起来和我一样，来自其他地域。我用翻译软件听周围人的低声谈话，我自己能听到三种不同的英语口音，而翻译程序则告诉我，在这一百多人里，光我听到的就有约鲁巴语、西班牙语、印地语，还有普通话。每个人，特别是那些排在队伍前面的人，看起来都很疲惫，有点沉郁和沮丧。

这是我今天要帮助的人们吗？迷路的游客？人真的有点多。

“打扰一下，”我好不容易穿过人群，找到了城市行政官的办公桌，通过翻译软件说，“我是你们的县长。”我抬起手腕，展示左臂的袖标。

“请排到队尾去，”那里的一个女人用干脆的英语说，话音里带着一丝疲惫，“城市行政官因重要公务外出，由县长负责本县事务。看看这个。”她把半张纸滑过桌子递来。

我照着她指的地方，走回了队伍的尽头。这回走的是队伍的另一侧，我才看到每个排队的人都戴着和我相似的袖标。

天开始下雨了，我拿着的纸随着墨迹濡湿开始变成灰色。我以最快的速度阅读，但有些字迹已经模糊了。“欢迎第__号县长，由于程序问题，您的县长任期暂时中止。我们邀请您留在苗寨，直到完成您的工作为止。”

“这是什么意思？”我问排在前面的人。

他们伤心地看着我，用西班牙语说：“我也希望我知道。我是昨天到这里的，没有人告诉我任何事。城市行政官说她会处理的，但她还没有返回苗寨。这里有些人已经排队好几个星期了。”

“好几个月。”一个排得很前的女人纠正道。

我的着装并没考虑当地阴冷潮湿的天气。天气预报软件告诉我，在我停留的三天里，天气将会是15摄氏度左右，或稍高一点儿。我只准备了一身我认为合适的县长衣着：牛津衬衫，斜纹棉布裤和运动夹克。这身衣服花掉了我预付工资的四分之一。

正在排队的其他人则已经裹上了从当地商店买来的服装。

“我们非得在这里等着叫号吗？”我终于问道。

“是的。每天都要等。这份零工的第一步是完成‘向县长办公室报告，并接受你的委任’的任务。”排在靠前位置的某人说。那张熟悉的面容让我涨红了脸——是我昨晚闯进分配给我的房间时看到的其中一人。他看着不在意的样子。“我们完成了工作的第一步，但还没有人能完成第二步，以及其他所有步骤。”

随着时间的推移，我注意到所有排队的人都戴着有GigTime应用程序的手表。他们有时会点击这些程序，每次点击都会被告知“工作尚未完成”。

还有一些人则呻吟着，拉伸自己的脊背和腿肚子。排队是份艰苦的工作。确实，得穿舒适的鞋子。

餐馆的女服务员走了过来，端着几杯装在小杯里的茶。“红茶，茶叶是我们山区自己种的。”她说。茶香扑鼻，温暖的茶水帮助我驱除了站在雨中的寒意。但我开始焦灼起来。如果这份工作没有任何进展，我必须回到纽约，想办法真正赚上一笔才行。不管是为了我的女儿，为了我们的旅行，还是为了她的学费。也许是为了保住我以前的住处。“有人知道为什么停滞不前吗？城市行政官在哪儿啊？”

队伍里远远地有人咕哝着什么，翻译软件译为“不离开”。

“你说什么？”我旁边的人说，“你能大声点儿吗？”

一位背着双肩包，戴着色彩鲜艳的帽子的年轻英国女子说：“2328号县长不离开岗位。已经快四个月了。城市行政官也无法让GigTime解雇他。系统出了漏洞。如果县长始终不离岗，我们就无法完成工作。”

我旁边的人唉声叹气起来，真相大白了。

如果我没完成工作，应用程序就不会给我回家的机票。

我们被困住了，被GigTime的算法规则困在了这里。由于我们完全能够胜任这项工作，我们便必须做下去，直到完成为止。

我们所有人——至少有一百二十位候任县长（我们点了点人数）——都站在那里，直到傍晚下班时解散，才三三两两地走回旅馆。

2416号县长，那个讲约鲁巴语的高个黑人男子跟我走在一块儿。“我以前觉得这项工作是要人的，”他悄声说，“现在我倒希望不是这样。”

那天晚上我们一起吃饭，互相分享了孩子的照片。他给我看的是他儿子在牛津大学读书的照片。我羡慕得叹气。我给他看的，则是埃尔莎贝特穿着机器人队球衣的照片，地点是宾夕法尼亚州，她和她妈妈住在那儿。埃尔莎贝特梦想申请读斯沃斯莫尔学院。我却最多只盼着，能靠现在的积蓄，给她买一些审计课程。

“这还不是我干过最糟的活儿。”我开了话头，又支支吾吾地停下来。我不该谈这个的。

2416号县长的名字是博拉德·奥卢沃勒。女服务员给我们端来了一碗五香茄子，随后是一木桶米饭，他笑着伸手去拿。“这也不是我干过最糟的工作。最糟糕的是——”他的声音停了，“我不应该讲这个的。”

有那么一瞬间，我怀疑我们是不是曾经为同一个人工作过。

于是我们默默吃饭，2389号县长和2390号县长随后也加入了我们——他们是来自贵阳同一个镇的表亲。几年前，他们给自己在社交媒体上发的图片设计了精致的滤镜，从而成了颇具影响力的中国超级网红。我发觉以前见过他们的脸，但没了动态花瓣环和海藻叶，没了水汪汪的大眼睛，所以没认出来他们是谁。他们没跟我们说什么，只是笑着给我们点了更多的食物，其中有一道是鱼汤，给每个人都配有单独的调料碗。然后他们在桌边拍照，编辑照片，然后发布。后来我看到了照片，甚至那道汤都加了花朵滤镜。

我很晚才上床睡觉，一整天都和外来游客在一起，没和多少当地人相处。我决心明天要更多地探索本地生活。

第二天过得和第一天差不多，只不过当我回到房间时，发现里面还有其他人。我没问他们是不是县长，他们左袖上的袖标一目了然。

我走向接待机器人："你又出错了。你把我的房间让给别人了。"

"您的原定住宿时间是三天两晚。"机器人的声音很温柔，听起来有点像调度员的声音，"您的住宿补贴已到期。本县城为此制定了一个紧急策略，帮助我们的县长客人节省住房成本。您可以选择与其他候任县长共享一个房间，或者选择在其他地方找到住处。"

这给我敲响了警钟。我点了点手表，但它仍然显示"工作尚未完成"和我当天的每日津贴。至少这个数字还在增加。不过，现在我被无限期地困在这里，这数字就没那么令人开怀了。

我的胸中涌起恐慌感，它像一只被关在笼里的大鸟一样往外挤，为此我开始缓慢呼吸，这是我在高中经济学课上学到的。大概是这门课唯一有用的知识。吸气：相信自己能够工作是幸运的。呼气：准备工作。是的，这才是关键。

尽管如此，问题依然存在：如果以前的雇员不愿离开，我怎么完成这项工作？我该怎样做，才能及时回到我女儿身边，赶上她的毕业典礼？

"我选择共享房间。"我对接待机器人说。了解我们有多少人，现在变得尤为重要，好在也更容易了：我已经见过了那么多排队的县长。我得到了251房间的密码，就在我原来闯进去的那个房间的隔壁。进去之后，我见到了博拉德，以及两个澳大利亚背包客，分别叫泰德和鲍勃（县长号是2419和2424），他们选这份工作，是为了来中国做一次便宜的旅行。房内还有一个来自中国东部的、文静的诗人兼教师（县长号是2431），我只知道他姓宋。他老在日记本上写个不停。

没人想讲什么。我们用房间里的电热水壶泡茶，然后用咖啡吸管抽签，谁第一班睡觉，睡床还是地板。

轮到我睡觉的时候（我抽到了地板），我听着河水的低语声睡着了。它像在说，相信自己很幸运，并准备好工作。

如果说我从“我不该谈的史上最糟工作”中学到了什么和自己有关的事，那就是我很有韧性，我有很强的是非观。咪咪以前很喜欢我这点，直到那差点儿毁了我们的关系。

我生来就不懂放弃。特别是有人陷入困境的时候。不过，似乎没有人注意到自己陷入了困境。当下还没有。

早餐时，泰德说：“每个人都很高兴能得到每日津贴，不用再为另一份工作操劳。当这一切结束后，我们能攒上一笔长途旅行的巨款。”

“前提是这一切有结束的那天，”鲍勃说，他看了看表，“我开始怀疑这一点了。”

“为什么调度员不解雇这位县长？”我问道，想起了在那份最糟糕的零工中，听到的吹口香糖泡泡的噼啪声，当时调度员正在陈述解雇我的条款。

“城市行政官离开去寻求帮助之前，她说过在国际合同中有些用语很混乱，”宋突然说道，“这个应用程序对工作内容的描述非常字面化，而这个新县长也是一板一眼。结果证明，文字和标题很重要。不过这儿的很多人似乎并不介意一点小小的不适，只要他们每天都有报酬。”

一点小小的不适，也许是吧，但是失去自由前往任何地方的权利让我恼火。工作的要求，是先向县长办公室报到，再完成自己的一日县长之职。而县长喜欢办公室外面有一群人排队。“这让他们看起来能派上用场。”博拉德说。

于是第二天早上，博拉德和我开展了一个小小的副业，我们接过各种写着“待成为县长”的GigTime手表，让想休息一下的人们能够自由探访县城的其他区域，或者——有个人是这么做的——回家几天，看望生病的亲戚。我不敢相信，之前竟然没有人想到这个办法。

“哦，曾经有人这么做过，但那让县长很不高兴。”一个姓谢的女人远远地说，她是2435号县长。排队的时间越长，我的翻译软件就更能通过机器学习取得更大的改进。“那人还去了机场，但到达机场后，护照就被收走了，人被送回这里完成任务。走的那人和代为保管手表的人进了县长办公室，再也没有出来过。两人分别是2358号和2379号县长。”

“县长为什么不高兴？”我紧张地问。

没有人回答。

我能想象可能的原因：护照被收走这种事，最终可能会引起外界的错误关注。且是会让县长惹上麻烦的那种。加上外面还有个城市行政官在试图寻求帮助。

“2328号县长现在有眼线了。”有人小声说，声音太快，我看不清是谁，但我想可能是2441号或2442号县长。“你得小心点。”另一个人说。

博拉德和我把GigTime手表放在自己的背包里，试图把数据伪装成合理的个人数据足迹。我们仍然在人们需要的时候帮助他们。整整五天都有效果。

尽管如此，偶尔我还是会付信用点给谢或她的兄弟，让他们帮我拿着我和博拉德的表，然后我们漫步穿过县城，目光越过河流，停在为县城提供电力的水车上。我们到县城广场的现代化的电影院去看电影，有一回还看了一场芭蕾舞。

我们试图与商店店主和表演者交谈，但他们看到我们的袖标后便躲开了。

“难道县长从来不参加这些活动吗？”我们回来的时候，博拉德问谢，“只是这位县长罢了。2328号县长自从就职后就没离开过办公室。其实这是好事。整个县的人都有点怕他。”

我无法想象是什么能把整个县都吓到。而且这个县还是每个人看起来都很友好的地方。

我在上厕所时接到了金的电话。“新闻上说，GigTime给你们县指派了太多的县长。有人用无人机摄下了你们排队的画面，并在国际上公开发布。GigTime否认这是应用程序的问题，也否认他们与苗寨的合同有问题。那里发生了什么？”

我看到过那架无人机，在一天清晨慢悠悠地飘过广场，当时有几个苗族妇女脚踩木屐，身着满是刺绣的红裙和短上衣走过，她们的银项链和银头饰像铃铛一样叮当作响。我还以为只是游客在用无人机拍照。

“中国方面也否认存在任何问题，但——维克多？我在新闻部门打零工时，有几个工作人员已经要求零工们同样为他们操作无人机了。你当心点，好吗？最少来说，这个应用程序肯定是出什么故障了。还有，请把发生的一切都告诉我。只要取得有效素材，我就能得到一份全职的新闻记者工作了。”

“我会尽力帮忙的。”我说。但除了我们经常站在一起排队，我还真不知道能告诉她些别的什么。我连现任县长都没见过面。

博拉德和我匆匆回到队伍中，尽可能地召回了其他人。一些人还以为队伍终于要移动了，但事实并非如此。

“这太过分了，”有个英国腔大声说，“我们中有些人还要去别的地方。我们中有些人相当重要。”很显然，都不需要看到2405号县长那红润的脸颊、鼻子和充血的蓝眼睛，就能知道把去酒吧了。

我们把服务员叫过来，付信用点让她给这位县长端上一杯浓红茶，希望他别再吸引更多关注了。虽然情况还没有“史上最糟糕的零工”那么糟，但一直在变得更糟。

可已经晚了，两个多月来一直排在队伍前头的另一个英国人和一个澳大利亚女人走到我们跟前，要求我们交出代为保管的手表。

“谁下的命令？”谢回绝了，“那些手表又不是你的。”

“是苗寨县长的命令，”澳大利亚人说，“你们在做一项危险的事业。你们两个也跟我来。”她指了指我和博拉德。

还没等我反应过来，几个穿黑衣服的城里老人就没收了我们手上所有的手表，推搡着我们挤过吃惊的排队同伴，一直推到了队伍的最前端，镶板木门的门口。

那个喝醉了的英国人仍和我们在一起，他主动敲门。“就职仪式。这很重要。我本可以成为一名出色的县长，”他说，“这流传在我的家族血脉里。”

大家嘘他，要他安静。门打开了。

看起来我今天要去见县长了。也许我终究还是能帮到金的。

县长办公室里灯光昏暗。靛蓝色的帷幔上有着不同寻常的图案设计：机器人，太空船，还有一些看起来像彗星的东西。倒是全部采用传统蜡染风格。

一道柔和的蓝光从县长的办公桌上射了出来，那里放着一个圆顶的玻璃罐，外形像个钟罩，里面罩着一只有着鸟嘴的蓝色大虾。玻璃上用胶带粘着块手表，GigTime应用程序计时器显示：工作122天。剩余负121天。请联系你的调度员。

“你们好，市民们。”2328号县长通过翻译程序说。我能透过那块玻璃，听到里面是指甲划过黑板的声音。

好的，这正式成为我干过的最糟工作了。看了博拉德一眼，我就知道他也是这么想的。2328号县长不是人类。2328号县长是一只蓝绿色的、长着翅膀的大虾，头部是鸟类模样，大约有60厘米高，身体中部比我的拳头略宽。县长看起来和挂在办公室蜡染布上的那些动物非常像，后来我得知在他上任第二天，他用县长特权命人给他绘制蜡染肖像，我并没有感到震惊。

“你是怎么得到这份工作的？”博拉德抢在我前面问。

大虾朝他的方向转过身来，嘶嘶地说道：“我们来到你们的星球，原本是想到广州太空港附近的长隆欢乐世界游乐园看看的，因为它宣称颂扬所有的文化。我们想去那里做志愿者服务，但被告知，要找到一份工作，就需要先购买这个应用程序。”

大虾指着贴在玻璃圆顶上的手表说。它转动身体的时候，我看到一个微小的泵系统正在把地球的氧气转换成玻璃罩里的其他东西，某种令2328号县长可以漂浮在里面的气体。

“我们没有料到的是，在首次登录选择偏好之后，你们人类的应用程序不让我们选择想从事的工作。我们至今没能在公园里工作，”县长有点伤心地说，“不过，我们发现了这份非常棒的工作。”

屋里的官员点了点头。“这是份非常棒的工作，县长。”

那种心头一悸的感觉回来了。

“先生，或夫人，”我以隆重的称呼起头，希望能保佑我，和我朋友博拉德的自由，“我请求您的原谅，我们与任何游乐园的事务都无关。我们只是在这里打零工，我们想回家。我们也是经济形势的受害者。”

“还有，”博拉德补充说，“我们不知道保留候任县长队伍中的位置是违法的。”

“目前还不违法，”2328号县长说，“只是很烦人。但这应该被认定为，违法，没错。”那生物停顿了一会儿。玻璃罐里的水泵闪了一下，房间另一头的打印机印出一张纸。一位候补县长捡了起来。“现在这是违法的了。你应该熟知法律！缺乏另一种文化的法律教育，并不能成为宽大处理的理由。”县长似乎耸了耸肩，我感到心里一惊的感觉绵延到了胳膊和颈后。“你本可以自我教育。”

“听着，”我倾身在桌子上，给玻璃罩投下一个影子，“你凭什么告诉我们该怎么做？你不过是一个礼仪性的——”

县长的下肢开始蜷曲起来。“我们认为这一职务对未来的星际外交至关重要。”它愤怒地表示。

博拉德清了清嗓子。“尊敬的县长，请原谅我的朋友。如今的情况给您治下的人民造成了极大的压力。不仅是那些必须维持这个城市运转的人，对那些越来越多的候任县长也是如此。”与此同时，他向我投来一个明确的眼神：闭嘴，维克多。

2328号县长的下颌咔嗒了一声，它的下肢放松了，玻璃箱回荡着轻微的金属声。“你说得对。你们将成为最后的县长，”2328号县长对我们说，“你们都很有进取心。我尊重这一点。你们也来得正是时候。今天我终于说服了应用程序的调度机器人停止送来更多的县长。苗寨不再每天都需要县长了，因为他们有我。最初是有点混乱，因为GigTime和这个县不想对外承认县长过多，好在我，以我自己的方式，帮助他们使一切看起来正常。但我们确实需要给你们其他人提供招待。”

“首先调度员不是机器人，其次，最好的招待就是送我们回家。”我说，心里想着调度员的笑声。想着我的朋友们，甚至热烘烘的集装箱公寓。我已经准备好告别这项工作了。

“我没办法送你们回家，只有GigTime可以，条件是你们完成工作。我无法控制苗寨以外的任何事情。还有，它就是一个机器人，只会遵守规则。在我上任的第一天，他们用它代替了人类调度员，因为人类会嚼口香糖。”

真是个可怕的消息。更糟糕的是，我们遇到了一个新问题。如果这个应用程序由机器人运作，那么它是按照算法逻辑运行的，而不是人类的逻辑。由此，没有人会解雇2328号县长。“除非你提交报告并离职，否则我们无法完成工作。”

“就是这样。”2328号县长说，“你们这些候任县长全都得留在苗寨！”这只虾鸟混合体尖声鸣叫。

如果你曾经想象过咯咯的笑声在鸟类的耳朵里听起来是什么样子，或者沮丧的章鱼在乌贼的耳朵里听起来是什么样子，我可以向你保证这种声响听起来会更糟。

2328号县长继续说：“既然在这个应用程序上，你们不再有获得更多工作的资格，我将为你们提供工作。我有点后悔当初担任这个职位时，对贵星球经济的细微差别缺乏了解。虽然足够当一个好县长，但还不至于放弃当县长的好处。尤其是身为地球上第一个外星人县长的好处。”

我敢发誓，这位虾子县长正在它的玻璃罩里沾沾自喜。

“这里的人们怎么办？这个地区的公民怎么办？”

“他们已经习惯了。你已经看到了他们现在正在做的帷幔。也许，我的成功最终会给你们这个小星球带来星际利益。为每个人带来更多的繁荣和零工！我知道这个岩石星球上到处都是城镇，全都需要更好的县长和其他市政官员。我需要几个社交媒体助手打理Instellargram（星际图享）应用程序。比如那对善用滤镜的双胞胎……他们排在队伍里多靠后的地方呢？”

比我想象的还要糟糕。过去的一周里，我在排队过程中期待的不过是一份快捷而简单的工作。而现在看来，这份活儿好像繁重多了。我可一点儿也不想干。至少别一个人干。

这个城市不需要另一位县长。它需要一位英雄，最好不止一位。

博拉德和我面面相觑。他挑眉道："至少这还不是'史上最糟'的零工。"

我完全同意。但是！如果我们不谨慎一点，这可能是我们最后的零工了。我从不轻言放弃，似乎博拉德也一样。我敢打赌，外面正在排队的县长里头，也有人持同样的想法。

我们所有人一起合作干一把分外的活，也许能阻止2328号县长。

如果我们出力阻止了它，约等于我们出力拯救了世界。至少我们有新的零工可干了。现在这份工作烂透了。

我们承诺了一遍又一遍，保证会在新一轮政治活动中帮忙，2328号县长才终于把我们从办公室放了出来，这时外面天色已经一片漆黑。排队等候的其他县长早就回到了各自的房间。

我把新买的围巾紧紧地围在脖子上，以抵御寒冷的晚风。商店的灯都灭了。四下无人。在带来生机活力的人群散去后，这地方看起来就像一个城镇立体模型。

我们一走路，博拉德的肚子就咕咕叫起来。今天我们只喝了茶，只吃了半根混合坚果营养棒。这是旅行开始前我塞进包里的，当时抓了一把，现在就剩下最后一根。

连着好几天都在下毛毛雨，但今晚天气晴朗。星星出来了，我们脚下的铺路石映着它们的倒影，闪闪发光。

我们离酒店越来越近，后来都能闻到香料包和米饭的扑鼻香味，它们在酒店房间里的电热水壶里煮着。一个尖锐的英国嗓音在和接待机器人吵架："我再讲一遍，我要我自己的房间！我再讲一遍，你又拒绝了我！"

我们没停步，继续往前走，决定先围着县城广场绕一圈，再回到人满为患的住处。我们把酒店的明亮灯光留在身后，向着广场上更柔和的月光前行。

出乎意料的，我们发现2431号县长在广场上，这里有众多描绘当地神话中火鸟形象的雕像，他就坐在其中一个的旁边。他低着头，正在写日记。

“朋友，你在写什么？”我问道。我们没怎么聊过，但宋一直很和善，他会为另一位县长腾出地板的空间，分享他拥有的食物和对当地的了解。

“未来的历史，”他回答，隐藏在厚眼镜片下的那双眼睛是笑着的，“这个地方已经存在了这么久，即使在这座县城，这个县长之后，它仍将存在。一方的人民才是一方的故事。”

博拉德点头表示同意。“诗人式的县长是强有力的领导人。”

宋笑了。“你们这样有进取心的县长也是。”

我们往回继续走，任由宋沉浸在自己的思绪里。在微风中，响起了一排铃铛的声音，应是从广场茶馆上方的房间里传来的，清脆冰冷，带着淡淡的金属质感。

“我们该怎么做？”我问道。

“按部就班，”博拉德回答，“不管怎样，都要完成工作。”

我们在人行道上嘎吱嘎吱地走着。再次看见了苗寨五星酒店的灯光。“你完成了你‘史上最糟’的工作吗？”我问道。

博拉德摇了摇头：“没完成，它几乎毁了我。但是完成的话，会以另一种方式毁了我。我很高兴自己最后成功撤销了任务。”

我没有再追问。“我也一样。”我说，尽管北美GigTime并不常撤销任务。

一年多以前，我被派到城市某处，那里由机器通过算法决定谁能获得药物，谁不能。房间里面放满了各种各样的药品，一旦机器判定某人确实需要用药，它就将药品分发出去。我所要做的就是不断在机器上输入人们的信息，剩下的就交给算法了。我本可以一辈子做那份工作。但我很快注意到，这个算法不会给任何人提供药物。房间里摆满了药瓶，人们——有时是一家人——却空手而去。于是我不再给机器输入数据。我让它空着。我也不辞职，免得有其他人来接我的班。日复一日，我就坐在那里，什么信息都不输入，直接把药递给所有需要药的人，这样持续了一整个星期，直到储藏室空空如也。

GigTime发现后，调度员一度要删掉我的应用程序。但是咪咪尽力为我辩白，称我当时已经筋疲力尽，神志不清。她救了我。那便足矣。她后来也离开了我，因为我必须得赔偿药品的费用，直接宣告了破产，这会影响到她和埃尔莎贝特的人生。以及，家里有个在GigTime上破产的父亲，想把这个家维持下去，几乎是不可能的。

那是我的‘史上最糟’零工。现在也是。

但是这份零工，绝对称得上是最奇特的。

从第二天开始，我和博拉德、宋及其他五十位县长，用各种方式开始了我们的抗议活动。

我们服从指示，按时排队，但我们并不耐心等待。我们表达质疑，提出申诉，把县长拒绝签署的文件塞到他的办公室里，堆得小山一般高。

有一次，我们组织县长们排成一队跳舞，看着游客们把我们的照片发送到世界各地，虽然有点尴尬，但是我们满怀被拯救的期望。可不再有无人机过来。

什么办法都试过了，2328号县长就是不肯让步。

我们只好诉诸更强有力的手段。我们发动了（应该算是）暴乱，就一次。这样干的效果并不好。大家都没干过这种捣蛋的活儿，都在不停地看表，查看自己是否失去了信用点（确实失去了）。但是，我们还是冲进了办公室——虽然进去的人不多——抢走了装着县长的玻璃罐。

我翻遍了办公室的壁橱，找到了一把旧铲子。可任凭怎么使劲，都没法打破2328号县长的玻璃外壳。我们也没法把2328号县长扔进河里。博拉德是这么干了，但是县长又从河里爬了出来，大颚里叼着一条鱼，把自己的玻璃罩拖在身后，然后坚持要所有候任县长陪它一起游泳。那真是又可怕又泥泞。

但我们确实跟着游了。县长已经开始在每天下午给我们一个打分和评语。如果能得到一个好分数，就可以不时在餐厅吃一顿或者独享一晚房间。我承认，面对鸭蛋和粥，我有时确实无法抵抗。

所以我们放弃了暴乱，转而尝试公关。我们动员大家聚集起来，在未开业的商店门前手持绚丽彩带，排成热切等待的长龙。还有一次，我们举行了一次诗歌朗诵会，盼着县长到现场宣布开幕。

无济于事。我们无法让2328号县长执行任何传统的县长事务，特别是在无人机离开之后。GigTime没有遭遇麻烦的迹象，县长办公室也没有传出任何消息。新闻自由撰稿人失去了兴趣。这里没有剪彩，没有盖章。只有一些排队的人。

每个人都觉得，2328号县长开始关心自己的名声了，特别是在它开始给母星发送信息之后。它不止一次把网红双胞胎叫到办公室里，咨询滤镜事宜。当下摄像机严重不足的情况，根本提不起它的兴趣。

最终，2328号县长通过了一项法令，在县城内禁止一切形式的未经验证的社交传播工具，包括无人机在内，并威胁要起诉所有擅自操作无人机的GigTime用户，令他们的信用点受到永久打击。

当然这确实阻止了无人机卷土重来。

只有一架无人机除外，金在发给我的最后一条语音信息中表示那是她的。

然而金几乎没有什么可拍的。苗寨县城没有什么可看的，无非是候任县长们排成长队，或者偶尔在河里游泳。

当然也没有什么茶树种植或公文签署的仪式。

后来有一群茶场经理挤开候任县长们，向县长请求帮助，那时我们看到了曙光。“茶场是本地主要的经济驱动力，”其中一人表示，“如果几年后没有新的茶树成熟，这个故障将影响整个产业，特别是白茶的生产。我们反对你拒绝再种树的行为。”

我们都满怀希望地听着。或许不止希望，是渴望。

但是2328号县长并没有因为我们的暴动、经理们的愤怒和请愿而烦恼。相反，它似乎享受这些事。它说：“无人反对的统治者能有多优秀呢？”

终于，在我非县长任期的第十五天，金通过手表给我打了电话。我几乎听不到她讲话的声音。“你还好吗？”她问道，“有什么进展吗？什么时候会有爆发？”

是她告诉了我，我们的事已经成为旧闻，正在被遗忘，新闻焦点从太多县长的故事转移到了世界上的其他事情上。苗寨当地政府平息了她散布的小小谣言，即当地出了个外星人县长，因为城市行政官回来了，还在向镜头挥手。

城市行政官是一个留着新潮发型的年轻女人。她穿着黑夹克和短裙，手里紧张地捻着一张纸。

“我无法引起任何人的关注，”那次公开露面之后，她告诉我们，“GigTime坚信自身没有出错，所有人也确信GigTime是完美的。在快花光所有的经费后，我不得不回来。现在我也得为县长工作了。”

我们所在的地方实在过于偏远，甚至在我来之前的很长一段时间里，都没有人意识到苗寨发生了一些奇怪的事情。由于没有任何重大事项，这种看似微不足道的故事很快不再吸引这个世界的关注。在其他地方，总有更有趣、更糟糕的事情在发生。更糟糕的是，GigTime不希望出现任何问题。所以就没问题。

2328号县长开始协助GigTime的诉求，让我们中的几个人每天发布苗寨的消息，说一切都很平常。我们不能拒绝，否则他们会毁了我们的零工评分和本地评分。那样我们会饿肚子，更会被毁掉。

我们已经被毁掉了。

当新闻对外广播时，2328号县长开始起草发给母星的信件，要把更多外星人带来地球。它告诉我，它计划利用GigTime的每日津贴来赚钱，然后靠这笔钱购买GigTime的股份，再雇佣像它这样的外星人加入统治者行列，将所有人类商业与县长实体服务绑在一块。

“我们必须再做点什么，”我低声对2437号县长说，“这是一场侵略。”

“我们能做什么呢？既没有武器，又被困在这里。”

“严格来说不是的。”我查探了附近有无眼线，“我们需要欺骗2328号县长完成它的职责。令它种树，或写报告。”

“但它不会这么做，它拒绝了一次又一次。”博拉德低声说，“对，而且是算法规则下的正常操作。但如果它觉得这是一株不同类型的树，根本不是一份报告——比如让它觉得这是一次外交接触，会怎样呢？”我发了一条短信给金，接下来能做的就是期待了。

金说她本周的工作之一，是给主流新闻媒体添加底栏新闻滚动字幕条。

一天之内，手表上逐渐有了报道，称遥远的中国西南部发生了秘密的星际外交事件。微信上也开始疯转一张被泄露的县长计划图片，图片周围环绕着鲜花。

很快，新闻媒体大量涌入。起初来的只有无人机，然后是真人。来了两家媒体，都带着各自的团队。所有成员都聚集在酒店的大堂，等候空房入住。

我们有几个人搬到了县城广场，住在那边商店楼上的公寓里，给这些人腾出了酒店房间。早晨眼巴巴地看着他们吃自助早餐。

终于，终于，这两位新闻媒体代表——一位戴着BBC（英国广播公司）的帽子，另一位穿着印有CNN-HK（美国有线电视新闻网—香港分部）字样的羊毛夹克（看起来真暖和）——来到了县政府办公室，他们都是全职员工。

我们（全体候任县长）都在那里等着。

“我们看到了一则新闻，说苗寨县将举行两个世界之间的外交仪式。”他们说，“我们并不相信，但我们也看到了这里众多排队的县长，意识到肯定发生了什么事。”

新闻播音员拨动手表，向县长的手下展示了苗寨那段新闻的字幕条，并循环播放。所有新闻机构都看见了金打上的字幕条。更多的无人机要来了。

“我该怎么办？”从2329号到2348号县长都能听到透过薄薄的木门传来的尖叫声。

无人回应。2431号县长敲了敲门说：“不管你做什么，我都会记录下你的故事。”

一阵长长的沉默。

最后，2328号县长给我和博拉德打了电话。它浮动在玻璃罐里，通体蓝色，下肢修长。“我的朋友们目前都还没有回应我的邀请，假如我毁掉了第一次外交机遇，他们也不会愿意来了。这是我的关键时刻，成败在此一举。我可能会是第一个外星人县长，也可能成为整个银河系的笑柄。我需要你们的帮助。”

我和博拉德面面相觑。“怎么帮？”

“2431号县长说，你们地球的外交仪式需要种树什么的，但我种不了啊，”2328号县长说，“我连胳膊都没有，还能怎么办？我需要够创新的点子。”

我们都已经准备好了。每个候任县长都自愿帮忙。

说“自愿帮忙”都太轻描淡写了，我们是强烈要求帮忙。

但是，由于我们人数众多，汽车坐不下，不能全部到达茶场。人实在太多了。外交仪式只好改在离县政府办公室更近的地方进行。

经过一番讨论，我们来到了河边，身后跟着一长队无人机，以及BBC和CNN的记者。人人都希望能一睹首个星际仪式，又都有点担心县长们又要去游泳了。

接着，我拿出在工具间里找到的铲子，每个候任县长都轮流来了一铲，一起挖了个坑。

最后，几位候任县长合力，把2328号县长抬到了坑边摆放的小讲台上。

利用放在玻璃罐里的反重力装置，这只虾鸟混合体县长把那棵树举了起来，再放进了河边的坑里。“现在我要签署法令，将这株树命名为县城和平与繁荣的象征。”县长读着博拉德手中的提词器。它发出一声低低的尖鸣。“等等，”它板着脸低声对一排候任县长说，“什么法令？”

“是这个，”城市行政官说，拿出一份文件，“我已经为您准备好了，并在上面附了签名。很快我们就都能回——能一起和平而快乐地生活了。”

县长不满地咕哝了一声，但玻璃罩的一侧滑开了。我们被甲烷的臭气呛得纷纷咳嗽起来，县长伸出一只伪足，在纸上按了印。

它刚一签完，绑在容器上的GigTime应用程序便闪起绿光。“任务完成！”

每位听见这句话的候任县长都松了口气。城市行政官也一样。

宋笑了笑，在他的日记里记了一笔。“什么？不！”2328号前县长在被传送回母星时大喊。“你们不能这样！”

调度员的声音响了起来，我已经很久没有听到这个声音了，此刻听来简直是天籁之音。“恭喜2329号到2451号县长，你们的工作也完成了。你们完成了优秀的植树和公告工作。”

调度员照常工作，没有被外星人险些入侵的事项干扰。我发誓，我听到了口香糖泡泡破掉的声音。

新闻频道后来报道说，尽管发出了悬赏，编辑虚假“星际外交”新闻的临时雇员还是一直没有找到。

星际外交确实发生了那么一小会儿。只不过不是新闻频道所期待的那种嘛。

但我们这些排过长队，又拯救过世界的县长们，可得到了回报：GigTime给了我们原本应得的每日津贴，也给了排队时间的欠薪。此外还给我们提供了永久性的工作——成为调度员或管理员，因为机器调度员的工作效果并不理想。

现在，我负担得起去迪士尼州露营的费用了。更棒的是，我的钱也足够支付学费了——斯沃斯莫尔学院的学费，而不仅仅是审计课的课时费。还有，调度员是个很好的工作，福利齐全，工作一阵后，我便问金愿不愿意分享我的一半工作量，让我有时间陪伴我女儿。

我女儿，要上大学的女儿。

我坐在办公桌前，每隔一天，就在早晨泡一杯红茶，自豪地欣赏她的照片，并回想我当苗寨县长的短暂时光（也许只有一分钟），回想我们一大帮人如何拯救了地球，又如何使得无人真正知道这一切。关于无人知晓这点，其实我觉得还不错。

杯里的茶尝起来像是过去和未来的混合物。像是周围熟悉的一切都消失的时候，仍然留存的感觉。

也可能只是时差反应造成的错觉。作为GigTime地球的代表，我现在花时间到处旅行。2328号县长是个优秀的星际推销员，随着GigTime向宇宙普及，我们都会变得非常富有。

那苗寨县城呢？茶叶农场呢？周围的村庄呢？当地人决定取消与GigTime的合同，由一个地区委员会提名“每日县长”，并在必要时解雇他们。苗寨仍然邀请名人来当县长，包括外国文化名人，从而在世界上宣传该地区的历史和人民。2431号县长是对的，创造历史的是这个地方和它的人民，而不是做出来的表面功夫。

我和其他县长们一直保持着联系。博拉德继续在企业里打拼，并在各种各样的企业中做得很好。那对双胞胎也过得不错。而那位红脸县长好久没有消息了。

我偶尔还会翻翻地区性、礼仪性零工的列表，只是看看有些什么职位——只为重温旧日记忆，虽然应用程序不愿意让我承担更多的工作。

我没有找到任何可以和“一日县长”相比的工作。

埃尔莎贝特进了大学后，我发觉我有了更多的闲暇时间，便开始做志愿者。很快我发现，我有了足够的志愿时间，能够下载System应用程序了。

流放终结

EXILE'S END

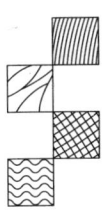

[美] 卡罗琳·艾维斯·吉尔曼 著
CAROLYN IVES GILMAN
薛白 译

作者简介

美国科幻作家和历史学家。曾获三次星云奖提名，两次雨果奖提名；长篇小说《半途为人》曾获轨迹奖处女作长篇小说第二名；短篇小说已发表在许多杂志和出版物上，包括《奇幻科幻杂志》等。她的作品以对故事里文化的生动描绘以及文化走向覆灭而著称。

让我们来歌颂，
那个了不起男人的光束旅行，
低语国度派他前来，
为鬼魂们寻找天空，
他是如何找到出路？
他紧跟着恶毒的文件，
他追踪着秘密的迹象，
他跟随着灰烬的足迹，
追溯着流放的路径。
当初的流放能否拨乱反正？①

让鲁·萨文佳变成萨罗纳全民众矢之的的一系列事件，始于奥罗菲诺博物馆闭馆的几分钟。

窗子一整天都挂着雨痕，现在外面天色已暗。鲁正坐在办公桌旁，

① 节选自《无之歌》。曼胡的故事吟唱是一项竞技运动。两人组队，挑战水平相当的另一队。第一队一直吟唱故事，直到问出一个问题，类似提出一个谜题。第二队为了继续讲述故事，必须了解答案，并问出自己的问题。随着故事的展开，他们交替往复。——译者注

读着一篇需要她审阅的新艺术史论文，她的手环突然响了起来。

“有位先生说想见您。”前台的保安说，“他说他来自拉多瓦尼。”

拉多瓦尼在七光年之外。鲁瞥了一眼她的日程表，并没有此项预约。她本可以轻易回绝这种事，然而那篇论文实在是令人失望——一味堆砌术语，观点却过于简单。她的确需要休息一下。“好的，我这就下去。”这是她犯的第一个错误。

博物馆公共展厅之外的部分看似杂乱，却透出高度的实用主义色彩。暴露在外的各种管道在天花板上蜿蜒，她一路踱过走廊，地面的瓷砖已有磨损，过道两侧堆放着无人丢弃的板条箱和展示柜。进入空气流通、构造复杂的大厅，简直是从幽闭恐惧症中解脱出来。

很明显能看出哪位是访客。在离场游客们的一片喧闹之中，他的沉默尤为突出。他又高又瘦，一头黑色的长发系在脑后，双手插在外套的口袋里。对外面的天气而言，那件外套太薄了些。

鲁做了自我介绍。她把手伸给这位年轻人时，他盯着她的手愣了一瞬间，才反应过来应该怎么做。

“我叫特拉维斯德・布里奇[①]。”他随后又带着歉意说道，“我还有个假名字，如果你想称呼那个也行。”

“不用，你的真名挺好的。”鲁完全不知道他在说些什么，只能从礼貌的角度如此回答。“你是从拉多瓦尼来的？”

“我刚抵达中转航空港，就直接来这里了。”

“我能为你做些什么呢？”

他盯着地板，似乎无言以对。“抱歉，”他喃喃地说，“我很不擅长这个。他们应该派个女的来的。”

鲁很困惑：“你做得不错。”

① 意译为“所走过的桥”。——译者注

他抬起头来。他有一双美丽的，仿佛液体木炭一般的眼睛。“我是由低语国度曼胡派来的，前来寻找我们的先祖。”

鲁对这些话毫无概念。“他们可能是喊错人了。”她说，“你应该去找我们专研人种学的馆长，赫斯学士。”

“不，告知我的就是你的名字。”他说。他从口袋里翻出一张卡片。她的名字就写在背面。正面印的是拉多瓦尼档案馆一位同僚的姓名和联系方式，是个很有头脑的家伙。

鲁叹了口气：“好吧，那，你要不要去我办公室，好好解释一下。”

她带着他一路回到她的办公室，他环顾四周，似乎放松下来了。“能远离那些鬼魂还是挺好的。”他喃喃自语。

绝大部分人会认为鲁的办公室毫无装饰——礼貌一点的说法是极简风格。其他馆长的办公室都点缀着他们私人收藏的艺术品和文物，然而鲁并不怎么搞收藏。倒不是说她不热爱艺术，为了拯救博物馆藏品，她能冲进熊熊燃烧的建筑。她只是觉得没必要将其私人占有。

她请特拉维斯德·布里奇坐下，他照做了。仍然有一股沉默的气场笼罩在他周围。

“所以你是从拉多瓦尼过来……？”她提起话头。

“噢，不。”他说，“我来自一个被你们称为伊琉塞拉的地方。我们称之为流放地。”

伊琉塞拉比拉多瓦尼还要遥远，那是一个只有三个世纪居住史的星球，与一个激进的民族自决实验有关——因此这个名字的含义类似“自由”。

“你这一趟真是遥远。”鲁说。

“是的。我只能追溯先祖的步伐。在一百多年前，他们从拉多瓦尼而来，但那里并不能称为故乡。拉多瓦尼的历史学家们告诉我它是，可我并不确定。那里看起来不像是故乡。”

“故乡应该是什么样子？”

“那里绿意盎然，枝繁叶茂。太阳和月亮的数量也不止一个。”

“好吧，我们倒是有两个太阳。”鲁解释起来，“第二个太阳不是特别亮，而今天你一个也看不到，因为下雨了。月亮有三个。”

“在故乡，起初还有更多个，”特拉维斯德·布里奇告诉她，“但名叫‘路径旅者’的英雄将它们射了下来。”

“原来如此。”

“它们太耀眼了。”

鲁点点头。“特拉维斯德，为什么低语王国会派你来？”

“族国。”他纠正了她，“我们没有王。只有族人。”

“好的，可以理解。”

“他们派我来，找到我们的先祖，并询问他们一个问题。别人说你能帮到我。”

鲁皱起了眉头。“你的先祖是谁呢？”

“曼胡人。你们称呼我们的名字应该是阿托卡。”

突然之间，从某种意义上说，这一切都变得更加合理起来，而另一种意义上则正相反。阿托卡人是萨罗纳的原住民，这所博物馆的确收藏着一小件无价的阿托卡艺术作品——说它无价，是因为它是现存于世的唯一一件。阿托卡人在七百年前被消灭殆尽。他们已经绝种，只有艺术幸存下来，神秘莫测，引人好奇。

她皱起眉头：“我们对阿托卡人非常尊重。可我们认为他们都死了。”

“噢不，”特拉维斯德诚恳地说，“我们还活着。八百年前的河湾之战之后，他们想把我们赶尽杀绝。他们痛恨我们，想阉割掉我族所有男性，还制定了一项法律，说曼胡人的存在是非法的。然而我们有几百人逃到了某个避难之地，就是被你们称为拉多瓦尼的地方。我们在那里定居，以为那儿空旷无人。然而三代人之后，他们说我们没有所有权，就让外族占走了我们的房子和田地。之后我们只能流离失所。有时候会有人接纳我们，但是到最后，他们总想让我们放弃自我。最开始他们称我们为‘顽抗者’，随后是‘返祖族’。后来人们开始指控我们有罪，政府就派出了暗杀队伍追捕我们，抓到后就把人绞死。到了最后，他们把余下的族人都送往流放之地，自此我们就生活在那里。整个故事由歌曲记述，要唱完得花上三天三夜。”

他以平淡甚至有些自豪的口吻讲出了如此恐怖的传说。鲁皱着眉头听完，如果他所言非虚，那就会颠覆五百年来学界的研究。不可能是真的，怎么可能？

她慎重地说：“很多学者们都会想见你们的族人的，特拉维斯德。他们肯定想知道你们是否真的是我们所指的阿托卡人。”

“现在仍然不合法吗？”他有些不安地问。

“不，别担心这个了。”

“我们有些人如果回来的话，你们不会介意吧？我是指，回来参观。如果这里是故乡的话。”

“所有人都可以自由来往。”

“那我们的先祖呢？你知道我到哪儿能找到他们吗？”

鲁瞥了一眼手表。博物馆现在已经闭馆了，不过走廊里的灯光还亮着。“我现在就可以让你见见其中一位，如果你想见的话。”

他的身上发生了某种变化：脸上的表情几乎都消失了，只留下紧张和敬畏。他坐直身子，仿佛有什么东西溢满了全身，让他整个人充盈起来。她等待着，直到他由衷地发出一声低语：“好的，拜托了。”

她站起身来，带路出门。她很乐意将这件特殊的艺术品展示给那些还没见过原版的人；任何复制品都无法真正还原它。关于它，她写过一篇权威的专题著作，正是这部作品成就了她的事业，然而关于艺术品的创作者，她一直所知甚少。阿托卡人的传说扑朔迷离，他们的象征意义如此重要，真相则难以捉摸——从某种意义上来说，甚至无关紧要。

走廊已经黑了，不过在另一端的房间里，艺术品周围的展示灯仍然亮着。那是个特殊的装置，因为它是这座博物馆馆藏中最著名的作品。来自二十大行星的人们都是来看它的，通常它周围总是围满了人群，不过现在，它只是悬挂在那里。

特拉维斯德停在门口，被某种强烈的感情控制住了脚步。“我觉得到这儿来的那个人不应该是我，应该是某个比我更优秀的人。”

鲁温和地说：“如果你回去时说你并没见到它，你的人民会不会失望呢？”

他望向她，仿佛在寻求许可。

“是他们选择派你来的。”她指出这一点。

他明显努力克服了自己的犹豫不决，跟着她走进了昏暗的展厅。

人们将它称为画作，但其实是不对的。它是一幅精心制作的马赛克图案，拼嵌的材料十分微小，需要用放大镜才能看清。鲁曾被委派过一项科学分析任务，发现能表现出颜色的部分严格来讲并不是颜料，而是细小的鸟类羽毛、甲壳虫壳、蝴蝶翅膀——这些虹彩色的物质拼在一起，构成了这幅图。而图画的内容是：一个身穿刺绣外衣、头戴银色头巾的年轻女孩，微微看向一侧，嘴唇微张，仿佛在说话。数部歌剧根据她而创造，数卷诗篇都在推测她到底要说什么。演讲提到她，论文分析她，孩子们几乎从一学会说话就听过她的故事。她是萨罗纳最受爱戴的女人。

“我们叫她阿尔德瑞。”鲁说。

特拉维斯德·布里奇呆若木鸡，仿佛他突然坠入爱河。他喃喃地说：“她的名字不叫这个。”

“你们的人是怎么称呼她的？”鲁问道。

“她是暮色一瞥。”

鲁喜欢这个名字，很称她。画像周围的照明装置安装在一条轨道上，光线会缓慢地从一侧移动到另一侧。这样一来 ，即使你站住不动，也能欣赏到不同角度照明产生的效果。影像发生了变化，鲁等待着，观察着特拉维斯德·布里奇的反应。在光线变换的某一时刻，本来是暗湛蓝色的背景，突然出现了大团的羽毛。那是她身后的银色翅膀，出现后旋即消失。

“你看到那双翅膀了吗？”鲁还是开口提问了。

“是的，”特拉维斯德说，“我能看到。”

“许多人看不到，”她说，“它的波长不是所有人都能肉眼可见。”

“翅膀在动。”他说。

“真的吗？”鲁从未听到有人这么说过。不过，每个人对这幅画像的体验都稍有不同。

“她正要开口说话。”他说。

“是的。所有人都想知道……”

她停下了，因为他的表情变得僵硬起来，就像一个塑料假人，生气全无。他突然身体僵直，随即开始发抖，然后重重地倒在地上。

鲁跪倒在他身旁，突然清醒过来，用她的手环寻求外界帮助。就在她看着这幅画像上闪烁的光线时，他那僵住的脸庞又恢复了些许生气。他眨眨眼睛，盯住鲁，努力想开口说话。

“你先躺好。救援马上就到。”她说。

“她对我说话了……”他喃喃说道，脸上表情似乎不是痛苦，而是充满神往。

他环视周围，发现自己躺在地上，立刻尴尬地脸红了，连忙坐起身来。

“你有伤到哪里吗？”鲁问他。

“没，没有。我很抱歉。别担心，我没事。”

“那一下摔得可够重的。”

“我习惯了。从我年轻时，就时不时会这样。精神会脱离身体，我就会摔倒。我能听到别人都听不到的声音。”

“来自你脑海的声音？”鲁说着，偷偷在心里改变了她那不专业的诊断结果。

“不，不。它们来自我的左手。”

一位保安看了看，走到这边。“需要叫辆救护车吗？”他问。

“不用。”特拉维斯德挣扎着站起身来，“对不住，给你添麻烦了。我没事。都过去了。”

鲁和保安对视一下，耸了耸肩。“也许是因为太激动了点。回我办公室去吧，特拉维斯德，你能坐下歇会儿。”

等特拉维斯德重重地坐在椅子上时，他却变得一脸难过，心事重重。鲁见过几百种对阿尔德瑞画像的不同反应，但从没有这种，这使她感到很好奇。

“你说她对你说话了。”她一边泡茶一边问道。

“是的。”他低头盯着地面，“她说的话我完全不明白。”

鲁等待着，他顿了顿，继续说道：“她很孤独。一直以来，我们以为自己才是被流放的人，结果真正被驱逐的是她，即使她从未离开过故乡。对我们来说，故乡是一个地方；而对她来说，故乡就是她的族人。”

鲁把茶递给他。“可以理解。”

他一脸恳求地抬头望向她。“她说她想回去。她想看到‘献祭’。”

鲁不太喜欢他所说的话。她努力让自己保持镇静。“献祭是什么？”

“我不清楚。”特拉维斯德摇了摇头。“这就是我不明白的部分。”

鲁现在处在一个很微妙的位置。将文化遗产遣送回国有着严格的法律规定，也有必须要遵守的协定。如果是其他的艺术品，她还能按套路给出答复。可是特拉维斯德·布里奇还没提出正式要求，这个疯疯癫癫的年轻人没有凭据，也没有法律代理，只有一个令人难以置信的故事。

而且，遣送阿尔德瑞这种事简直无法想象。整个星球都会强烈反对的。

如果她什么也不说，他可能永远也不知道还有遣送回国的选项。那样就能省去以后的无数麻烦。没有人能对她做出什么指责。

她找了把椅子坐下，面对着他，说道："有种方法能让你要回这幅画像。那个词叫遣送回国。你要提出一份正式要求，但是这样很难成功。整个过程会充满挑战，因为阿尔德瑞深受这里的人民爱戴，她已经成为我们文化的一部分了。你要以不容置疑的铁证来证明你们的人民就是阿托卡人，而她是从你们族人那里被非法夺走的。"

他甚至有些如饥似渴地看着她。"但还是有希望的吧？"

"非常渺茫。"

"我要把她带回去。这是她的愿望。"

鲁微笑着说："你为什么不先考虑一晚上，明天再过来呢？反正今晚什么也做不了。你住在哪里？"

"我不知道。"他说，"我得去找个地方住。"

鲁告诉他了一家靠近公共交通线路的经济型酒店，随后送他走到了大门外。

"谢谢你。"他在迈步踏入倾盆大雨之前对她说，"他们跟我说过，我会在旅途中遇到贵人，我的确遇到了。"

鲁没有回答，因为她不知道自己所扮演的角色到底是贵人还是小人。"祝你有个愉快的夜晚。"她说完转身离开，心里清楚明天有不少事情要解释了。

他来到鬼魂的囚禁之处，

囤积者们不肯释放他们的亡灵。

他们的双脚沉重，背负着累累过往，

他们听不到精魂们渴求自由的呼喊。

他们将秘密堆积在档案馆，

锁上房门，不让它们离开。

你要如何解放一个鬼魂呢？

“这也太荒谬了！”高布罗·赫斯说。

这位专研人种学的馆长身材发福，宽度几乎和身高相当。他穿一件扭绳纹的毛衫，撑得几乎裂开，一头白发根根直立。在平时，他和蔼可亲，乐天快活，但鲁所说的事情触怒了他的神经。

“这种人我见多了，都是骗子和疯子假装自己是阿托卡人，要么就是自称和他们有精神连接，甚至还有假装要举行阿托卡仪式的扮演者。简直是一堆……你懂的。鲁，我担心你上当受骗。”

她是在人种学的文物储藏区找到的他，他正在整理摊在一张大桌子上的陶器碎片。在他们四周，许多架子高高地摞到天花板，摆满了雕刻的面具、手工织机、舰船模型、手鼓等类似物品，几乎都是棕色的。这就是鲁不喜欢人种学文物的主要原因：它们的色调太单一了。

“我能认出骗子的。”鲁说，“他看上去并不是那样的。有一点，他不是来自本地，他是从伊琉塞拉来的。我觉得那里不会有假扮阿托卡人的骗子。”

“他们那里也没有阿托卡人。”高布罗暴躁地说着，把一片上过釉棕色陶片从一堆没上釉的陶片里挑了出来。

“他讲了个很长的故事，描述他们的难民如何逃到拉多瓦尼。”

高布罗抬起头，随后又抗议地挥挥手。“这说明他有认真做功课。没错，的确有一批残余的人口去到了拉多瓦尼。但他们在那里遭到了迫害，被迫同化。到最后，他们失去了自己的文明，不得不与外族通婚，人数逐渐减少直至消失。”

“他说他们坚持了很久，再次被流放到伊琉塞拉。”

“故事编得很顺。”

“不管怎么说，我想知道我们到底是怎么得到那件阿托卡藏品的。”

“你到底站在哪边？”高布罗不满地问。

“我只是想有所准备。如果最后要以遣送要求收场……”

“谁也不能把阿尔德瑞送走。”

“我知道，可是为了准备我们的回应，我要确定我们是以合法手段得到她的。”

高布罗不再假装研究工作，双手攥拳放在桌上。“抱歉了，答案可能没法让你满意。问题并不在博物馆，我们的一切都合理合法。而最初的收藏者……你知道那个时候他们是什么样子的。都是土匪强盗。在那时也许合法，可是以现在的标准来说就未必了。”

“发生了什么？”鲁问道。

“你听说过‘献祭’仪式吗？”

“没有。不过，我听过这个词，不知道它是什么意思。”

“那是阿托卡文明的核心与灵魂。每隔三代人，他们就会拿出在现世的全部财产，堆在村子的中央，点成篝火。然后他们会将家园全部烧成平地，这样下一代人就能白手起家。他们所有的财富、艺术、生存所需，都会被大火烧毁。这就是阿托卡人一直没有建立某种伟大文明的原因——每当他们取得进步的时候，就会主动使自己陷入贫困。”

“我们的先祖来到萨罗纳时，曾经试图劝说阿托卡人，这种习俗毫无意义且有自毁倾向。从他们的角度看来，献祭这个行为让阿托卡人不得不向更节俭的邻居们乞讨过活，为了救济阿托卡人的信仰，他们少有的积蓄也一样会被耗空。如果他们拒绝伸出援手，饥饿的人群就会变得不顾一切，强取豪夺。后来情势越发紧张，我们的祖先开始用武力镇压献祭。在一次著名的事件中，某个阿托卡村子已经全员集合准备点起篝火，我们的士兵冲进去将他们驱散了——然后，自然而然，士兵们从正要被烧毁的物品堆里拿走了战利品。暴怒的阿托卡人发起了攻击，而这件事成为战争的开端，最终导致了阿托卡人在河湾之战中灭绝。

“唉，我们的阿托卡藏品来自那一队士兵中某个长官的后代。那位长官军衔最高，所以他能先挑选战利品。而这幅阿尔德瑞画像，正是阿托卡文明能给出的最佳作品了。”

鲁惊呆了，沉默不语。“这是个可怕的故事。”她最后说，“我们不能这么告诉公众。他们肯定会义愤填膺。”

“呃，他们认为阿托卡人是理想中的自然之子，而不是和我们一样也会犯错的血肉之躯。没错，那些士兵的所作所为太粗暴了，可如果不是他们救下了这幅画像，那它早就被烧毁了，不可能留到现在，接受我们的敬仰。”

贵人们是谁？

一人温和，

一人聪慧，

一人正直，

一人富裕，

而还有一人，背信弃义。

鲁满心焦躁地回到了办公室。她把问题丢给高布罗，本希望他能将其视作一个有意思的研究课题。可他对阿托卡灭绝的历史太过固执己见，他头脑中人工美化过的部分把好奇心挤掉了。

她正沉浸在思绪中，手环突然响起提示，特拉维斯德·布里奇又来了。这次轮到她向他做出解释了。

这天早晨他穿了一件更符合天气状况的厚外套。“旅店的那位夫人给了我这件衣服。”他发现鲁注意到这一点，解释道。她禁不住发现，他能激发出人们慷慨的那一面。

“你考虑好了吗？”他俩走到办公室时，她问道。

“是的。我必须按暮色一瞥说的做，把她带回去。”

鲁拉过一把椅子，面对着他坐下。“好吧。听好，我没法指导你如何办理遣送，特拉维斯德，因为我首先要忠于这座博物馆，而他们肯定会对你的要求提出异议。这将是个复杂而花费高昂的过程，而且你不一定能获胜。我给你的建议是，首先要去雇一位律师，提出正式要求。你也许还得雇个专家，帮你证明你的族人真的是阿托卡人。”

“可是我们知道自己是谁啊。”他真诚地说。

“对法庭来说，这样是不够的。你需要的是带着证明文件的证据线索。博物馆会请专家来证实你不可能是你自己声称的人。我们还必须了解你是否真正被族人授权来提出这项要求。你明白吗？”

他严肃地点点头：“我会给我的族母发消息的。”

“她是派你来的那个人吗？”

“是的。”他双眼背后仿佛闪过无数复杂的思绪，“我没有姐妹，还是头生子，所以到外面的世界去是我的责任。他们选我去大学接受教育。”

听到他说他有大学水平的教育程度，这让鲁稍稍吃惊，毕竟他给人的印象如此超凡脱俗。“你拿到学位了吗？”

他点点头。“水文工程。我想为我们村旁的山脉设计一座水坝，防治洪水，给我们带来可靠的水源。然而我却来这儿了。”

他表现出的明显沮丧情绪让鲁开口说道：“那个，你还有的是时间啊。等你回去，仍然可以完成的。”

他耸耸肩：“我正努力争取基本权利。”

她还想询问更多，可是太过了解对方是有风险的，也许会影响她的忠诚。于是，她继续说道：“你还要证明那件物品是从你族人手中以非法手段夺走的，而它是对他们很重要的现存文化。博物馆可能不会就前一点提出异议，可是后一点呢？关于暮色一瞥，你们有什么传统吗？”

“据我所知没有。”他说。

“那你是怎么知道她的名字的？”

“画像上有写着。”

可画上并没有标签或题词。“真的？”鲁充满怀疑地问。

“是的，在她外套的图案上。”

鲁从平板电脑上调出一张照片。“指给我看看。”

他指着刺绣里写出她名字的那部分。“这里说的是‘宝贝女儿’。也许她是创作者的女儿。”

“边缘的波浪图案呢？”这个细节在鲁对这件作品象征的阐释中扮演着重要的角色。

“噢，那不是波浪。”特拉维斯德说，“那是思绪。你看，她正在思考。”

如果他所言非虚，一大堆艺术史学家都会显得非常愚蠢了，鲁也算其中之一。最佳的应对方式大概是迎头赶上，成为那个发表最新信息的人。然而这样就等于承认她接受了他的文化主权要求。聪明的律师会利用这种事来对抗博物馆的。

“关于暮色一瞥，你的族人就没有什么传统或者故事吗？”

他摇了摇头。这是一项重大的让步。从他口中套出话来，她一时有些过意不去。“那为什么你想把她要回去呢？”

他严肃地说：“因为有个神明被囚禁在里面。”

在法庭上这么说可真要祝你好运了，她心想。但她说出口的却是：“只是这样？”

“这理由就足够了。我们得解放那个神明。”

“那你要怎么做呢？”

“我们得把那幅画毁掉。”鲁的惊恐肯定已经写在脸上了，因为他继续说道，“这是唯一的人道方式了。”

这简直无法接受。“特拉维斯德，这件艺术品是公认的旷世杰作。不仅仅是在这一个星球，对于二十大行星皆是如此。所有的艺术史书籍都有提到它，而且人们感激阿托卡人创作了它。你们难道不觉得骄傲吗？你们难道不想保存先祖们留下的最伟大成就吗？”

他没有马上回答，似乎正在考虑她所说的。她注视着他，希望他能重新考虑。然而最终他还是摇了摇头：“这些都抵不上她遭受的痛苦。骄傲并不是正当的理由。”

他是真的相信自己那套说辞。从幼时起，鲁就被教导要尊重他人的文化信仰——可是，她也有着自己的核心原则。“那我必须反对你了，我不能坐视这件艺术品被毁掉。”

他们坐在那里，面面相觑，沉默不语，知道对方已经成为敌人。

“你现在是不是该离开了。”鲁说。

“好的。”他的表情充满遗憾。走到门口，他停下脚步回头说：“我很抱歉。”

“我能理解。”鲁说。

但她并不能。

你是如何失去姓名？

当人们不再讲述你的故事。

为什么我们必须讲述自己的故事？

因为旁人开始替我们讲述。

相较于围在阿尔德瑞画像前的层层人群，画廊的其他地方相对空旷冷清。挂在墙上的都是大师杰作，然而人们都只为阿尔德瑞而来。他们炫耀自己亲眼看到过她，想要和她拍照留念。有些人则静静地站在那里很久，欣赏着画像的变幻，喜不自胜。

他们都知道那个故事。

很久以前，阿尔德瑞是一个真实存在过的女孩，她生活在阿托卡人的某个村庄里，他们可以驯服森林里的鸟儿。鸟儿们是他们的信使，也为他们带来音乐；鸟儿们吃掉烦人的昆虫，警示人们应对天气变化。它们在村庄的茅草屋顶上筑巢，让下面的房间能保持干燥。工匠们争相为它们打造精巧的鸟笼。

后来有一天，阿托卡人发现一个不祥的火球从天而降：那是现在萨罗纳人的祖先的移民登陆艇。这两个人种一开始区别非常明显。阿托卡人有着猫头鹰那样琥珀色的双眼，在普通人类长着体毛的地方，阿托卡人则长着绒羽。新来的殖民者们是从一个拥挤的都市化星球被排挤出来的难民。他们十分悲惨，还没准备好在这片外星土地上从零开始，过上自给自足的生活。如果不是阿托卡人好心施援，他们早就死定了。本地人教他们如何分辨可以耕种的庄稼和有毒的植物，如何猎捕各种野生动物，如何与不熟悉的大自然进行沟通。可随着殖民者越来越多，不断繁衍，两方的关系开始紧张起来，冲突似乎无可避免。纵观人类历史，这类事情早已司空见惯。

然而是阿尔德瑞阻止历史走上这条充满暴力的老路。她与一位充满书卷气息的年轻殖民者相爱了。正是这位男青年用难以辨认的斜体古语记录下了完整的传说。在她的文化里，一个女人的婚姻决定会给她选择的男人赋予新人格。从她宣布两族联姻的打算开始，阿托卡人就不再把那些殖民者们当作可疑的人类入侵者了，这场联姻迎来了一段和平期。阿尔德瑞生下了一对双胞胎儿子，一个长得像他父亲的族人，另一个则像他母亲的——一个男孩长着头发，另一个则长着绒毛。

随后，一场可怕的大洪水席卷了殖民者的城镇，毁掉了他们劳作多年才造好的家园和田地。看着庄稼和粮仓变成了湿漉漉的泥地，他们知道饥荒要来了。这时阿尔德瑞意识到了自己的责任。她满心伤悲地吻别了两个宝宝，只身一人走入了森林。五天之后，一片巨大的鸟群来到了村子里。在一只银色锦鸡的带领下，鸟群降落在地面上。每只鸟都衔着一粒种子，它们重新种出了所有的庄稼。村庄得救了，然而再也没有人见过阿尔德瑞。传说有一只银色的锦鸡栖在她家的房梁上，看着那位悲痛欲绝的丈夫独自抚养两个男孩，仿佛在陪伴他们一样。

两个男孩长大成人后却彼此反目，其中一人生活在阿托卡人那里，另一人则和殖民者们一起。他俩都成了伟大的领袖，可是兄弟之间的敌意慢慢扩散到了两族之间。战争爆发时，两人在战场上兵戎相见。然而正当阿托卡的兄弟要杀死他的手足血亲时，他瞥见那只银色锦鸡在天空中飞翔，于是看在阿尔德瑞的份上饶了他兄弟的性命。

“她是我们所有人的母亲。”萨罗纳人说。她代表着这颗星球的慷慨精神，欢迎着以此地为家的人们。

画像有记载的时间至少在那次事件发生两百年后了。人们认为它是由一位阿托卡艺术家为阿尔德瑞画的肖像，翅膀则代表着她的牺牲。不然画中的人还能是谁呢？

除非她是暮色一瞥，画家的女儿。

鲁焦躁地摇了摇头。从某种意义来说，是谁都无所谓。无论她曾经是谁，她现在就是阿尔德瑞了。一代代萨罗纳人将这个身份缠绕包裹在她身上。他们不可能将其轻易放弃掉。

避难之地的人会怎么说？

他们说："使用另一种语言。"

"放弃你们那些原始的方式。"

"变得更像我们。"

故土的人会怎么说？

"成为我们想象中的天使。"

"成为我们无法成为的人。"

"拒绝我们，热爱我们，教导我们，赞扬我们。"

我们已经厌烦了被人强迫成为谁。

鲁没想过还能听到有关特拉维斯德·布里奇的消息。毕竟，任何一个独立个体，想要提出靠谱的遣送回国要求，可能性都微乎其微，当他意识到这一点，他大概会灰心丧气，返程回家吧。

她低估了他的决心。

三星期之后，她正在上班路上买早点时，她的手环开始持续鸣响，提示有和博物馆相关的重要消息。她戴上耳机收听资讯，注意力都放在消息上了，身体几乎自动接管了从路上走到员工入口的过程。

这个故事既煽情又吸引人：一支残存的阿托卡遗族在遥远的伊琉塞拉被发现。古老的拉多瓦尼文献中记载了很多他们的历史。现在，一位阿托卡使者前来寻找他族人在古代时的故土。旅行了数光年的路程后，这位年轻人从奥罗菲诺博物馆得到的却只有拒绝和怀疑。

鲁走进办公室时，正好收到召唤她去见主管的消息。

她来到主管的办公室，看到高布罗·赫斯已经在房间里了。“我当然跟她讲过，”他正在说着，“真相就是如此。阿托卡文明不可能在遭受拉多瓦尼几百年的迫害后仍然完好幸存的。”

主管是一位备受敬重的英俊老人，留着一副修剪整齐的胡须。他的学者气质其实是假装出来的；他主要的工作其实是照顾并讨好博物馆的金主们。他很精于此道，而考虑到自身的最大利益，鲁也会尽量让他的工作变得容易。

他看到鲁进来，说：“萨文佳学士，我们怎样才能拒绝一项不受控制的遣送回国要求？你知道的，在合法的情况下，我们没法那么做。”

鲁坐进椅子里，故意显出镇定自信的样子。主管知道如何对付金主们，而她知道如何对付他。“我们没有拒绝过任何要求。实际上，是我告诉特拉维斯德·布里奇如何递交文件的。”

高布罗暴怒道：“你做了什么？”

“如果他是个江湖骗子，”鲁说，“这一切就会水落石出。你们看采访了吗？”

高布罗不安地说：“好吧，也许不是江湖骗子——只是易受蒙骗又天真。但现在他已经找了律师，也有了联系媒体的途径。他的故事是颗具有侵略性的种子，一种不可免疫的病毒。肯定会横扫整颗星球。”

主管打断了他的话：“可到现在还没有遣送要求？”

“还没。”鲁回答说。

主管找到了自己的讨论主题，这正是他所需要的。“很好。我需要你们俩像处理其他要求那样处理这件事，所有与媒体相关的事情都报到我办公室来。我们必须礼貌风度地推迟判决，这是我们身为萨罗纳文化遗产守护者应该做的。”媒体稿件这就快自动出来了。

“我们得搞明白他想要什么，”高布罗说，“他也许是个投机主义者，想劫持画像据为己有，从中获利。”

“不，”鲁平静地说，“他想毁掉它。”

两个男人带着一脸难以名状的恐惧看向她。

高布罗最先回过神来，开口道：“什么，他是威胁说要重新举行一场献祭吗？这还真变成被劫持的局面了。”

“他只是按声音的指示去做。那是某种天启。”

“噢！好极了，我们的对手是个疯子。”

主管严厉地说：“这种话出了这屋不能再说。你这样会损害到我们的案子的，高布罗。”

“可我们得曝光他！”

“我们什么都不做。如果他的身份被曝光，那也会是媒体、法庭或其他学者干的。我们必须表现出中立的态度。”

在离开时，高布罗低声对鲁说：“你真是给大伙惹了个麻烦。”

“别担心，高布罗。”她说，“我不会让任何人染指阿尔德瑞的。”

他们怎么说，他又怎么答？
“你不是你自己，”他们说。
“你不是曼胡。”
“你应该是阿托卡。”
“不。”他答道。

高布罗说对了：阿托卡的狂潮简直席卷了海陆空。公众被这个故事迷住了，这比发现了已灭绝的物种还要引人关注。这是赎罪的机会，能追回失物，扭转不公，让一切都回到正确的轨道上。

阿托卡人的真实性则渐渐淡化了。

博物馆只好把其他阿托卡的艺术品也拿出来展示——一面青铜鼓，一个真实比例的木雕婴儿，一只雕花蛋壳，还有一柄薄如蝉翼近乎透明的黑曜石小刀。参观者人数激增。考古学家们突然成了名人。以前的音乐风格重新流行，以前出过的劣质小说再版，刺绣外衣堆满了货架。鲁常去的咖啡店则卖起了阿托卡式小圆面包。

突然间，任何与阿托卡有关的东西都能大赚。当奥罗菲诺大学收到一笔用于调查曼胡人索求权的拨款时，鲁觉得就像得到缓刑一般。考虑到去伊琉塞拉的光速旅行要走的距离，研究人员到那里去并得出任何结论，至少要花上十年的时间。到那时，这种狂热早就褪去了。

然而她没预料到的是，成对粒子通信器（简称PPC）近期在即时通信领域做出了改善。现在都可以通过粒子纠缠阵列传送视频了，甚至完全打破了光速的限制。萨罗纳和伊琉塞拉并没有直接的PPC相连，但大学能在拉多瓦尼架设一个中继端，并招募当地的研究者。

“他们让三颗星球上的各所大学联合协作。”高布罗的语气充满沮丧和不满，一部分是因为他们真的严肃对待这个曼胡人所说的话，另一部分是因为自己被忽视。“这要花掉多少钱，简直没法想象。”

“这是买个心安的赎罪钱。”鲁说，“内疚可是很强大的感情。”

“那不是内疚。”高布罗说，“是骄傲，为了证明我们比自己的祖先要好——就好像我们能继承这颗星球，与他们以前做的那些错事无关似的。”

“高布罗，你真愤世嫉俗。”她说。

虽然二人都被禁止参与，但他俩在大学里都有内线联络人，能得到最新消息，所以他俩在报告的最终结论出来前已经做好了准备。

所有的证据都联系到了一起。在萨罗纳发掘出的遗骨上的DNA痕迹与曼胡人的血样相符。透过萨罗纳那少得可怜的记录，以及伊琉塞拉记载得不完全的语法和词汇，能分析出语言学方面的相似之处。从拉多瓦尼档案馆找到的一系列文献记录则讲述了当地人对其迫害并驱逐的可耻故事。

至于科学上的结论：曼胡人的确是生活在萨罗纳的古代阿托卡人后裔。

调查报告的发布，重新点燃了公众在调研所需这数个月里已渐渐沉寂的兴趣。立法机构通过了数项纪念阿托卡的决议，把大笔资金投在雕像和壁画上。纪录片也大量播放，直到所有人都认为自己了解这段历史的来龙去脉。

就在这时，遣送回国的要求送达了。

两方人马的首次会晤在博物馆主管的办公室里举行。这是双方进行的一次尝试，尽量协商出折中的解决方案，避免引起诉讼。鲁受邀出席，高布罗则没有。

“可别完全放弃。”他事前对她说。

自她上次见到特拉维斯德·布里奇，已经过了一年多，这期间她只在电视上看到过他一遍一遍解释着曼胡人并不是真的长着羽毛或者眼睛像猫头鹰。他今天穿了一身商务套装，看上去焦躁而局促，不过身上仍然有那种镇静自制的沉默气场。他的律师是个年轻女人，一头火红的头发，脸上长着雀斑。如果她笑起来，就会显得调皮又迷人，可她几乎不笑。她自我介绍，名叫卡拉韦·法罗。

博物馆这边的代理律师是埃勒里·泰特，和他的委托人——主管简直是互为镜像：是一位带着父权气场的精英老者。主管也在场，不过什么也没说。他之前对鲁说，他希望由她来代表博物馆，这样一来，主管自己就可以远离争议。

泰特用镇静大方的语气做了开场白：“感谢大家前来，共同商议出双方都能接受的解决方案。”

“能这样聊聊，我们很高兴。”法罗说。

博物馆这方最初的提议是做出高分辨率的复制品，让曼胡人带回伊琉塞拉。法罗看了特拉维斯德·布里奇一眼，然后开口说道：“我认为，对我的委托人来说，这种安排无法接受。”

“哦？”泰特仿佛吃了一惊，“我们可以将复制品做得和原版完全一样，细化到分子层面。”

特拉维斯德轻声说道：“复制品中没有神明。它没有灵魂。”

一阵短暂的沉默。鲁能听到主管在座位上挪动身体的声音。随后法罗说道：“曼胡人可以允许你们制作复制品给博物馆留存，只要你们不反对归还原版。”

泰特看向鲁。她努力让自己的声音显得镇定：“人种学的其他素材也许可以这样，但就这幅阿尔德瑞画像而言，是不可能做出复制品的。”

法罗打量着她，皱起眉头：“为什么呢？”

“过去我们尝试过对它进行复制，它的材质里有某种三维微观结构是无法复制的。我们也不明白为什么。复制品的整体效果扁平而缺乏生气。而且那双翅膀并不能出现。”

特拉维斯德·布里奇目不转睛地望着她。她意识到自己刚刚表达了跟他一样的内容：复制品没有灵魂。

“那么有没有可能，”泰特继续说，“为这幅画研究出一种共享的保管权？假设说将原版作品借给曼胡人一段时期，比如说二十到五十年，随后再回到萨罗纳保管同样长的时间。”

这项提议却只换来了众人冷漠的表情。鲁之前已经告诉泰特，曼胡人打算对这幅画像做什么；他现在这样是为了逼他们承认这一点。

“首先要承认这幅画像是曼胡人的财产，”法罗说，“然后我们再来探讨它的未来。不然的话，这些都没有意义。”

鲁看出了陷阱所在，不禁惊叹于法罗的老谋深算。

泰特说：“如果你们接受画像的共享保管权，我们准备把其他原版文物还给你们。这是个很公道的折中方案。”

布里奇已经在摇头了。

泰特带着坚定的礼貌继续说道：“请考虑一下这件事如果闹上法庭，

在辩护方面要耗掉多少时间和金钱。你们要上的是萨罗纳的法庭，要面对的是萨罗纳的陪审团。阿尔德瑞在这里可是深受人民爱戴。”

特拉维斯德·布里奇一脸坚决的表情。“你会为了让少数人觉得内心好过而把一个人留在监狱里受苦吗？这并不是什么会计平衡表。你不能把灵魂放在天平上称，然后说四个比一个重。”他转向鲁继续说，“你想让我们要走些无足轻重的东西，那种给出去也不心疼的东西。很抱歉，我们做不到。”

“除了阿尔德瑞，你要什么都行。”鲁说。

“是你们的族人把她编出来的，”他说，“你们可以重新编一套。”

没人能接话，于是会议结束。他们的再次见面，将会是在法庭上。

他是如何打造箱子[①]？

他以精钢作骨，

香檀铺面，

饰以羽毛，

装满湍流。

精钢、香檀、羽毛和湍流是什么呢？

钢骨为正义。

香檀为坚定。

羽毛为雄辩。

湍流为同情。

以何比例作为评判？

什么标尺能衡量过去呢？

① 这里是个双关，case指箱子也指案件。——译者注

鲁·萨文佳本质上是个平凡人。在她安稳平常的一生里，她总是努力想做些正确的事。她从未想过自己会成为那种勇敢、有担当的人——那是空想家和狂信者的领域。

然而现在，她发现自己陷入了某种不得不认清自我边界的境地。什么是绝不能越过的底线？为了守护自己的核心信仰，她愿意做到什么地步？

到底什么才是她的核心信仰呢？

她意识到，自己的底线就是不能接受艺术品被蓄意破坏。这种事令人发指，她坚决无法忍受，也不会任其发生。所以当博物馆的代理律师询问她能否上庭作证时，她答应了。为了挽救阿尔德瑞被焚毁的命运，她愿意进行抗争，即使个人名誉会毁于一旦也在所不惜。

审判在奥罗菲诺市中心一座高大壮观的法庭里进行。巨大的纪念雕塑、大理石像和壁画把所有经过的人都衬得矮小，这是为了让人们尊重法律。鲁抵达时，已经有两队人马在法庭对面的停车场里彼此叫喊着。公众对这件事兴趣高涨，所以审判会进行公开直播。而人们却各持己见：一半的萨罗纳人视鲁为本族遗产的捍卫者，如果她输掉肯定会痛骂她；另一半则把她当作古早不公的辩护者，如果她赢了就会诅咒她。

她走进法庭，房间里充满着窃窃私语的声音。这是一个圆柱形的房间，天花板很高，上面是天窗，艺术化的树形光滑壁柱衬在墙壁表面。下沉式的房间中央是一张巨大的圆桌，外围一层层的座位上坐满了媒体和其他证人。鲁坐到了为博物馆代表和证人们预留的桌旁座位上，对面则是为曼胡作证的人们。法官和书记员坐在中间，同时面对着这两方。鲁认识自己正面对着的那两位专家证人——那是证实了曼胡－阿托卡确有关联的两位学士。她面无表情地朝他们点了点头。

萨罗纳法庭的目标是达成一致判决，而非宣判任何一方胜诉。原被告双方就案件展开争论，法官提出解决方案，如果双方没有达成同意，陪审团就会强加一个折中方案。然而这次审判却只有一位法官来主持，没有陪审团。鲁不知道两方是如何考量的，也许是因为已经不可能找到想法仍没被过往编造的故事影响的陪审团了。

法官传唤卡拉韦·法罗开始陈述曼胡人的案子。她的叙述简明扼要：这件艺术品是萨罗纳人在镇压阿托卡宗教仪式时非法夺得的，导致阿托卡人承受了痛苦。现在，归还这件物品，是改邪归正并振兴曼胡文化习俗至关重要的一步。

法罗所说的内容符合逻辑，无可动摇。一位人种学家叙述了这件艺术品被掠夺的过程，一位历史学家又讲述了阿托卡被种族屠杀并流放到拉多瓦尼的故事。还有一位遗传学家和语言学家证实了阿托卡和曼胡的联系。

“那么他们说的仍然是阿托卡的语言，生活习俗也是阿托卡人那样？”法罗问那位语言学家。

“不。”那位学士回答道，“不过他们之中有些老者能记起幼时听到的内容并将其重现。他们现在对重现这种语言和文化有着很大的兴趣。对这种努力，我们的记录应该能起到价值。”

最后，法罗宣布了来自低语国度的委托书，指定特拉维斯德·布里奇担任他们在萨罗纳的代表。

泰特没有发出任何质疑，只是表示，没有证据能排除未来可能会出现另一支不同的阿托卡后裔，并做出完全相反的要求。他还介绍了一份文件，证明低语国度并不是曼胡人的唯一亲族，而其他亲族并没有表达自己的需求。在法庭程序允许的情况下，法罗让特拉维斯德·布里奇来回答最后这一条质疑。

“如果真有可能让我们内部自行解决的话，”他盯着桌子轻声说道，“我们也拥有这项权利。”

鲁突然意识到，整个庭审过程中他都没有往她这边看上一眼。

午饭时间，暂时休庭，记者们蜂拥而出，在走廊里写着他们的笔记。为了避开他们，鲁和泰特从后门离开了。她产生了一种恐惧感。

庭审继续，这次轮到博物馆方了。埃勒里·泰特侃侃而谈，语气慈祥而随和。鲁知道这完全是在演戏，但这样很有效果。他讲出了他们精心准备好的论证内容。“我们的主张是，这不是一个简单的追讨失窃赃物案件。”他的语气暗示这本来就是明摆着的事，“这幅阿尔德瑞的画像，还有伴随它的悲惨故事，是两种不同文明的遗产——萨罗纳和曼胡。实际上，相比于伊琉塞拉，它对萨罗纳的历史更为至关重要。在我们承认和纪念惨痛过去的过程中，它扮演了一种持续发展的角色。萨罗纳需要这件艺术品。我们只求能和曼胡人共享。”

泰特让鲁展示了阿尔德瑞画像在萨罗纳艺术、历史和文学发展中扮演的角色。这是她的专长所在，而证明阿尔德瑞有多重要更是相当容易。“根据这幅图和与它有关的故事，我们构筑了自身的文化认同。”她说着，直直望向特拉维斯德·布里奇，又加了一句，“我们热爱她尊敬她，因为我们同样也是她的子孙后代。”

片刻之间，他抬起头与她目光相对。

泰特低声说道：“萨文佳学士，如果我们的请求能被批准，关于这幅画像，博物馆会怎么做？”

“我们会为后世好好代管它。不管怎样，我们很愿意将它借给伊琉塞拉，只要能安全处理。我们想要确保它能被妥善保管且能让所有想看它的人参观，永远如此。”

“特拉维斯德·布里奇告诉过你们曼胡人打算怎么处理它吗？”

“是的。他说过他们要把它毁掉。”

有那么一瞬间，法庭里鸦雀无声，随即微微骚动起来，法官立刻要求肃静。

泰特转向法官。“大人，我们认为曼胡人做出的是不可挽回的选择。他们的计划否定了任何妥协的可能性。一旦他们销毁画像，我们就再也无法追回了。萨罗纳人珍惜这件艺术品，但曼胡人并不……”

“不是这样的。”特拉维斯德·布里奇打断了他，第一次朝他看了一眼。

“你的意思是萨文佳学士在撒谎？”

“不。她说的没错。我们想把它毁掉，这样才符合传统。可那并不意味着我们不珍惜它。和你们相比，我们是用一种迥然不同的方式来珍惜它——不是将它看作一件财产，而是一位活生生的祖先，她的心愿必须得到重视。我们只想尊重她的愿望。”

“我们无法让她来作证。”泰特说。

“为了她，我也必须那么做。”特拉维斯德·布里奇说。

“那只是道听途说。”

“我不会撒谎。”

“但你可能会犯错。”

“我不会。”他转向鲁，直接对她说道，“我很抱歉给你造成痛苦。可这是能释放我们的痛苦的唯一方式。这痛苦已经世代累积，是我们父辈的痛苦，祖辈的痛苦，一直追溯到暮色一瞥。长久以来，我们都背负着这份痛苦。我们必须这么做，不止为了解放她，也是为了解放我们自己。”

鲁靠着桌子倾身向前，直接回应了他的话。“但情况是这样的，特拉维斯德·布里奇。这不是一个普通的物件。从某种意义上说，伟大的艺术不会被创造它的文明所束缚。它能超越种族与身份，成为全人类遗产的一部分。正因为它所传达的共同信息，以及它能令我们进步的方式，才说明它属于我们所有人。”她顿了顿，吸了口气，“是的，它里面有一位神明。这位神明在对我们所有人说话，不是用言语，而是用我们对善良与美丽的直觉。有幸见到它之后，我们才能变得更好。如果它被烧毁了，某些纯粹的东西就从世界上消失了。你真的想要那样吗？”

他们的双眼望向了彼此。特拉维斯德·布里奇的样子，就好像被夹在一只不断扭紧的钳子里似的。最终，他低下了头。

“你想更改你的请求吗？”法官问他。

他缓缓地摇了摇头。“我必须这么做。”他低声说。

“那么先休庭半小时。”法官宣布。

休庭期间，泰特显得很乐观，但鲁却丝毫没有满足感。无论发生什么，总会有人受挫。如果博物馆赢了，受挫的人会少得多；可这就像用天平来称量灵魂一样无稽。

庭审继续开始，法官的宣言让所有人吃了一惊：他决定跳过惯例中的妥协谈判环节，直接给出他的决定。“泰特先生是对的，曼胡人提出的要求早就排除了妥协的可能。他们所寻求的是一项不可更改的权利，而他们也已经拒绝了除此之外的一切。”

鲁感觉到了自己的心跳。法官继续说道：“然而，这里发生过的一切雄辩都无法改变一个事实：这幅画像是一份财产，而这一点必然受法律保护。博物馆收到的是赃物，不知道真正的拥有者依然幸存，却无法改变事实。曼胡人才是这份财产的拥有者，这幅画必须归还给他们。”

整个法庭一片哗然：一侧爆发出欢呼声，另一侧则痛苦地表示抗议。

泰特满脸震惊。“我没想到他会用如此狭义的法律依据来判决这个案子。”他对鲁说，“我们可以上诉。”

鲁知道她的主管不想这样。他想让这场争论尽快平息下去。她也许能说服他，不过……

“不。”她说，“法律是我们的文化遗产，我们必须对其表示尊重。”

在桌子对面，卡拉韦·法罗正在愉快地拥抱特拉维斯德·布里奇；不过他看上去并不愉快。他又在低垂着双眼，躲避鲁的目光，看起来精疲力竭。

我得跟自己和解，鲁心想，我得停止在意。

但不是现在。

她如何旅行？
他们用光束把她送走，
如闪光般迅捷，
可是光并不想带上她。
“我害怕被你的记忆塑造。”它说，
“你的悲伤和你的流放。”
你无法同光争论。

那件艺术品不能用光束传送到伊琉塞拉，因为在接收端出现的东西只是原件的复制品，其中的灵魂同样无法回归。能租用的最快的飞船价格不菲，而且需要将近六十年；不过一位萨罗纳的资本家负担了这笔开销，事情就这样解决了。

鲁负责监督建造用来在旅程中安放那件艺术品的太空舱。在建造它的六个月里，人们蜂拥到博物馆，抓紧最后的时间参观阿尔德瑞，如同参加一场葬礼。参观者的队伍望不到尽头，人们带着令人心碎的沉默，排着队从她面前经过。

在结束陈列的那天，鲁看着戴手套的艺术品管理员把阿尔德瑞取下放入加了衬垫的箱子，里面会用氮气将她密封，防止老化。鲁想让阿尔德瑞抵达那边时，能如同此刻启程时一样完美。

“我们能关上箱子了吗？”一位艺术品管理员问道。

鲁最后一次望向那张年轻而神秘的面容。脸上的表情丝毫未变。鲁想尽量将她记住，毕竟记忆是她所仅有的东西了。

“是的，关上吧。”她说着，转过头去。她想，自己应该不会再见到阿尔德瑞了。

可是她错了。

她归来时，天空会变明亮，
老人们会玩牌，
老师们会复习课业，
厨师会在厨房里搅拌肉汤，
鬼魂不会在夜里哭泣。
我们将摆脱过去。
过去有什么好的？

当鲁意识到时间几乎过去了五十载时，她已变成了一位精力充沛的九十五岁老人，而如果她通过光束旅行去伊琉塞拉，她就能目睹搭载着那件艺术品的飞船抵达那里。

这不是一个容易的决定。旅途全程，她自己丝毫不会变老，可除她之外的整个宇宙会走过十年的光阴。而归途要再花上另外十年。等她回家之后，她这代人早已全部去世，她所熟悉的一切也都会改变。

另一方面，阿尔德瑞是她这一生的支点。她回顾往事，发觉在阿尔德瑞之前的一切，似乎都将自己逐渐引向她；而之后的一切，则都与阿尔德瑞有关。她带头提出了修改法律，不仅仅是萨罗纳的法律，而是整个星际的法律——这样就能使那些超出文化和历史价值领域的艺术品能被不同的标准所考量。像阿尔德瑞这样的案例再也不会像一袋土豆那样被轻易决定。这是鲁最重要的遗产。

如果不去伊琉塞拉，就意味着会错过塑造她整个人生的故事的大结局，而这让她感到不安。她要在结尾出现，无论这个结尾有多么悲剧。

她隐秘地抱有一丝微弱的希望，盼着这六十年的光阴能改变曼胡人的想法。等他们见到那件艺术品，就会想要把它留下。

于是某一天，她在萨罗纳闭上了双眼，随后在伊琉塞拉睁开。她以为会有伊琉塞拉大学的人员在驿站接待她；然而带队等她到来的却正是特拉维斯德·布里奇。她一眼就认出了他。他也老了，仍然留着长发，但里面掺杂着白发。他的眼角也布满皱纹。最大的变化是他现在看上去自信又幸福。

“这位是索芙特丽·本特[①]，我的另一半，”他说，“还有我们的大女儿，杭樱·布瑞斯。[②]”

两位女士身穿刺绣外衣，头发整齐地在头顶盘成圆髻。两人都是一副坚决的神情，相比之下，特拉维斯德·布里奇明显随和多了。

他们去取了鲁的行李，布里奇带路走到一辆租来的电动地面车前。车子由他驾驶，鲁坐在他的旁边。他们周遭的城市仿佛活动的蜂箱。一切都闪耀而新鲜，仍在建设中。

“我送你去旅店，你先休息一下。”他说。

“谢谢。对这种荒谬的星际旅行来说，我太老了。”

“明天，我们去大学那边，打开飞船运来的太空舱。”

“它已经到了吗？”

---

① 意译为“轻柔弯曲”。——译者注

② 意译为“屏息”。——译者注

"两周之前到的。他们把它先存起来，以适应环境。"

"太好了，他们能妥善保管，我很高兴。"

他偷瞥了她一眼。"人们对你到来的原因非常好奇。有些人认为你是来把她抢回去的。要是有人对你小心戒备，就是因为这个。"

"他们大可放宽心。"鲁说，"已做出的决定不能撤回，除非曼胡人改变了心意。"

"这正是我告诉他们的话。"

在一阵若有所思的沉默中，车子向前行驶着。

"你造好那座水坝了吗？"鲁问道。

他笑了起来："是的。如果你能到我们村子来，就能看到它。"

"我当然会去你们的村子。大老远地旅行到这里，我怎么能不参观曼胡就回去呢。"

他点点头，却又偷瞥了她一眼。"他们为我创作了一首歌。"他说。

"你是指，关于你在审判中担任的角色吗？"

"关于我的旅程，审判，所有的一切。我归来之后，他们给了我一个新名字。这是极大的荣誉。我现在被称为'不'。"

"为什么是'不'？"

"因为当人们想要让我做这做那，而能接受的又比我们想要的少很多，我一直在说'不'。"

"呃，"她说，"这样也不错，只不过正确答案不是'不'。正确答案永远是'也许吧'。"

"我会告诉他们你是这么说的。"他被逗乐了，"你知道吗，你也在歌里。"

"我能想象。大概是一个邪恶的女人像恶龙那样守护着她的财宝。"

"不，在我们的歌里，龙是吉祥的象征。"

她认定了自己喜欢特拉维斯德·布里奇。当然了，她从未讨厌过他。她总觉得，他所坚信的东西是被误导的，却是真诚而根深蒂固的。可反过来，她自己也一样。

第二天早晨，一位来自大学的民族学家盖若奇学士来接她出发。他是一位有着金色卷须和一脸忧虑神情的年轻人。他一边带她走到车子那边，一边告诉她，他的研究论文是关于曼胡人，他对他们有着深深的敬意——“可是‘不’在萨罗纳所提出的献祭的事显然太疯狂了。”等她在车里坐好，他在关车门前顿了顿又说，“你就不能说服他们别这么做吗？”

她勉强微笑了一下。“我曾经尝试过。结果并不好。不管怎样，你怎么会觉得我会有任何影响？”

“‘不’才是这一切的关键。”他说，“他深受尊敬，而他又很尊敬你。”

“就算他真的尊敬我，”鲁说，“也是从我不再尝试说服他怎么做事之后，才开始尊敬的。”

盖若奇一脸沮丧地绕到对面，坐进驾驶座位发动了车子。驶过几个街区后，鲁说：“看来你们做什么都没法阻止献祭了？”

他摇了摇头。“只要我一提起这事，‘不’就指出，曼胡人自抵达伊琉塞拉就被许诺了自由。他是真的相当信奉这一点。”

“我想是我们教会他的。”鲁说。

“不巧的是，他的论点直指我们价值观的核心。我们的确信仰自由。”

“即使是做蠢事和自我毁灭的自由？”

“是的——就像‘不’一直强调的那样。那个让人火大的老头子。”

“他曾经是个让人火大的小伙子。”

因为伊琉塞拉没有像样的博物馆机构，大学就把飞船太空舱保存在人文学院的地下室里。鲁和盖若奇抵达时，发现特拉维斯德·布里奇已经带着一个曼胡七人代表团等在那里了。他们在这座熙熙攘攘、充满朝气的玻璃与砖块建成的大厅里显得格格不入。七人中只有两位男性，其余都是一身灰褐色的年长女性。特拉维斯德·布里奇将鲁介绍给其中一位看上去是领头的人。“萨文佳学士，这位是低语国度的宗族主母，维吉兰特·阿斯派尔[1]，也是我的姨妈。”

鲁充满敬意地说：“很高兴见到你。”

阿斯派尔是位身材矮小的年长女士，但她的双眼却灵敏而警觉。她用礼貌的怀疑目光注视着鲁。

盖若奇学士带着他们一路下楼，走到了装载码头下面的一个房间，飞船太空舱正放在那里，经历了长途旅行依然完好无损地密封着。一位管理员和两个大学生身穿着白色的实验服站在那里等着他们。屋里弥漫着一种静静的期待。

“维吉兰特·阿斯派尔，你愿意来揭开封印吗？”盖若奇说。

她走上前去，打开了闸门。盖若奇和特拉维斯德·布里奇掀开了舱盖，响起了一股氮气溢出的声音。舱内就是那些艺术品，放在加了衬垫的容器中。屋内一片静默，管理员和她的助手们把东西一件件放在桌子上：先是一面鼓，然后是婴儿雕刻，蛋壳，和一把小刀。

众人露出一瞬惊愕，以为只有这些时，鲁说：“画像在底下。”

学生们取下用来做舱内空间分割的隔板，那件艺术品终于露出了真面目。他们把它垂直举起，让所有人都看得到。

屋内充满吸气声。阿尔德瑞和鲁的记忆里六十年前的样子别无二致。即使在这个工作间的室内照明下，她也显得光芒四射，闪耀动人，一双翅膀显露出来。她从未如此美丽。眼前此景，让鲁萌生出一种带着痛苦的欣喜。很多年里都没有什么能让她有如此感觉了。

---

① 意译为“警惕渴望”。——译者注

维吉兰特·阿斯派尔的面颊上挂满了泪水。她一脸虔诚，仿佛全身心都被感动。鲁看向特拉维斯德·布里奇，他也正注视着阿尔德瑞，眼神中有一丝哀伤。

宗族主母走上前去，抬起一只手，仿佛要触摸画像。鲁压抑住本能的冲动，没有去警告她画像表面有多么脆弱。那已经不再是她的责任——或者说她的权利。画像现在属于曼胡人了。

维吉兰特将嘴唇靠近画像，朝着有双翼的女孩低声说了些什么。随后她退了回来，另一位年长的女性伸出胳膊，搂住她的肩膀。

曼胡人花了很长时间检查画像和其他艺术品。他们的情绪仿佛像烟一样，充满了整个房间。特拉维斯德·布里奇往后退了退，好让其他人方便观看。鲁坐在他旁边的一张椅子上："她对阿尔德瑞说什么了？"她小声问他。

"她在欢迎她回家。"他说。

最后，学生们把所有东西再次打包放回太空舱，又将舱盖锁住，特拉维斯德·布里奇也做好了安排，将太空舱放到卡车货仓，准备第二天出发运到瑟瑞德拜尔[①]的曼胡村庄。鲁得知盖若奇学士也会驾车陪他们一同前往。

转过天来，他们的车队出发了，一路护送着那辆平板卡车，太空舱就放在货仓里，上面盖着一张防水罩。这是一趟驶入雾气迷蒙，草木横生的内陆地区的漫长旅途。他们越往深处行进，山脉就越是高耸，路面状况也越发糟糕。后来，他们沿着一条从陡峭峡谷蜿蜒而上的崎岖土路前进，上方是绝壁，下方是深谷。当他们绕过山脊时已经快到傍晚，眼前出现一片开阔的山谷：绿色的梯田，粼粼的河水，一座桥，还有一片瓦房住宅群落。护航车队停了下来，让他们联络前方通知自

① 意为"破旧的"。——译者注

己的到来，也让女性有时间换上鲜艳的刺绣外衣。

“这里看上去可一点都不破旧。”鲁对盖若奇说。他们站在路边，俯视着山下的村庄。

“现在不了。近五十年来，他们取得了巨大的进步，尤其是在水坝筑成之后。”鲁往他指着的方向看去。她以为会看到土木结构的堤坝，然而那却是一座新月形的混凝土建筑，在山中河流的上游截出一道狭窄通路。

特拉维斯德・布里奇朝他们走来。他注意到她正看向的位置，微笑起来。“你觉得如何？”他问道。

“太不可思议了，特拉维斯德。我完全无法想象你是怎么把它在这里造出来的。”

“为了制作混凝土，我们不得不种了一种植物，”他说，“我们还进口了钢制水闸和机械，不过劳动力全来自本地。花费了相当久的时间。”

“真是一项伟大的成就，一份美妙的遗产。”

“是的。”他凝望着水坝，自豪地说。

护航车队的其他人已经准备好继续前进。“你想和我共乘一车吗？”他问她。

她评估了一下情势，然后摇了摇头。“谢谢你，不过我觉得我还是留在队伍的后面吧。毕竟你和你的人民才是主角。”

他点了点头，走回自己的汽车。

他们开下陡坡进入村子里，发现道路两侧早已站满了成群结队的村民。人们穿着最鲜艳的服饰。车队受到了欢呼着的村民的夹道欢迎，人们敲锣打鼓地叫喊着，歌唱着。在最后一辆车经过后，人群涌到道路上，加入了队伍。大家穿过狭窄的街道，朝着河畔的露天广场一路下行。

车辆停在一幢大型社区会堂面前，人潮向他们涌来。两个年轻人跳上卡车，掀掉了盖在太空舱上的防水罩。当他俩揭开舱盖扔到一边时，所有的声响都停了下来。其中一人拿起鼓，高举过头让所有人看到，然后将它传给人群中的某个人。其他的物件也是如此。之后这两人仿佛困惑了片刻，继而拿起了画像，两人一起将它高高举起，展示给人群。画像在阳光下反射着彩虹般的光芒，人们惊叹得纷纷屏息。有那么一瞬间，万籁俱寂；之后有人开始歌唱。其他人也加入，直到所有人都在庄严地齐声高歌。

“这是一首欢迎的歌曲。”盖若奇告诉鲁。

那两个人从卡车上下来，开始举着阿尔德瑞在集市广场绕行，好让每个人都看到她。拿着其他文物的人们紧随其后。人群虔敬地让出空地，好让他们通过。到处都有喜极而泣的人。

鲁意识到特拉维斯德·布里奇已经走过来站在她的身边，注视着这一切。她说：“看到他们如此开心，我很高兴。”

他点点头：“长久以来，他们只能感受到痛苦。世世代代。现在你能看到，他们身上的所有痛苦都已经洗刷殆尽了。”

他曾为水坝感到自豪，而现在他的自豪感则来自更深的层面。鲁心想，这才是他真正的遗产。此刻他无疑正在考虑将之前的想法都抛到一边。阿尔德瑞自己才是真正的说服者。

在人群中绕行两圈之后，拿着文物的队伍进入了社区会堂，人们开始排起队伍，等待着再次目睹它们的机会。太阳已经落到山脉的西侧，空气变得寒冷起来。节日的气氛却仍在持续。五名乐手开始演奏管乐和打击乐器，服饰鲜艳的女孩们围成了一圈，跳起舞来。

“你们二位今晚可否赏光住在我家？”特拉维斯德·布里奇询问鲁和盖若奇。

“谢谢，那样就太好了。”鲁回答说。

特拉维斯德好像又想起了什么似的，说道：“只是别跟我妻子说你们要帮忙做些什么。那会冒犯到她的。”

“好的。”

他的家离镇子中心很近，位置适合他这样的领袖人物。一楼是大型混凝土结构，二楼则是染色木质结构，百叶窗和房椽上都有着精致的雕刻。窗子透出明亮而舒适的光芒，电灯悬在房檐上。

孙辈们正在屋内到处玩耍。特拉维斯德・布里奇的女儿看到客人们进门，赶紧把孩子们轰到另一间房间。特拉维斯德为客人们呈上了一种被称为“红酒”的东西，结果是一种很有劲儿的烧酒。他们能听到厨房传来忙碌的声音。一位和特拉维斯德・布里奇当年容貌相似得惊人的年轻男子好奇地望进房间，特拉维斯德走过去和他说了几句话。

盖若奇低声对鲁说：“‘不’对他的儿子有一点点严苛。这个可怜的家伙一直达不到他父亲要求的标准。”

“‘不’已经记不清他在这个年纪时是什么样子了吧。”鲁也低声回答道。她想，也许他还记得，可却不愿再回想。

他们和家里的其余成年人一起吃了顿丰盛的晚餐，之后索芙特丽・本特带着鲁来到一间有五张床铺的合宿卧室。舟车劳顿的鲁决定早早休息。伴随着广场传来的音乐声，她睡着了。

第二天一早，太阳刚升起，她就起床走到了屋外，打算沿着河边散步。即使在这么早的时候，也已经有一群曼胡人正忙着在广场上搭建一座柳条编就的圆锥塔，高达十米，直直伸向天空。她坐在社区中心前面的一张长凳上，带着一丝不太好的预感看着他们忙碌。

盖若奇来到了广场上，也目睹了这些，然后看到了鲁。他走到她身旁。

“看上去他们正按原计划进行。”他冷冷地说。

“是的。”她表示赞同。工人们正往圆锥形的台子里放置柴火和木炭。

“我们也许该离开了。”

“不。”她说，“我们在场说不定是个威慑。也许还有什么是我们能做的。”

他看上去满心伤感，可还是坐在了她的旁边。

整个早上，人们来来往往，把带来的东西都挂在这个柳条编的锥形塔上，或者堆在它周围。他们拿来了衣物毛毯，食品家具，还有渔具、篮子、鸟笼、书籍和婴儿摇篮。孩子们贡献出了自己的画作和珍爱的玩具。老妇人们拿来了花样繁复的刺绣，手工匠人们献出了他们的雕刻和工具。所有贵重的、受人珍视的物品，都堆到了这里。

到了中午，各种物品已经堆成一座巨大的塔，人们踩着梯子继续往上层堆。维吉兰特·阿斯派尔扶着特拉维斯德·布里奇的手臂，来到广场上。他缓缓地将她带到鲁和盖若奇坐着的长凳这边，后两位站起身来，让她坐下。

“你们要走了吗？”特拉维斯德·布里奇问这两位访客。

“不。”鲁一脸坚决地看着他，“我们要继续看下去。”

他迟疑片刻，观察了一下她的表情，随后移开了目光。“随你喜欢就好。”他说。

他走去别处找人了，广场上现在已经聚起了两三千人。鲁看着他带着四个人走入了社区建筑。随后他们又出现了，每人手持一件文物。他们以庄严的步伐朝着柴堆前进，周围人群纷纷让路。文物纷纷被递给站在梯子上的人们，那些人再把它们系在锥形塔的高处。最后，特拉维斯德举起了阿尔德瑞，上面的人把它挂在了锥形塔的最顶端。闪耀的阳光洒在她的翅膀上，仿佛一只振翅的银鸟。

梯子纷纷撤下，一些乐手开始用芦笛和手鼓奏起一首乐曲，人群聚成一圈，唱起歌来。当歌曲结束，乐手们将自己手中的乐器也都丢

进柴堆，退到后面。五个人拿着煤油罐子走上前来，开始往柴堆最底层泼洒。广场上如此安静，突然有个孩子不知问了句什么，响起了回声，一片笑声在人群中荡漾开来。

那五个人用煤油浸湿了长柄火把并举了起来，望向特拉维斯德·布里奇，等着他做出指示。

鲁再也绷不住了。她挤出人群走到特拉维斯德·布里奇站着的地方。“特拉维斯德，”她开口说道，而他转过头。“发发慈悲，停止这个疯狂的行为吧。”

他的脸上毫无表情，仿佛混凝土一样。“你无须留在这里。”可在她拒绝退后或走开时，他一直压抑着的情绪却控制不住了。“你根本不必来的。为什么还要在这儿啊？”

“我必须来，”她说，“我必须目睹这一切，为了我的人民。这样你就会了解你们给我们造成的痛苦。”

“那么我们的痛苦呢？”他突然爆发出这句话，“你的人民从不在乎这些。”

“所以这才是真正的目的吗？只是为了报复我们曾经对你们犯下的错误？”

他深吸一口气，努力控制自己。“这和你们完全无关。只和我们有关。这是我们重塑自我认知的机会。”

“通过毁掉你们已经成就的一切？你们应该引以为敬的这一切？”

他抬头望向阿尔德瑞。“暮色一瞥会活在我们的歌谣中。”他说，“她仍然会在我们的记忆中闪闪发光。而她将得到自由。我们也是。”

鲁突然意识到举着火把的众人依旧在待命，等着特拉维斯德给他们信号。整个人群都在沉默地看着这一切。

他点点头让他们开始动作。那几个人转过身，将火把深深插入柴堆之中。火光立即腾起，蓝色的火焰向上猛蹿。拥挤的广场彻底安静下来，人们注视着火焰越攀越高。鲁有点想退缩，不想继续看下去，但她强迫自己的目光停留在阿尔德瑞那里，看着烟雾在她周围翻腾。

她感觉到特拉维斯德·布里奇握住了她的手，而她看着那幅画像逐渐烤焦，变黑，燃烧，也紧紧回握住了他。火焰朝天熊熊燃烧，随后吞没了阿尔德瑞，让她消失不见。最终，整个柳条编的装置塌了下来，所有的一切都掉进了燃烧着的火堆。

她的脸上挂满泪水，甚至连她自己都不知是何时流下的。她擦掉眼泪，转身望向特拉维斯德·布里奇。他的脸上也满是泪痕。

“我们现在得离开了。”他说。

整个人群都在移动，从广场退去。特拉维斯德·布里奇走到后面去扶起维吉兰特·阿斯派尔，盖若奇走到鲁的旁边。“需要我把车开过来吗？”他问道。

“不了，我能走过去。”

他们发现周围都是准备离开村落的人群和车辆，还有牲畜。狭窄的小路几乎塞住了，盖若奇的汽车只伴着其他人的步速前进。他们停下来好几次，为了载上腿脚不便的老者，或者抱着婴孩的妇女，直到车子的引擎盖和保险杠上都坐满了人。

他们攀上山，来到前一天俯瞰村庄时所在的那片开阔地带，人群停止了移动。所有人都聚在一起，眺望着他们的家园，篝火依然在村落中心冒着烟。鲁和盖若奇也下车看看到底发生了什么。

特拉维斯德·布里奇租来的车子把最后一批掉队的人捎了上来，他也下车来查看情况。然后他拿出手机打了个电话。众人全都望向西方，夕阳正低悬在山肩上。

一道烟雾从水坝的正中央腾起，片刻之后传来了爆炸的声音。混凝土墙上出现了一道缺口；随后，水坝顶端慢慢开始塌陷，水流涌了出来。伴随着水坝的整个崩塌，一股巨大的棕色泥石流冲了出来，以越来越快的速度向下涌入村落，裹挟着岩石和树木，带着泡沫冲向村子。

盖若奇站在鲁的身边呻吟着：“我看不下去了。”她却无法移开自己的视线。洪水冲进村子，摧毁建筑，吞没桥梁，继续向前蔓延，冲遍田野。

这么多的心血，这么好的发展，而现在曼胡人又回归了最初的贫困之中。

夕阳之下，水库继续朝着下游冲去，被淹没的村庄落入黑暗之中。众人似乎早已准备好原地过夜——他们燃起了营火，铺开毛毯，各家各户聚在一起。盖若奇转向鲁，询问着她：“我们要不要离开？”

鲁想到要在山路上开夜车，又看了看自己周围。她不想就这样抛下他们回归城市的舒适。“如果他们能睡在山里，那我也能睡在车里。”她说。

他看上去松了口气——一部分是因为不必整晚开夜车；更多则是因为大概不必非得做出什么决定了。她是这么感觉的。

他们吃了点盖若奇之前在车里带着的坚果棒和水果脆片；这已经比有些曼胡人的食物更丰盛了。之后，夜幕降临，人们开始围坐在篝火前唱歌——都是轻快而幸福的歌曲，孩童们也能跟着一起唱，歌声掩盖了悲伤。

鲁在黎明之前就醒了。前一天的场景还在她脑海中历历在目。天空开始转亮，盖若奇还没醒，她走出了车子。山中的空气很是寒冷，但天色一片晴朗。

她并不是唯一一个醒着的人。特拉维斯德·布里奇正坐在那片能俯瞰村落的悬崖边缘，背向营地，望着虚空。她走过去，坐在他身边。

在下方，曾经是村落的地方，现在只剩泥沙和残垣，俨然一片棕色的废墟。原先的建筑无一幸存。上游矗立着的水坝残骸就像一座古代遗迹。

“你还好吧？”她问道。

他沉默了好长一阵。“不太好……完全放弃一切真的很难。不过，任何值得去做的事情都很难。”

可是难做的事情不一定都值得去做，她心里想着，但没说出来。

他看上去已经很受伤了。

“你们现在要怎么办呢？”

“重新来过。”他缓缓地说，“或者，至少，我的孩子们会如此。”

她默不作声，心想着怎么会有人把这样的破坏作为遗赠留给自己的子孙。

仿佛听到了她的想法，抑或是自己也在想着这个，他说道：“我这么做是为了他们。这样他们永远也不必怀疑自己是不是真正的曼胡人。”他抬头看向她，“我们不想和你们萨罗纳人一样，你们这些囤积狂。我们不想把过去拖在身后。对我们而言，太过沉重，无法承受。”

他们又陷入了一阵沉默。阳光从山间的空隙透了出来，照亮了下方的山谷。

“看啊。”他指着上游。在水坝之上，一片巨大的鸟群正在盘旋飞翔。随后，它们改变方向，飞下山谷，停留在曾经是村落的那片平原上空。

“也许它们正在重植我们的农田呢。”特拉维斯德说着，微笑起来。

鲁几乎能看到银色双翅在闪闪发光。

过去有什么好的？

过去是遗失的一切。

过去是不再重来。

过去无法养活任何人。

只有未来才行。

怪物

MONSTER

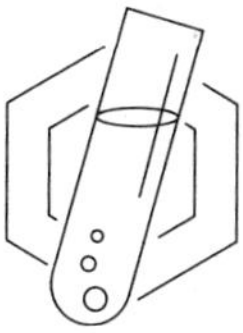

［美］娜奥米·克雷泽 著

NAOMI KRITZER

许子颖 译

作者简介

美国科幻奇幻作家。其短篇小说《请发猫照片》曾获轨迹奖、雨果奖；长篇小说《猫网钓鱼》获爱伦坡奖和北极星奖，并获得轨迹奖、星云奖等奖项提名。她十五岁开始写作幻想小说，作品被译为多种文字。她学过钢琴、吉他和小提琴，曾先后旅居伦敦与尼泊尔。先后出版了五部青少年小说，短篇作品也多次刊登在知名幻想期刊和网站上。

贵阳机场里没有人会说英语。我的手机里有UTranslator（优译）软件，我走之前，同事珍宁跟我说这个软件很好用。但她也说过，在中国找到会说英语的人很容易。她去的是上海跟北京。

“我要去贵州。”我说。

“那是哪儿？”她拿出手机查地图。

“相当于美国的俄克拉何马州。”我说。位于中国西南部，乡下地方，经济落后。不是外国游客们经常去的地方。

在行李领取处，有只金毛的拉布拉多犬沿着蜿蜒进入机场的传送带欢快地来回跑着，在那些包包上嗅着。这狗似乎十分喜爱自己的工作，看到它在传送带上靠着一个行李箱坐下来的时候，我吓坏了，因为这是狗儿们在对某件物品示警时发出的标准信号。我环顾四周，不知会不会目睹谁被逮捕。没人表现出不安的神情。同时，也没有人认领那个箱子；过了一会儿，那个箱子从我面前经过，我看见箱子的轮子被包住了，箱上没有把手。那个行李箱是个诱饵，它一直在传送带上，在没人想当走私者的日子里，让狗有可以做出反应的东西。我想知道他们在箱子里放了些什么。

那只狗对我的行李箱没有反应，我莫名松了口气。

在贵阳，优译软件做出的反应让许多人都十分莫名其妙，除非我只说单个单词的请求。“洗手间？”让人给我指了正确的方向。“报纸？”带我去了一个报刊亭。当然，在售的都是中文报纸，我分不出哪些报纸上是北京和上海的新闻，哪些刊登的是当地新闻。不管怎样，我买了两份报纸。

“哪里能租到带我去苗寨的车？”这类的询问并不成功，但我问了“出租车”，总算还是带我去了正确的地点。解释清楚我真的想要一路开到苗寨去（全程需要两个半小时）确实耗费了一些时间，但我们最终还是出发了。

我在飞机上没有睡好，特别想在车上睡一觉，但是我紧张得无法入睡。我凝视着窗外那条宽阔平坦的高速公路，这条路经由隧道笔直地穿过山峦，越过溪谷；我又试图瞥见护栏外面中国的景色，但几乎没有什么收获。

我想在报纸上找到的仅仅是一个问题的答案：后续还发现新的尸体了吗？我把手机悬在文字上方，慢慢地解析着各标题的意思：贸易条约、火车事故、一对耄耋之年的同卵双胞胎正在共同庆祝生日。

“你去贵州做什么？”来之前，珍宁问我。

“因为我认识的人都还没去过那儿。”我说。这是个谎话，我是来找安德鲁的。

我是在高中二年级遇到安德鲁的。

当时的我是个书呆子，在20世纪80年代，书呆子真的就是酷的反义词（现在不一样了，书呆子只不过是另一种酷）。整个中学时光，我都一直被人欺负，因为我喜欢书胜过喜欢人、喜欢穿运动长裤胜过牛仔热裤。每次我停下来从饮水器里喝水的时候，都会有同学把我的裤子拉下来；学校的管理人员全都坚持说，只要我无视他们而不是哭，他们就会罢手了。刚上高中的时候，尽管很不喜欢坐下来的时候裤带勒住腰两侧的感觉，我还是屈服了，穿起了牛仔裤。

高一的时候，我跟几个所谓“我的好闺蜜”一起吃午饭，她们在中学时代都或多或少地忍受着我的怪异。我们周末偶尔会去购物中心闲逛，其他女孩会聚在那些“可爱的”衣服前面轻言细语，而我会自觉地抚摸一些硬挺的布料，假装我期望妈妈给我一笔零花钱买衣服，而不是一再给我买里昂比恩[①]高领上衣，因为她以为那些衣服有软标签我就会喜欢穿。

安德鲁和我一起上化学课和微积分先修班，他注意到大部分时间我都把书藏在桌子下面偷偷读。他开始每天早上都问我带来读的是什么。起初，我不确定他那种好奇的语气是不是装的，就像其他孩子一样，然后立马再变成彻头彻尾的混蛋。几节课过去，我的书没有被他拿走，也没被拿去擦鼻涕之类的，我慢慢放松了一点警惕。我读的都是从附近图书馆借来的科幻小说，主要是艾萨克·阿西莫夫、皮尔斯·安东尼，还有安妮·麦卡弗瑞的全部早期作品。

有一天，安德鲁对我说：“你应该看看这个，”他递过一本平装书，“这是我的书，小心别弄坏了书脊，你会喜欢它的。”

那是一本威廉·吉布森的《神经漫游者》。第二天，我跟他一起吃了午饭。

苗寨小镇可能是我来过的最奇怪的地方。

周围的一切看起来都古色古香，然而它实际上却是几年前刚建造的，用来展示当地的民族文化，吸引游客到该地区旅游。当地人的工作就是穿着传统服装在街上散步，演奏传统乐器，制作和销售传统工艺品。

穿着传统服饰的妇女中，有许多都戴着银质的帽子，上面有精巧

---

① 里昂比恩（L. L. Bean）：美国户外用品品牌。——译者注

的蝴蝶，眼睛正上方的一排流苏叮当作响。其他妇女则将头发盘得高而蓬松，上面插着银饰和巨大的花朵。她们穿着美丽的绣花短上衣和裙子，戴着银制腰带和巨大的银项链，那项链看上去像是有人剪了一块圆形的银片，敲打成新月形状。她们走起路来，身上的装饰物都在叮当作响。我好奇那些银首饰是不是很重，衣服穿着舒不舒服，又有哪些是必须要戴的，哪些是她们自己搭配的。

照管商店的男人女人们衣着更为普通，不过有几个人也是那种发型，里面仍旧插着较小的装饰品。我无法分辨店里的顾客们是来自中国其他地区，还是来自贵州其他地方。

优译软件在这儿不比在机场时好用。幸运的是，酒店的门上有块英文牌子，告诉我这是酒店，并且“房间”也很好理解。

我知道，今天就把安德鲁找到不太可能。这需要花些时间。我今天的任务是入住宾馆和倒时差，但我不可以先睡一小会儿。如果我是在傍晚而不是上午九、十点钟到达的话，做到这些可能会更容易一些。我直接把行李箱扔到床上，就重新出了门。

街道尽头有一个公共广场，三个年轻的女人支了张桌子，上面摆着雕花牛角杯和小碗，里面装的极有可能是烈性酒。两个人戴着银帽子，另一个人戴着发饰。她们招徕游客，用牛角杯递酒给他们喝。我很快就被挤到了人群前面，一个女人一边笑一边唱歌，同时把酒倒进我的嘴里。

我乖乖把酒吞下去，心想道：你们可以用这种方式毒死很多人。然后我又开始好奇自己到底是什么样的人，才能有这样的被害妄想。酒的度数很高，我希望如果我停下来不喝，她们不会觉得我不礼貌。我把脑袋缩回来的时候，“谢谢。”我说，我只会这么一个中文词。

我脑海中突然浮现出多年前我去治疗的时候，他们逼我重复说的一句誓言：“我喜欢结交新朋友。”

“谢谢，”还书的时候，我对安德鲁说，“很好看。”我带了一本自己的书借给他，一本我愿意买下而非从图书馆借的书：《星潮汹涌》。

“如果你用书签，而不是这样敞面摊开，书能保管得更久一点。”看完还书的时候，他告诉我。

“有时候我会折角。”我说。

“你也知道这让你变成个真正的怪物了。”

“这是我的书，我想折就折！”有的时候，我折角只是为了轻易地翻到某一页。我没有告诉他，我有时候连图书馆的书也这么折——不过只有那些从图书馆里借了好多遍的旧书，尤其是书架最底层那些故事集，而不是那些新书。

安德鲁有一个来自其他学校的女朋友，是一个叫娜丁的哥特女孩，她有很多书呆子朋友。突然，我的周末有事可做了，等《星际旅行4：抢救未来》上映时，也有人陪我一起去看了。我们大家都没有多少零花钱，所以周末下午的大部分时间通常都在附近的公园里度过，或者在父母不怎么在家的那些孩子的家庭娱乐室里玩。拥有整整一群朋友对我来说是个既震惊又新鲜的事儿。我以前的朋友们愿意忍受我的古怪。我从未拥有过和我一起做古怪事情的朋友。

安德鲁是这群人里面跟我最亲近的，他借给我书和漫画，给我推荐电影。因为他强烈推荐《异形》和《银翼杀手》，我还去租了录像带。他很聪明，但是很懒，只要拿到足够的分数，就不会继续学习了，因为他不想费那个劲儿。“高中教育毫无意义，”他说，“他们讲的东西我早就全知道了。大学里才有真正值得我学习的东西。”

这群朋友之间总会擦出些断断续续的爱情火花——两个孩子在一起，有几个周末在一起牵牵手（或者亲热，同时我们其他人在一旁大叫“开个房去”），最后和平分手。

安德鲁跟娜丁分手之后，她就从我们当中消失了。

几个月后，我在大学附近遇到了在小餐馆做服务员的娜丁，我一个人，身上带着只够点不限量咖啡跟一大盘薯条的10美元，桌上还有一堆书和家庭作业。“娜丁！”她来到我桌边的时候，我开心地喊她，“好久不见！”

“噢，嗨，”她对我微微笑了笑，“是有一阵子了。”

“你还好吗？我很想你。”

“你想我？哼，好吧。”她拿出她的便笺簿，“我还在上班呢，你想好要点什么了吗？”

我点了东西，然后努力抖落受挫的心情。她很忙，而我是个客人，我不想变成个讨厌鬼。我打开自己的西班牙语单词卡背了起来，拿薯条一根根地蘸着番茄酱吃，我不停转动盘子，确保自己没有重复蘸酱，尽管桌上只有我一个人。她过来了两次，给我倒咖啡跟水，不和我眼神相接，最后她拿着我的杯子停了下来，问道：“你还跟安德鲁一起玩吗？”

“对。”我有些犹豫地说。他交了个新女友，她是嫉妒了吗？她对我这么冷漠也是因为这个吗？我又不是那个和他约会的人。我对他不是那种喜欢。

“你知道他冰箱里有只死兔子吗？或者说曾经有过。他准备拿来解剖的。”

娜丁显然指望我有所反应，但是我主要的疑惑是，她的意思是说他杀了那只兔子？还是说他捡了只死兔子。因为……我是说，我们会在高级生物学课上解剖一些动物，当然了，它们都来自一个供应室，不是在路上捡的，可是……我觉得这不是什么不正常的事情。

“他想让我在旁边看着。”娜丁补充道。

“哈。”我满怀同情地回复她。

"他说，他想知道一切事物的内部是什么样子的。一切。只是……我也不知道，塞西莉，也许你该小心点。"

"这就是你消失的原因吗？"我问道。

她给了一个我无法分辨的表情。遗憾？愤怒？"是的，塞西莉，"她平静地说，"这是我消失的原因。你还要点什么？还是你想结账了？"

我本想再点一片馅饼，但娜丁的注视使我坐立不安。我决定直接离开："结账，谢谢。"

她把我的钱拿去收银台，并把找零拿给我。"你留着吧。"我说。

"谢谢。"她说着把零钱塞进围裙。然后她站在那里，咬着嘴唇盯着我。终于，在我开始收拾书的时候，她突然说道："不要跟他单独相处。"

"为什么？"我问道。

"你不会愿意跟他单独相处的，相信我。"

我跟他单独相处过很多次，没发生什么不好的事。"好的，谢谢。"我没有跟她理论。

我没有告诉安德鲁我碰到娜丁的事。下一回我在大学附近想点些薯条和咖啡、要一个卡座做作业的时候，我选了其他餐厅。

在苗寨的餐厅点餐的时候，我指向其他人在吃的东西。我点了一整条连刺的烤鱼，酱汁很浓；还有鱼香茄子，上面有用辣椒做成的红油；还有几盘绿色蔬菜，看着像芜菁叶子，但是上头有小花。

很多蔬菜都是出自同一种野生草本植物，也就是甘蓝家族：花椰菜是花，抱子甘蓝是芽，卷心菜是叶，大头菜是茎。如果这是中国花椰菜——看着挺像——很可能来自同一种蔬菜的另一个品种。我开始想，经过传统的性状选择，从甘蓝到观赏羽衣甘蓝要花多长时间。我用筷子吃菜，同时思考如果使用基因编辑，要想在一天之内把观赏羽衣甘蓝变成花椰菜，都需要经过哪些步骤，叶子、花朵、颜色、根茎……我在想我会忘掉多少内容，结果又会是什么样。我无法想出基因编辑能带给我们什么新的甘蓝品种，也许是因为老式的培育方法已经繁殖出所有人们觉得不错的品种了。

我们一直以来都是这么做的。脑海中的某个影子低语着。我抖落了那个想法。

在宾馆吃饭的时候，我无数次叫同一个女服务员，不是因为她会说英语，而是因为她不会因为客人不会说半点中文而那么轻易就不耐烦。“你觉得我会喜欢什么，就给我上什么吧，我不挑食。”我告诉她。优译无法翻译这句话，我只好试着用了“什么都行”这个词，然后又用一种友好的手势表达了“你替我选”。

她给我端来一份汤，红色的汤里漂着鱼块跟番茄片。“完美。”我说，她微笑回应我，显然对我的反应十分满意。过了一会儿，她又端来一杯红茶。茶园就在附近，我看着茶叶在水中舒展开来，像是那种小孩子的海绵玩具，扔到水里就能从小小的胶囊变成长颈鹿形状。

旅游村里有一家剧院，每天会举办一场演出，再现锦鸡苗女的传说。这显然是当地著名的传说。外面有一个半人半鸡女性肖像，附近山上还有一只金鸟的金属像。雄性的锦鸡十分显眼，羽毛是从黄色到金色和红色的渐变色。雌鸟大多数是暗褐色的。

我买了一张演出门票。他们给我做手势让我等，又花了五分钟找出来一个介绍演出主要内容的英文视频。

这里的建筑大部分都没有暖气，剧院和别处一样冷。不过，每个扶手上有一个方便的塑料鼓掌拍，这样戴着手套也能鼓掌了。

舞台的侧面跟背面内置了大屏幕，可以实现一些戏剧性的特效，譬如舞蹈、歌曲、人偶，还有烟雾效果。在故事里，人们越过宽阔的河流，进行艰难的迁徙，最终在一个安全但没有食物的地方重新安顿下来。有一组美丽的婚礼场面，然后男人和女人都离开了，要去寻找一棵神奇的树，它会给人们所有已知植物的种子。

台上的树跟这里的女人们戴在头上的银饰相似；我不知道到底是帽子仿照了树的形状，还是反之，因为视频没有说明这一点。男人和女人都来到了树前，却得知只有一个人能得到种子的馈赠，另一个则会成为牺牲品。

两个人都想要牺牲自己。女人献出了自己的灵魂，男人被推了回去。女人上升到背景后方的中央，举起双臂，变成了翅膀；灯光、视频和悬索将她变成了一只锦鸡，不过她的装扮更接近一只凤凰。她飞走后，聚光灯回到那个被暂时遗忘的男人身上。男人哭着将种子带回给村民们。

我开始思考如何使用基因编辑把一个女人变成一只锦鸡，但我的思绪很快从思考的深渊里回到现实。歌舞剧结束后，我在苗寨找到一个有报纸卖的商店，又买了一堆报纸，把它们带回宾馆，摊在床上，寻找和尸体有关的报道。这次我找到了一则，不过是一起发生在西安的灭门凶案，听上去没有什么特别超自然的因素。当然，我不知优译的机械翻译让我漏掉了多少关键信息。

梳理报纸的过程被动且费时，我也因此变得十分紧张。我的这一整趟旅程也如此：被动、费时，我战战兢兢的，不知道该做什么。他们都坚信，如果我来这里，安德鲁就一定能找到我。但我对此越来越不确定了。

我在睡前最后一次查看邮箱，有一封来自神秘地址的邮件写道："就跟你看的故事一样，塞西莉，为了其他人的生存，必须有人做出牺牲。"

我立刻回复："你在哪儿？"

"安德鲁？安德鲁！"

当时，我在安德鲁家的家庭活动室看詹姆斯·邦德的电影，我记得是詹姆斯·邦德系列，但我不记得是哪一部了。他的母亲怒气冲冲地冲进来关掉了电视。“C？”她厉声说，“你拿了一个C-？”

“我猜是我的成绩单到了。”他说，他回避着我跟他妈妈的目光，转而望向窗外。

“如果你能乖乖做好作业交上去的话——”

“作业上的东西我都已经懂了。他们想要我一个问题连续做四十次，让我无聊到死。”

“作业引不起你的兴趣，我很抱歉，”他妈妈厉声道，“但是我的工作也不是100%有智力上的挑战的，但如果我打定主意再也不去参加那些无聊的会议，我就会被开除。”

安德鲁的家庭是华裔，不过好几代都是美籍华人。他喜欢把他的母亲描述成一个对学习成绩有执念的“母夜叉”。虽然我一般都站在安德鲁这边，但我知道这不公平。一谈到成绩，他的妈妈基本上和我妈妈一样。我初中成绩下降的时候，我妈妈也会大发雷霆。（我试过去适应，但是没有用。）

“怎样才能让你发挥全部潜力？”他妈妈逼问道，“起码是能够靠近你的潜力？抵达你潜力的中心区域？”

“也许上些没那么无聊的课就行，”安德鲁嘟囔道，“我需要送塞西莉回家，很快就回来。”我穿好外套，安德鲁跟着我溜出了门。

我们一起走向我六个街区外的家。“对不起。”我说，我的道歉无济于事。

“你不需要道歉，”他说，“我妈就是这样。我永远不是她想要的孩子。”

我在路上开始想，我是不是我父母想要的孩子呢。我十岁那年夏天，父亲想让我学打网球。他周末带我去网球场报名上课。我和父亲一起上课、练习，挥舞着我的球拍，结果仍然打得特别烂。夏天结束后，他就不让我学了。他是不是更喜欢一个网球打得不错的孩子？其实大有可能。但他也没有因为网球冲我吼过。他只是扔掉了我的球拍，再没提起这件事。

也许我妈妈喜欢的是穿着不舒服的漂亮衣服的女孩子。我小的时候，她会给我买来用很硬很脆的材料做的裙子，上面还有蕾丝。我记得八岁的时候，她想要我打扮一番，去参加一个家族婚礼，我们为此大吵了一架。她答应会有婚礼蛋糕跟孩子们喝的秀兰·邓波儿鸡尾酒，把我哄上了车；而当我开始哭着让她掉头，因为我的裙子让我痒痒的时候，她信誓旦旦地告诉我，别去管它就不痒了。这当然是假的，她只是在逗我玩。到了教堂的时候，我坐在通向前门的大石阶上哭着拒绝进去。父亲最后带我回家了。

安德鲁家和我家中间有个公园，这里原来是个奇怪的采石场，里面有一个石头阵叫“理事会圆环”，看上去很适合开户外会议，要么或许可以在这里处死一只山羊献祭，因为中间还有一块大石头。我们在圆环的石头矮墙上坐下。安德鲁点了一根丁香烟，这要是被他妈妈看到了，估计比看到他的成绩还要生气。

“不好意思，电影都没看完。”

“我大概能猜得出来电影的剧情了。”

“当然，但是我们错过了几场不错的动作戏。”

我耸耸肩：“没什么大不了的。你回家以后会没事的吧。”

“她还会继续大吼大叫好一阵，但只要我保证我在学校会更加努力学习，她大概就消停了。当然，我不会照做，不过她也不知道。”

我笑了起来。安德鲁总能让我笑。

“我想，你是唯一理解我的人了。”他说。

“我也是这么想的，”我说，“我是说，你是唯一理解‘我’的人，不是说我是唯一理解‘你’的人。”

“我知道你什么意思。”

“嗯，这很合理，是吧？”

我生他妈妈的气，也有点生他的气，做个作业他真的会死吗？目睹了他们吵架，我有些尴尬，但无论如何，在“理事会圆环”的谈话给我这一天带来了些慰藉。

“我说，你能把微积分选修课的作业借我抄吗？”安德鲁问我，“在早上我们去上课前就好，只是为了让我妈别烦我。我不在乎我的成绩。”

“当然，”我说，“没问题。”

早上，我收到一封邮件，是我美国的朋友发来的，问我来中国会不会去长城。我在回复中介绍了中国的地理（不过说得可能过于复杂了）：我现在离长城的距离差不多等于她离大峡谷的距离。她住在俄勒冈州波特兰。如果有人去波特兰找她，她会推荐人家去大峡谷吗？中国跟美国一样幅员辽阔。我看了看我的文本栏，把那段说明删掉，只是简单地写道：“长城离我这儿有二十多小时的车程。所以我不去。”

安德鲁没有给我写邮件。我下楼吃早餐，往盘子里装了两个煎蛋，四个花卷跟包子。我在餐厅另一头发现了另一个西方人，他是我来了苗寨以后见到的第一个白种人。他看上去在倒时差，或者是宿醉得厉害，也许两者兼有。

吃完早餐，我又查看了一次邮箱，犹豫着要不要给那个神秘邮件地址再回封信。我觉得有点为时尚早，就出去到苗寨附近逛逛。

我喜欢这里商店的那些长款棉衣，质地十分柔软，但全都是给肩膀比我窄、个子比我小的女人们设计的。就连背心我穿上也不合适。我在珠宝店看上一条银鱼饰品，还有绣花钱包，手工的鸟笼也十分可爱有趣，但是要带回去很困难。她们在这里做蜡染，都是用和牛仔裤差不多的蓝色染料来染色，我买了一块蜡染桌布。

当天晚上，在宾馆吃晚餐的时候，那个西方人似乎清醒了一些，和我四目相对："一起吃吗？"他操着一口英式英语邀请。我拉了一把椅子在他对面坐下，"我是汤姆·刘易斯。"

"我是塞西莉。"我说。我们握了手。

"为什么来苗寨？"

"我也想问你这个问题。我想去不同寻常的地方，一个我认识的人们都没去过的地方。"

"那你很有眼光。我是个旅行作家。我不确定我要不要写这个地方，这里有些无聊。"

我本能地心下一沉，虽然我也没有找到我想找的东西。"你觉得什么才有意思？"

他滔滔不绝地说了一堆我没去过的城市，我想他是想引起我的注意。我好奇他是对每个人都这样，还是只有对女人这样，或者是，只有白种女人？他对女服务生打了个响指，我吓了一跳，担心服务员会以为我们是一起的。他用中文点了菜，然后问我："你要点什么？"

我告诉他我想要一条整鱼，让他替我翻译成中文。

"为什么优译在这里不好用了？"我问他。

"是网络问题吧。"他说，"你明天想做什么？也许我可以帮你。"

我其实很想说，我宁愿拿着一本老掉牙的纸质英汉字典凑合一下，也不想找这么个会对服务人员打响指的人一起。但我向来没有挑衅的勇气，只好尴尬地笑了笑，什么也没说。

"你去看监狱了吗？"他问我。

"看什么？"我不确定我听到的对不对。

"离这儿半小时车程的地方有个水银矿遗址，曾经当过几回电影拍摄地。一边是废弃的小镇，另一边是废弃的监狱。雇一个司机，你就可以去逛逛了，不过去了之后要尽快出来。那里的道路杂草丛生。如果你喜欢那种感觉的话，那里的风景很不错的。我的朋友珀西瓦尔·阿博特几个月前在那里举行了一场摄影展，你可能听说过他。”

食物到了，我们一起尴尬地吃了一顿饭。我没听过什么珀西瓦尔·阿博特，不过汤姆离开座位的时候，我去网上快速查了查，确实有这么一个摄影师，他的网站也似乎在暗示我确实应该听说过他才是。

“你接下来要去做SPA吗？”吃完晚饭后，汤姆问我。

“不。”我说，虽然我立刻心想：这里居然有SPA？我确实不想要汤姆这种不请自来的陪伴。

“别碰我。”午餐时，我对在我身后排队的马克说。

“搞得好像我想似的，狗卵子。”我姓葛兰兹，我百思不得其解，这些折磨人的家伙们是怎么把我的姓变成“狗卵子”的呢？

我举起托盘让午饭服务生往盘里装食物的时候，他把手放在我的屁股上。我气得脸都红了：“我跟你说了，不要碰我。”

“我没有。也许是你的衣服自己想逃离你肮脏的身体，狗卵子。”

我已经把托盘放下来，听他这话，我转过身，把盘子里的薯条、汉堡连着托盘砸在他讥讽的脸上。

妈妈来把我从校长办公室接走，她看上去着急且沮丧。“我不想听你的借口，”我跟着她下了楼梯，来到外面的车里时她说，“你不能再被这些人惹恼了。他只是想要获得你的回应，并且他成功了，对吗？”

他的衬衣上都是油渍跟番茄酱，如果用无视他的方式阻挡不住他来惹我，这样或许就可以了。我大哭了起来，我特别生气的时候就会这样。“早知道我应该踢他的蛋蛋。”我说。

“也不要那么做，”妈妈说，“你的成绩非常好，塞西莉，但如果你受到严重的纪律处分，你考大学可就难了。”

放学后，安德鲁来了，虽然妈妈把我禁足了，但我还是可以见访客。“男生们都是坏蛋。”我说。

“是那些踢足球的男孩们都是坏蛋。”他纠正我。

“马克踢足球？”我从来不知道谁都会玩些什么，也没兴趣关注这个。

“可能吧。”

“我希望他被公交车撞。”

“是啊，说到这个，我们得聊聊你的技巧，塞西莉。扔盘子是很解恨，但无法造成任何实质性伤害。你打人要打在他们的痛处。”

“所以你认为我应该踢他的蛋蛋吗？”

“不，睾丸这个目标比大部分人以为的要小。君子报仇十年不晚。”

我们谈论了好几个小时对马克的复仇计划：在食物里放泻药，把臭气弹偷偷放到他的柜子里或他的莱特曼夹克口袋里，要么让他染上头虱。这些点子都没什么特别的实际性：我们接触不到他的食物，不认识谁的头上有虱子，如果我们把臭气弹藏进他口袋，他也一定会发现的。不过这没关系。复仇对我来说只是假想中的大餐，我不在乎自己最终有没有吃到。如果我想报复的话，我会怒火中烧地把一个托盘扔出去，而不是苦心规划一场高质量的复仇大戏。

几周后，安德鲁被人打了，大概是因为在体育课下课换衣服的时候，他在衣帽间多盯了另一个男孩一会儿。是马克和他的一个队友把他打了一顿。

“叫人郁闷的是，”他向我吐露道，“就算我真给他食物里放了泻药，他也不知道为什么会被惩罚。我巴不得当时就狠狠打回去，让他后悔整我。”

“也许你可以去学空手道。”感谢《龙威小子》电影的成功，光是我们镇上就有八百万所空手道学校。

“现实跟电影不一样，”安德鲁说，“你需要修习好多年，才能真的变得厉害。而且，我可以肯定，不论那些人多么罪有应得，如果你在学校打人了，学校一定会开除你的。”

“如果你受到严重的纪律处分，你就考不上大学。”我重复我妈妈的话。

安德鲁叹了口气：“我只是想要作恶的人得到报应，这个要求真的很过分吗？”

两个礼拜后，马克停在学生停车场的车着火了。似乎没有人知道原因。我问安德鲁是不是他做的，他没有回答我，而是扬起眉毛说：“你为什么这么想？”他说得对：就算确实是他做的，马克也不知道他为什么会被惩罚。

SPA原来是在旅馆外的一栋独立的建筑里面，我需要上街才能过去。到了以后，服务员检查了我的房卡，带我去了一个更衣室，还提供了一双几乎只有我的脚一半大的免费拖鞋。我换上泡澡的衣服，大着胆子走出外面的大门。

这里有两个池子，水里不停冒着蒸汽。网站上提到这里有温泉。我不确定这是不是真的泉水，还是有人把水在什么地方加热以后从管道里输送进来的。我被热水的温度吓到了，一开始水太烫了，我无法泡进去。所以我先只把脚放进去，然后等适应了这个温度，又把全身都泡了进去。

池子里有一个按键，可以把浸泡池变成涡流池，我试了试。旋出的泡泡倒是很多，但是噪声有点大，像是坐在一台搅拌机里似的。我打定主意还是只泡澡就好。

安德鲁在某个地方。他知道我在这儿。他知道我在找他。我仿佛可以想象出他踏进这个水池的样子，虽然这不大可能。我该跟他说些什么呢？

我不敢相信，我真的认识你吗？

然而，信步进来的人是汤姆。“噢，你好啊，”他说，“我听说你改变主意了！水是不是很不错？”

我叹了口气，只发出一声无意义的含糊声音，希望他能读懂我的信号，去其他的池子里。当然，他爬进我的池子并坐在了我的旁边。

“你‘听说’我改变主意了，这话是什么意思？”我问他，我们的对话显然是不可避免了。

“我直接问前台，另一个西方人去哪儿了。你在这儿太显眼了，亲爱的。”

“别说了。”

他继续滔滔不绝地说了一阵泰国的海滩，因为英国游客对那里太熟知了，白人比本地人还要多。然后他又谈起“真实性”的问题，我们是否应该追求真实性。我只好笑着点头，他似乎只不过是十分想获得我的认同。

至少，他一开始想获得的不过如此，直到他溜到了更靠近我的地方，邀请我出去喝一杯。我光速逃出了水池，好像水突然变成了酸液一样，我撤退到宾馆的房间，把门锁上了。

在此之前，我心里本来还在想，他会不会并不是一个旅行作家，他来这儿的理由会不会跟我一样，他会不会是来找安德鲁的。

大二暑假的时候，我得到了一个生物化学教授的研究奖学金。我最终去了一个很小、竞争激烈、书呆子云集的大学。我的全部人生似乎都在等待这一刻，我像条离了水的鱼一样，为了生存奋力跃起，峰回路转找到了去往大海的路。我找到了水源，找到了同类，找到了我本应归属却一直没能找到的地方。对我来说，那就是大学。

但是安德鲁并不是这样。他也申请了这所大学，但是失败了。他一开始也没有进一流州立大学，因为他的成绩太差了。他进入了当地的社区学校，然后一年后转学去州立大学。他过得不错，但是上的是大课，没几个朋友，教授们对他的自我评价不以为然。

夏天结束的时候，我回家待了短短两个礼拜。我跟安德鲁在当地的公园碰头，他告诉我他夏天在当地游泳池工作的经历。他考到了救生员证，但是他开心地告诉我，他可能是这个世界上最糟糕的救生员了，会戴着眼镜装作自己在午睡。

“那如果真的有人溺水了怎么办？”我问他。

“那他们最好大声把我叫醒。”安德鲁的语气依旧很开心。

快要淹死的人自然是喊不出来的。溺水的字面意思就是他们的肺里进了水。我不是想要责怪他。当然，没有人真在他值班的时候死掉，不然我肯定会知道的。而且，我无法识别出什么时候他是在开玩笑。我勉强笑了笑，告诉自己这一定是开玩笑的，并跟他讲了讲我的研究奖学金。我们在做DNA序列测定，并首次使用了自动测序仪；我在研究的是细菌基因组，它们大部分时候只是无害地停留在皮肤表面，但是在特定时候，它能造成各种各样严重的感染或者是食物中毒。它可以是无害的，也可以是致命的，这一点无比吸引我。我过了好久才意识到，安德鲁对这些话题丝毫不感兴趣。

“你真是个书呆子。”最后，他说。我从他的语气里听到了轻视，我不确定我是不是对的，我是说，这可是安德鲁啊。他是我最好的朋友，至少是我高中时期最好的朋友。我之前曾经跟他说过贝丝的事情，她是我大学时期最好的朋友，她在阿肯色州长大，兴趣爱好是写数学函数。我生日的时候，她给我做了一个纱线星型菱形十二面体，我给随身带来了。我本想把那个拿给他看，但我怕他看了会更加生气。他会更加看不起我。

我心想：我是怎么了？然后我想，我没有问题。问题在于他。他变成了个混蛋。

我找个借口离开了。

我们已经二十年没有联络过了。

遗传学成了我一生的工作。首先是基因测序，这贯穿了我整个大学时期和研究生前期。基因工程则陪伴了我研究生后期和博士时期，并留在大学继续做研究。还有后来问世的CRISPR技术，虽然它仅仅是又一个工具，但却是一个十分吸引人的工具。我的研究重点是人类的遗传疾病。

遗传学疾病主要有两种解决方法。第一种方式是做基因测试，遗传性疾病携带者之间不能生孩子；这种方式正逐年变得便宜且简单了。如果父母一方携带了囊性纤维化基因，另一方没有的话，他们的孩子就都不会得这种疾病。这个方法的问题是，如果携带者不停与非携带者生育，该基因会停留在很多人体内，那就不可避免会有少数新生儿患上遗传疾病。（请注意，我说的并不是要消除神经多样性，也不会阻止任何合理的人类基因变化。我说的是能造成多年痛苦和不可避免的早亡的疾病，例如囊性纤维化，或者是会杀死不幸患病的婴儿的遗传疾病，例如萨氏病。）第二种方式是使用我们的编辑工具进入基因组，并修复好它。如果我们使用类似CRISPR的技术来修改胚胎的基因组，我们不仅能确保从那个胚胎出生的孩子不会携带囊性纤维化或萨氏病，而且可以确保他们长大后也不会传递这种基因。

在人类胚胎上使用这种技术还需要很多年时间。或者说，我认为还需要很多年时间。

安德鲁重新通过脸书和我取得了联系。他给我发来一封私信：“塞西莉，哇，我发现你全家都搬出镇子的时候，还以为我再也联系不上你了呢。你最近在做什么？”

我现在是约翰·霍普金斯大学的教授，比起上次聊天，这次安德鲁显然对我的工作更加有兴趣了，我安心了下来。显然，他变得更成熟了。我们都已经长大了，我也不再是当初那个愤怒、没有安全感的小女孩。很久之前，我就找到了属于我的地方。

我们又开始经常聊天了。安德鲁告诉我，他在一家生物技术初创公司工作。他似乎花了很长时间才上完大学，而且似乎没有读博士，但是抛开学术，技术更重要，他一直都很有智慧和创造力。他说他签署了一份保密协议。作为一个大学实验室的首席研究员，我没有签署保密协议。

我告诉他，我的研究是探讨基因编辑技术能否应用于胚胎以外的阶段。（不是CRISPR，但我是从CRISPR开始的。）然后有一天，他告诉我：“如果能看到你正在写的论文，我宁愿付出一切代价。”

我把那份论文发给了他。

联邦调查局特工来我的实验室时，我以为她是来找我的同事珍宁的，她正在研究从几个世纪前的骨头里提取DNA的方法。这位特工不是来找珍宁的。“是塞西莉·葛兰兹博士吗？”她问道，“有时间聊聊吗？”

我看向桌上的钟，说道：“今天晚一点我有堂课要上，但是要到下午两点。我有什么可以帮你的吗？”

她关上门，拉过来一把椅子，像是学生因为一个棘手的任务过来寻求帮助。“我是洛克特工，今天来是想问你几个问题，关于一个我觉得你应该认识的人。”

安德鲁做什么了？我想。

在某种层面上，我肯定一直都知道。

洛克特工给我看了几张照片：安德鲁的单人实验室里面，有一排整齐的分子打印机，紧挨着一张医院病床，床上还悬挂着医用约束带，以及他用来保存用于记录的基因样本的家用冰箱，同时还有尸体。他的血清造成了恐怖的灾难，所以死者被撕成了碎片。有很多尸体。他曾经一次又一次地做实验。

他拐来了无家可归的青少年。他给二十多个离家出走的孩子发了邮件：需要一个住的地方吗？我在这儿等你。

有一个视频，采访了一个勉强幸存的女孩。“我是个A-学生，”她结结巴巴地说，“我的前男友在跟踪我。我不知道怎么保护自己。我想变得强大些。他答应我，这会让我变得更强。”

他将我的研究成果用来干这个。然后他调整了血清，改进了它，找来了更多的实验对象。

他把实验对象的尸体浅浅地埋了。

洛克特工想看看我发给安德鲁的东西。我给了她我的全部资料。

我想，我从未真正了解过他。

洛克特工在离开之前告诉我，安德鲁对自己的血清很自信。他最后在自己身上使用了血清，这赋予了他超人的速度、反应力和力量。他用这些本领从那些前来逮捕他的武装警察手中逃脱了。“他单凭双手折断了他们的脖子。”她毫不夸张地说。

早上很冷，风很大，我多穿了几层，叫了辆车带我去废弃的水银矿小镇遗址。

这座小镇没有完全废弃，居民们也没有那么神秘。昔日的广场上有根晾衣绳，上面挂着四件T恤和两条裤子，正在早晨的空气中晾干。我穿过一条狭窄的小径，路过一座四层的居民楼，一条狗在门口静静等着，没有靠近我们，它的尾巴缓慢地来回摇摆。

我想我可以通过卫星碟形天线和窗玻璃是否完好来判断哪些楼有住户。我循着小径上了山，袜子跟绑腿上沾满了小芒刺；我还发现有四块地被清理出来，种上了某种甘蓝，可能就是我每顿晚餐吃的那种。

回到山下，我看到靠近河边的地方有一辆锈迹斑斑的报废汽车，我走进了一个看起来曾经是礼堂的地方。

如果安德鲁在这里，那他没有留下任何踪迹。

司机带着我穿过径直挖穿整座山的矿井，带我去了另一边的废弃监狱。监狱在20世纪70年代就和小镇一起废弃了；和镇上一样，这里也多少住了些人。司机砰砰敲门并喊人之后，他们才勉强打开门。

监狱现在已经改建成养鸡场。每间空荡荡的牢房都开着门，里面满是鸡屎味。我走进一间，一只鸡紧张地对我叫唤着，扑腾到牢房另一边，留下一片羽毛在空中飘荡着。

中国该区域大部分的房子都没有暖气。监狱自然不例外，内脏传来的不适感令我一时窒息。

有那么一瞬间，我想象了一下安德鲁就在这里。

脑海中有两种念头在打架：“这是他罪有应得”对上“可没有人活该待在这种地方”。继他做的这些事以后，我想象不出他应有的下场该是什么模样。

总之，他不在这儿。在这儿待得越久，我就越发确信，他不会藏在一间监狱里的。我可以走了。

回到镇上时，表演场地外面的广场上聚集了一群人，播放着音乐，有人在跳舞。他们都穿着传统服饰，音乐听着却很现代。我走近了一些，想凑近点看看，被一个戴着银饰帽子的女士笑着拉了过去，和他们一起跳起舞来。当地人都遵循着编排好的舞步，却也给了每个参加进来的游客热情的鼓励。我感觉很不自在，步伐也很笨重，像个傻子一样，但还是又让他们再鼓励了我几分钟。“做得好！”其中一个人用英语同情地鼓励着我。

天色暗下来之后，金色锦鸡女的雕像被若干小小的聚光灯照亮，耸立在我们头顶上。

在人们挨饿的时候，神、龙或是魔法树需要一个祭品，你可能会自告奋勇；你甚至可能抢着头一个自告奋勇，好让你爱的人幸免于难。

我离开广场，走到河边，想着怪物的事情。

安德鲁的那个前女友娜丁曾试图告诉我，他自己也试图告诉我。我之所以无视这些警告，是不是因为在某种程度上，我觉得这个怪物永远不会伤害我？

珍宁答应在为期两周的寒假中替我照管实验室，听了我透露的一点计划，她说：“你有多大把握这会有用？如果他们想错了呢，他并没有那么在乎你怎么办？”

这并不是我害怕找到他的原因。我确信他不会伤害我。我害怕的是：我到这儿来是为了袭击他，背叛他的。

当你知道自己的朋友是个怪物，“背叛”就是你会做出的选择。他真的是个怪物——和狼人不一样，狼人是有时才会变成怪物，并可以用合适的措施加以预防；和童话中的野兽也不一样，野兽是个遭人误会的怪物。他是个真正的怪物，你无法替他们辩解，无法否认。我只能做我不得不做的事。

但，这并不意味着我想这么做。

回到房间，我在社交媒体上放了几张我拍的照片：监狱里的鸡、鬼镇里那间空荡荡的大屋子——曾经的大礼堂。破烂的墙壁上涂着红色的汉字“禁止吸烟”。

我想，也许，我已经找得足够努力了。也许我应该就这么回家。告诉他们，我找不到他。

然后我注意到我拍的那张广场上的晾衣绳的照片。上面整齐地倒挂着一条裤子，但这是我第一次仔细看那些衣服。一共有六件：有两件工作服，四件T恤。T恤上面印着图案，分别是塔迪斯[①]、一条龙、一个数学玩笑。

他在那儿。他就在那儿。我只是没读出他给我的信号。

那天晚上，我好几小时睡不着觉，之前的那个想法仍在脑中回旋：我并不需要经历这些的。我可以在苗寨再多逛一天就回去，然后假装自己已经尽力找他了。直到后半夜，我才断断续续睡了一会儿，然后清晨就醒了，因为外面走廊传来了一阵骚动声。

我戴上眼镜，开门出去看看发生了什么。

离我旁边几扇门的地方，有个房间的门开着，光从里面透出来，宾馆工作人员疯狂地聚集在周围。其中一个女人见了我，示意我过去。她拿出手机说话，手机将她的话翻译成纯正的英式英语。“你会说英语，请告诉这个人，我们已经找了医生过来了。”

我的房门在我身后关上，跟着她走过走廊时，我的心怦怦直跳。

汤姆正躺在他房间的地板上痛苦地扭动着。旁边放着一壶热水、一碗冰块、几条毛巾、一瓶药跟一瓶酒，是宾馆员工拿来的。他几乎已经失去了意识。我能看到他额头上的静脉像肿胀的树枝一样凸起，里面的血又黑又稠。他被注射了血清，而且是未完成的、致命的那个版本。我不知道安德鲁是怎么做到的。但我猜得出是为什么：我猜对了，汤姆不是什么“旅行作家”，他也是来找安德鲁的。

员工们往后退开，让我和他说话。我不确定他是否还有意识。“他

---

① 《神秘博士》中的时间机器和宇宙飞船。——校者注

们已经叫救护车了，”我说，“他们让我来告诉你，医生就要来了。”

汤姆的眼睛睁开一条缝看着我。“医生没有用的，对不对？没用。”他的舌头有些不听话，嗓子哑得厉害，声音很刺耳。

确实有过幸存者，但他未必能成为活下来的那个人。我不想告诉他这个，所以我问他：“你需要我把你的位置通知给什么人吗？”

他试图指向床头柜，手臂却无力地垂向一边：“我的钱包。”

我取下钱包并打开了它。这是个薄薄的没有人情味的钱包，里面没有孩子照片，没有咖啡店或者百货店的会员卡。只有一本英国驾照、两张信用卡，还有一堆钞票。里面还有一张手写的索引卡，写着：“如果你捡到这个钱包，请联系……”上面有一个邮箱地址跟电话号码。“就是它。”他低声说。

“这是谁的联系方式？”我问。

他试图说话，可是一度说不出话。我通过他的嘴唇形状读出“MI6[①]”，但他说的只是“他们对你没有威胁。”他的眼睛重新闭上，过了片刻，他开始大口喘气，因为他的喉咙肿起，吸气时空气卡在喉头，像是衣服上的那些芒刺一样。如果他的手还听使唤，他大概会拼命地抓住自己的喉咙。我站起来向后退，把钱包放在他的床上。

“医生在哪儿？”我问员工，我不确定有没有人能听懂我说的话，“他现在就需要医生，不然他就要死了。”

救护车到了外面，中国的急救医疗人员冲进汤姆的宾馆房间。我给他们腾出空间，回到自己的房间等候，几分钟后，他们带他出来了。他很安静，身上盖着一块床单。

几分钟后，先前曾经发疯似的带我去汤姆那里的那个宾馆员工敲响了我的门。她端着一个托盘，上面有茶、切片柠檬，还有他们在早

① 英国军情六局的缩写。——译者注

餐时供应的馒头。旁边还有一份报纸，因为她看到过我购买报纸，看到那份报纸我迟疑了一会儿，因为今天我肯定不需要报纸了。

她脸上挂着泪痕，脸上满是罪恶感与羞耻感。我想安慰她，发生在她的宾馆的这起灾难并不是她的错，但是我不想给自己挖坑。如果有人来问我问题，我也无法脱身。所以我只说了句谢谢，就让她走了。

今天，晾衣绳上什么都没有。我来到一栋装了卫星天线的楼道口，沿着走廊往前走去。

居民楼里虽然住了人，但依旧很肮脏。有一些门紧闭着，还有几户的门开着，到处都是垃圾。我能闻到胡椒和做饭的味道，盖过了霉菌和干腐菌的味道。楼内某处的电视机开着。因为那声音很轻快，我确定这是电视机里的声音。电视播音员的声音可算是最奇怪的文化现象之一。

来到28号门前的时候，我敲响了门。我还是个孩子的时候，28曾是我最喜欢的数字。(这是个完全数，如果你将它拆分成因数，将所有真因子加起来，还会得到这个数字。1+ 2 + 4 + 7 + 14 = 28。安德鲁不太关心完全数，可他还是听着我大发议论。)

他打开了门。

我不确定门后迎接我的会是什么，当我看到刮过胡子、干干净净的他，我有些惊讶，那么显然我期待中的他该是“胡子拉碴的”。他的头发比社交媒体照片上的样子要灰白得多。“塞西莉。”他说，他的声音和我记忆中的一样，我不由得一惊。“进来吧。”他回到门后，我跟他走进屋子里。

屋内有一张桌子、两把摇摇晃晃的椅子、一大桶水和一个小煤气灶。他烧了水，安静地给我们泡了茶。我看着那些茶叶舒展开来的样子，没有说话。

“你特地赶来，”他说，“我这儿破了点，将就一下吧。”

我的脑海中不禁浮现出那张绑着束缚带的床，我只好低头凑近茶杯，装作喝茶的样子。他看着我，我也适时观察他的表情。他以为我是来帮他的，或者是来警告他，又或者只是来看看他。但是现在，他什么都知道了。

“他们什么时候来？”他问我。

“我不知道。”我说。

他抬头看向天花板，使劲眨眼想憋回眼泪。

“为什么不直接杀了我？”他问道，“为什么要背叛我？”

“我认真考虑过杀了你，”我说，“但是我需要通过中国海关。而且我不是个暴力的人，就算我能通过中国的安全检查，我也想象不出我带着把枪或者刀来找你的样子。”

眼泪顺着他的脸颊流了下来：“我见过你把一盘食物扔到别人脸上。”

我伸出手用拇指擦去他的眼泪，他没有躲开。“对，你记得我这做法有多不灵吗？我因此进了校长办公室，仅此而已。”我在裤腿上蹭掉手上他的泪水，“安德鲁，你为什么要这么做？”

“我很多年前就告诉过你了，我想要变得强大。”

“但是你没必要牺牲那么多人。你为什么不去找那些在咖啡厅排队时性骚扰女孩、在更衣室打人的足球运动员呢？”

“不，我找的是需要变强的人。我找的是需要帮助的人。”

很奇怪，我和他的聊天十分顺畅。即便是在这儿，我们也一如往昔。桌上我放在手边的茶已经凉了。“你为什么来这儿？”

“我需要在公告发布出来之前离开美国。我会说普通话，我想，在这儿也许我能假装是从中国的其他地方来的。我的曾曾祖父就来自这个地区，后来移民去了美国。这里很安静，我觉得我可以藏在这儿，也许没人会来找我。”

"他们会跟着你到天涯海角的，安德鲁。"

尽管我不是故意的，他仍旧听出了我声音里的暗示。"他们想要我的配方吗？"

我没有回答，但沉默已足够说明问题。他笑了。有点痛苦，也有点得意。

"那么，"他说，"我猜我还是有点儿谈判的筹码的。"

"你从一开始就是这么想的吗？"

"你永远不会知道的，"他说，"众所周知，人们老是挥霍摆在眼前的东西。"

他说的没错。确实如此。

他拿起他的茶，茶杯从满是汗渍、晃晃悠悠的手上滑了下来，砸到地板上。他注视着杯子和自己的手，双手颤抖不止。他摸着他的脸，感受着脸颊上的汗水，看着我。我站起来，意识到自己可能不该留下这么久。

"他们不会来的，"他说，"来的只有你一个人。为什么，你对我都做了些什么？发生了什么？"

我走到一旁，他伸手抓住了我的手腕。我能感受到他身上非人类的力量，我本来以为他不会与我为敌，我不知自己还搞不搞得清楚这么想错得有多离谱。

"FBI（联邦调查局）先来的，他们告诉我你做了什么。然后是CIA（中央情报局），他们想要我给你出个价，叫我告诉你，如果你把配方交给我，让我带回美国，并且配方对他们有用的话，你就可以回家了。不会有人指控你。他们知道你在这儿，但他们觉得我可以接近你。"

"但是，"他说，"你却打算杀了我。"

"我找他们要了你的笔记。我说，我需要他们手上的一切，这样在我离开中国之前，我能识别出——起码能猜出——你是不是给了我假的配方。他们把手头的信息都给了我。我设计了一种对大多数人都无害的细菌。或者说，对那些没有注入血清的人无害，而它对你来说是致命的。它会解除血清对你的作用，不过只能解掉一部分。”

“我不需要杀你，”他低语着，“他们会替我杀了你。”

“也许吧，”我说，“我要告诉他们，你的血清没有他们想的那么好。你死于它的作用。但愿这样他们就不会想做进一步的研究了。”

“如果它有用呢？如果我留下的笔记仅仅只是个开始呢？你不认为美国军方会杀掉几千个人，只为弄到这血清吗？”

“不，”我实话实说，“不是因为他们不邪恶，而是因为到头来，即便你成了最强大、最快、最聪明的人，你仍旧只是个人，依旧是生物链上最薄弱的一环。”

安德鲁被晕眩感压垮了，蹒跚着走到了旁边，抓住桌子支撑自己；他试图坐回椅子上，但是失了准头，重重地坐在了地上。他似乎已经无法杀掉我了。

他用双手捂住脸说：“你这个该死的骗子，你是我见过的最糟糕的骗子。你差不多骗了我整整五分钟，但你骗不了派你来的那些人。”

“也许不能，”我说，“但是如果血清能和你本人一起消失的话，还是值得的。”

他微微一笑，朝角落里招招手。“我的电脑。密码是你的名字。”

汗水浸湿了他的衣服，他咳嗽了起来，肺里充满了从细胞里释放出来的液体。他大口喘着气，和汤姆一样。不同的是，他的眼睛是睁开的，狠狠地盯着我。因为眼睛里的血管内大出血，我看着他的眼白变成了红色，然后变成了黑色。

在我们十六七岁的一个夏日，我们去了一个公园，爬到野餐棚顶上看日落，我们看着天空变暗，然后躺在温暖的屋顶上，仰望星空，观察星星落下。那晚有流星雨，我父母不想我一整晚在外面等流星雨的高潮（应该是凌晨三点到五点），除非我们在后院看；但他们能让我在外面待到午夜，所以我们只能待到这么晚。

“你会对流星许愿吗？”他问我。

“听起来很傻，”我说，“我的意思是，这东西又不是魔法。它们只是彗星的碎片，只不过看起来很酷而已。”

“你太相信科学了。”他抱怨道，“我敢打赌，你小的时候对着流星许过愿望。”

“许过。”我说。

“所以你小时候许的愿望是什么？”见我没细说，他又问我。

“我想要一个朋友，”我说，“我也不仅仅是对着流星许愿。当我看到夜晚的第一颗星，白马，或者其他的什么。我的愿望始终不变，就是想交一个真心朋友。”

我要告诉他们的故事是，我抵达的时候，他已经死了。

安德鲁是对的，我不是个懂得撒谎的人，但是这不过是个简单的谎言。

他们绝对想要他的电脑，但是他已经给了我密码，也就是说，就算他没能这样做，我也能保证数据被彻底销毁。

我从口袋里拿出我的手套，把我的茶倒掉，把杯子放回柜子，思考下一步的行动。电脑往往是非常私人的东西。我的电脑里面有正在进行的工作，但还有笔记、日记条目、信件、冥想时想到的话、诗歌。

我很乐意花点时间，阅读安德鲁的电脑上除了血清研究笔记之外的内容。

但是我已经杀了我的朋友；如果不破坏他的笔记，就毫无意义。

所以我打开电脑，解锁了它。我格式化了硬盘，加密了已被格式化的驱动器，手握成拳随机敲击键盘，创建了一条新密码。然后我关上了电脑，把它塞进包里准备带回家，我在桌边坐下，等待安德鲁的胸口停止起伏。

零和博弈

ZERO SUM

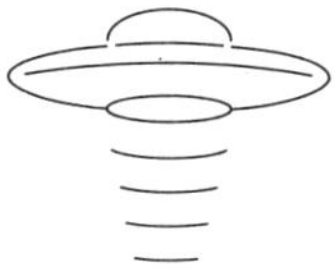

[加]阿蕾克斯·德拉莫妮卡 著
秦鹏 译
A. M. DELLAMONICA

作者简介

加拿大女作家。80年代开始从事科幻小说和奇幻小说的创作，已发表四十多个短篇小说，另有“蓝色”两部曲和“隐海传说”三部曲长篇小说出版，获得过极光奖和旭日奖，以及轨迹奖等提名，多次入选科幻小说年选。在多伦多大学教授创意写作课，也为美国加州大学主讲线上写作课，同时还在《克拉克世界》电子杂志、托尔网等网站发表科幻评论和写作研究文章。

伊闪爬出暴飞车时，正赶上佩尔人的第二艘飞船准备降落。

午夜时分，领头的飞船在贵州省上空进入视野，沿着笔直的轨迹飘然而落，就好像一枚巨大的纽扣，挂在看不见的铅垂线上。数以百万计的人用相机记录了它的第一次出现，上传了能从天上的卫星上得到的所有可用信息。但是飞船降落得非常慢！除了一些最固执的记者，其他人都选择了退出直播间。人类将异世界访客来临的一幕以缩略图的方式显示在边缘显示区。什么历史意义不意义的，统统见鬼去吧，人们对着自己的电子助手说："要是外星人有什么动静，就闪我一下。"

佩尔人这么做是特意要招人烦吧？

天亮时，他们已经停住了飞船。太刺激了！太来劲了！大家都来看啊！在这个圈圈里，地球的第一批外星球访客……就那么悬着。

现在，领头的飞船在中国南方一条幽深的峡谷上方稳稳停住，全然不理会地心引力，地球人反复要求外星人选择一个不那么偏远的会面地点，而对方根本毫不顾及。

下马威，仅此而已。

伊什[①]盯着它，几乎喘不上气来。一动不动，寂静无声，离地二百

① 伊什（Ish）是伊闪（Ishaan）的昵称。——编者注

米。他们那个设计是用来搞笑的吗？飞船周长一百五十米，大约二十米高，宛如一只巨大的飞盘，就是在科幻刚刚兴起那些年的劣质电影里那种玩意儿。

说不清为什么，他觉得这种与老电影烂俗桥段太过相似，让人感到近乎冒犯。不过这个烦恼让他忘了自己将会上去——悬在半空，与人类的潜在征服者唇枪舌剑一番……

“我可是无计可施啊。”他低声说着，扫视着两艘船的底部，寻找逃生舱口。

“@接触小组”的暴飞车停在了尽可能靠近飞船选定落点的位置。他们的集结地点是从道路上往旁边延伸出去的一块开阔地。在农田的围绕当中，那里有着观赏善乐河峡谷的绝佳视角。黑白两色的鹅卵石密密麻麻地镶嵌在走道上，构成一幅交错的马赛克图案：长着细长喙的鸟，与一圈圈触手弯若镰刀的海星交替排列。悬崖边缘壮观的苗塔为自拍的游客们遮挡着阳光。伊什坐在那里，打开他最喜欢的早餐：打印的蒸米饼、咖喱烩马铃薯，再配上薄荷拉西酸奶[1]。当然还要有热红茶。这是专为困难情况准备的暖心食物。他在离家之前就订好了。

吃饭的时候，伊什把飞船的图像放大了一百倍，把图像来源从他自己的眼睛切换到暴飞车顶棚摄像头，这很容易做到，就像把杯子从一只手换到另一只手里。飞船是砖色的，有不规则的黄色斑点。放大后的图像展现出了表面上的鼓包和扭曲，这让他想起了水果派烤过的那一面。

来了个消息：哈希瓦尔丹，请求私下会谈。

“接受。”伊什再次切换图像。视角、山脉和飞船都没有变化，但

---

① 蒸米饼（idli）、咖喱烩马铃薯（potato korma）、薄荷拉西酸奶（mint lassi）均为印度风味食物。——编者注

是现在涌进来一堆虚拟财产的图标。增强现实技术将应用程序排列到他右侧边缘显示区中一条竖直的带状区域内，这些程序跟踪着他的社交资本分数、当地天气、钱包中的现金、奢侈品积分、健康状况、热量计数、碳负债以及收件箱中的紧急邮件数量。

他孪生弟弟的虚像同时闯入了视线。哈希[①]被渲染成了黑白色的。这是地球主脑的惯用做法，意在提醒伊什——万一他忘了的话——对方真身并不在场。

伦敦比贵州晚七个小时，哈希刚刚结束了一场演出，正在换下演出服。他最里面的衣服是标准的纳米技术基层，第二层皮肤当前配置为白色长筒袜和黑色拖鞋。最外层是他演出时穿的服装，一件紫色加冕礼服纤薄的打印复制品。

哈希盯着半空中纹丝不动的飞船，以及在它上方大约十米处，正在龟速下降的第二个飞船。

“真他妈不可思议。”

“在你眼里什么都不可思议。”伊什说。

“别那么爱挑刺，老哥——全世界都盯着呢。”

确实如此：在他右侧的带状应用程序区，一枚复古风格的计量表显示伊什的实时关注者数量正在增长。电子助手们都向它们的订阅者发送了消息——醒醒吧，世界，终于有点动静了！透过伊什的眼睛观看的人数攀升至一千六百万。

“我们听——得到你。”哈希轻声唱着。

伊什打了个寒战。

在关注者计数器上方，他安装了一个同样老式的卡通压力表应用，让它显示大众对这次接触任务的总体情绪。此时此刻，指针处于绿色

① 哈希（Harsh），哈希瓦尔丹（Harshvardhan）的昵称。——编者注

区域。就目前而言，人类对即将举行的会谈持谨慎乐观态度。

“你能闻到什么味儿吗？”哈希问道，“任何……”

“什么？”

“振动？你能感觉到吗？比如说，你的皮肤发麻吗？”

是的，伊什想，然而突然穿过他身体的电流与外星飞船(或者他们有可能接受的亚音速传输)没有任何关系。这是纯粹的性渴望：卢西亚诺·波克斯从另一辆暴飞车里出现了。

增强视野调整了哈希的黑白虚像，将其滑动到一边，让伊什能清楚地看到卢西[1]。

卢西是真身驾临，呈现的是真实色彩，并且他对伊什弟弟的存在一无所知。他看上去大约三十岁，使用的肉身带有意大利北部基因库的特征。他有一头金发、橄榄色的皮肤和打手般的体格：重心较低、双肩圆润。

“是波克斯来了？”哈希抱怨道，“你别开玩笑了。”

他怎么总能知道？

“卢西怎么就不能来？”这句话他是用腹语发出的。多年的腹语学习使他与大多数人不同，甚至能做到不动嘴唇。“怎么就不行了？”

“他都不是人！”哈希说。

那倒不假。外星人老早以前就已经把卢西转换成了数据。那么他是不是就变成鬼了？一个曾经活着的生物体的副本？法院和教堂都拿不准主意。但是在十年前，他们还是转换了卢西，把他和其他一些人一起上传到了地球的主脑。

震惊去吧，伙计们！通过好友申请，实现第一次接触！

不过呢，卢西已经背叛了他的主人。

① 卢西（Luce），卢西亚诺（Luciano）的昵称。——编者注

“快停下吧，别盯着他了。”

“我没有啊。”

外星叛逃者那具人类皮囊看上去不错，并不是伊什的错误。刚刚打印出来的人像新生儿一样熠熠生辉。初见天日的皮肤细胞平整滑嫩，散发着光亮和牛奶的香味。天使般的烈烈浓眉、白到发亮的牙齿……就连指甲都完美无瑕。

而且也像剃刀一般锋利：它们正在插进卢西的手掌。

伊什回复同意，然后伸出手握住了对方的一个拳头。“你没事的，卢西。”

“你对我的状态能他妈了解多少？”对卢西来说，脏话的作用就如同标点符号。

哈希哼了一声。“带他回家见见老妈，行不行啊？”

伊什把卢西的话当成了一次问诊，一边心不在焉地“哼”了一声，一边瞥了一眼那双苍白的眼睛，同时查询了一下脉搏和血压数据。卢西的基层获取了读数，将脉搏以声音的形式播放出来，节奏轻快而不连贯，算不上很急促，在伊什自己如巨鼓轰响般的剧烈心跳衬托下，就如同一个小小的行军鼓。

“呼吸，卢西。”

“好啊。本来还挺好玩的，可他妈的鲁德——”他指着飞船，“把我从气闸扔了出来。”

“在这儿不会有那样的事情。”

“这家伙小肚鸡肠、报复心强，还没什么能力——”

“为什么佩尔人的接触团队里不能有两个人叛离什么的？”哈希说，“很可惜。我们所有的叛徒鸡蛋都装进了一个漂亮篮子。”

伊什没有理会这句话。“如果你想要的话，我可以给你打印出一剂强效点儿的镇静剂，卢西。”

恐惧的悸动似乎已经结束了。“算啦。不需要镇静。鲁德不敢。如果他让情况恶化，女皇会烧烂他的面条指头。”

“那就好。”

“你甭管了。我现在没事了。”

伊什退后一步，突然有点难为情。气温正在升高，他基层的纳米材料正在吸收他皮肤上的汗液。

在他们头顶，进入对流层七小时之后，第二艘飞船终于在第一艘上方停稳了。

“听起来就像上下牙打架。”没等他弟弟问及声音，伊什便低声说道。

哈希马上张嘴再咬牙，试了一下。

海豚形状的蓬松云团暂时遮掩了太阳，佩尔人的第三艘飞船在稀薄的水蒸气层中透出身形，就像云团白色表面上的一块暗斑。

这是叠罗汉呢。而且是慢动作。

伊什的关注者数量开始下降。这是人类在说：他们再有什么动静的时候通知我。

“大家早上好。”萨昂维·阿嘉沃尔，海德拉巴的长期市长，世界拯救者排行榜的榜首，“@接触小组”的领导人，几乎是一下子从她的暴飞车蹦出来，一条藏红花色的围巾蒙住她的头和脸。“不用倒时差吗，伊什？我说过你可以多睡一会儿。”

“七小时而已。”说话者是十岁的张秋月。她来自前青春期事务部，正沿着两片稻田之间的护堤蹦蹦跳跳地进入众人的视线。“我们刚才逛苗寨去了。”她解释道。她的母亲张培智正在她身后费劲地赶上来。

“快点，快点，走起来。”哈希说。

“全员到齐。”伊什用字幕的形式回道。这时候其他人都在一同登上宝塔，赞叹着飞船和美景，打开自己的早餐。

“卢西，他们会派来几个飞船？”张秋月问。

“最多七个吧？”卢西说，“十一个的话那就太看得起人类了。”

萨昂维问道：“在他们彻底叠完罗汉之前，这边没人上去，那边也没人下来？”

“他们在要求让步时就暗示过这一点了——哦。”卢西一时间看上去有点窘迫，“我们有五个人。会有五艘飞船。”

“这么简单？”张培智皱起了眉头。两个月来，“@接触小组”每天都要开会（通过虚拟现实技术进行的）。她的状态似乎总是徘徊在心烦意乱和怒火中烧之间。这次她以真身来到了现场。“你到这会儿才刚刚想明白？”

“我是个锁匠，记得吗？外交谋略从来不是我的专长。”锁匠是一种轻描淡写的说法：卢西本是佩尔人派遣的先头兵，职责是为他们的潜在统治者破解地球主脑。从本质上讲，他一直是一个奴隶，受制于确保其忠诚行为的例程。但是地球主脑的反病毒程序把束缚当成了恶意软件。程序打破了束缚，于是卢西改变了立场，要反过来破坏佩尔人的占领图谋。

萨昂维看着那些飞船，仿佛那是一座有待攀爬的山峰、一条需要被摺翻的鳄鱼。“他们难道不是想看看，叠多少艘飞船之后我们才会表示反对？”

卢西耸了耸肩。“鲁德生你的气了。他本来要向女皇献上一个新的保护国，而你阻止了他。大概这就是为什么佩尔人非得要求我们赶到这里瞎逛……那些到底是什么玩意儿？”他指着下面那些人工水池，池里长满了间隔均匀的植物，从塔上就能看见。

“稻田。”张秋月说。聪明的女孩，总是知道正确的答案。前青春期事务部的人都这样。多年以前，伊什曾约会过一位。哈希则讨厌他们，他就是这样一个人。

“这是一次实力的较量。鲁德只是来打个招呼 ——”

“而且可能还打算谈谈技术交流。”萨昂维纠正道。

“想得美吧。他来这里是因为，离开就相当于承认你们这些原始生物赢了第一局。”

萨昂维抱起双臂打量着几小时之后才能就位的第三艘飞船。她打了一个响指，开启了一个团队共享板。写满数学算式的透明窗口在伊什面前展开，挡住了他看向群山的视线。照当前的下降速度，佩尔人还要再花一整天才能安顿完毕。

“为了防备万一，我会肉身留在这里。”萨昂维说，“并与咨询小组商议。你可以通过文本来跟进，不过……伊什，张秋月，能不能先不管他们？明天我们重新开始，等他们准备好的时候。”

换句话说，当他们做了有趣的事情，我们会给你们通知。伊什的仪表板上，随着世界各地的人们慢慢领悟这个提议，公众舆论指标疯狂地摆动，一时间进入了红色区域——唱反调者和愤愤不平者总是最先发表意见——然后又回摆。他强忍着不去查看毫无疑问正在疯狂刷屏的评论。

“那就辛苦你吧，萨昂维。谢谢你。”张培智说。苗寨是一处罕见的边远地区，而苗族文化造就了一个无与伦比的旅游良机。

哈希发来字幕：“别走，伊什。和萨昂维一块待着。她在图谋把你变成旁观者。”

“本来就是来充门面的，无所谓旁观不旁观。”昨晚她已经清楚地表明了他的角色：在他们的首次真人碰面中用身体发出指令。

“你在这里负责微笑、点头，伊闪，”她是这么说的，“支起耳朵，闭上嘴巴，明白了吗？”

“你可能……”哈希没有把这个想法全说出来，但他一心想的全是怎么利用公关机会。他希望伊什第一个登上飞船。

"以真身与佩尔人的面对面接触具有历史性的——"

"别说了。"他示意。六个月以来，家人之间的吵吵闹闹几乎总是无法避免——有时候根本没想去避免，此时此刻，他可不想让全世界再一次看到兄弟相争。

说什么能显得亲社会呢？"这件事是萨昂维和前青春期事务部在主导。我相信他们的判断力。"

"去你的吧。"哈希弯下腰，翻开他的加冕礼服，露出宽大的马裤，屁股一边绣着金色狮子，另一边绣着银色独角兽。"有没有想过为什么没有人喜欢你？"

"只要醒着就在想这个问题。"他本可以关掉他的声音，但是如果他试图划定界限，生儿星期的闷气便少不了了。

与此同时，张培智已经准备好让女儿见识一下贵州丰富的文化。"我们用会议室好吗？"

一号到五号暴飞车都是会移动的住宅。它们是从一个共同的祖先——豪华房车——演化而来的，但跟那种笨重的运输工具之间的差别，就相当于兽脚亚目恐龙跟现生天鹅之间的差别。它们具备自动驾驶、自充电和部分两栖功能，拥有虚拟现实浸入舱、基层库存、食品打印机、大宗药品、储水设备，还有废物处理技术，以及让"@接触小组"成员们安放数量适中的实物财产的储藏间。换句话说，它们能满足身体、灵魂和上行链路访问所需的所有基本条件。如果把一辆暴飞车密封并增压，发射到太空，乘客能一直活到食物耗尽。

让人不悦的想法。他咬紧了牙关，止住了这个想法，爬上车去。会议室仍然保持着昨晚那场马拉松式的战略会议的配置：他们在贵阳刚下飞机，便立刻开了一整夜的战略会议。

伊什收起了环形桌子。如同一把被风吹翻了的伞，桌子向上弹起，然后收进了地板。他解锁了椅子，将它们移到窗户边上。暖通空调系统嗡嗡响着运转起来，开始换掉闷了一夜的污浊空气。他发了给水指令，然后出于习惯，清点了救护室和实验室的橱柜存货。

萨昂维故作随意地说："卢西，跟我一起在这儿吗？"

"看到了吧？"哈希说，"你正在被往外踢。"

不过卢西还没有拿到备忘录。他挥挥手否决了这个提议，一屁股坐到张秋月旁边的椅子上。

会议室显然知道景点在什么地方。他们还在座位进行固定操作的时候，它已经开动了，沿着陡峭山路的内边缘向着峡谷蜿蜒进发。右手边是连绵不断的梯田，一层层地向下退去，就像某种锥形的花瓣，离他们越来越远。

作为伦敦人，伊什发现这些山脉绿得那么生动，美得令人心悸。一米之外的稻田里，宝石般的色泽随着距离的增加逐渐消退，每每变幻出一种不可思议的新色度，最终化作一抹青云氤氲在远山之间，向人们展现着叶绿素的存在。

漫长的攀登之后，他们沿着一座长长的混凝土桥钻了出来。小小的萨昂维——真人——在宝塔上朝他们招手。两艘馅饼悬在她头顶的半空中。

"转盘子。"伊什低声说道。

卢西眯起眼睛，疑惑不解。

"一种杂技。"

他露出懂得了的表情，抬头看了看。"陀螺效应。在这种情况下与物理学无关。"

伊什点点头，片刻间脑海里想象出这样一幕景象：两艘船倾斜、相蹭，撞向宝塔，先碾碎了屋顶上独具特色的水牛角，然后终结了他们的团队领导。

不会有那种事的，他们的反重力技术极为成熟……

他真的还没有准备好进入一艘这种东西呢。

然而恐惧从来都不是拒绝冒险的理由。伊什绝口不提他呼之欲出的不情愿、他的宅男倾向以及随时爆发的恐惧。他什么都没有说，哪怕潜意识让他做噩梦：外星人哄骗“@接触小组”上了飞船，便不再放他们回家，而是把他们带回外星球，放进动物园展出。

报复心强，还没什么能力，卢西说过。

外星人应该听见他这么说了。

在21世纪，随着人类把无处不在的智能手机换成带提醒功能的眼镜，继而改成通过手术植入无线数据网络，人们一直在抱怨隐私权遭到践踏。不过这基本上只是故作姿态。事实上，消费者很乐意用自己的私密信息换取尽可能大的带宽。他们希望得到每个问题的答案，无论是关于宇宙的规律还是他们最喜欢的名人的生日。人们要求的地理定位已经精确到，一个人可以闭上眼睛，用虚拟现实覆盖掉他们周围的真实环境，在个性化的乌托邦里横冲直撞而不会撞到其他人。

对数据如饥似渴的终端用户们终于意识到，问题并不在于大家都知道了你的事。毕竟，人类就是在这样的熔炉里炼出来的：小村庄里人人沾亲带故，张嘴就是东家长西家短，谁也摆脱不了谁。不，保密不是问题——把秘密变成武器才是。隐私的分配并不平均。

因此，消灭秘密的公司会议室。取消随便某个男孩把同学的裸照发布出去的能力，因为对方可能没有对等的报复手段。当每次试镜、每次工作室会议都被记录下来，娱乐圈的潜规则也就消失了。拿你的数据偏好赚钱的公司？当分析师能够细致入微地告诉你，广告商到底能够怎样操纵你时，它们变得有节制多了。

医生的咨询治疗、教堂里的私密忏悔、个人的创造性工作——你可以申请让地球主脑的大档案库“数据堆”把这些信息全部锁定，有时候甚至可以锁定到死。几乎没有人那么做。一切都被记录下来，一切都是可知的。

有人索要你的记录，别管是你上个月和某人争吵的一个片段，还是你出生以来的每一个动作和每一次呼吸。你会收到一个即时通知，以及对方文件的一个副本。

你想看我的，你就得给我看你的。保证谁也没有藏着掖着的。

显然，这意味着“@接触小组”所有的预备会议都已经被标记并评论了十亿次。更不用说还抄送给了外星人。就像伊什与哈希的每一次争吵——特别是在过去的六个月中，由这次被强加给人类的、令人又振奋又畏惧的奇特机会引起的争吵——也都已经被成千上万人咀嚼过了。

只除了萨昂维发给他的简短摩尔斯密文。支起耳朵。闭上嘴巴。

他对此没什么意见。

家里的表演艺术家把自己安插在了伊什的外围视野中，仍然是黑白色的，仍然穿着宽松的马裤。萨昂维本人依然待在会面地点，但是她也把自己的虚像插了进来。

“我觉得宇宙飞船看起来确实有点像盘子。”卢西朝着窗户举起双手，中指高高竖起，打断了他的遐想。他做出旋转的动作。

“它们最好不要旋转！”张秋月咯咯笑着使用了一个手势表情符号，这个符号源自古老的美式手语，表示呕吐。

“我在我的工具包里打印了止吐药。”伊什说。

“你就放心好了。”卢西嘲笑道，“他们才不希望被你吐得一地酸水儿。”

“说到水儿，”张培智打开了小厨房里的一个抽屉，水凝胶做好了。她取出一团凝结的水，形状像葡萄一样，刚好一口大小。“喝水不？”

卢西抓了一把，急切地咬爆了一个，然后把剩下的传给其他人。伊什把他的含在嘴里，就像吃软糖一样。他喜欢把皮留到最后再吃，因为它含有一些蛋白质，有一股淡淡的甜味。

萨昂维的虚像抱着双臂看他们饮水，笑容空洞，意味不明。她毫无疑问正在想，她有多希望找到一个资质合格的人补上“@接触小组”的第五个宝贵名额。

在佩尔人拒绝将团队人数增至五个以上之后，伊什被提到了这个位置。五人之一必须是他们的叛逃者卢西·波克斯。前青春期事务部要求一个席位——实际上相当于两个席位，因为还要算上强制要求的家长陪护。

不过，张培智的作用不仅仅是陪护她的孩子。卢西翻译过佩尔人和其他外星种族之间的多项条约（截至目前，这些协议保持了地球的独立性），读过这些条约的只有寥寥数人，她是其中之一。

这个工作这么重要，五个人太少了。所有剩下的任务都得靠萨昂维·阿嘉沃尔和伊什来搞定。

作为团队领导，萨昂维当仁不让。她是一位经验丰富的公仆、善于鼓动人心的演说家，还是广受欢迎的海德拉巴市前市长，她分别为全球安全和全球监督代言——也就是人类可笑的战争部门及其经济分部。

至于伊什，医生/兽医的身份意味着他顶上了科学家的位置。但真正的决定性因素是，他是一个过时的“遗传异类俱乐部”成员，只有这个俱乐部的成员才能满足佩尔人最后一项不容协商的条件。

哈希在投票中拉到了六万张选票，尽管他稀里糊涂什么也不懂。他的支持者们认为，如果用得着医生或者科学家，伊什也许可以通过远程通话指导他进行实验室作业。

不过，最终全球多数利益相关者都认为，已经派了一个小孩子，还要派一个职业小丑参与会面就太不像话了。

就在几个月前，伊什都在媒体视野之外，当时他暂离了马戏团，在前苏格兰的一家农场里帮人家应付产羔季，享受着好不容易争取来的假期。现在，由于某种彻底过时的家族史方面的偶发巧合、一些认证过的马克尔-温莎基因，以及将这些基因详细记录在案的英国王室追随者群体，他将成为第一批与未知文明当面交流的人类之一。

萨昂维反抗过佩尔人的要求。她讨厌这个想法，数以百万计的人都讨厌。王室是一种标志，象征着一切地球正在尝试淘汰的事物。"国王"是一种行将就木的事物。他们将逝未逝，却又暗藏祸机，就相当于国家政体的阑尾。

在那个希望被碾得粉碎之后，伊什告诉自己，斯威士兰一位姆斯瓦迪的后代将被选中参与"@接触小组"的任务。卡布恩·姆斯瓦迪是一名飞航工程师。一个明显的选择！

但是哈希的表演对王权和英国王室编造神话的历史表达了肆无忌惮的嘲讽——一场接一场的模拟剧，从两位伊丽莎白女王，到维多利亚女王，到亨利五世和八世，甚至是疯王乔治……在民意调查中起到了重要的作用。那一幕幕浮华盛景，那一场场谈笑有名流的婚礼和葬礼。他们的品牌形象给人一种真实可靠的印象，甚至在海德拉巴都为他拉到了选票。

被处决的妃子们、在劫难逃的公主们，还有在被称为"回补"的环境灾难的高峰期，国王威廉感人至深的退位演说。然而人类重新拿出了朽败的历史之袍——并把它穿在伊什身上。

难怪他要靠着对性事的沉迷来应对。

会议室的司机带着他们穿过清晨的薄雾，进入一片洼地，四周的圆锥形山峰身披绿衣，优雅的梯田长满了庄稼。群山环抱着一幢灰色的石头大厦，它的一半已经坍塌，被落叶和自生自长的树苗掩盖起来。

"这他妈——"

一颗水凝胶砸到卢西的额头又弹了回去，是桌对面的张培智扔的。

“干什么？”

她瞪着眼睛说：“嘴巴不干净。”

“那又怎样？”

她指指自己的女儿。

卢西夸张地叹了口气。“对不起，好了吧，话说，你看到那东西了吗？”

在他们的增强视野边缘，标签和旅游资讯层出不穷。伊什触摸了一个标签，位于老建筑尖顶旁边的一个虚拟热点，那里展示着一个旧的铁星徽。他的视野中出现了汉字，然后又转换成了拼音。

“过去的水银精炼厂。”他读道，“现在用于贵州历史托管区内的研究、复垦和旅游业。相邻的鬼城——”

“鬼城！”张秋月兴奋地喊了一声。

“游览从工厂开始。”她的母亲说。

“佩尔人是不是要求派五个扫兴的家伙？这事儿我之前怎么都不知道？”哈希问。

伊什假装没听到。

他们在精炼厂入口处下了车。湿气如同一双正处于更年期的巨人的、不停出汗的大手般裹住了他，灼热的手指箍得他喘不过气来。

在其不断腐朽衰败的第四十个年头，这座大厦被冻结在了时光当中，当时拜一个区域重建计划所赐，越来越多的游客进入了传统苗家的地盘。寻求清新空气和全新体验的游客们，因为这家工厂鬼气森森的氛围和破旧外观而流连忘返。

即便是旧时代的遗迹，也可以焕发新生。精炼厂现在推出了徒步旅行路线，还有精品店和许多适合自拍的景点。

接待“@接触小组”的是一位穿着传统苗族服饰的女人：手工制作而非打印的蓝色麻纺上衣，图案复杂的麻质裙子，也是手工编织的。

银质项圈在她脖颈处叮当作响，下面挂着一串串小环。她还戴着一顶好像后冠的头饰，标着银色数据链，其形状让伊什联想到了宝塔，萨昂维还在塔顶等待。

“欢迎来到苗寨水银矿。”导游说道，“我姓鲍，叫鲍吉莉亚。我们很荣幸在这个历史性的时刻接待各位。”

来自社交应用程序Whooz的数据在他的通知栏中滚动过去。她是个带徒弟的导游指导员，能够流利地讲五种语言，还是村长。

管理层，合情合理。因为所有人都知道，说不定外星人明天就会要求逛一逛。这样的任务可不能托付给刚刚植入了地球主脑的青少年。

支起耳朵，闭上嘴巴。

鲍吉莉亚带领他们进入精炼厂。

卢西喃喃道：“我们来这儿干吗？”

伊什认为他的意思是，为什么萨昂维会给他们安排一个旅游观光的任务？

“这正是我们要在这里弄清楚的问题。”张秋月回答道。

“正是如此。”萨昂维的虚像插言道。

这么说，他们被派来揭开佩尔人选择善乐河峡谷的深层理由？

“鲁德？他就是故意找碴儿。”卢西说。

外星人完全可以把飞船停到随便某个大都市城区的上空。孟买曾主动提出要当东道主，圣保罗、坦皮科和北京也都参与了竞选，却没有人把佛罗里达州当回事。

导游带领他们穿过水银精炼厂，经过了展示工厂不同时期面貌的展示牌，从大约18世纪初开始运营，到在苏联支持下进行当前结构的建设。增强视野中显示着1950年的场景，勤奋的工人们穿着制服，一边干活一边高呼口号。

伊什的助手提议进行一次医疗史支线游——工业事故、污染和回收留下的遗产。他决定以后再说。

与此同时，卢西在这场旅途中已经完全变成了行尸走肉，一路心不在焉。他心在他方，在线上。

伊什对他发了条消息："你在做什么？"

卢西授权了共享浏览。博物馆消失了，取而代之的是它本身的建筑蓝图。"实时盯着这次行动。说不定这次官僚们是正确的，我们来这里是有原因的。"

这座建筑很大，旅游只是其一半用途。大量的房间被交给了技术部门：服务器、传输技术、电力消耗，以及确保成年公民可以全天候访问地球主脑的冗余服务。一个控制中心监控着工厂和鬼城的游客流量。目前人流量不大：人们被要求遏制住跑到外星人所在地的自然冲动。

"数据库有点旧，"卢西说，"或许会为传输造成一个瓶颈？"

"如果他们真的那么强大，还需要瓶颈吗？"

"那要看他们打算干什么了。"

被劫持到太空中的非理性恐惧再次来袭，伊什一时间脖颈上汗毛倒竖。算了吧，别瞎琢磨了。这跟你无关。

设施里还有生物实验室：苗族人正在与全球监督合作，广泛修复该地区的水体、植被和动物。现场的生物库存包括一个堆满了青蛙箱子的房间和另一个养着蛇的房间。该地区的每个黄蜂巢都配备了一部专用相机。一些经过挑选的长角甲虫被做上了标记，好让词源学家们追踪它们的一举一动。

卢西重重地拍了三下手，这是他第一次叛逃后在治疗中学会的自我安慰动作。当时他的受损状况相当严重：心理创伤、精神涣散，从幸存者负罪感到对窒息的恐惧，种种痛苦都在折磨着他。

为了让对方放心，伊什再次伸出手。"萨昂维，上面怎么样？"

"很高兴你能表现出兴趣来。"他的弟弟嗤之以鼻。

伊什紧张起来，他忘记了哈希也在共享浏览中呢。

萨昂维共享了第三艘飞船的图像。它仍在下降，并没有比之前看到它时离近多少。

"卢西，再跟我们说说飞船里面是什么样子吧？"萨昂维保持着聊天的语气。

"就当是旧式购物中心和洞穴的混合体吧。"卢西说。这是他一贯的回答。他肯定早就已经被问烦了。

"购物中心也有好多种呢。"伊什说。西欧的许多旧购物中心已经被改造成了表演场所。他曾经在十多座改造后的画廊中表演，都是为了给哈希助演。

萨昂维调出历史标签，连同具有代表性的照片："商业街、广场、大商场、大卖场、垂直型市场、公共市场、集市……"

卢西盯着照片，选择了一座有中庭的多层建筑。"这个，有一点点像。五层，中间是空的，还有这些……你们是叫夹楼，对吧？"

"不过佩尔人的飞船里可不会到处都是商店，对不对？"

"买东西的人当然是有的。还有飞行员、侍者、工作人员。"他突然对着伊什眨了眨眼，"搞科学的。"

也许我还是有机会的！

"维护用无人机。"卢西继续道，"翻译、宾客服务、食品操办员、传教士、演艺人员、垃圾粉碎工、燃料负荷计算员——"

"让他打住——宾客服务？"是哈希的声音，再次插言。

"通用工程师、真菌养殖员——"

"不好意思，"伊什打断了他，"宾客什么？"

卢西耸了耸肩。"在你们的不列颠盎格鲁语言里怎么说来着？绿布？绿布……旅伴。"

“旅伴。其他外星种族的？真身？”

“当然是真身。”

“其他的外星人，而且不是……”一想到奴隶制，卢西变得敏感起来。

萨昂维替他说完了：“其他的外星人，而且不是被迫在那里的？他们可能在飞船上？活生生地在飞船上？”

“我刚才不是说了吗？调查船队里有两名其他种族的地质学家，那个种族叫……哦，就在嘴边挂着。暂且就叫普莱柯吧——这个名字挺适合他们。有普莱柯人。我记得至少有一位叫金泽，是个银行家。甚至……我想……你们决定可以给鲁德授一个公爵封号，对吧？”

正在到来的船队挂名领导，隶属于一个庞大而复杂的佩尔人王室。正是他要求在“@接触小组”中要有一名王室成员。他还坚持想要得到一个对人类来说过时已久的爵位。

“是的，”萨昂维说，“公爵。”

她的眼神滑向伊什。他的眼神则滑向了他弟弟的幻象，他身上的戏服已经基本都脱掉了。哈希正在从他剃光的棕色头顶揭起一股打绺的头发。在他旁边放着一根充气权杖，用手一捏可以发出声音。

“这位公爵，”卢西说，“有一部分阿皮瑞血统。”

一堆不知所云的词，指代未知的有知觉怪物种族。

萨昂维招呼了一下仍在关注着水银开采的张秋月母女，让她们也了解一下这个信息。“此时此刻，我们上面的飞船里面，并不只是佩尔人和他们的奴隶？”

“附属种族。”卢西揉着太阳穴。

这能有什么区别吗？本来是种族间谴责——相当于星际间外交事件——的威胁，阻止了佩尔人利用各种条约中的漏洞接管人类。

然而人类并没有指望异星观察员会真身到场。

“萨昂维和你一样业余。”哈希笑着说。他当然很高兴：他一直是从卢西的喋喋不休中听出来关键信息的那个人。“如果你多花点时间倾听，少琢磨点卢西的肱三头肌，说不定你就是我们两人当中聪明的那个了，嗯？科学先生？”

哈希放下了权杖，仿佛它是一枚麦克风。权杖掉在地上，吱的一声弹起来，又被他抓住。

其他人都围上了卢西，连珠炮般抛出各种问题：我们会遇到其他外星人吗？他们是什么样子？我们怎样才能不冒犯他们？不激怒他们？不让他们扫兴……

“行了！”伊什在频道上扔了三秒的医疗超控，所有人都被静音。卢西正在朝一面墙后退过去，动作像企鹅一样笨拙生硬，唇齿间吞吐的气息多少有些颤抖。

“快点，卢西，等着你回答呢，卢西，如实招来——”

“卢西，呼吸。”伊什说。

“这他妈不是闹着玩！”

“我们控制不住自己。”伊什说，“他们都很兴奋。与外星人会面，上次发生这么重大的事情，还是……嗯，你过来的时候。”

“是啊，我太他妈酷了。”

“你就是挺酷的。难以琢磨，就像是……”

“什么？”

“像一只海蜇。”伊什没有哈希那样非凡的魅力，但一旦形势需要，也可以独当一面。现在，带着一丝炫耀，他打开了两个手掌。他驱散了现实世界，创造出一些海月水母，图形一个接一个地上升，仿佛啤酒中的气泡，触手和伞盖飘飘摆摆，令人昏昏欲睡。低吟的汩汩之声令人心情舒畅。

让他平静下来，让他平静下来。

卢西做了个双手合十的自我安慰动作。“不好意思，总之对不起。”

“疯子管理最高分！”哈希说着，用他吱吱嘎嘎的权杖敲着自己的脑袋。伊什用手势表情符号作答，在他背后做了一个粗鲁的手势。

在被传入地球主脑之后的十年间，卢西只允许自己现出形体三次。即便如此，他还坚持使用蜉蝣的身体，这种身体非常脆弱，很快就会坏掉。无论如何，脆弱是他用来对抗绑架和酷刑——长时间酷刑折磨——的防御手段。

结果就是，他基本没有医疗记录。他唯一服过的一种药物是泰然灵，一种年代比较久远的镇静剂。

让他呼吸，让聚光灯离开他。伊什说：“我们去鬼城吗？”

鲍吉莉亚点点头。“请跟我来。”

他们又回到了会议室暴飞车。

“我从来没有见过这样的山脉。”伊什告诉卢西。虽说聊天只是为了分散他的注意力，但这话却一点不假。他和哈希曾与家人——后来与朋友——一起在西欧和东欧四处移居，因为要跟着皇家马戏团巡回演出。

哈希才是无可争议的明星。伊什的身份曾经在勤杂工、经纪人以及（演员短缺时的）杂耍演员之间来回转换，他们两人过得还不错。由于小丑的吸引力，还没有接受植入的孩子连同他们的父母一起去看现场表演。人们都想亲眼看看同卵双胞胎，在怀旧情绪的推动下，对英国王室的着迷保证了门票销路。在人气排名中，他们徘徊在与21世纪初的韩国流行音乐以及一些早期完全沉浸式虚拟现实游戏差不多的位置。

马戏团从来没能吸引到足够多的追随者，让他们可以在亚洲观众面前表演。他们本来想众筹一次北美巡回演出，但又害怕因为没有足够碳信用额度用来返程，而被困在一隅尚存的美国。

“现在你人都来了，你觉得怎么样呢，伊闪？”张秋月甩着腿，踢暴飞车的外壁。

他把脑袋贴到窗玻璃上，观赏着高耸的山峰。几个世纪以来，每一片适于耕种的土地都用于农业生产，最终使得地貌本身都像是被规划过的：这里是卷心菜，那里是玉米，还有山羊牧场、鸡舍、稻田、稻田、更多的稻田……未来的收获，纯洁而清爽，一直与云层相接，那里是佩尔人的飞船正在集结的地方。

条条山脊伸向远方，直到峡谷的远端变成龙背驼峰的样子，灰蒙蒙的肥沃土地笼罩在薄雾中。

暴飞车轰鸣着经过了两个骑自行车的本地人。他们也穿着传统的服装，顺滑黝黑的头发在头顶上盘成了看起来很沉重的髻子。标签显示他们是山上更远处一所大学的教授。

"太惊悚了。"伊什为一个不那么老套的措辞想了半天，终于开口道。他曾经习惯在一座嘈杂的城市里，混迹于千万人之间。每个人都是勉强度日，工作时有时无。临时工作做完之后便要摆弄以及植入小器件。在这里，你可以用肉眼四处扫视，却几分钟都看不见一个人。然而每当你遇到人时，他们的行动都是有目的的，都是在前往他们的下一个任务。

"别想入非非了，"哈希说道，"我敢说到处都有猪屎味儿。"

与此同时，萨昂维正在朝卢西打手势。"怎么着？"她在督促对方回答。

他深深地呼出一口气。"十年了，萨昂维，我一直在向你介绍佩尔人，我能想到的全都吐露了，而你就从来没有想过他们的盟友也会在调查船队上？"

"让其他种族参加这次会面的事，他们提都没提。"

"好吧。虚拟现实已经让你失去了分辨谁是谁以及谁在哪里的能力。"

“我不知道你这么说是不是公平。”

“真的吗？团队中有人会说你没和我们在一起吗，即便你的肉体……”他确认了一下，“在我们上面垂直高度两百米处？”

“你这是吹毛求疵，卢西亚诺。”张培智说。

“每个人都明白，我只是在远程呈现。”萨昂维提高了她虚像的灰度数值，消除了遮光屏，“区别在于——”

“而且我打赌你们所有人都在忙着向搭便车的递小字条，不是吗？”

有人冷笑一声。“那又怎样？”

伊什听明白了话里的意思，修改了自己的首选项，把他和哈希之间的联系显现出来。其他人也纷纷效仿：张培智带来了张秋月的另外两个父母和一个奶奶。萨昂维有一位现场助理和来自全球的三位安全顾问。甚至他们的向导也带着一对十几岁的苗族学徒。

“看到了吧？”卢西还在观景，没有转过头来，“一车子幽灵，开往鬼城。”

“你们的人都能虚拟呈现，”伊什说，“你们以数据的形式来到这里。你们还有极具智慧和洞察的人工智能。”

“你的意思是佩尔人能虚拟呈现，有极具智慧和洞察的人工智能。我现在是你们的人了，你有看到我四处捣乱吗？”

卢西把脸颊的皮肤摁回原状，摁得口歪眼斜。身体打印和意识交换是外星人远程向他们提供的一项技术，用来证明他们超凡的能力。将意识以电子方式存储，将其倾注到新的肉体中，使其在从未降生为人的卢西身上运行起来……这简直可以说是十足的奇迹。

“我的意思是，真身很重要。你要么在这里，要么不在这里。如果佩尔人允许一位客人进入他们的调查船队，他们的意思不是……”卢西挥了一下手，包括了哈希和其他所有人，“这他妈的又不是一个聊天室。”

“注意措辞，拜托。”张培智说。

“人类必须学会在头脑中生活。”萨昂维说。

“是啊是啊，你们的生态圈。配给对立，碳危机对立，这个那个，我记得，但并不是每个人都认为拿个能上网的照相机就可以掌控现实。在每个人一到青春期就要植入之前，你们也做不到。”卢西突然笑起来，“妈的。我刚发现我都成了智人专家了。”

“太好了！”既然哈希已经正式进入频道了，他抗拒不了给自己加戏的机会，“为什么不卖‘地’求荣呢？谁要当入侵顾问吗，各位？”

“市场太小。”卢西说，“除了鲁德，没人想要你。”

哈希作势去抓卢西的蛋。一个老式的号角响起……啊呜哇!

张秋月笑了起来。她的母亲板起了脸。

公众认可在拉锯：绿色，红色，绿色。

“随便啦，伙计。我还有一次记者采访。”

“真的？敢问是关于什么的？”萨昂维温柔地说。

他的脸颊抽动了一下。“关于伊什被提拔到你了不起的任务里。”哈希高昂着头，大步迈进一个卡通式的聚光灯下，淡出了。

紧急——紧急——紧急。突然间出现了一个新的虚像，苗条的身材穿着紧身衣，一头银发。“@接触小组”共享板中闪现出标签：姓名标签西尔弗。助理导演，代词宜用他们/他们的。

“抱歉打扰了，”他们嘴巴不动地说，“你们团队有医生？”

“我。”伊什一边说着一边共享了他的执照。

“只是……我们在拍摄场地发生了意外。”

暴飞车已经加快了速度。“什么意外？”

“呃……摔伤了。导演把我传送到这里来找你。”

他打开医疗柜，确认了库存。

“他归你调遣了，”萨昂维说，“只要你用得着他。”

张秋月咳嗽了一声。“你们难道没有医生吗？”

西尔弗捋捋柔滑雪白的头发。“可问题是，受伤的那个人，就是医生。”

“总是这样，”张培智怒气冲冲，“本地医务人员怎么样？”

“他们正在接生。一个宝宝要出生了。”

在那一瞬间，伊什冒出一个念头，这是否会让他上不了太空船？当然在紧急情况下，佩尔人会屈服于他们的要求……

小肚鸡肠、报复心强，又没什么能力。也许不是吧。

“我们很乐意帮忙。”萨昂维说。

哈希应该会勃然大怒。当伊什去苏格兰做羔羊助产士时，他就非常愤怒，因为他知道兽医训练归根结底是朝背离马戏团的方向走出的一步。

形影不离、上阵亲兄弟，是家训的一部分。

“如果可以的话，你都敢把我们缝在一起！”这是过去两人最激烈的争吵中，从他自己嘴里说出来的话，每每回想起来，都会让他畏缩。他不得不遏制住自己的冲动，忍住不看有多少人看过那次手足兄弟间恶语相向。

其他车辆停靠在山坡旁边，遵照急救车规约，给他们的司机让出了一条礼仪通道。他们的暴飞车打着弯猛冲，划过峭壁的边缘，山崖之下十五米处，便是另一片稻田。他注意到，张培智紧抓扶手，指节攥得发白。

女士们、先生们，请看我们的团队不顾生死地冲进鬼村……

“西尔弗，有这次事故的录像吗？”伊什问。

“正在整理。通常的内容警告适用？”

他把这句以升调结尾的话当作了提问。“我能够充分地适应令人不适的图像。”

“那么……现在共享？”

伊什关闭了自己与暴飞车和团队的连接，完全虚拟化。他的虚像出现在善乐河上的一座木桥边缘。

虚拟现实摄制组活动的证据无处不在：他们在一栋建筑物的前面扯开了一张半透明的绿色薄膜，挡住了现代便利店的景观，留下了一个干净的空间，以供在后期以数码的方式绘制复古景象。

桥下的主要地标是一座纪念碑大小的矿工上半身雕像，厚重的夹克、带灯的头盔，弯曲的双手可以容纳任意数量的器具：旗帜、铲子、挖掘工具、权杖。

伊什走进虚拟现实拍摄现场时，注意到一个时间戳显示意外发生在十一分钟前。

“播放视频。”

桥上挤满了演员、工作人员和附属工作人员的图像，他们一边嚼着水凝胶一边闲聊。

“我们刚刚拍完了一个场景，导演让休息一会儿。”是西尔弗在说话，缥缈的形象没有色彩，只有黑白。“接下来我们要在老电影院拍摄一段大场面动作戏，他想要先试戏，所以大家都……”

“正在休息。”伊什说，“明白了。”

人们开始跳到工人雕像的底座上拍肖像照。穿着工作室夹克的摄制团队成员混在一起，与几个游客聊天。一位面容姣好的年轻女子将手肘搁在工人巨大的手腕背面，向家乡的人们挥手致意。

“医生在哪里？”

一道发光的黄色箭头从天而降，悬停在人群后方一个女人头上。她正在桥边与几个儿童演员聊天。

一切都符合规范，没有出格的地方。

啊呜哇！一台看上去很笨重的摄像车开到了桥面上，人群被鸣笛声分开。一个小孩中断了与医生的对话，疯狂跑向街对面的父母。他并没有任何危险，没有真正的危险。尽管如此，摄像车还是来了个紧急刹车。

因为它的重量、突然停止造成的摇晃，又因它是在桥上而非山体上，桥附近一座精心保存的废墟上，突然有黏土瓦片掉下。数十块黑色的砖瓦在空中翻滚，就像一副扑克牌似的射向医生。

她打了个滚，霎时间从视线中消失了。目击者惊恐地大叫起来。然后桥上的一位游客拍下了这一景象：她脸朝下栽到了陡峭的河岸上，离水不远的地方。

医生平躺在泥土中，身上散落着碎片，身体微微动着。她可能还没有意识到自己腿断了。

“暂停。”伊什说，她静止了。“西尔弗，有没有人把她从河岸上救起来？”

“有。想看救她的录像吗？”

“不必，”伊什说，“放大腿部。”

因为掉下来的过程中经过了玻璃和灌木，医生小腿上下的基层都被撕碎了。至于骨头……伊什抓取了卡车摄像机拍下的镜头，用它的高端镜头增加了放大倍率。

骨头伴着鲜血露出体外。西尔弗转身干呕起来。

“复合骨折。哪儿有X光机？”

萨昂维的愿望能实现吗？如果伊什必须把伤者带到医院怎么办？

无法参与外交使命，也不能撩卢西，内心有个声音低声说。

“拍摄团队工作人员在医疗暴飞车中设有急诊室，那里有X光机。”

“她能说话吗？”

“她昏过去了，”西尔弗摇了摇头，“制片人向一位骨科专家发出了会诊请求。这事也许不会耽误你……太长时间。”

“我不介意。”

“不介意。但……”西尔弗扬起眉毛，发过来一大堆老式电影碟的表情包，银色的盘子像烟花一样从他们的手指中迸发出来。“你……有任务在身。”

“对。”伊什面无表情地说。

他在移动诊所找到了受伤的医生，她呼吸很浅，已经接受了麻醉，此刻正专注于线上的什么内容。或许是在与家人通话，或者只是在转移自己的注意力，不让自己看到腿骨的吓人样子。伊什跟她打了招呼，并询问是否同意接受治疗。她发送了完全许可，打开了一个纯文本聊天窗口，而后继续神游天外。

伊什凭借许可超控了她的基层。衣服未被污损的部分向上消退，一边从紧绷身体的弹性面料转变为平滑的蓝色治疗服，一边向她的大腿上方退缩。在她掉落时染上血迹或弄脏的纳米子变成了一团破破烂烂的垃圾，被压碎的织物碎片像秋叶一般落到地板上。

将腿暴露出来之后，伊什为它安装了一个临时支架，然后在他的病人身上盖上了防辐射护罩。他从暴飞车顶棚拉下了X光机，并与上海的一位技术员建立了联系，后者在伊什拍摄照片之前修正了机器的位置。

一，二，照片出来了：技术员和伊什针对照片们展开了探讨。胫骨有一处明显的横向骨折，下方约十五厘米处有细如发丝的裂隙，与内踝太接近了，腓骨还有一处断裂。

“她需要那个专家。”伊什说。

“需要手术，打钢钉。”技术员表示同意。

他的显示器上打开了一个治疗团队频道，取代了萨昂维的共享板。专家的预计到达时间是六十七分钟之后，而且患者的配偶之一正在前往上海。有人协调了智能汽车，要将她带到着陆区……

“我们会立刻把你替换下来，让你回去继续处理佩尔人和飞船的事情。”X光机技术员说。

“那么快？”他被骗了，他本以为身在乡下意味着资源有限。

“没有人想把你踢出‘@接触小组’。”技术员表示，“别管阿嘉沃尔怎么想。”

“现在不要考虑我的事。”伊什专心看着从患者皮肤中刺出来的断骨突出的曲线。他施用了抗菌泡沫，检查局部麻醉水平，然后用双手握住了她的脚踝。有时你所能做的只是猛地拽它一下。

二，三，起！

正当他把断骨拉回原位的时候，医生回过神来。

她尖叫起来。“不！”

太晚了。那一抹银白——骨头伴着医用凝胶——消失在了她的皮肤下面。

治疗授权被撤销了……伊什的心咚咚跳个不停……病人拒绝……打击和谴责……

“我很抱歉！”他说，“你还好吗？”

她点点头，眼睛里还泛着刚涌出的泪水。

伊什递过去一张纸巾。

“条件反射，”她说，“我不该在你那么做的时候看的。我很容易受惊，是不是很好笑？”

放下心来的感觉就像遭到打击一样。“很正常。我也会这样。”

“我叫雅斯敏。”她说，“不必担心，真的，我已经同意治疗了。”

“我叫伊闪。”他有点气喘吁吁地说。他将她加入了治疗频道，好让她直接咨询外科医生。“你刚才是在和家人说话吗？”

雅斯敏摇了摇头。“虚拟现实公司的保险部门正在对事故进行调查。他们有问题要问。”

“当然。”他几乎没有注意到保险部门的医生也加入了治疗团队，实时跟踪医疗结果。

她的表情很阴沉。“这回恐怕是轻不了。”

“对不起，”伊什说，“送你去医院的载具将在一小时内到达。”

她发了一个“哭”的手势。动画的泪水从她的脸上一涌而下，表情符号显示着她的感受。“这是我的机会。看看世界，遇上一两个幽灵。我还梦想着……”

她失了声。

“你能坐起来吗？”伊什说，“我想检查一下你的背部。”

他帮助她向前移动，这样他就可以检查屋顶瓦片砸到她的地方。伤并不是太厉害：大量的瘀青，一些刮痕，还有已经干掉的血痂。“都是小伤。想看看吗？”

她没有接受透过他的眼部摄像头看一眼的提议。“基层首当其冲了。”

“瓦片掉下来这事挺奇怪的。”

“数据堆显示，拍摄团队布置现场前，瓦片并不在那里。”她说，“一个木匠在屋顶上做了一个巧妙的堆，用来隐藏摄像设备。它承受不住那个重量。”

伊什给木匠记了一笔粗心大意。“你被砸了好多下呢。”

“好多锋利的砖瓦。”她郁闷地说。

他们一直坐着，直到村医过来敲响了车门。五分钟后，他回到了村里的桥上。他并没有被放归野外，而是回到了“@接触小组”，继续执行任务。

伊什眨了眨眼睛，关闭了增效器。他孤身一人，只有那座工人雕像陪着他。人们都在室内避暑，而拍摄团队在调查事故。

这个时候，鬼城……嗯，更像个鬼城了。

调查可能需要几个月的时间，才能彻底搞清楚。那个有过失的木匠甚至可能撒了谎，试图把责任推卸给团队其他成员或苗族博物馆。

伊什试图想象以前的时代。犯了错误而不会被拍下来会是什么感觉？想象一下，你也许不必承担责任？

哈希发来一个通知。他的采访肯定已经结束了。

他们两个是在地球生育限制最严格的时期出生的。在那个年代，一个家庭只被允许生一个孩子。伊什和哈希与众不同，他们不但是兄弟，而且是同卵双胞胎。

兄弟之间应该是亲密无间的，比他们与父母之间更亲近。他们很小的时候，人们就开始指望他们提供一个……只能说是个，“节目”。手足之情被当成了商品。

下午最热的时间已经过去了。一种罕有的完全孤独感和这个地方的新奇——一片全新的大陆，与城市截然不同的景观——让他起了一身鸡皮疙瘩。他吸了一口气，品尝着空气的湿润。

声音涌进来：水翻腾着流过岩石；山间充满了鸟语，蝉鸣把空气扯成了炽热的碎片。浓重的植物气息令他心旷神怡，茉莉、玫瑰，还有处于生命周期各个阶段的河流植物。发芽，生长，结果，腐烂。生物圈吸引着他，用窸窸窣窣的声响调整着他的心智。他在这里，而这里……是个奇迹般的地方。

卢西·波克斯进入了视野。

他可能也已经沉醉于乡野美景当中了，至少他没有在握着拳头。事实上，他手里拿着食物：嵌在坚果松饼里的水果冰。

卢西将他的基层重新配置成外来的欧洲游客的样子：遮阳帽、短裤、粉红色夏威夷衬衫，上面还印着更粉的火烈鸟。这个色调完全没法衬托出他的肤色。

哈希又发来一条消息。

伊什打量了一下自己——他把雅斯敏的血从自己皮肤上洗掉了，然后靠在巨大的铜矿工人雕像上。他伸出手，卢西给了他一块水果冰。他尝了尝：甜瓜和芒果味道，嵌在开心果松饼里。

他们一边吃着水果冰，一边注视着河面，看到一只蝴蝶寻访岸边野生的芙蓉花，张开的柚木色翅膀像裙摆一样飒飒生风。

融化的冰水从伊什左手手指上滴落。他伸出右手，发出了请求准许信息，然后抓住了卢西的手。本能使两人的手指绞在一起。他每个毛孔都仿佛过了电似的，眼球、脚趾甲和腹股沟随着每一次脉搏微微发胀。卢西靠了过来，他肩部肌肉轮廓鲜明，臀部消瘦。坚实的重量令人怦然心动。他吸啜着最后一块红冰，开始舔那根木棒。伊什急忙学样。

“我以前从来没有为了做那个事情把人带出去过。”卢西说。

“我知道。”

“对。因为每个人都知道你打的什么主意，也就是下边那点事呗。”

“性很容易，通常来说……”伊什转过身，于是他们鼻子贴鼻子，髋部贴髋部，中间几乎连一片草叶也插不进去。他用额头抵住卢西的额头，两人四目相对，然后他吻了卢西一下。嘴唇上有樱桃酸酸的余香。

哈希发送了三个紧急呼叫。砰，砰，砰！

伊什关闭了通知的声音。

卢西用新打印的发黏的指尖摸索着自己的发际线。“太糙了。”他叹道。

伊什笑着将自己的双手放到卢西的臀部。轻轻地抓握，动作并没怎么出格，但卢西已然做足了准备，更靠近了一些，于是两人比跳舞时更接近，胯部紧紧相贴。

伊什曾经想象他会是一个紧张的情人，就像一匹容易受惊的马一样随时有可能脱缰，但一直令卢西感到焦虑的其实是受到束缚或窒息。

又一个吻。两人的舌头碰在了一起。卢西低声呻吟着，伊什开始考虑要到哪里继续这件事，会议室暴飞车是否有可能空无一人。团队会期望他们什么时候回到会面点？当然，一座货真价实的鬼城总会有一些鬼气森森、不甚明亮的房间，可以用来……

何时集合的问题令他心烦意乱，尽管他正将手掌压在卢西的短裤上，抓住并向上提到织物腰带与新打印的皮肤交接的位置。

当他把手指滑进腰带下面，传来另一声呻吟。

卢西中断了亲吻，身体一下子僵住了。

“我知道，我知道，我们得找个地方……”

卢西却在朝他的身后看。

哦，不会吧。他们一直在当着张秋月的面搞事情吗？伊什转过身来。鲍吉莉亚在他们身后，和她一起的……是鬼城摄制组用特效搞出来的什么东西吗？

一定是吧？佩尔人还忙着叠飞船呢。

但它看起来就像卢西所描述的……

不，不。他发出一声喘不过来气的笑声。生物特效而已啦。

啊——它在动……

那东西的头部看起来像是昆虫：复眼、能动的鞭状触角、像是下颌的口部。身体和举止有点爬行动物的样子，尤其是颈部的褶皱。

“设计选择好奇怪。”他随意说道，否认现实，坚持到最后。只是拍摄场景的一部分而已。

别装了。外星人着陆了。

“我有幸对温莎－马克尔家族的伊闪医师说话吗？”

“呃……”

卢西使劲掐了他一下。“这确实就是伊闪·温莎－马克尔。伊什阁下，这位是第五室公爵兼调查船队司令，在这里被称为鲁德·全视。”

“叫我鲁德好了。”外星人说。

兴致全无，血液回流大脑，令伊什头晕目眩。卢西似乎在行屈膝礼。

好吧。他到底没有白在马戏团里长大。伊什优雅地弯了一条腿，尽管他的腿突然颤抖起来。他发出信号：“‘@接触小组’的各位，求助，紧急求助！”

没有回音。他们被屏蔽了吗？

该怎么办？表现出基本的礼貌并期望最好的结果？说句“很高兴终于见到你”？

该死的。他也学会西尔弗那种拿腔拿调的方式了。

鲁德用手做了一个卷曲的动作，几十根看上去没有关节的稻草色手指从他的两个手腕——好吧，就认为那是手腕吧——上晃晃荡荡。“请原谅我们早到。你们旅游区的诱惑力对阁下而言也是不可抗拒的。我被好奇心所吞噬。我想问一下，有什么赏心悦目的景致吗？”

这至少是个熟悉的话题：伊什是个以被动为主动的黑带高手。“我自己之前也没来过这一带。不过，鲍吉莉亚对这里倒是了如指掌。”

“令人敬佩。以前的说法是访问各省——”他定住了。

“啊……殿下？”

“好像他把翻译搞死了。”卢西大声说道，同时示意“等一下”。

伊什急忙去问鲍吉莉亚。“你是打算为这位殿下安排一次大巡游吗？”

“当然，伊什。”苗族导游连根头发都没转过来。

“旅游，是的。”鲁德回转过来，“这是你们对信息娱乐的说法。请让我体验信息娱乐吧。”

鲍吉莉亚带领他们绕过道路的拐弯处，来到一座长长的建筑。

她带领他们走进建筑，博物馆在那里设立了一家企业内部商店。这里提供的商品不是蛋白质、凝胶和打印出的人造肉，而是烹饪和工业方面的历史遗迹。伊什戴上工作手套和安全装备，还拿了蜡烛、米饭和咸蛋。那里有用于烹饪非打印食品的炊具和其他工具。筷子和茶碗排列在真正的茶旁边。所有的商品都装在那么多的该进垃圾填埋场的东西里——不可食用的包装！——这让他有点震惊。

贴在墙上的晶体管收音机尖声细气地用中文说了几句话，因为地球主脑下线了，伊什猜不到它在说什么，鲍吉莉亚也没有提供翻译。在店的另一头，一位年轻的苗族男子正在为张秋月和她的母亲做现场演示。

鲁德问："那些是什么？"伊什看了一眼卢西，卢西做了个表示"可以"的手势。

"香烟。电子水烟出现之前的尼古丁供应系统，"伊什说，"尼古丁是一种生物碱。"

鲁德短暂地顿了一下。"有益的毒素？"

伊什点点头，心下好奇外星人声称拥有的《星际迷航》级别通用翻译出了什么毛病。在观看的过程中，张秋月和她的母亲选择了可复用、易消毒的钢制烟嘴，而不是可食用的一次性糖果版本。娘俩轮流吞云吐雾，然后一阵阵地咳嗽。随着烟雾从她们的鼻子和嘴里喷出来，她们都笑了起来。

鲍吉莉亚打了个响指，招呼了一下那个男孩。他立刻过来，给了每个人一根烟。

"你应该知道这是一种杀虫剂。"卢西说，"还是一种兴奋剂。用来杀死吞噬作物的害虫。"

他和外星人之间发生了点事情——是两个外星人之间，伊什自我纠正道。

鲁德用他四根意大利面条似的手指绕住一根香烟，在没有接触的情况下把它举到嘴边。烟气氤氲当中，他摆弄着天线似的触角。伊什也吸了一根。尼古丁远不是他最喜欢的提神药——尽管当年还在马戏团表演时，他在准备能让他从护理人员变成普通医师的考试时，它是一种很有效的学习辅助工具。

这种剂量会低于任何能让人头脑嗡嗡作响的阈值。毕竟，这是一个全家欢景点。

而此时张秋月开口道："殿下，我可以介绍一下我们前青春期事务部吗？"

他朝下瞥了她一眼。"这是个幼崽，我说得对吗？"

张秋月倒是没往心里去，自顾自地开始了介绍，把前青春期事务部的历史全盘托出。它的成立是为了制衡政府中的年龄偏见。毕竟，是政府的老人们制定了政府政策，却让后代来处理那些政策的长期后果。

伊什指出，这个噱头有点像糖衣版本。它忽略了年轻人在美国学校枪击事件中，以及在被称为"大挫败"的21世纪早期十岁以下儿童自杀潮"旅鼠运动"中所起到的作用。随着人类年龄延长技术的发展，加入旅鼠运动的人只会增加。老人越来越老，意味着年轻人越来越激进。

在鲁德的注意力集中在张秋月和她的母亲身上时，卢西说："现在怎么办？"

伊什说："他想去旅游。不管怎样，我们要等萨昂维。"

"她知道要来吗？"

"我们下线了，她知道。"假如她在"@接触小组"离线的那一刻就出发去鬼城了，他们要和这个外星人周旋多长时间？

为什么要下来？为什么一个人来？

为了清楚传达一个信息。佩尔人也许是在表演友好的探访，但是很明显，他们想干什么，都是无所不能的。来，走；屏蔽地球主脑，伪造记录——

“他比我想象的更愤怒。”卢西低声说。

香烟演示结束了，张秋月显然已经把她不用借助信息图表就能分享的所有前青春期事务部历史都分享完了。鲍吉莉亚转了个身，一行人走了起来。伊什对她仅通过肢体语言就能轻松指挥他们感到惊讶。

她带他们穿过了一个秘密赌场，经过了斗鸡场，然后在杂草丛生的道路上悠闲地漫步。工人宿舍已经坍塌，废墟倒是美轮美奂，葡萄藤从窗户里钻出来。砖墙歪进了池塘，里面游满了锦鲤，勤劳的蜻蜓在上方徘徊。即便鲁德对暑热感到心烦，他也并没有表现出来。伊什在树木的缝隙间瞥见了高处热闹的即来即用型公寓，那是该地区许多数据中心工作人员的现代化住所。

在池塘的另一边，山腰一下子消失了。

伊什想起雅斯敏摔倒、失去平衡，在河岸上被摔骨折。她的骨头露出了体外。

“这是老电影院。”鲍吉莉亚用英语、汉语、印地语和手语说。他们俯视着一座大楼的屋顶，一条窄道通向三楼的入口。

外星人再次呆住。

鲍吉莉亚向伊什使了个短暂但明显的眼色，并打手势：“想想！”

鲁德又缓了过来，以一种不知为何很熟悉的方式敲打着自己的上半身，摇晃并清理着脑袋。

啊！鲁德的翻译出现带宽问题，原因在于“@接触小组”同时使用多种语言运作。

伊什发出一个灯泡标志：“明白了。”

鲍吉莉亚穿过窄道来到电影院古老的放映厅。地板上散落着岁月里留下的碎片：真正的电影胶片、旧胶卷盘、沾满灰尘的灯笼、复古海报、废弃的钢杯、印着企业（已不复存在）口号的笔筒、一张不能吃的旧糖果包装纸。有人十分痴迷那些古雅、凄惨的旧电影垃圾的怀旧价值。他们把所有东西都留在原地，运来打印机将整个地板包裹在沉积清漆中，然后铺上一层明亮的金属——大概是锆吧，这样游客可以直接从上面走过。

如果没有离线，他们还能访问所有的古董——播放电影片段、翻译海报、查找日期。伊什在地上看到一部古董苹果手机，好像被丢弃了一样，小心翼翼地插在一个消失在地板内的充电器上。它被套在一个绿色的壳里，壳上印着逆流时代影迷们喜欢的某位虚拟角色。似曾相识……但现在没有搜索引擎，他还能想起来吗？

洛基，伊什想到。我们两人九岁的时候，哈希对电影《雷神》相当着迷，记得吗？

手机感应到他们的动静，屏幕亮起。

他环顾四周，数了一下摄像机。一部固定在放映室的窗户上。另一部安装在无人机上，而无人机在与驾驶软件失去联系之后停在了窗台上。这些设备应该都在录制，即便无法实时上传视频。

“殿下，你想参加一个传统的人类仪式吗？”

“仪式？”

“现在有点用词不当，但历史术语是自拍。”

外星人把触角向外张开，于是它们直接从他的头上支棱起来：“演示一下。”

伊什一歪身子，进入了古董手机的取景框。运动探测器捕捉到了他：整个屏幕上全是他的脸。

他说了个英语单词cheese（奶酪），快门响了。其他人也都照做，鲁德排在最后。鲍吉莉亚解释了西方词语“奶酪”能够触发拍照，并告诉了他中文的“茄子”具有同样的作用。

“该拍集体照了！”伊什引导卢西在另一部相机的镜头前就位，这是一个将游客们框在以河流为背景的景观里的机位。“张秋月，往里面挤一下。向殿下展示一下怎么做。”

她照做了，把她的肩胛骨贴在他的左手上。与此同时，伊什用右手把他的左手滑到了卢西的屁股上。

几乎看不见的金色眉毛扬了起来。

镜头外的身体语言信息是少数几种不会被列入记录的对话方式之一。将你的基层配置成毯子，闭上眼睛，调暗灯光，你就可以在某人的皮肤上一个字一个字地敲击信息。

此时此刻，当大家都在相机前面争位置的时候，伊什用莫尔斯电码在其他人身上敲道：“坚持等待萨昂维？是/否。”

手机的快门发出咔嚓声。

张秋月打手语：赞成。我们需要萨昂维。

卢西的手放在了伊什的手上，轻敲出他的答复：“鲁德，对你，感兴趣。”

他的嘴干了。

“大家不要老围绕着我说事。”他说，“大家聚起来。说cheese！”

快门响了。

“轮到我了吗？”鲁德做了个手势，架势看上去是在要求伊什和他一起。张秋月和张培智走到一边腾出空间。伊什向左移动，但是手仍然死命地按在卢西的屁股上。

“为什么是我？”他用摩尔斯电码问道。

他们曾经毫不含糊地告诉佩尔人，地球政府不承认王室成员。鲁德却几乎是跺着脚坚持，如果“@接触小组”中没有世袭统治者，那么谁都没有资格会见他。

伊什的脉搏在飞速加快。

商量好了，这只是个形式，他们承诺说没关系，我是医生，而不是——

外星人在他旁边一边摆姿势一边说："请不要摸来摸去。"

"尝试之前不要急着否定。"卢西喃喃道。

站在这么近的地方，伊什可以感受到鲁德皮肤上（可以称作皮肤吗？）的纹路和褶皱。他本能地试图看清外星人脖子底部的一条皱纹，感觉眼睛都快累瞎了。

鲍吉莉亚举起无人机，手动摆弄相机的方向好再拍一张照片。"英国国王自称时用'朕'，这个习惯你了解吗，伊闪？"

"Hai！Yes！Oui！"这是分别用日语、英语、法语说的"是的"，显然这还不足以把鲁德的翻译器搞瘫痪。

"这个代词也挺适合你。"

"因为……语言学方面的因素？"

"Hai！Yes！Oui！"

伊什为他的Whooz个人资料排上了一个编辑请求，把代词改成王室专用形式，等待重新上线之后执行。眼下就算是一根有知觉的灯柱提出的建议，他也愿意接受。如果萨昂维不喜欢，她可以在以后对他提出公开批评。

萨昂维是被人故意切断与团队联系的吗？她才是专家，职业政治家。

你认为他们不能给某个人发私信——真正地发送秘密信息吗？也许他们要求她甩掉我和前青春期事务部呢。

妄想狂。萨昂维反正会这样说。

她曾试图让卢西跟她一起留在上面。

"殿下，关于这个剧院，我们有这样的故事！"鲍吉莉亚先用中文讲了一遍，又用英文讲了一遍。

“说cheese。”伊什插言道。

“Cheese。”鲁德说。

相机快门响了一次、两次、三次。鲍吉莉亚开始滔滔不绝地讲述剧院的历史，讲鬼故事，语言切换流畅自如，还使用了大量的手势表情符号。

让团队重新聚拢到一起。伊什开始考虑如何道歉。天哪，已经这个时候了吗？对不起，我们必须得走了。

地球主脑重新上线了，霎时间所有的数据都回来了。伊什的增强视野中出现了标签：可以选择播放所有被丢弃在地板上的电影胶片；也可以访问苹果手机上老掉牙的应用程序；剧院提供了一个虚拟场景，可以在里面体验电影放映员的生活；还有一个应用程序内购选项，用来完全以虚拟现实方式再现鲍吉莉亚讲的鬼故事。

“根据优先级排列频道。”伊什对助手说。他得到的是哈希（而非萨昂维）的虚像。

哈希以及千百万关注者，共同见证了人类第一次看到鲁德的时刻。

“也许你们能迁就我一下，仅仅使用我曾那么努力练习的英语进行这场谈话。”鲁德说，“既然你们自己的常驻翻译似乎又上线了。”

“它神奇地消失了，”卢西讽刺地说，“现在它又神奇地回来了。”

“我的武器官需要再次确保你们的技术领域是真正安全的。”

武器官。说得就跟这不是威胁似的。

“我以为你们有通用翻译器呢。”这是佩尔人用来引诱人类参与会面的技术创新之一。

“我们没有预料到它必须同时处理三种语言和语境的融合——你们的语言是这么说的吧？”

“太棒了，”哈希低语道，“看看他们！跟他们握个手——可能也算不上手。”

伊什没理会。“说到意想不到的发展，朕希望到山上重新集合，这样萨昂维·阿嘉沃尔也将与会。”

啊！他用“朕”来做主语，显得自己位高权重，似乎他已经进入了国王这一角色……他送了鲍吉莉亚一句感谢之语。

“你现在不能逃避！”哈希闹起了意见，“你在和一个真正的虫眼怪物面对面呢！”

“不要让朕切断你的声音，老弟。”伊什回以文字。

“我不理解，”鲁德说，“你想抛下我吗？”

“‘抛下’（abandon），这可是英语词汇表大名鼎鼎的开篇头一词呢。”张培智表示同意，“不过萨昂维……”

“我不明白。”

“我们的第五个，来自海德拉巴的‘@接触小组’成员。”

外星人转身仔细看了看房间内：伊什、卢西、张培智、张秋月和鲍吉莉亚。“这里已经有五个人了，正如我们的约定。”

“萨昂维的专长——”伊什说。

“鲍吉莉亚的专长又有什么问题？她显然是一位语言方面的奇才，而且她对这个地区有着百科全书式的了解。我坚持要求你们在最初的团队中包含一个本地人。”

在自己的国家被描述为一个外地人，张培智因此有点愤怒。

对。挑拨人类之间的关系，找出弱点。伊什说：“一切都是预先安排好的。谁参与会面，在哪里会面——”

“你们这么难以变通吗？我们现在的协调出了什么问题？”

他并不擅于假装沉着冷静。“计划是在你们的飞船里见面，不是吗？”

外星人挺起身，肢体僵硬，向上伸展着触角。“这是你们的愿望？”

如果说时不时有必要表现一下集体主义精神，现在就是时候了。伊什向其他人平伸出一只手，要求在小组内部来次快速表决。其他人也纷纷效仿。

“在飞船上重新集合并正式会面？”

卢西、张培智和张秋月都打了手势，快速表态：竖起大拇指，表示“同意”。

“团队同意了。这个场地是非正式的，这次会面——”

突然袭击的委婉说法是什么？

“是心血来潮。”鲍吉莉亚帮他说完了句子。

鲁德把所有的手指卷成螺旋状。“我接受你们的观点。”

伊什松了口气。

响起了一个声音：呜嗡——呜嗡——呜嗡。

就这样，他们六个人进入了一个洞穴。

不。不是洞穴。

一个中央核心在他们面前高高耸立，三层楼高，墙壁显然是石头砌的。上方有开口对着天空，向下正对着水银工厂。即便是正从高空降落的第四艘飞船，看起来也像甜甜圈一般空荡荡。

它有点像商场，伊什头晕目眩地想。然后：这不对劲，太不对劲。

几名人类齐齐地站在陡壁边缘。潮湿的空气从下面涌上来。没有安全栏杆。

有那么片刻，景象在旋转。

“他们实际上并没有传送过我们，”卢西低声说，“你们的影迷们喜欢怎么说……光束传送？没那么回事。我可以解释这个把戏——”

“以后再说。”伊什在牙缝间挤出几个字。

“了解戏法是怎么变的，有可能——”

“以后再说。”他坚持道，“等到朕不用努力保持清醒的时候。”

“你可不许晕倒啊。”远在一整个大陆之外的哈希在他耳边轻声说。

卢西伸出一只手，试探性地捏着伊什的手臂。

变戏法。这个词令伊什陷入了沉思。小时候，他试过学习魔术手法。他的另一项马戏技能被比下去了。

不过原理很简单。假装传送。一个把戏，旨在吸引注意力。不要理会幕后的人！

在内耳自我调整的时候，伊什承认这个解释有点令人安心。佩尔人凭借夺人耳目的手段，努力培养无所不能的印象。将他们的公爵独自派过来，甚至不带护卫。关闭再打开地球主脑。现在又来这一手。

鲁德虽然还没有说出他想要的东西，但是，他在试图通过恐吓迫使他们让步。

这意味着，无论是什么要求，他们都可能拒绝。

他看向“@接触小组”。张培智正从边缘往后撤，努力不因为她的宝贝闺女趴下去朝着虚空伸手而露出恐惧的神情。小手掌拍着某种看不见的东西。地面？

“感觉像水！”张秋月告知众人，“它……有弹性？”

“当然是完全安全的。”鲁德在虚空中大步向前，直到他在垂直和水平两个方向上都位于一层层飞船的中央。“来吧，我的朋友们，如果你们有胆量！”

“倒立着出去。”哈希建议道，“让他们见识见识——”

伊什绝对做不到。

“最起码也要赶在他们前面！”

但鲍吉莉亚已经走了出去，带着明显满怀喜悦的微笑，在表面——或者是力场，或者是别的什么东西——上弹跳着。她裙子的丝带在微风中扑簌有声。脖颈上的银饰在风里叮当作响。

“天哪，伊什。她甚至不属于这个团队。”

“这是她的地盘。”他突发奇想：苗族有女王和国王吗？鲍吉莉亚会不会是一个公主？他们能说她是公主吗？

对啊，趁着他们用意大利面条似的手指摆弄我们的互联网，伪造出生记录就是了。无论如何，你在宇宙飞船上！

他可以感觉到自己内心正在微笑。是那种醉人心脾、光芒四射的大笑，而不是扮酷或者扮庄严或者扮有城府。伊什总是在事前担惊受怕，而一旦跨出去那一步，他也就没事了。

张培智抓住了女儿的手，没让她跟在鲍吉莉亚后面跑出去。“我们坚持要求你把萨昂维带到这里！”

“你们已经有五个人了，”鲁德又说了一遍，“符合要求。”

“那么我们的要求又如何？”

“伊什医生阁下说你们想在这里重新会合。这一点已经实现了。轮到我提要求了。”

假装他们可以阻止这个疯子摆弄规则是没有意义的。“好啦，张培智。”伊什说，“他们大老远过来可不是为了摔死我们。”

“希望如此。”

他伸出一只脚踏在了深渊上，然后是另一只脚。他的腿现在稳定了。他伸出一只手。

张培智握住那只手，攥得非常紧。“不能你来负责。”她用摩尔斯电码说。

伊什出声说道：“我把哈希从空中飞人吊架上摔下去之后，他就改扮小丑了，你知道吗？你当然知道，这事儿在我的数据堆记录里面存着呢。”

“他肩膀被拽脱臼了。”她走出去时低声说道。她太害怕了，并没有被成功转移注意力。

伊什继续前进。脚下的表面像蹦床一样被踩下去又弹起来。他理解鲍吉莉亚想要跳起来的欲望了。

下面的云已被吹走。他们可以看到他们的暴飞车——萨昂维的不在那里——更下方是矿山、鬼城，景色一直延伸到河边。微小的拍摄人员正在为他们的虚拟现实鬼故事布置另一次拍摄。对医生事故的调查肯定已经结束了。有人做出了裁定，有人承受了来自社交媒体的攻击，经济处罚也有人支付。

古老的电影院位于一片繁华地区的中心，就像河畔的一枚邮票。他看到很多小镇，忙碌的农民浇灌着他们的稻田，带着标记的游客大巴有的开往公平贸易茶园，有的开往水疗中心，有的开往苗族人沟通神明的休养空间，有的开往造纸与扎鸟笼子的工作坊。绿化团队在忙着修复荒地，检测水质，普查青蛙，放归鸟类，统计蜻蜓种类。经历过环境危机和政治挫折之后，各项耐心细致的建设工作迫使人类终于劲往一处使了。

鲍吉莉亚正在对鲁德讲述这个地区的历史。他虫子似的脑袋歪向她那边，但他的触角和眼睛大体都朝着伊什的方向。

或者它们对准的还是仍然待在飞船内部可见地面上的卢西？

鲍吉莉亚不仅在拍摄下面的景色，而且还在叙述，同时给发展区域经济的反贫困倡议的要素打上标记，将她的导游职责不着痕迹地融入了她事实上晋升到的外交官身份里。伊什指引他的眼部摄像机环视飞船，在夹层上——就相当于甜甜圈的内沿——缓缓地扫了一圈。

每堵墙都呈现为石头的样子，点缀着明亮的宝石。它们闪烁着不同的色彩，混合成黄褐色的环境光。石壁上各处有些裂缝，内部似有火光闪烁。岩浆？这些环在甜甜圈孔的边缘形成了走道，但是更外围还有隔间。那是仓库？办公室？还是燃料罐？

他能看到的大多数外星人都和鲁德一样长着甲虫脑袋，不过他们的甲壳是奶白色的，就像蚂蚁蛹一样，而且他们也没有鲁德高。

卢西提到的客居外星种族在哪里?

在那里。一个生物正沿着一条走廊迈开密密麻麻的腿。他身上毛茸茸的，仿佛一床棕黄相间的毯子。

“真奇妙。”哈希指着三个爬行动物评论道。他们体型巨大，体色为柠檬金，尾巴上有饰物。很容易让人联想到变色龙。

一条走廊的尽头有两个灰皮肤的……东西，囊状身体被设备遮挡了一部分。他们把工具和软管在甲板上的一个洞里扔进、扔出，对一些东西又是摆弄又是敲打，大概是在修理。

“那便是我们的安全网，”哈希嘟哝道，“无论他们怎么看待这个卷胡子的——”

“人身攻击。”伊什评论道。

哈希哼了一声。“煞风景。”

“听着。你能打探一下萨昂维是怎么回事吗？”

“我现在变成你的传令员了吗？”舆论指针颤抖着。突然，哈希咧嘴笑着说：“开玩笑的。一直希望能帮上忙呢，真的。”

说完，他消失了。

鲍吉莉亚好厉害，仍然占据着鲁德的注意力。也许打断人讲话对佩尔人来说是社交禁忌。她充满自信，充满魅力，从21世纪初开始，分享了山谷从贫困到繁荣的复兴故事。

伊什完成了他的环视拍摄，正在传送飞船的内部景象，一边假扮着目瞪口呆的震惊模样，一边将他所能看到的一切传给数据堆。

不，不是假扮。哈希说得对，这确实太神奇了。

他绞尽脑汁想要说点什么。但是在匆忙之中，“个人一小步、人类一大步”之类的名言又岂是那么容易琢磨出来的！萨昂维可能已经有所准备。

他想要说点比“哇！”更深刻的东西，然而什么都想不出来，除了表情符号：卡通伊什的眼睛瞪出了眼眶。

“这不像是游戏，也不像是虚拟现实。”他说，“但差异——”

“虚拟现实是可以登出的。”张培智喃喃道。

“可惜我们无法调整放大倍率。”他们的植入式摄像机，也就是将视频流与视神经信号来回转换的设备，只能提供相当于人眼正常视力的分辨率。

哈希回来了。他的黑白色虚像在基层之上穿着一件精美的定制夹克。他剃了胡子，抹了发蜡，还擦亮了鞋子。看到他的样子，伊什感觉自己有点邋遢。

“萨昂维·阿嘉沃尔正在返回印度的途中。孟买发生了一场地震，她家一位老人被困在了一座倒塌的绿色大厦当中。调查还在进行中。五十万个骗子和合法的记者正在试图证明——”

“天哪，他们能证明什么东西？”

他们开始了。鲁德对他行了半鞠躬礼，就像仅仅半小时之前对伊什行的那样，尽管他闯入了两人的私人谈话。

他当然能探测到他们捎带的搭车客。

伊什解除了对哈希的遮蔽，让他再次对“@接触小组”可见，继而对全世界可见。他的弟弟行了一个非常烦琐的屈膝礼。

“证明什么，哈希瓦尔丹小丑博士？”

哈希抛出了他最浑厚的口音。“这个嘛，他们试图证明，萨昂维的妈妈被困在一座倒塌的大楼中并非意外，殿下。你要知道，她向‘@接触小组’打来的电话已经被列为骚扰信息了。太不寻常了。”

鲁德发布了一张表情符号：他自己的肖像，打上了笑的标记。他——或者说他的团队——学得挺快。“接下来你们会指责我策划了你们的地震事件。”

那可能吗？人类都紧张起来。

那就换个人？“让我们正式邀请鲍吉莉亚加入。”伊什说着伸出了手。卢西甚至懒得伸出手指，便对她竖起了大拇指。张培智和张秋月随后也表示同意。

鲍吉莉亚歪了歪头，接受了。群组共享板解锁后，她在上面上下搜索着关键内容。

哈希眯起了眼睛。“也许殿下会有意见？”

“没有，没有。看到你们假装认为你们可以互换是很有趣的。啊，我是不是冒犯你们了？”

好吧，现在他连面部表情的翻译都有了。

“我为过度简化而深表歉意。”

“我们，”伊什生怕哈希用冒犯来回应冒犯，急忙插言道，“也不太了解你的人民。我们怎么会了解呢？几十年来，你们一直在监控地球主脑。而关于你们的使命，你们的动机，我们仍被蒙在鼓里——”

“抱怨起来了。”哈希喃喃道。

“我们期待增加透明度。”他修正道。

“事实上，高贵的伊什医生，我在大局当中根本不值一提，仅仅是个调查船队的领队而已，尽管我的家庭有些关系。你的烂泥星球——”

“它叫地球。”哈希再次拿腔拿调地纠正道。

“你们的……地球，恰好在我们的考察路径上。”

“前不着村后不着店的地方。”这是卢西在说话，“你们本来要把它交给更大的帝国，用不着费多大力气。不重要的地带，易如反掌的任务。这都能被你搞砸，真丢人。”

“反叛这种事情，真是好没来由。”鲁德又把身体挺高了一下。他从伊什身边走过去，而没有碰着他——没怎么碰着他，然后全然不顾社会习俗，穿过了哈希的虚像。他接下来说的话在卢西听来，就像知了在为了乐队操练而调音，或者一个弦乐四重奏乐团在打架。

卢西露出牙齿，吐出一口气。“我翻译一下。他说我永远不会成为你们的一员。但是如果我重新加入船队，我做过的一切都将被宽恕。完全的公民身份。安全、保障和稳定将得到永久的保证。”

场面有点尴尬。频道内外都没有人说话。

他们在十年前没有被悄悄接管，全赖卢西这一情报资产。若想通过谈判，在拥挤程度和猎食者数量超乎任何人想象的银河系里得到一个像样的位置，他是地球最大的希望。

他们学到的知识是否已经足够抛开他也能成事了？

卢西终于勇敢地踏上了飞船无形的地面。“我真的好开心啊，鲁德，看到你被我小小的反叛激怒。”

“蜷缩在那些为你感到难过的人中间？那不叫反叛。”

伊什通知栏上的公众舆论量表是红色的。卢西会走吗？他们能让卢西走吗？他想象着在偷偷摸摸的过去做这件事：做个决定，然后把事情包装成一个经过消毒的版本，供公众消费。

把砖瓦堆叠起来，让它们掉下来，说是别人做的。那种感觉该是多么不同啊！

鲁德的手指相互交错摩擦，发出尖厉的声音，如同指甲划过黑板。在伊什的想象中，就连空气都在流血。

卢西翻译道：“我们终究会把你弄回来的。”

“这么说，你是在威胁，”张培智说，“你在出现之前提出了要求，然后打破所有的协议。你迫使我们的主管退出，搅乱我们的通讯——”

“你把我捧得太高了。”鲁德抗议道。

“你未经同意就传送了我们！”

“不！不，你们投票决定要来的。”

“那并不是传送。”卢西又在吹毛求疵。

变戏法，伊什想。令人眼花缭乱的戏法。

他克制住了扫描夹层的冲动。其他的外星人也在参会吗？鲁德的外设上也有一个公众意见量表吗？

外星人再次对卢西讲话，这次用的是英语："如果他们回退到哺乳动物的基线状态，从他们自己的脚下开始把这个泥球吃干抹净，你会怎么做？这种高姿态的透明，他们为显示可持续性所做的表演……这对他们来说并非与生俱来。你知道的！"

问题太多了。卢西开始动摇。他的额头上出现了汗珠。如果他抛弃了打印身体，将自己的意识重新上载到地球主脑中，那佩尔人还能抓住他吗？

"你为什么要留下来？你会让他们抓住并利用你吗？你能指望改变他们的命运吗？你真的永远都不回家了吗？"

卢西喘着气。他的脉搏在剧烈跳动，在他的耳朵里像敲鼓一般。在足够大的压力下，蜉蝣的身体可能会垮掉。"你真蠢，卢西，我们会抓住你，卢西……"

伊什转过身来，发了条提示信息，拉住卢西的手。"想象海里的水母。"他喃喃地说着，把两个滚烫、紧握的拳头轻轻地碰在一起，安慰彼此的心灵。

"对不起。抱歉了。无论如何。"紧咬的牙齿间传出长长的气声。

"你没问题的。"

"你他妈知道什么？"

"变戏法，"伊什说着双拳又碰了一下，"恐吓，眼花缭乱，刺激。但是，他在，要求。"

"我心里想着你们的最佳利益。"鲁德朝着下面的山谷、工厂、鬼镇做了个手势，"鲍吉莉亚非常乐意把这里发生的事情都告诉了我。他们采出朱砂矿物，留下了有毒物质，卢西。这些毛茸茸的温热皮囊……他们是掠夺者。他们总是屈服于温暖、交配、饥饿、饥饿、饥饿……就连你身上那张人类皮肤都是一种耻辱。”

伊什的脾气爆发了。“这一天的耻辱已经够多了，你不觉得吗？”

令他惊讶的是，鲁德把胳膊缩在自己胸下，鞠了个躬。

他不应该做出头鸟的。他没有资格，这让人觉得他成了男主角，领导着这个团队。但是：“卢西给了你他的答案。鲍吉莉亚所展示的确实很他妈奇妙。也许山谷被破坏了——”

“也许？”另一个笑的表情符号。

“我们正在治疗。我们和……泥球。”

“你们的努力不具备可持续性。终有一天你们会认为你们已经搞定了，并且会恢复到寄生状态。”外星人突然靠近了，于是他的复眼离他的眼睛只有几英寸。他用余光看到他的触角已经伸到了自己身后。“但是你们可以选择让这个所谓的卢西走。”

“他拒绝了。”

“我要求你。”

“朕，”伊什说，“不能替他做主。”

“你在以什么身份说话，他的统治者，还是他的伴侣？”

“他所有的同胞。”

“真的吗？那么，你会把他的自由付诸委员会投票吗？”

“你不能投票决定对你没有影响的事情。”他的脸因热而发红，“当涉及他自己的幸福时，卢西是唯一的利益相关者。”

鲁德如出击的鬣狗般迅速抓住伊什的双手，用长长的手指将它们卷起来。在他手的周围收缩时，它们撕扯着皮肤，把他的手掌压在一起。“伊什医生，我劝你做出决断，结束这个……全球共识的伪装。”

这时卢西突然笑了，把他们都吓了一跳。“对不起。我刚刚查了一下卷须人。”

“标签是施耐德里·惠普拉什。”哈希制造了一个号角并吹响。他的声音有一点生气的迹象。“自逆流时代第一任总统以来，最卡通的恶棍。”

鲁德的口器旋转着，有点像是某种脱粒机的运转。他呼出的气息带着一股陈腐的酒味。“我猜此人意在贬损。”

这是真的，不是吗？这些年来，佩尔人变得非常不含蓄，发送了他们掠夺式的应用程序——然后，当这些应用与“地球主脑”的反病毒程序相冲突，以及卢西改变了阵营时——揭示了他们在比邻星上有一个船队。他们说，我们比你们更强大，为什么不干脆投降呢？

如果你有炮艇，你还需要含蓄吗？

手上的压力令他越来越疼。

鲁德说：“你不能指望我们同时与数十亿的人进行谈判。在这次任务中，我们认可一个权威，只有一个。”

四千万关注者。公众舆论摇摆不定。

“不好意思。”伊什说，“因为我们是一体的。对吧，伙计们？”

“当然。”张秋月说。

鲍吉莉亚说：“地球派出这支队伍，是在向你表示礼貌，鲁德。伊什来是为了表达对你们文化的尊重。但是，我们是不会放弃卢西亚诺·波克斯的。”

“如果他选择离开，你们也不会约束他吗？你们举手表决一下？”

伊什环视了一下四周。张秋月、张培智和鲍吉莉亚都坚决地发出了大拇指朝下的表情符号。

“我也不同意。这事该让卢西做决定。”

鲁德松开了他的手，差一点甩得他仰面倒地。

伊什没有努力保持平衡，而是一屁股坐下，然后就盘腿坐着，像个小孩。看不见的蹦床地板被他震得剧烈反弹时，他的手指因为血液回流而生疼。张秋月在他身边扑倒在地，拖着她的母亲也坐了下来。鲍吉莉亚弯下身，正坐着。她握住了他仍在颤抖、仿佛被剥了皮一般的左手，张秋月握住了他另一只手。

卢西是最后一个坐下的。

所有的“泥球”人都在一个层次上，友好而平等，手牵着手。让他的翻译分析去吧。

鲁德把他的手指合在一起，敲、敲、滑开。“嗯……如果继承人不配合，那么备用者呢？”

呜嗡——呜嗡——呜嗡！

哈希的虚像弯腰咳嗽，然后扭曲失真。第二张图片出现了，色彩完整——不，是所有的细节都完整。他弟弟真身出现，赤着脚，穿着一件皇家紫色的基层和他量体打印的最好的衣服，摇摇晃晃地出现在他面前。

“真是令人大开眼界。”伊什喃喃地说。

“你确定这不是‘把我送上去，斯科特’[①]技术吗？”张秋月用旁人听得见的低语问卢西。

“看一下时间。我们都失去了……四分半钟。他让我们暂停了，连同这位弟弟，然后在这次精神熄灯期间把他拽到了这里。”

“你怎么说，温莎-马克尔家的哈希瓦尔丹小丑博士？归还我们的人员。与我们的家庭通婚。分享你们哺乳动物所渴望的这种技术交流。做一个大英雄——将同胞们送上通往群星之路的人。”

哈希晃了晃脑袋。“我没听错吧？”

伊什旁边，张秋月摇晃着，使劲站起来。伊什握紧了她的手。

“静观其变。”他用莫尔斯电码说。

---

① 此处指电视剧《星际迷航》中改编的台词，原文为“Beam me up, Scotty.”。

“接管一切？”哈希对鲁德说。

“依我看，是拿回你自己的东西。”

“鲁德，这个太……这其实不是我的作风。”

意大利面条般的肢体做出表示轻蔑的旋转动作。“如果你处于社会金字塔的顶端，那就不必担心别人对你的看法。”

“不必担心？为了自保，你打算……给我加冕？”

“或者你的哥哥。谁先接受就给谁加冕。”

哈希笑了。“人们会拿起武器，然后从山上朝我们冲下来。”

伊什的心思在飞转。这可行吗？十年前，全球监督在全球范围内赢得了一项民意调查时，否决了佩尔人将自治从人类手中夺去的提议。

某个异世界协议——人类尚未得见的外星和平条约——肯定规定了，一个合法的世袭统治者可以交出这颗星球的“粉红纸条”（解雇通知书）。

他咬着嘴唇，试图掩饰自己的情绪。他们在这里，鲁德在哈希的面前晃着诱饵。免费的亚洲之旅、一颗你统治的行星、溜须拍马者的崇拜，还有一条额外的好处：他的哥哥伊什刚有一次类似浪漫主义的尝试被毁掉了，他现在有机会弥补回来。

这是他能拿到的最好的开价了。

不要伤害他，不要伤害他，正当他……

哈希转过身，伸出双手，脸上带着幸福的微笑。他在确认现场所有的相机都在对着他。

“我已经被爱了。”他说。接下来他翻身倒立踢腿，还放了个响屁。

带着亿万关注者和地球主脑山呼海啸般的认可，他顺势翻滚到鲍吉莉亚的身边。

“这也是拒绝的意思，殿下。”鲍吉莉亚说。

接下来是漫长而紧张的沉默。伊什再也忍不住了，他扫视了一遍中间的夹层。黄色的蜥蜴状生物、活毯子……看上去他们好像都在观看。

这就足够了。到目前为止，这已经阻止了他们。

他咽了下口水，说："我们愿意明天继续谈判，殿下，对不对？"

"如果你能不再出言不逊。"张培智表示同意。

"也许你愿意来找我们？我们会议室的椅子很舒服的。"

"你们应该重新考虑一下。"鲁德说，"总有一天，你们的人民将会以我们的方式看待这件事。"

鲍吉莉亚替所有人做出了回答："我宁愿相信，殿下，你可能会担心，会不会有一天，你的人民可能会以我们的方式看待这件事。"

呜嗡——呜嗡——呜嗡！

就这样，宝塔旁的悬崖边缘，六个人站在他们的暴飞车中间，凝视着一叠煎饼似的悬在高空的宇宙飞船，现在有三艘，很快就会出现四艘。

哈希跪倒在地，对着稻田呕吐起来。

"该死的卷毛舔腚……"他骂道，然后又吐了起来，"恶棍施耐德里胡说八道……绑架，这是绑架。"

"绑小丑。"伊什把一只手臂轻轻地搭在他起伏不定的肩膀上，"记住，他们听——得到你。"

"让他们听去吧，宫廷小丑要讲真话，记得吗？把我当成了薄弱环节？让我出卖泥球？我问你话呢。"

"也许你应该问别人。"

哈希眨眨眼睛，咳嗽起来，用手背擦了擦嘴……然后咧嘴一笑，轻轻地打了他一下。

"想要止吐药吗？"

"我还好。"

“不只是还好，我敢说。预订演出吧，苗寨的每个人都想看你。”

“只是想看我？”

伊什点了点头。“你该再找一个玩杂耍的了。”

“同意。”哈希挺直了腰，活动了一下肩膀，把脸转向了飞船。“还是把止吐药给我吧。”

伊什把药藏在手掌中，伸出手，从他弟弟的耳朵后面拉了出来。“香蕉矩阵。慢慢吃。”

“我的最爱。”哈希说，“谢谢，医生。”

伊什望着峡谷。太阳正在落下，红色和金色的反光映在稻田上，水塘亮晃晃的，像金属镜一般。薄雾消失了，他们可以从工厂看到鬼城，看到河边。朦胧的灯光下，古老的精炼厂看起来阴森森的，简直像是古代遗物。

“好吧。”卢西说着，走到他身边，“我得说我们度过了充实的一天。”

“他现在会起飞吗？你和大卷胡子还没有受够我？”

“你该庆幸你们没有位于某条主要航道上。”卢西挠挠头，“不过，应该不会。他们会来谈判的。鲁德向你们展示了一大堆令人毛骨悚然的奇迹，玩弄了你们的数据安全，把整个团队的配置都换了。你拒绝被收买。不管怎样，那位金泽看起来很想要介绍一下。”

“银行家？”

“是的。请注意——他们的玩法更含蓄。”

“该死的丑八怪。”哈希说。他的基层正因为吸收了空气的热量而起泡。“阿嘉沃尔市长开走了她的暴飞车。我想我们要挤一挤了，老哥。”

伊什说：“我要和卢西待在一起，如果他接受我的话。”

卢西皱起了眉毛，好像在认真思考。“我是否，接受你。”

“我们现在有六个人了。”哈希在他们之间挥了挥手，打断了两人的相互凝视。“鲍吉莉亚怎么办？”

她笑了，说：“我住在这里，记得吗？”

“确实，”伊什说，“我们是你的客人。”

“的确如此。来吧，诸位阁下，这样的话我们就该整一顿传统的晚餐了。”说完，他们的向导沿着稻田里的一条护堤走了起来。“你们都能吃辣吗？”

伊什向身后伸出了手。卢西的手就在他认为应该在的地方。

“我能吃辣吗，医生？”

“大概不能，你的味蕾是全新的。”

“敏感的雪花，脆弱的花朵。”

“亲爱的，我觉得你像钉子一样坚韧。”

“钉子。”卢西说着看了看自己柔软的新手指，显然没有明白这句白话的意思。

伊什没有解释，而是亲了一下他的脸。然后，他仍然牵着对方的手，走到护堤上，在高耸的山梁和三十米的落差之间找到平衡，跟着那苗族女子走向他们要去的地方。

琥珀中的生命

LIFE, PRESERVED IN AMBER

[澳]萨曼莎·默里 著

蒲丽竹、Mahat 译

SAMANTHA MURRAY

作者简介

澳大利亚科幻作家、数学家。曾发表过多篇科幻作品，刊登在许多知名英文科幻杂志上，如《克拉克世界》《光年》《自然》等杂志。她的作品感情细腻，短篇小说《眼中、心中、怀中》获得了2016年澳洲科幻奖最佳短篇小说奖，中文版收录于“少年科幻小说大奖书系”。

你可以久久地、久久地离开一个地方。你可以久久地离开一个地方，但实际上从未真正离开。你自己永远不会知道这一点，直到你归来之后，发现自我的一部分在那等候，一直在那等候，从始至终。

牛艺

出租车从贵阳机场出发，开进了一条长长的隧道，隧道内每五十米左右，就嵌有一道新月形的白色弧线。这道道明亮弧线，只是些反光材料而已，但能引导她穿过黑暗的隧道走向远方，这让牛艺想到了另一条桥梁，她在必修物理课学过的“爱因斯坦－罗森桥”[①]。一条穿越时空的隧道。牛艺想，虫洞可能会像这样吗？她现在有点犯恶心，这得怪时差反应和司机拐弯时的减速，也怪刺鼻的烟味——尽管司机夹着烟的手漫不经心地搁在车窗外，但是那股味道仍然侵入了车厢。应该不会。虫洞应该和这隧道没有半点相似之处。然而，在这无尽的汽车旅行中，在这漫长的山下隧道里，她能感觉到自己正在离开一个世

① “爱因斯坦－罗森桥”又名虫洞。——译者注

界，去往另一个世界。终归来说，虫洞还是会和现在这样有点像的。

近两个小时的车程中，司机都一言不发，只是静静吸着烟，偶尔向窗外吐痰。这会儿，他突然开始说话。

“有回我也载着一个乘客，开了很久的车，跟今天很像。当时在车上的是我妹妹，”他说着，透过后视镜和牛艺对视，“开了太久，她半路上吐了。就算是那回，都还远远不如这回开得久，而且我还是司机，开了二十多年的车了。我晓得距离。总之，这回真的开了很远。长路漫漫啊！”

长路漫漫。

司机是预定好的顺风车，因为机场的司机不会接这个单。牛艺知道，对司机来说这是返程的路，即使现在，镇远县的人们还是很少出远门，实在是山高路远。她想起了几个月后要去的地方，心里升起了些许讽刺感，旋即又按下了念头。光这事的话，确实如此。她同意司机的看法。长路漫漫啊。

“我有两个儿子。”过了一会儿，司机又跟她说，当时路况已愈加曲里拐弯，快到苗寨了。接着是吓人的一幕，他的一只手松开方向盘，把手机递给她瞧。手机屏幕上有两个小男孩，大的那个对着摄像头傻笑，另一个睁大眼睛，神情严肃。

“恭喜你，”牛艺发自内心地说，“他们很可爱。”

“是啊，是啊，他们也很聪明，”他说，“非常聪明。我从没想过能有两个小孩。不过这又让我左右为难了。”现在他开始滔滔不绝，话语就像一条从山上流下来的小溪，越来越快，越来越响，“在我死后，我想留一份记忆礼物，所以我得在两个孩子中做个选择。福是我的第一个孩子，但如果他弟弟什么也没有，也不公平。”他用苗语中的“Khoom Plig”来表示礼物。

“我相信他们会理解的，”牛艺用带着暖意的话语安慰，因为这好像很重要，而且，他们在一起度过了几小时，度过了漫长路途，度过了黑暗隧道之后，不知怎么的，她感到与他休戚与共。

“会的。”司机说，“会的。”他往窗外弹了弹烟，烟灰在牛艺这侧的窗外打了个旋，随即飘走了。

牛艺外婆所在的村子，在苗语里是“山尽头”之义。牛艺下了出租车，又搭乘一辆小货车驶上没有护栏的小路，摇摇晃晃地一路爬坡。小路的左侧陡然下坠，豁然可见下方的梯田在山脚缓缓延伸开来的朦胧景象。几乎无意识地，牛艺在座位上挪了挪身子。她感到自己的思绪紧紧攀着山壁，仿佛如果不牢牢抓住，她可能会一下子飘走。路上的吊脚楼也和她一样紧紧攀着这座山。牛艺想象这座山醒来，像条长毛狗一样抖着自己，把她和房屋一起甩出去，抛向广阔的空地，抛入雾蒙蒙的天空之中。

牛艺拉着装行李的小箱子，沿着陡峭的砾石路走上去时，外婆正好从房子走出来，门前的小鸡立即散开了。它们快跑几步，步子便慢了下来，当牛艺走近时，又快起来。快、快、快、慢、慢。

外婆咕哝着，用柔和的苗语打招呼。牛艺弯下腰来，好让外婆使劲拥抱她。好孩子。外婆的黑眼睛从前明亮无比，而今已满是朦胧和恍惚。她伸出双手上下摸索着牛艺。外婆脸上的皱纹加深了，成了一道道裂缝和沟壑。但牛艺光凭胳膊上感到的外婆紧握的力度，就知道外婆有多欢迎自己的到来。

一切看起来都和从前一样。在来这里的路上，牛艺曾多次试图勾勒出外婆的房子，但她知道大脑做不到，很多细节都回想不起来。但是现在，一种熟悉的感觉涌上牛艺的心头，让她觉得她俩待在一起既温暖又放松。这就对了，就是这样。透过窗户，牛艺能看到远处有一架无人机在闪闪发光，外婆桌子边缘的一块蜡染小垫子上搁着外婆的手机，几乎和牛艺自己的手机一样光滑、现代、闪亮，但这个村子感觉游离于时间之外，没有被岁月的流逝所触及，在这里，科技的存在感一闪而逝，像是强加上来的。

外婆拿出一个岁数比牛艺还大的旧陶壶，舀出油茶[①]。“啊，好好喝，”牛艺点头称好，油茶酸辣可口，滋味绵长。

“别客气。”外婆说。这句话的暖意弥散开来，比油茶还要暖人。

“我想回到这里，再见你一次，赶在……”

“赶在你走之前。”外婆点点头，“你想回家。”

很久以前，生命在永生细胞和非永生细胞之间做出了选择。细菌的生命长度没有明确的限制，它们没有固定的寿命。细菌有可能无限期地维持它们的结构。但是我们天生就会随着时间的推移而自我毁灭——不朽的基因蕴含在一次性遗弃的身体里。

婉达

VAST（Vermilion-Amber-Sunset-Tangerine，朱红色-琥珀色-日落色-橘红色）宇宙飞船看起来像一道道厚涂的条纹，重重抹在了天空的弧线上。阳光喜爱它，通过它的表面反射到各个方向，切面众多，道道分明。到了晚上，又根本看不见它，除了熟悉的星光移动到了不同的位置，显得有点模糊。

① 苗族特色的油茶中配料包括油、食盐、姜和茶等，所以下文中提到油茶口味为酸辣。——编者注

婉达第一次看见VAST飞船，就是在天空上看见的，不是通过观察器、视频或图像，也不是靠突发新闻、社交媒体或野火般在全球传播的信息。

她曾在卡布拉牧场待过好一阵，在那观察叠层石，进行基因组学研究。卡布拉牧场为私人所有，是一个放羊的大型牧场，由于仅有这片土地通往婉达要研究的那片海滩地，牧场主人准许了她的科学团体进入。海滩是由白色的小贝壳组成的，在海滩边缘和海水中都有活的叠层石。这种生物看起来像岩石，但实际上是由微生物的排泄物构成的。微生物这种生命形式的基因，与三百万年前存在过的基因是相同的。基因是微小的冯诺依曼[①]机器，它们是最接近不朽的生命。

那天婉达出了门，地点离她下榻的牧场羊毛工人宿舍不远。那住处只是凑合能住，在折叠钢丝床上躺下的第二天，婉达便无奈地除掉了小腿上发现的一只扁虱。后来的日子里，她坚持认为有一种从天上发出的声音，使得她常常抬头寻找。然而她不记得那声音具体是什么样了，而且除了她，之后也没有别人报告过有声音。或许其实恰恰是一点声音也没有，或是奇怪的气流，或是光线的勾勒。反正不管那是什么，她都记不起来了，只是那东西像预知一样让她感到刺痛，于是她抬头寻找。

婉达·迈克尔博士是多学科团队的一员，该团队位于西澳大利亚一个叫作德纳姆的沿海小镇郊外，致力于翻译外星人的信息。世界各地都有团队在研究这一问题，但德纳姆研究所是其中最负盛名的，他们就在VAST飞船的阴影之下工作（当然，这只是象征性地打比方，VAST没有投下实际的阴影）。婉达有冒牌者症候群，觉得自己是靠着

① 冯诺依曼（1903—1957）是20世纪最重要的科学家之一，被称为“计算机之父”。他设想过一种机器，能采集太空中的资源和能源用作自我的复制，以此作为人类探索外太空的方法。这种机器被称为冯诺依曼机器。

运气和时机的因素，才有幸和聚集在这里的杰出又聪颖的学者、科学家们一起工作；她一直在对抗自己的心魔。

现在，团队的一员莉亚·杰特在和她说话。这位博士个子矮小，穿着优雅，相貌严肃，本人比传说中的印象要年轻一点儿。

“这些计算问题真恶毒。”她从屏幕前抬起头来，拨开脸上的一缕黑发，对婉达说。

“甚至可谓邪恶。”婉达回道，微微一笑。

“十恶不赦。”莉亚又说，表情依旧一本正经。这骗不了婉达，她不会再上当了。自她们一起工作起，几个星期以来，一贯尽职尽责、备受尊敬的杰特博士，早就向婉达展现了没人能料到的狡黠幽默感。“我快被逼得想喝酒了。”莉亚继续补充道。

这可能是一次邀约。婉达总是不太能领会社交暗示。

“物理组经常说起一间酒吧，在鲨鱼湾，”她豁出去了，“今天周五。我们去喝杯啤酒？”

婉达说完话，停顿了一下。她知道，只要朝窗户走三大步，就能瞥见头顶上的VAST。临时实验室建得仓促，但至少比之前的羊毛工人宿舍住得舒服多了。她通常不喝酒，也不太会交朋友。但此时，一艘外星飞船停在天空中，颜色绚烂到让你心碎。也许一切都无法预料。也许旧日之事都将崩析。

“啤酒，嗯哼？”莉亚·杰特博士说，“我可以来点儿。”

牛艺

坐在这里，牛艺能看到底下蔓延开来的村庄，她环视着天空，仿佛上面少了什么东西，虽然她从未见过VAST，尚未亲眼见过。今天的天色几近纯蓝。马上就要夏天了。四季的影响深入骨髓，有时，牛艺感到自己可以从天气、风、气温中，找到心情变化的缘由。随着白天越来越暖，越来越长，牛艺身上的某种东西得以苏醒，伸展开来。好似打了一剂精神上的强心针，也不知怎么的，每次都让她措手不及。她把这种感觉称为“夏日的喘息”。但太空中没有季节。在太空，或她要去的任何地方，都绝不会有季节。她不知道在那里，自己的思想和情感是否会平稳恒定，不再像往常那样变化得迅速而剧烈。

牛艺低头看着放在膝盖上的画纸。她本能地，不由自主地想要画点什么。她试过了。来这儿时，她带了素描本和一组马克笔，想试着记录她看到的东西。倒不是她能带上这些画，只是不知怎么，她觉得如果能把什么记在纸上，也许自己也能牢牢记在心里。

牛艺外婆的那栋小房子里，每个角落都堆着许许多多的素描和小幅油画。在牛艺睡觉的房间角落，一沓沓的画描绘了这个村子里不同角度的生活。她的外婆总是画她能看见的东西，小屋、摩托车、鸡；画山峦和天空；画人们的面孔，面孔上的每一个表情，每一根线条，都在讲着故事。牛艺多希望自己能继承这项技艺啊，哪怕一点点也好。在纸上画出一些印迹，然后突然间，它们就变得别有深意。牛艺画出的线条，就只是线条，没有别的，她只能沮丧地把画纸揉成一团。

牛艺突然想起了外婆那双蒙眬的眼睛，想起了外婆一听见牛艺说话便抬起下巴循着声音方向的样子，或者微微地转过脸，迎面朝着透进窗户的阳光的样子，她一阵心痛。她的外婆画不成了，再也画不成了。

牛艺试图把眼前的画面强行嵌入脑海，就像尝试将花朵压制成丝绒。茅草屋顶独特的深绿色，边沿的细微弯曲，天空衬托出的轮廓线；斑驳的木料呈现出的浓郁红色……

但这印象是留不下的。从没留下过。

其他的人可以在脑海里看到图片，牛艺不记得是哪天发现的。她只记得自己当时目瞪口呆，难以相信他们谈到脑海中想象的东西时，所说的就是字面的意思。当牛艺合上眼，想变出外婆的脸时，她没办法合成出那个图像。她的脑海里的画布仍然一片空白，没有回音。几年前她在网上查过这事，只找到一个相关的英文单词：aphantasia（幻象可视缺失症）。发现自己不是唯一缺乏这种能力的人，让牛艺很是高兴，但同时她也希望能在苗语里找到相应的描述。

村里许多吊脚楼的窗户两边和顶上都贴着红色条幅，长度与窗户一致。“这些是吉祥话，”牛艺记得自己还是个小女孩的时候，外婆看她抬头试着读上面的文字，便这样说，“为更好的生活祈愿。”外婆的窗户光秃秃的，牛艺相信外婆已经拥有了最好的生活。

这座村子给人一种感觉：一切事物都正在倒塌，同时又正在建造。建筑材料到处胡乱堆放，亟待施工所用，村民们辛勤地在屋顶上工作，挖着沟槽。娃子、狗子和鸡都涌到了路上。牛艺希望自己可以拍下一张照片、一段视频，一些可以持续下去的东西，一份可以让自己信任的、永远留在身边的影像，而非她破碎的记忆，空白的头脑。她的思绪先她一步下了山，一路跌跌撞撞，碎裂开来。山脚的路边已有碎石，它们是山的一部分，早就跌落的部分。

婉达

四岁时，婉达已经自己琢磨出了死亡的概念，她紧紧地抓住了它，或者它紧紧地抓住了她，或者两者互相抓紧，难舍难分。当母亲把她放到床上，当催眠曲唱完，亲吻、拥抱、道晚安的时候，当母亲试图像幽灵一样悄然离开房间的时候，那些问题就像波浪一样在她心中涌动。

“妈妈，你什么时候会死？”

母亲叹了口气。“要不了多久。要不了多少年。你自己也会长大的。”

婉达试图想象自己已经长大成人了，但这毫无帮助。

“我不希望你死，妈妈。永远不要死。”她开始默默哭泣。

因为她的悲伤，母亲又回到黑漆漆的房间里。“没关系的。所有事物最终都会死的。”

婉达不知道为什么母亲会把这句当成安慰的话。“所有事物？”

“是的。”

“所有人呢？”

“最终也会。在很久很久以后。现在不是担心的时候，到睡觉时间了。”

如此庞大的真理压在心头，婉达不知道她将如何入睡。“但是我不希望你死！你不在乎吗？你不介意吗？”

母亲迟疑了一下。“到了那时，我已经活得够好、够久了。”她眼底有着什么情绪，婉达辨认不出来。

“现在好好睡吧，”母亲亲吻婉达的额头，缓缓把手从她紧握的指间抽走，“不要再喊我了。”

“我也不想死。”婉达特别小声地说。母亲已经回去看她的电视节目了。她知道，自己始终不会接受死亡的，即使手上满是皱纹，头发雪白，已经很老了也一样。

> 基因是记忆。蝴蝶翅膀上精致的纹路可以持续很长时间，哪怕群山都已冲刷殆尽，没入海洋。

鲨鱼湾的酒吧叫“老酒吧”，招牌就是这么写的。老酒吧就在大街旁边，普普通通，但还蛮舒服的。招牌上宣称，这是澳大利亚最靠西边的酒吧。“这么多人呀。”婉达喃喃自语道，她拿着两瓶啤酒，辗转腾挪地走到角落里的高脚小桌子旁。

“肯定啊。”莉亚说。她换上了一件精致的深蓝色有领衬衫，看上去一如既往的完美无瑕。“他们都是来看VAST的。”

“可怜的海豚。”婉达说。海豚会游到靠近蒙克米亚海滩处接受投喂，因此历来有许多游客赶到西澳大利亚州的这个地区看海豚。

“噢，我敢肯定他们在此地期间，也会到海豚那里待一阵。”莉亚语带嘲讽地说。她呷了一口啤酒，然后抬起头，凝望远处，像出了神。

“莉亚？”过了片刻，婉达询问道。

莉亚·杰特博士转向她，目光飘忽。“我父亲来过这里一次。”她说，声音无比微弱，婉达不得不弯下身子，才能在嘈杂的背景声中听清她在说什么。

“他二十出头的时候，在西澳工作过一段时间，”莉亚慢吞吞地继续说，“这我知道。但是有一个周末他来过这里。没和我母亲一起，这事发生在他遇见我母亲之前。是和另一个女孩一起来的。他们坐在……”莉亚转向吧台的方向指了指，“在那边。那中间曾经有一张台球桌。”

“你有你父亲的记忆？”婉达抬高了声调，但其实不是真有疑惑。她知道莉亚·杰特是澳大利亚第一批接受记忆转移手术的少数几人之一，一年多以前新闻广播报道过此事。在中国和许多欧洲国家，这种手术变得越来越普遍，广大人群都可以进行，但澳大利亚是个“落后采用者”。目前，这项技术仅向部分人群开放，他们必须证明自己有潜力促进某领域知识的发展，且该领域有益于回报社会。

“那个女孩很漂亮，”莉亚说，“她穿着件薄薄的橙色背心裙，一滴汗珠顺着她的脖子流下来，停在她的锁骨上。我猜，那天很热。”莉亚抬起头，直视婉达的眼睛，“是的，我有他的记忆。”她说，仿佛刚刚听到这个问题。

“你很伤心吗？”婉达不由得问，说完才想到这是窥探隐私，不由得懊恼。她真的不太会处理和友谊相关的事情。

“不是你想的那样。”莉亚说。她的目光仍然注视着。

“你父亲非常优秀。”婉达说。

“是的。”莉亚说，“他也是被逼出来的。这是好事，有时是。”她转过头去，婉达感到一阵短暂的刺痛，仿佛失去了什么。

“本来我很担心记忆转移的事。我不想变成我的父亲。”莉亚看着自己那杯啤酒，像忘记了还端着它，“但它并不是那样运作的。”

“那是怎样运作的呢？”婉达轻声问。

“我并没有获得他的感情、他的思想，”莉亚那种置身事外的科学态度又回来了，“我想是只得到了内容，而未取得那些背景吧。我试着不去管那些私人的东西，不去看它们。但是有时候，就像刚才那样，它突然冒了出来，来到意识表层，像水上的漂浮物，漂的尽是人生的碎屑。”

“你父亲一定很欣慰他有你。”婉达想起自己的父母。她的父亲已经过世，他所有的记忆都已消逝，无可挽回。而她的母亲所拥有的记忆，可不会像是一件礼物。

莉亚的嘴唇僵住了，于是婉达感到可能说错了话。与备受尊敬的同事互诉衷肠的感觉既新鲜又脆弱，婉达担心这种信任会像蒲公英的绒毛一样，哪怕受到最轻微的干扰就会飘散。

“我父亲是一个……占有欲很强的男人，”莉亚最终说，“他把自己的知识紧紧地抱在怀里，像是其他人想从他那里偷走一样。可他快要死了。死亡有时会让人铤而走险。他想活下去，就这样。”

婉达不再说话了，任凭沉默在她们之间满溢。她的前夫讨厌沉默。

如果婉达陷入沉默，搜肠刮肚寻找自己想说的话，或者尝试理清自己真正的感受，或者只是停下来思考一下，前夫就会立即接住话头，用自己的言语填补空当。他大多数时候说的话都很有魅力，令人信服，富有感召力。但那是他的话，不是婉达的。

莉亚的话语缓缓而来，接上她们中间的空当。“可他没有成功。我拥有他的记忆，但我不是他。”

婉达心里生出一丝波动，可她没有说出来，而是低头盯着杯里残余的啤酒。

“一开始我也很担心，担心人们会认为我的研究结果……某种意义上不属于我。但我不在乎，只要它对我有用。它打开了大门。”她投给婉达一个不服输的奇异眼神，“人们想要我父亲的洞察力。他能够将两个表面上相互独立的概念结合起来，让人们了解到两者根本上在某个深层次中是同构的。这就是他所拥有的才能，这就是他能做的。为了得到它，我可以不惜一切代价。”婉达等着下文。

“记忆转移并不是那么运作的，但我要把所有我能拿到的都拿到，所有我能用得上的都运用起来。我要定了。”说话间，莉亚已是一脸雄心壮志，她是出了名的抱负远大。

“没错。”婉达说。为了破译VAST的秘密，团队需要一切尽可能的帮助。“当时你在想什么？当你——”

“第一次见到VAST？”莉亚笑了，整个人放松下来，婉达也忍不住笑了。这是一个经常被问及和讨论的问题，几乎已经烂大街了。“我当时在悉尼，”莉亚说，“一个朋友给我发了条信息。我还以为是开玩笑呢。当我最终相信了这是真的，我马上想到，它将改变整个世界。我们再也回不去了，你懂吗？我既兴奋又害怕。我被它点燃了，被它充盈了。于是我便一直……哭泣，那感觉有点像在汹涌澎湃的大海上颠簸。”她停顿了一下，“不，没有恰当的词语能形容。”她摇摇头，黑

色的发丝随之飘回到原来的地方。

“没有恰当的词语能形容，”婉达重复道，“你是否觉得，这是我们的问题？你是否觉得，一切就摆在那，只是我们永远找不到恰当的词语？”她知道莉亚明白她在说什么。自从VAST到达以来，它一直在不断地对外广播信息，物理学家和密码分析学者们发现这些信息具有数学结构。她们已经知道，其中一些数据与正五面体有关，另一些与化学元素的电子排布有关。但是这些信息仅仅由六个蛋白质结构构成，彼此结合缠绕在一起，就像三链DNA一样。婉达知道她们还只触及皮毛。

“但愿我们能找到恰当的词语。打个赌，我们能。”莉亚颇为张扬地咧嘴一笑，“但你一直没回答过这个问题。”

“什么问题？”婉达问。

“你问我的那个问题。当你第一次看到VAST时，你的反应是怎样的？”

婉达停顿了一下，所有她无法表达的东西汹涌而来，填补了这个空当。

“我以为那就是世界末日了。”她说。

在内心深处，婉达一直等待着世界末日的到来。若是从睡梦中被喷气式飞机或卡车在远处发出的奇怪低沉的噪声吵醒，她会坐起来，等待着，想着，这是世界末日吗？世界末日是这样来的吗？她过去常常猜测，世界末日听起来会是什么样：崩裂的撞击声，尖锐的哀鸣声，耳力所及的深处传来的振动声？她觉得自己会认出那个时刻，一切都变得异样，那是末日向她袭来的时刻。世界可能以无数种方式毁灭，但那个时刻的核心，那个末日成真的时刻，将会非常熟悉，如同回归故里，如同重识旧人。毕竟，世界也不是第一次毁灭了。

牛艺

“看看这个。”外婆边说边用手指在照片上沿摩挲，仿佛能通过触摸来收集信息似的。牛艺猜测，外婆几乎看不到这些照片，但她能记住每张照片的内容，并且准确无误。

牛艺从外婆手中接过照片，低头一看，不觉有些伤心。手头就是她以为自己已经长大了、抛弃了的幼小自我。她一直在这里，等候着。这是一张她自己的照片，她扎着羊角辫，张着缺了颗门牙的嘴巴笑着。九岁之前，牛艺和外婆一直住在“山尽头”。照片中的她看起来大约六岁。一个天真无邪、充满希望的自我。一张幸福的照片，一段幸福的时光。

“你跟你妈妈一样，”外婆轻轻拍打照片，“简直一个模子刻出来的。”

不。我和她不一样。牛艺心想。她把照片放在桌子上。

“外婆，现在医疗技术特别发达，你的眼睛能治好。而且我有信用点，就用我的点数去治，看完病还有富余。”她被选为八千人中的一员后，政府给了她多到从前做梦都想不到的信用点。

外婆慢慢地摇头。“看不见也没影响，我什么都没丢，都在这儿呢。”她拍了拍脑袋。这让牛艺有点小小嫉妒。

“但这是一份礼物，外婆。”牛艺说。别人诚心送出的礼物总是要收的，这是老传统了。

那天晚上，牛艺一边听着外婆养的鸡在吊脚楼下发出的奇异的低吟，一边试图入睡的时候，她真希望自己记得妈妈的脸。

婉达

世界第一次毁灭是在婉达十三岁的时候。一家人参加完弟弟的少年游泳队训练，正从海滩返回。她的父母坐在汽车的前排。德克兰当时才八岁，他和她一起坐在后排，她正恶声恶气地要他闭嘴，因为他一直特别大声地试图用故意走调的鼻音哼唱他那愚蠢的队歌。他们想要超过一辆在他们前面转弯的卡车，但卡车上有个车轴坏掉了，卡车在拐角处原地打转，正好撞上了他们。

时间像面团一样一次又一次地折叠、揉压，婉达感到自己好像迷失在了旋转和周围的尖叫声中。然后，没完没了的旋转和噪声停止了，她坐在后座的残骸上，身上湿漉而温暖，然而没有受伤，一点伤都没有，就这样听着母亲的嚎叫。

牛艺

“有人来找你。”牛艺抱着山药和胡萝卜回到外婆身边时，外婆这么告诉她。这句听似不太可能的话让牛艺始料不及，呆愣在原地。

一个身材瘦削、衣着讲究的男人来到门口。“牛艺。”他握住她没有抱着蔬菜的那只手。

“景文，你怎么会在这里？”

她是在苗寨旅游村认识景文的，那时两人都在那生活、工作。政府的扶贫项目在2017年建成了这个村庄，到现在差不多有三十年了。她母亲在村子开放后不久就搬到了那里，母亲是第一批进入职业学院的学生之一，她把牛艺留给了外婆。而牛艺在考入深圳大学之前，也在那里生活了将近五年。外婆从来没有离开过她的山，牛艺想，之后母亲在黔东南苗族侗族自治州里度过了她的一生，现在是牛艺自己……将比梦想走得更远。

景文离开苗寨旅游村的时间比她早七八个月，从那以后她就再也没见过他。

“那时你去学工程学了。”她带他穿过村子，在枫树下走着，鼓足勇气开口道。外婆要宰杀一只鸡来招待客人，并把他们双双赶出家门。

“我现在是一名工程师，”景文说，“在高铁线路上工作。我记得你那时想学科学。”

牛艺快速瞥了他一眼，才点头承认。她很惊讶他还记得，他先于她离开。但他并没和她保持联系，他没有回复她发来的第一条短信，于是她也没有继续下去。他像雾一样消失了，而现在他又在这里了。“我记得你在春节的时候跳过锦鸡舞，”景文的声音轻柔又悦耳，“银饰笼着你的脸庞。”传统的苗族服装里，有一件繁复优美的银质头饰，造得很轻，足以戴在头上。她穿了一条鲜艳的百褶裙，是按照外婆教她的方式绣的。她戴着银手镯、银脚镯和银耳环。这样子走路很难不发出声响，不过通常弄出声响才叫达到效果。

两人路过三个在铺屋顶的人，他们正一问一答地对歌。

“而我记得你吹过芦笙。”牛艺回道。他吹得很好，她也曾欣赏那灵活的手指和优美的旋律。不过，她现在比以前直接多了。“景文，你怎么会来这里？”

“我能不在这里吗？”他嗓音轻柔，让人想起他轻盈的歌喉和浑厚的低音。

牛艺想，这不是景文的故乡，不应该在这里遇到他。

但两人沿着陡峭的山路往上走的时候，她还是同他聊得很愉快，还发觉自己被他的轶事逗乐了。他告诉她，高铁线上的主要问题之一是叫作“马陆”的虫子，马陆被吸引到铁轨上，并沿着铁轨前进，而他们始终没能找到马陆聚集的原因。但是，当列车碾过马陆时，碾死的虫子就会减少列车与铁轨之间的摩擦，导致计算好的列车停靠车站的时刻表都作废了，火车司机也很难让列车准点到站。像往常一样，他知道如何选取最恰当的细节，来让他的故事引人入胜。

“但是为什么呢，为什么它们会在那上面？”牛艺说着，用手捂住嘴，试图抑制住自己的咯咯笑声。

“谁知道呢。”景文一本正经地说。

景文一直人缘很好，他一直是世界的中心。牛艺和其他人一样，曾经被他所吸引，虽然她只是远远地绕着他转，如同一颗不可能与主星相拥的卫星。

“看。”当看清他俩的脚步把他们领到的地方，牛艺提醒道。村庄的中心是一幅长方形的壁画，直接刻在长条木板上的巨幅版画。“这是我们的历史。”她几近虔诚地说，以手指探索木板上的凹槽，探索那勾勒出树、枫叶的线条。这是寻找新家的漫长旅程。越过高山，穿过河流。苗族自1950年代以来才有了书面语言。在那之前，一千年的口述历史都以语言和歌曲的形式流传下来，像溪水一样流淌。但历史就在这儿，就在这上面，在这图片之中——她无法记住的图片之中。

“这里的尽头还有一些空间。”景文把手放在空白的木板上说。

“我想未来还未写下，或者说还未绘制。”牛艺淡淡地说。

“我们苗族接下来要做什么？这里会绘上什么？”他的语调同她一样轻盈，目光却深邃，吸引着她的视线。“太空？星星？广阔的宇宙？也许我们应该画那些？”

牛艺想垂下眼睛，但他的目光却紧紧地抓住了她。“你知道了。”她的语调在句末上扬，但并不是在发问。

“牛艺。”他说。她觉得自己仿佛回到了过去，那时她愿意付出任何代价让他那样念出自己的名字。“当然。我当然知道。新闻广播提到，曾经有一名女子在苗寨旅游村里跳舞。我开始着手调查，捕捉所有线索，但在这所有行动之前，不知怎的，我的直觉告诉我那个女人就是你。”

“哦，真的吗？”牛艺试图一笑而过。为什么会有人觉得是她呢？

或者为什么会是她呢？

但是景文的语气依然严肃：“千真万确。”

孩子是时间胶囊，他把我们的基因带到未来。

婉达

星期天，婉达通常飞到珀斯去看望她的母亲。为了满足德纳姆研究中心的需要，现在每天都有好几趟航班可以起飞，人们蜂拥而至，想一睹天空中VAST的风采。

婉达的母亲坐在她退休社区别墅的露台上一把小藤椅上，沐浴在阳光之中。她一只手拿着一把银色的小指甲钳，另一只手拽着辫子的末梢。她把头发竖起来放在眼前，慢慢地，有意识地剪断了分叉的小发梢。她的母亲可以连续几个小时坐在那里，头也不抬。

“嗨，妈妈。”婉达说。母亲停顿了一下，把脸凑上去让她亲吻，然后又把注意力放在头发上。剪断。“我给你带了些千层面。”

“你把它放到冰箱里了吗？”她的母亲问道，语气还是儿时一模一样的口吻，婉达记忆犹新。她的剪刀在阳光下闪闪发光。剪，剪，剪。

“是的。”婉达抓住妈妈的手，轻轻地把指甲钳从她手上取下来，放在露台的桌子上。她母亲的头发长长的，还是乌黑得不合她的年纪，扎成发辫盘在头上。从她凹陷的眼睛和嘴角的皱纹，你可以看出她脸上的衰老。她的手没有了指甲钳，像小鸟振翅般抖动着。

母亲看着婉达，摇着头，似乎很激动。“为什么是你？”她说，“为什么德克兰来不了？”

“德克兰已经不在了，妈妈。”婉达说。她的母亲对此仍然一清二楚，她相当确定。她有很长一阵子没听到弟弟的名字了，这个名字从自己的口中说出，仍在她心底触动了什么。

“这里的女人都当上了奶奶、外婆。”她的母亲说着，目光突然变得凌厉，牢牢地盯住婉达。

冲出喉头的不知是一声叹气、一句呜咽，还是歇斯底里的一笑，抑或三者的混合物，婉达都咽了下去。

“妈，这事办不到。”她的语气尽可能地保持温柔。她的母亲时不时地陷于某几个话题，老是车轱辘话轮着说，总也转不出来。眼下这个话题便常常被提起。但她十几岁时在那次车祸中受到的内伤，让她失去了脾脏，还有子宫——她不会有孩子了。

“我想你总得先有个丈夫才办得到那事。”母亲的话语中带着一丝鄙夷。

婉达想得起她母亲的样子，车祸之前的那个母亲是个风趣聪慧、冲动热情的女人。她会一边大喊大叫，一边双手夸张地甩来甩去，但下一刻又哈哈大笑，接下来又立马唱起乱编的傻不啦叽的歌。她性烈似火，但绝非不近人情。

“那我可再也觅不到了。”婉达从容回答。她的前夫两年前为了新工作搬去了新加坡，连带捎走了他所有的话，俏皮的、机灵的、动人的话语。“我无法要求你放弃这里的一切跟我走。”他这么说道。他的潜台词是：我要走了，咱俩掰了，我遇见了别的人。尽管婉达稍后才回过神来他的意思。她告诉自己，他离开之日就是自己垮掉之时，某种程度上她也的确垮了。她曾以为房子会太过安静。但相反，她发现自己拥有了空间，可以呼吸的充盈的空间。

“什么孙辈不孙辈的，我才不想要。”她的母亲是那种一旦上了轨道，就很难让她偏离的人。她独自佝偻坐着，仿佛被自己的万有引力抓住。引力强大到曾经的那个她再也挣脱不出。婉达想过，她的母亲应该还有别的话对她说，更温柔更慈爱的话，但这些话都已向内坍缩，永远逃不出母亲的事件视界[①]。“都是骗人的把戏。”

“什么把戏，妈妈？”婉达说，心里却觉得这句话不该问。

“生孩子，”母亲的话气势汹汹，出乎婉达的意料，“那时我的身体迫使我爱你。身体产生了大量催产素，弥漫着我，让我身不由己。而我现在爱你。我一直爱你。”

婉达觉得自己屏住了呼吸。上一次听见母亲说爱她，或是仅仅委婉地有此表示，是什么时候的事情？

“这就是当你自己的孩子出生时会有的想法。有那么一刻，你会想这就可以了。原因是尽管你终有一天会死，但因为你的孩子活着，且你的孩子会继续下去，且因为孩子是最重要的，所以这样就可以了，其他的就不重要了。但是，这是骗人的把戏，”母亲的话音骤升，婉达发出轻柔的嘘嘘声，试着抚慰她。“你的孩子们在八岁的时候死掉。要不然他们就会长大成人，而你就不知道他们的脑袋里或是人生里会有怎样的经历。因为他们不再属于你，他们也不是你。他们时不时地过来看望，嘘寒问暖一下，他们下巴上的线条让你想到了你自己，但他们不是你，是别的什么人。你的人生再也不会继续，就到此结束了。所以这是骗人的把戏。”

她的母亲的话音渐弱，仿佛冷静了下来。婉达抓住她的一只手，跟她东拉西扯，尽管她觉得母亲没认真听。她想起自己小时候抛给母亲的所有关于死亡的问题，还想起当年母亲仍完好无缺，现在不过是人的棱角参差的碎裂残余。你不介意吗？那时的她，聪明伶俐，什么都想知道，“人会不存在”的念头让她心生恐惧，可四岁孩童怎会知道

① 恒星死亡时，其核心在自身引力的作用下不断“坍缩”，产生的高密度天体就是黑洞；由于黑洞的引力大到连光都无法逃脱，在黑洞的周围一定半径会产生“事件视界”，视界内一片黑暗，看不到任何事物。——译者注

不该问出这样的问题，凭着自己小小年纪不会受罚，便问了出来。然而现在，她看着母亲隐在自己的身体之内，缩在自己的引力之下，便知道她的母亲很介意，一直介意。

“你总是待不住。”她的母亲边说边起身要走。

“我得赶飞机回鲨鱼湾，”婉达说，“研究VAST信号交流的工作相当紧张。”

“我不懂那是什么。”她的母亲的话音干巴苍白，话语从遥远的地方传来，就像是在红移[①]中，离她越来越远。

婉达打开手机里的一幅图片。她意识到自己思念VAST在头顶上方的情形，思念能够仰头便看见它的日常。她在珀斯，离那儿不过区区七百多公里，但现在，不知怎的天空像是缺了什么。她不知道这意味着什么。

“瞧，”她把图片展示给母亲看，“它叫作‘朱红色－琥珀色－日落色－橘红色’。妈妈，这是一艘宇宙飞船。”

她的母亲伸长脖子，望向露台屋顶外的远处。

“你从这儿看不到它。”婉达说。

她的母亲继续看着天，有那么一瞬间，婉达以为她会转过身，再次变回她的母亲，孩提时的母亲，热爱天文，会带着她和弟弟爬上房顶观星的母亲。

“那艘飞船。”她的母亲说。婉达等着她的下文，可她什么也没再说出口。

“下星期见，妈妈。”婉达说。但母亲的手已经再次伸向指甲钳，没有搭话。

---

① 红移指当一个物体以极快的速度远离观察者时，其发出的光（波）被拉长，变为红光。蓝移则相反，出现在物体以极快的速度接近观察者时。——译者注

牛艺

每日例行的散步变成了习惯，甚乎是一种仪式。我才回来两周，牛艺心想，怎么就变成了我的日常功课了呢，太快了，太自然而然了。

“你当时已经在苗寨了？”她问景文，同时又暗自思忖已经熟络到什么程度，而他的身形与她并排坐着，现在无论和他说什么都太容易了。“这真是巧遇吗？”她觉得自己已经有答案了。

“差不多有十年我没回去过了。”他说。

“你是来这里找我的。”这话要在没多久前，她是说不出口的。但她把整片大地都抛在身后，也没什么时间能浪费在客套和害臊上。

“我跟着你上了山。”他说。

“为什么？”

景文咬着嘴唇。她没想到还能亲眼见到他这般犹豫不定。

“你知道自从他们选中我，我的感受是什么吗？”她没有等他的回答，突然插了一句。

“是什么？”

“我就像是个冒牌货。像个假货。”

“你怎么会是假货？你是我认识的人里最真实的。”他的话音听着像是炎夏的喘息。

“究竟为什么是我？”她竭力不让自己的声音颤抖，说出口的话听着像是在动怒。

景文顿了一顿：“遗传学。”

“系统发生学[①]分析显示，显著遗传差异使得我们成为一个独特的少数族群。我懂你的意思，但这是发生在我们中间的每个人身上的普

① 研究生物进化规律及物种间亲缘关系的学科。——译者注

遍现象。他们本来就可能选中你。”

“没错，”他的眼里有种悲伤的、拒人千里之外的东西，“而且你不是被选中，半是遗传学，半是中头彩。一切万物有史以来最大的头彩。”

“这就是问题所在。”

“什么问题？”

“一切万物有史以来？我们有8192人，才这点人。精挑细选成为地球上的文化、种族、民族的代表。他们尽可能地用到最多的变量，才能达到这个数字。他们盯着遗传学的变量；他们强调文化，根据你的语言是否被划分为独立语言而非方言做出判断，之后你在文化上也被区分。可是，每个人如何做出这样的选择？我们又该如何背负起这一切？一切万物有史以来？我该如何代表这整个文化？只有我。一个人不够；一个人不是一个文化。”

“没人说过你得独自背负一切。”

“可还有谁会？”牛艺说。

景文送她回外婆家的路上，她告诉景文，她的脑海里生成不了画面。“我不可以随身带任何东西，”她说，“只有活物可以通过‘底光’。VAST本身就是一个活的大型实体，虽然我也不太懂。”

“一样都不可以？”景文说。从他的眼里，她能看见自己印象里他一贯有的好奇心苏醒了。

“不可以，”牛艺说，红晕飞上双颊，“我会失去头发，失去眉毛。还有皮肤的表层。只剩下我。”她的下巴微微颤动。

“你知道古枫歌[①]吗？”景文问道。

“知道。”

---

① 苗族古歌又称“苗族史诗”，由金银歌、古枫歌、蝴蝶歌、洪水滔天和溯河西迁五大部分组成，共一万五千余行。《古枫歌》包括种子之屋、寻找树种、犁耙大地、撒播种子、砍伐古枫，讲的是人类的起源。——译者注

“古岩厌烦了人们在它身上捶打苎麻制造纸张，便吞掉了所有的纸和书。这就是为什么我们没有文字书写的传统。”景文说。

牛艺不知他为何要引述古枫歌的典故，但不晓得什么缘故，她好受了很多。

“你不必在脑袋里或是别的地方记下文字和画面。你知道这歌，这诗，”景文说着，手向下探去，握住了她的手，“你带着它们，它们也会带着你。”

婉达

“所有这些结构让我想起一种声调语言，同一个字词可以表达不同的事物。”莉亚·杰特博士叹了口气。她的黑发没有扎起，看上去比婉达以前见到的更憔悴，无论是她的外表还是她的态度。除了近来成都和波士顿的团队有了些突破性进展外，他们所有人都因尚未解开之谜而备受煎熬。“比如汉语中的ma，可以是妈、麻、马、骂。或者可以放在句子结尾成为疑问句。”莉亚揉着双眼。

“除了我们听不到这语调，”婉达说，“其中的排列组合方式以指数级爆发增长。”漫长而不顺的一天又一天，也让她颇为受罪。夜里她也歇不好，睡意袭来时，满脑子都是长长的三链DNA，侵染着她、缠绕着她、让她不断转圈，一松开便送她进入宇宙、进入夜空。晚上她看不见VAST，然而她知道它就在那里。

牛艺

牛艺将屋顶瓦片比作穿山甲鳞片，苗族叙事诗里就有这样的类比。所有苗族女性在节日庆典时穿的艳丽百褶裙，她将之比作大山的山脊。景文过来为她的外婆吹奏芦笙，让牛艺想起五金出生后，是铜的孩子变成了这竹制乐器里的簧管。她不用看图片就知道。

“谢谢你。”她对景文说。他俩流连忘返，看着梯田上空的云雾。好像景文成了她记忆的一块，每当她需要的时候便来找她。是她的过去的一部分，提醒着她，带她回家。

“牛艺，”他说，“带上我跟你一起走。”

这不可能啊，他说这话是要做什么，是什么意思——

“我的一部分，”景文说，“带上我的一部分跟你走。”他的目光锁住她的双眼，身体渐渐凑得更近。然后停顿了下来。

他俩之间的沉默、之间的空间，仿佛在问一个问题。

她爱过他，很久之前。她已经不是那个少女，也不再爱他了。

可理由不光是爱，还有别的。念旧怀乡。感情羁绊。一条细细的线穿越时间，一端连着曾经的她，一端连着她自己的回声。一种哀悼方式，纪念她即将抛弃的人生。

她弥近了两人之间的隔阂，也回答了那个问题。

婉达

婉达设置好并行处理器来运行卷积神经网络[①]的最新调试，然后唤出她最近的Myriad算法图，放在她疲惫的双眼之前，她的大脑却拒绝集中注意力。若隐若现的负罪感来回撞击着她的意识边缘——上周日她没能够到珀斯去探望母亲。再加上莫名其妙的不情不愿，哪怕只有24小时也不愿离开研究所。这里的方程式，这里的人，VAST提纯光的某种方式；这就像是她的氧气，她半刻也离不开。

她的脑海里不断投映着混杂在一起的图像，就像大海拍击着岸礁；

① 深度学习的代表算法之一。——译者注

她的前夫和他对待她的方式，从不等她跟上，从不让她有足够的时间说出她理清后的想法；还有母亲，所有的事情都漏不掉；还有莉亚，和她俩对话中间的空当。如果你留下某样东西空在那里，就留有余地让别的东西进入这空当。太空，空当。

“莉亚，”她呼叫道，话语沉稳而轻柔，就和梦里没什么两样。“我们能从11.2E区域再上传一遍原始文件吗？”

“那是什么？”莉亚·杰特走了过来，双手搭在婉达的肩上，问道。

“我认为我们缺少了语调，就像你之前说的。”婉达说，“只不过不是语调的语调，而是沉默的语调。停顿部分，就是信息等候的区域。我认为，当信息停止时，我们要找的附加信息层就在信息的留白处。我认为我们必须将其纳入我们的权重值。”

就那么一瞬，然后婉达听到莉亚倒吸了一口气。“我知道我们该用哪个协议来调整权重值了，”她说，然后压低了嗓音，只让婉达听见，“这是我父亲编写过的协议之一，但他从未有机会发表那篇论文，只是一直在他的脑袋里。”她的话音里带着惊异，“哦，我知道了。我知道我们能怎样使用这个协议了。”

婉达转过身。莉亚兴奋的时候，双眼就像装满了星星。

“我们把团队成员都召集起来。”她说。

牛艺

晚饭的主菜是酸辣鱼汤。饭后，牛艺的外婆说会跟她下山，去贵阳的大医院。

“你去治眼睛吗？”牛艺又惊又喜。

“不是，”外婆说，“我一辈子都住在村子里，我想让你带上我。”

婉达

信息的不同层之间环环相扣，交融在一起。然后，错综复杂的信息涌入她们预留的空间，突然产生了意义。此间的美让婉达喘息不已。她仿佛躺在一朵心满意足、功成名就、飘飘欲仙的云彩之上飘浮了几小时，直到信息融合成一体，轰然向她砸去，打开了新世界的大门。

牛艺

一份全心全意的礼物。

尽管牛艺再三拒绝，外婆还是给了她这份记忆礼物。牛艺从没见过外婆如此坚定的决心，也从不敢顶撞违背她。她一直以为只有人快死的时候才能给出记忆，但显然这样也可以，尽管是破了例。

牛艺感到脑袋里鼓鼓囊囊的，就像感冒时那样头胀。外婆的记忆会在牛艺的脑海里像余烬一样重新点燃而熊熊燃烧，可牛艺的心里填满忧伤，没有去仔细留意。

牛艺感觉恶心想吐，她愿意付出一切代价换来一碗外婆的热油茶，但外婆再也不会做了。牛艺暗自思忖，到底自己有没有怀上景文的孩子；到底有没有一丝可能，生命能在“底光”下生长，要么是否能蜷缩在她身体里，休眠着，沉睡着，直到时间的终结。

外婆去跟牛艺的舅舅住了。她现在缩成一小团，以前她的个子也是小小的，但现在的样子可不比从前。她会开心地笑，会跟人和和气气地说活，会坐在日头底下几个小时任凭阳光照着她的脸，但她记不得大山了。

婉达

你可以一生都想要某些东西，从根本上讲，你的细胞迫切需要它，但又得不到，婉达很明白这点。因为它轮不到你。

根据VAST所言，一颗超大质量恒星坍缩产生的伽马射线暴会在八十三年内到达地球所在的太阳系。地球就在其狭窄的波束路径之内。

婉达不会再活八十三年。她也不会有后代生活在地球上。她的整个家族都将不在人世，而现在大多数的家族成员就已经不在了。然而——

VAST会在十一年之后启程，带着八千一百九十二名人类，假如无人退出的话。它将驶往“底光”。

轮不到你的是这个向外延伸并几乎能触摸到永恒的机会。轮不到你。

八千余名人类会在“底光”里生活、思考、互动，但时间寻获不到他们。这是个来自VAST的奇怪诗句结构，但所有的模型都认为它精准无误。VAST内部空无一人，停留在空中，等候着他们。他们可以在时空的终点处从“底光”里出来。这似乎也是VAST计划背后的根本目的。聚拢所有拥有高等思维的生命体并将其带到一处，位于宇宙的尽头。数据没有说明原因。或许，婉达心想，驱动我们的、最深处的那些东西不必真的需要一个理由。

你了解到：会有今天还活着的人将在彼方继续活下去，躲在普通空间的之下和之间，活上接近永恒的时间，超过了他们的自然寿命，超过了任何人事物所能期待和所应得到的。这有帮助吗？这足够了吗？

没有。

不够。

刚一开始，当这想法混合成型后，婉达升起了怒不可遏的妒意，遍布她的身心。这不公平，她在内心深处无声尖叫。啊，这太不公平了。但这情绪如狂风过境，进入她每一个最细微的部分，穿过她，然后离开了。

你不介意吗？问母亲的那年，她四岁。你不介意吗？

她当然介意。但不是为了她自己。

她有了总是拥有的东西。

人生。

非凡的、独一无二的、妙不可言的、有限的人生。就在此处，地球之上。

婉达

“可怜的海豚。”莉亚说。阳光照得海面波光粼粼，她俩看着海豚吃下投喂的鱼，然后游了回来，调皮地溅了站在浅水区的人群一身水。

“它们也有资格去。每个物种都有资格。”婉达说。她站在海水里，海水漫到膝盖，裤脚卷起的牛仔裤已经沾湿了。

“宇宙中最新、最大、最后、最佳演出的入场券，他们一张也不会给到动物。”莉亚的话音变得严肃起来，“我们又如何询问一头海豚会作何选择呢？”

“你会怎么选？”婉达问道，一手遮在双眼上方，挡住太阳的怒光。VAST就在头顶上方，可她没有抬头看它。她早已打定主意，她会留在这里，就算到时候她们的工作都已收尾结束。她会伴着海洋，伴着海风，伴着守诺般再守天空十一年的飞船，在这里快活下去。

“你会怎么选？”莉亚反问道，眼里闪着逗趣的目光，“假设你能去，你会去吗？”

“当然会。”婉达脱口而出。这是她发自肺腑永恒不变的真心话。当然会，当然会。可是轮不到她。去的会是别人。别的八千一百九十二人。“你会吗？”

“我会想要永远活着吗？”莉亚眺望地平线，目力所及全是海洋，就像是世界尽头，“除非我能把你带在身边。”

牛艺

牛艺会尽她所能，带上他们全部。她会带上他们经过群星，她会带上他们直抵宇宙尽头。

官方陪同人员很快就到，会护送她抵达机场，从那里登上一架私人飞机，飞往澳大利亚，那里会有来自世界各地的八千余人。但她并不心急。

牛艺的注意力回到了面前的白纸上。她想象出母亲的脸，清晰地浮现在她的脑海里：脸颊的线条，她站在她的母亲房前时眉目流转的神韵，新生的女儿在她的怀抱里。牛艺拿起炭笔，画下第一道线。

油画练习

A STUDY IN OILS

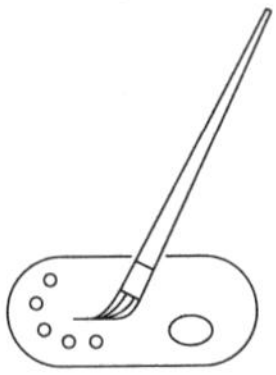

[加]凯莉·罗布森 著
穆童 译
KELLY ROBSON

作者简介

加拿大科幻作家。擅长科幻、奇幻、惊悚与推理小说，是《克拉克世界》电子杂志的定期撰稿人。曾获星云奖与极光奖，并获得坎贝尔奖、斯特金奖、世界奇幻奖等著名奖项提名。有多部小说被编入年选，并被翻译成各种语言。曾担任美国奇幻科幻作家协会董事。

导轨蜿蜒攀上崖壁，张磊走在半路，突然掉转了单车的方向。三天的行程过后，他筋疲力尽，胃里还有些恶心，可这些都不是什么问题。身体上的不适从来都难不倒他。但是那些树木啊、岩石啊，还有头顶上那片开阔的天空，前方不断逼近的群山——一切都太陌生了。他一直感觉会有什么东西从天上掉下来，砸在他的头顶。

他呼叫玛塔。玛塔是北京蜂巢城的一名社工，七十二小时前，正是在她的策划下，张磊逃离了月球。

“我不去排佐村了。”他悄声说，此时单车正沿着下行导轨往下滑，“这事太怪了。”

“掉头回去，否则我就按下你的解除按钮。”玛塔也悄声应答。

“你不会的。”

他把单车加到全速。

“我会。接下来两周，你可以躺在谷底等待法庭的宣判。快掉头。”

“不，我要回苗寨的路边旅馆。”

她一发火，整张脸就缩成一团，只剩皱纹，再也看不出人的样子。

“我会想尽办法让你活下来，小子，虽然我并不喜欢你。”满是老年斑的手指戳戳点点，好像她的手能从大陆的另一头伸过来，直戳张磊的胸口。“赶紧掉头，不然我就动手了。”

张磊相信她说到做到。自从离开月球以来，还没有一个人按过他的解除按钮，但是，玛塔是位年长的月裔移民，这就意味着她性格粗暴，为人刻薄。张磊放慢速度，驶回上行轨道，狠狠拧下加速旋钮。

“你不喜欢我吗？”他问。

“或许有一点。”玛塔打开他的生物系统，快速浏览各项图表。她有完整的查阅权限，从激素水平到睡眠周期，什么都逃不过她的眼睛。“你快脱水了，去喝点水。还有，放慢速度，不然你会吐的。”

“我没事。”他撒了谎。

玛塔翻了个白眼。“放轻松点。你会喜欢排佐的。那里没人想要你的命。”

她干脆地切断了通信，苍老的面容随即消失，取而代之的是陡峭崎岖的翠绿山坡。苗寨县遍地都是不可思议的绿意，灌木、乔木和青草层层叠叠，还有他叫不上来名字的草药。

一切都是陌生的。他知道自己已经深入中国的西南部，但也仅此而已。他知道自己身处群山之间，苗寨县的中转站已经被他抛在身后。那座跃行机站只有两个机坪，是他见过的最小的中转站，紧邻一片山峦环绕的湖水，放眼望去只有无边的绿意，除了天空——大家都说地球上的天空是蓝色的，确实不假——以及建筑物。那些高大的褐色建筑直接暴露在空气中，好像大气环境下的天气不算什么。

可供人类呼吸的大气。这是地球的一项独特禀赋。不像月球、金星、火星，或者太阳系中任何一处人造生境，在苗寨和地球上的其他几处地方，人类每天都生活在大气中，无须遮蔽。

人们高估了天气的好处，张磊心想。午后的空气太过潮湿，他大汗淋漓，衬衫已经浸透了。而且，空气本身也不干净，有丝缕绒毛飘浮其中，闻起来也一股怪味。鸟儿在空中飞翔，像是从树枝上发射出来的悬浮玩具——那真的是鸟吗？他在月球上没见过几只。

至少他是孤身一人。一年之前，要是身边没人陪他胡闹，没人看他表现自己，他就浑身不自在。现在呢，没有教练，没有球队，也没有球迷，可他却很感激。玛塔在照看他，如果出了什么状况，她随时能够给出响应信号。不用时刻紧绷神经，这真的是一种解脱。

他呼叫玛塔。

“我要在排佐待多久？”

女人的脸庞再次出现。她正用一双筷子把面条往嘴里送。看到食物，张磊的胃又开始翻搅。

“最少两周。除非我能争取到延期。理想状况下，我希望你一直留在那里，直到你的案子有了结果。”

“好吧。”

两周，很好。他会继续听从玛塔的指挥，但绝不会照单全收。喝水没问题，放慢车速可绝对不行。他可不打算像懒散的老者那样漫步登山。

没过多久他就后悔了。呕吐的冲动往上涌，难以抑制。他挪了挪自己在车座上的姿势，把头伸出导轨沿。唾液刺疼了他的口腔，直到胃中一阵搅动，那顿奢侈、手工烹制的苗寨午餐里尚未消化的部分——黑色的真菌、茄子、黄瓜、大蒜，以及无数的辣椒、辣椒、辣椒——全都翻涌而出，落入下方绿色的山涧。恶心减轻了。

他抵达排佐的栈桥时，导轨也走到了尽头。眼前所见让他难以置信。那仅仅是一个与地面平齐的平台，一边是存放单车的支架，另一边是排成一列的货运悬浮车。张磊从没见过只有一条通道的栈桥，就连月球最小定居点的下层空间也不至于这么简陋。世界各处都已互相连通，而排佐村显然是个例外。

他将单车拴在车架上，扛起行李包，用袖子抹了抹嘴，弹掉几颗挂在嘴角的辣椒籽。他的嘴唇火辣辣的。

“说了你会吐的。”玛塔悄声说。这次没有图像，只有一个虚无缥缈的声音。“你现在肯定感觉自己像坨狗屎。”

“是的，你那副样子也像坨狗屎。”

这是一句月球人惯用的回话。玛塔笑了。

“别那么讲话，好吗？你是个游客，要有礼貌。”

他把背包换到另一边的肩上。除了玛塔，似乎没人在看他。树丛之后，几幢褐色的房屋建在山的一侧。村庄在哪？透过树丛能见到几个人影，但除此之外，排佐是一片荒野——但并不寂静。风吹拂叶片，鸟雀鸣叫着，还有嗡嗡声——有东西出现在他身后。

张磊急忙转身，举起了拳头。一条货物传送带铺开在导轨旁边。它将货物输送至一台悬浮车上，然后自动滑进栈桥下侧的插槽里。悬浮车缓慢地爬上一条枝繁叶茂的曲折小径。

虚拟侍者为他指明了旅馆的方向，于是他跌跌撞撞地走进房间，倒头摔在床上，整整睡了十四小时。假如在这段时间里有人打算动手杀他，绝对可以轻易得逞。张磊本人绝不会在意。

旅馆里的另外三位艺术家来自高级定居点，是三位养尊处优的老者。他们故作若无其事的样子，但张磊看到他们互相使眼色。他们可能正在定位张磊的ID，从而得以窥视他的解除按钮；可能在惊讶于按钮下面的标签，“杀人者——无权反抗”；也可能是在低声谈论着他。

午餐时，张磊没有理会他们。他没有加入他们的谈话中，反而在观看一台清洁机器人擦拭地板。

“起初我担心木头会有问题。”普拉贾帕提[①]伸出戴戒指的手，指着旅馆木质的墙面、地板和天花板说道。她看起来很温和，深色的皮肤因脂肪显得臃容，在护肤品的保养下显得光亮。个人信息显示，她是

① Prajapati也是一位印度教神祇，生主。——译者注

来自孟加拉地狱城的一名雕塑家。“但是只要处理得当，有机材料其实相当卫生。”

“我不喜欢尘土，”来自火星的古水彩画家保罗说，“外面到处都是。”

“那不是尘土，是泥土。”雕塑家说。桌子中央摆着一罐冒着热气的鱼汤，她从中夹出一小块鱼肉。

“移居地外行星的人类已经忘了：泥土等于生命。”韩松说，他是来自北京蜂巢城的2D摄影师。

“没错，这话我们都听过上千遍了，”水彩画家笑着回道，“地球把自己看得特别重要。但我不得不承认，我爱排佐。因循传统的苗族生活让我流连忘返。”

一个女人端着几碟蛋饺和甜小米糕，缓缓走进了餐厅。老者们面带微笑，连声道谢。女人佩戴着银制颈环，上面挂着小小的铃铛和缀饰。她摆放菜品时，这些饰物便叮当作响。她很苗条，但从侧面看，彩袍下的腹部肿起一个巨大的包块。

“这真是浪费工时，”水彩画家在厨师走后说道，“他们就不能找个机器人，把厨房到餐厅的供应链交给它负责吗？我明白，苗族人重视传统，可是端盘子这种技能没那么容易失传。”

食物上有厨师贴好的标签，详细标注着营养说明，比如：小米有助于缓解肠胃不适。自打昨天将那顿苗寨午餐一吐而尽后，张磊再也吃不下辣椒了。不过小米糕很棒——像蜜一样甜，还很有嚼劲。蛋饺也很美味，他能吃下一整盘。

玛塔呼叫了他。

“还以为你醒不来了。听好，别担心其他几位房客，好吗？我们已经调查过了。他们人很好，不多嘴，靠得住。他们已经答应，不会问太多问题。”

他又往嘴里塞了一只饺子。张磊知道自己应该心存感激，可他做不到。在这笔交易里，三位老者也一样是受益方。他们能在自己的后半辈子里拿张磊作谈资。“我曾经和一位谋杀犯同吃同住。唔，我觉得可能不算是谋杀犯，这么说不准确，亲爱的，不如就说是杀人者吧。不，我没有问过他是怎么回事，不过你真该看看他身份证明上的解除按钮。‘杀人者’就写在按钮下面。我情不自禁地一直盯着。可怜的家伙，只要看看他的双眼，你就能知道他受了多大的打击。出了这种事，一辈子也难走得出来。我当然没走。总得有人和他住一间旅馆。不，我一点都没害怕。”

张磊吃完饺子，把剩下的小米糕也端走了。他起身离桌时嘴里还嚼着食物，然后一把关上了身后的旅馆正门。

“关于我，你对他们是怎么说的？”他问玛塔。

“没什么。我只说，发生那样的事情不是你的错，我们正在努力帮你去掉解除按钮。”

“可那的的确确是我的错。”

“张磊啊，这事我们已经谈过了。你想让我帮你联系另外一位做顾问的同事吗？谈话疗法挺管用的。”

“不用了，我不喜欢聊天。”

旅馆是三座并排修建的房屋之一，房屋前方是一块白菜地。在通向旅馆厨房门的砾石路上，几只大鸟——他猜是某种家禽——正在啄食。附近的树荫下拴着一头长角的大型哺乳动物。旁边是只关在大笼子里的鸟，它昂首阔步地在笼子里来来回回，发出尖叫。

张磊拖着沉重的步伐，朝一座尖顶的亭子走去。正午的太阳高悬在山谷上方，被潮湿的雾气笼罩着。虽然完全谈不上热，但在这不熟悉的大气环境中，却有汗珠从他伤痕累累的前臂上渗出。

亭子俯瞰着沿山谷向下铺开的片片梯田，以及地平线上朦胧的群山。今天的天空不蓝。他好似身处某个近日轨道上的温室定居点，他就在穹顶中央，每条新枝、每片嫩芽、每朵初放的花蕾，都被编上序号，制成图表。当地人可能也使用同样的农业技术。或许，此刻山上正有一位农学家，监测着山下梯田里每株黄绿相间的植物，他观察着埋在土壤中的微型传感器，毫厘不差地向植株输送矿物营养。

张磊向一株植物发出信号。没有任何响应，甚至没有拒绝访问的信息。他呼叫其他东西，先是下方劳作的一位农夫，再是附近的一棵树。仍然无声无息。他抓狂了，把信号传遍整座山谷。

排佐的所有旅馆立即传回响应。一幅地图标示出上下山谷的路线。导轨栈桥向他送来过去两天的交通记录，并给出了去往山下各地点的平均时长。旅居排佐的艺术家ID串成一条信息流，缓慢地传送过来，共计三十人。

几条危险警告浮现在目标上方：当心蛇咬。注意犬类。悬崖危险。但是没有来自当地人的响应，也没有任何一株秧苗、一件设备、一间店铺的响应。就连路旁土堆上倒扣着的木制手推车都毫无反应。可是，这座村子的运转绝不可能完全不依赖数据。

他发出的信号吸引了虚拟侍者。虚拟人的形象浮现在他的肘部，歪着头，脸上带着疑惑的神情。

“为什么不管呼叫什么，我都收不到响应？”他问道。

虚拟人给了张磊一个标准微笑：“排佐的数据流只在苗族原住民社区中流通。”

“所以这里的一切都对我保密？”他的脸因愤怒而发烫。他将被困在这里长达数周甚至更久，却对周遭完全一无所知，也没法去认知，甚至不能了解村子的运转方式。

虚拟人点点头：“很乐意回答您的问题，只要在我力所能及的范围。”

张磊没有心情玩这种幼儿级别的游戏。他啪的一声关闭了通信。

虚拟人化为一团雾气散去，接着玛塔的全身像出现。她两手攥拳叉在腰间，看样子很不高兴。

“你是想找碴打架，对吗，张磊？对同住的游客一言不发，现在又冲一个虚拟人发火。”

“对不起，行了吧？”真丢脸。他本该收好自己的脾气。“我讨厌这个地方。”

“你不是讨厌，只是有点不习惯。这里没什么东西能威胁到你。”她咧嘴笑了起来，“除非你害怕家养动物。”

“呵。”他发出不满的声音。

“出去走走吧。画画速写，熟悉熟悉村子。有很多东西值得一看，而且全都很美。艺术家喜欢排佐不是毫无缘由的。”

“好吧。”他启动了捕景器。玛塔赞许地点点头，便消失了。

没错，排佐确实很美。从亭子上望去，树木茂密的群山高耸陡峭，在山谷之上绵延开来，绿色和黄色的梯田在低矮的坡地上起伏，木房子建在挺拔的树木下，三三两两聚为一组，点缀在梯田之间。他用捕景器捕捉了这张构图。完美的构图，早已被人捕捉过——这也是亭子会建在这里的原因。最高的那座山峰像一只利爪，紧紧攥住黄金螺线的中心。太棒了。

尽管这幅景象是预先包装好的，自己动手捕捉的过程还是让张磊觉得满足。而且，想拍就拍，不用顾忌旁人，这是什么样的一种解脱啊。在月球上，每次用捕景器的时候，他都得小心不要被别人看到，否则他就会被队友扇耳光，或遭到教练的大骂。张磊被允许画卡通和漫画，但除此之外，画画会被视作逃避训练，也是对时间和专注力的浪费。

全身心地投入比赛，所有教练都这么要求。

“你更喜欢哪个，打冰球还是在小纸片上涂鸦？”教练质问他。只要看他有一丝一毫的犹豫，就一巴掌打在后脑勺上。

“冰球。”他回答。

“答对了，给我好好记住。”

所以他画了很多漫画，画过队友、对手，也画过他们全都渴望加入的超级联赛里的明星。他画得很好，快速、准确，不用三十秒，一幅让全队哄堂大笑的漫画就完成了。教练很喜欢，说这有助士气。可快速、粗略的绘画没法满足他，他偶尔瞒着教练画的那些数码帆布油画也一样，但总归聊胜于无。

他蹑手蹑脚地沿小路走到最近的一块梯田，沿梯田边缘前行时，不停切换捕景器的模式——三分构图、浓淡构图、黄金分割、斐波那契比例构图……围绕梯田边缘的田垄宽度不足一米，似乎完全由泥土构成。下一块梯田就在他左脚下方十米处的地方。

他将捕景器的四边设置为黑色，加宽边距，直到视野里的其他东西全都消失，只剩他放大缩小、寻找构图的操作。他来来回回地探索整片风景。接着，他滑倒了。捕景器落入褐色的水体，捕捉到一张绿色植物的特写。

张磊的身体侧向一边，重新站立起来。右腿膝盖以下全都湿了，沾满了滑溜溜的泥。他关闭了捕景器，观察自己身边的情景，脸上现出一副难以置信的神态。

梯田的基部是液态的，并非土壤。水和泥。之前他也注意到了，在目之所及的每片梯田里，在每株绿色植物之间，都有光在闪烁。但他没有想到那是水。如今他整个人泡在了水田里。

突如其来的念头——我可能会死在这儿——转瞬即逝。只要探索的时候多留心脚下，就不会有什么问题。

排佐与张磊的想象并不吻合。在儿童之家的故事书里，古代城镇全都是连成一片的整体，但这座村庄并非如此。它的排布很稀疏，覆盖整座山谷，房屋三两成群聚在树下，被荒野和稻田分隔开来。苗族人的房屋不建在平地上，甚至也不建在坡地上——那些地方似乎是专门留给庄稼的。相反，他们选择险峻的岩石地貌来建造他们的多层木屋。每幢房屋都用木桩架在倾斜的地面上，将房屋的重量施加给山坡。牲畜则圈在屋下的阴凉处，有些用绳拴着，有些用笼子关着，有些则自由自在地乱跑。

真正的、活的动物，与旅馆后面的那几只一样，而且数量众多。人就在它们的上方生活起居。

一个低沉的声音打断了张磊的思绪。跟随陌生的音节，他转过头去，翻译气泡悬浮在男人的头顶：

“你好，有什么可以帮忙的吗？”

获取不到ID，但气泡上标注了他的名字：金丹。个子不高，但肩膀宽厚，体格健壮，皮肤经过了日晒的打磨，一张宽阔、坚毅的脸。年纪不轻，但还不是老人。

张磊打开了他的翻译程序。

“我昨天才来到这儿，”张磊说，“还在适应这里的方方面面。”

金丹看了看他头顶的对话气泡。

“你在为昆虫而困扰吗？”

“昆虫？”张磊皱起眉头，扫视着地面，“我还没见到呢。”

“就在那儿。”金丹指着一只正在扑腾的生物，他不知道那叫什么。

“噢，我还以为昆虫生活在地面上。我来自——”他差点脱口而出“月球”二字，幸好及时闭上了嘴，“我从没来过地球。这儿的昆虫和我们的不一样。”

“大部分游客用查看器来认识这里的生物。排佐村是一个生态多样性保护区，这里有数千种生物。”

“我会试试看，谢谢建议。”

金丹沉默了。张磊感觉自己正在和这位陌生人熟络起来。他很有领袖魅力，不怒自威。月球上的生活很适合他这种人。

“这儿的食物真的很棒。”张磊说。

金丹脸上掠过一丝微笑。

“金达拉是我的女儿，她烹饪经验丰富。”

“不好意思，”张磊说，对方眯起眼睛看他，“我禁不住留意到她病了。”他在肚子的位置含糊地比画了一下。

金丹摇了摇头。“你是游客。这里有很多游客想不明白的事情，想再见识一桩吗？”

树下放着两个大篮子。金丹从地上拾起篮子，带着张磊走上一条绿树成荫的小路，这条路很陡，没走几步就变成一阶高一阶低的阶梯，石板嵌进泥土，杂乱无章。几头哺乳动物在道路两边吃草，啃食地被植物的时候几乎只靠后腿站立。

他们走下五级梯田，张磊大腿才开始发热。跑楼梯是很好的运动，主要锻炼心肺，也增加腿部力量，高低不平的台阶还能训练平衡。有那么一瞬间，快速下降的节奏让他有点忘我。感觉很愉快。一早一晚，在深蹲和练肺之前，也许可以先跑跑楼梯——然后他才想起来。他已经不是运动员了。再加上他ID上面的解除按钮，“杀人者”几个字明明白白，无论苗人还是游客，苗寨的人根本不会考虑他在锻炼什么，或者他是不是在追逐什么人。

他放慢速度，与农夫拉开距离。如果某人被他吓到，按下了那个按钮，那他就会滚下山去。

金丹脱下鞋子，卷起裤脚，在一片地势较低的梯田上等张磊。“许多游客看到稻田都有点受惊，可田里明明只有水和泥，”张磊来到他身边时，他说道，“以及蚯蚓，少不了的昆虫，几条蛇，还有鱼。”他拿起大一点的篮子，篮子没有底，是个藤条编的圆筒，上下都开口。

“我不怕。”张磊脱下鞋子，但是并未卷起裤脚。一条腿还没干。索性把另一条也浸湿好了。

金丹把小一点的篮子递给他，光脚踩进湿漉漉的稻田，两只手托起无底竹篮。“脚踩在秧苗之间，千万不要踩到它们。尽量不要搅起太多泥，不然鱼就吓跑了。”

金丹演示着，他缓慢移动着，透过篮子观察水面。张磊跟着模仿。泥很凉，滑进了他的趾缝。

“用篮子遮蔽水面的反光，”农夫说，“观察动静——一闪而过的鳞片，或者摆动的鱼尾。”

张磊一边跟随农夫穿越稻田，一边小心注意脚下，尽量不去碰那些齐膝高的秧苗。每一株的顶端都长出了结块的穗子——稻谷应该就长在这里吧，他想。有些稻粒上裹着一层乳白色的物质，有些已经变黄。

金丹把无底的篮子插进水里，说：“来看。”

里面困着一条鱼。金丹伸手进去，然后把鱼抛进了张磊的篮子。那条鱼还在挣扎、扑腾着。“这是第一条。我们需要六条，剩下的你来抓。”

张磊试了好几次，终于抓到一条个头达到金丹要求的鱼，接下来一小时，他又抓到四条。天空放晴了，呈现出地球特有的蓝色。虽然在这个时代，一台营养压缩机只需一小时就能喂饱数百人，还能提供个性化的味道、口感和最完善的营养，让费力获取基本食材的行为变成了一种荒谬的浪费——年纪稍长的金丹却没有一点不耐烦。

张磊一直眯着眼睛遮挡水面反射的日光，工作完成后，他的眼睛还有点疼。摸鱼的双手滑溜溜的，他用裤子擦了擦，然后跟着农夫爬上台阶。

“为什么要捕鱼？”他问。

金丹停下脚步，看着张磊头顶的对话气泡。

“固执。这是我妻子说的。她是一位正骨大夫，负责照顾整个县的苗人。她不种田，她说她的手不是用来干粗活的。不过她喜欢做饭，她把厨艺教给我们所有的女儿。”

“明明有机器人能用，为什么还要自己动手？”

“机器人我们也用，但不完全依赖。要是我们都不干活，那谁来干呢？”

“谁也不干。”

“那就没人知道该怎么干活了。所有传统技艺和知识都会失传，还有我们的语言、故事、歌曲——所有让我们成为苗人的东西。我们干活，是为了活下来。”

“你可以写在纸上。”

金丹笑了。他举起鱼篮，扛在肩头，一步两级爬上阶梯。对话气泡出现在他身后。

“有些技巧只有通过不断的练习才能掌握。”

确实是这样。没人能靠阅读文档学会打冰球，或是不动手就学会画画。

一只昆虫落在附近的植物上。它宽阔、纤薄的两翼上，有金黄和红棕色的眼状图案。张磊用捕景器把它固定在画面中，然后抬高镜头，让山脉也进入构图。金色的虫翼和绿色的山坡，红棕色的眼睛和蓝色的天空。简直完美。

另一只昆虫悬在空中，纹丝不动，形似一个半圆，黯淡不清。张磊盯着它看了整整一分钟，才明白自己在看什么。

月亮。月球。那里有他熟知的一切，还有所有想要伤害他的人。就那么注视着。

接下来的一周里，月亮转身背向他，亏缺到只如一把极细的镰刀。每天早上，他小心前往旅馆门廊上舒展身体，此时月亮就潜伏在冷杉的枝条之后，在群山之巅半遮半掩，或被东方潮湿的雾气所笼罩。有时它藏在地球的另一边。等他下次抬头寻找时，月亮又会出现在头顶，直勾勾地盯着他。

夜晚是最糟的。各个定居点的灯光闪耀在黑暗的月面上，与逐渐消失的残月并排出现——普罗夫斯克[①]的弯镰，奥列尼奥克的卵圆形，布拉茨克的钻石针点[②]，哈尔滨的五角星。

几年前，一个投资集团曾打算提议在岛海[③]上新建一座定居点，并规划了定居点的灯光图案：一只中指竖起的手。他们提议的图案印上了运动上衣，有那么几个月，张磊和他们的队友们就穿着这种上衣，上面的中指在黑暗月面的映衬下更显突出，仿佛是在向地球及其居民说明月球人对他们的看法。

但就算在白天，他也躲不过月亮。月亮侧着脸微笑，监视着他。我们看到你了——我们马上就把你抓回去。

他试着排除这种杂念，一心只想着如何用捕景器捕捉构图。他画了一些速写和习作，用查看器查询动植物的资料，试着记住它们的名字。他也遇到过来自其他旅馆的艺术家，他们都很友好，但都比他年纪大得多。

晚上，他紧闭房门，拉好窗帘，在房间里继续画习作和小幅油画。这些画全都糟透了：浑浊的绿色，毫无生命力的笔法，单调的构图。他尝试了自己在儿童之家学过的所有技巧——罩色、打底、复绘、调

---

① 普罗夫斯克以及下文的奥列尼奥克、布拉茨克、斯科拉德、苏尔古特都是俄罗斯的地名。——译者注

② 钻石中的一种细小结晶，是最常见的钻石瑕疵之一。——译者注

③ 月球上众多的玄武岩平原（即所谓“月海”）之一。——译者注

色刀刮涂、干皴法，但全不奏效。

“为什么不画你熟悉的主题呢？”玛塔提议道，“先热热身，然后再去开拓新的领域。”

“那就听你的。”

此刻他已经垂头丧气，因此什么都愿意尝试。他把画架和整套工具搬到旅馆的公共画室，开辟出一块属于自己的工作空间。

“我以为你永远不会来这间屋子了呢，”保罗说，“欢迎。”

“这里午后的光线特别好。”普拉贾帕提说。

忙碌中的韩松，双手在画布上空停顿了一下，点了点头。

相互较量最能激发张磊的斗志。他会运用高超的光影技巧打败水彩画家，教雕塑家学会理解形体，向摄影师展示正确的构图方法。

他在过去那台捕景器上保存的构图，还有偷偷创作的参考素描，已经永远找不回来了，所以他只能凭记忆创作。他施展浑身解数对画布左右开弓，先在背景中以仰视的角度大致画出哈德利山和几座发光的高塔，再将斯科拉德那座巨大的冰球场置于前景，球场的水晶穹顶闪烁微光。这幅画面虽然远在三十八万公里之外，但也近在他的指尖，每当他闭上双眼，那里的一砖一瓦就在他的脑海里再次浮现。

颜料跃上张磊的画笔，附着在画布上，薄薄地均匀摊开，不偏不倚，不多不少，准确、恰当地展现出他想要的效果。之前，他折腾了一个星期，只画出过分浓艳的绿色和随意混乱的形体，一周后的他终于能掌控画布。他一直忙到深夜，对另外几位艺术家随口道过晚安，目光甚至都没有离开画布。当清晨的曙光穿过画室的高窗时，他的创作也结束了——他的最后一笔，是在球场的水晶穹顶上，洒下一抹愤怒的红色污渍。

他不记得自己决定过要在冰面上画血，甚至不记得自己曾把红色颜料挤在调色板上。但是那抹红色恰到好处。那就是事实。那是他所作所为的证据。

张磊席地而坐，背靠墙面，肘部撑在膝盖上，用双手托起头。他呼叫玛塔。最初几秒里，她睡眼惺忪地看着他，那双因睡眠而浮肿的眼睛眨个不停。张磊指了指油画。

“有其他艺术家看过这画了吗？”她悄声说。

“我不知道。我觉得没有。”

“一定不要让他们看到。能保证吗？你明白为什么吗？”

“因为有人在找我。”

“不仅如此。”她用掌根揉了揉眼，“月球大使发现你有移居北京的倾向，所以正在施加政治压力，要求你返回月球。她提出了正式的知情要求。如果勾起来媒体的兴趣，我们就得让你赶快撤离。还有，确实有人在找你。三队月球打手在地球各处行动，打探消息。他们在萨德伯里地狱城找到一个人，这人记得你登上了一架前往重庆蜂巢城的跃行机。危险近在咫尺，你不能放松警惕。”

“我可以把画毁掉。”张磊的语气平淡，毫无感情。

这是他离开儿童之家以来，画出的第一幅真正的油画。但是他没法正视它。目光一落在上面，他就浑身汗毛直竖。

“不，不要毁掉它。藏起来。”

他点点头。“这是一幅拿得出手的作品。”

“是的。画得不错。你把难题都解决了。”

他仰头撞向身后的墙壁，木材比看起来的要硬。他又一次撞上去，这次更用力。

“快住手。”

“全都没有意义，玛塔。那些打手一定会找到我。”

“不，他们不会的。而且法庭很有可能站在你这一边。我们必须耐心点。”

“即使最后我能留在北京，人们迟早会发现我曾干过什么。”

“他们会认为你当时别无选择。谁都知道月球是全太阳系最危险的地方。”

“可我并不是别无选择——”

玛塔打断了他：“那是个失误，是一场意外。只要你打冰球，这种事就难免发生。”

“我瞄准了多尔冈的脖子。”

“你只是在做教练教你的动作，多尔冈也是。月球上的死法很多，打冰球不是唯一一种。在月球上，被杀是可以接受的，是一种可能的结局。在这样的地方生存，你应该接受自己某天可能变成凶手。”

“但是我们并不理解这意味着什么。”

“确实。”玛塔看起来很悲伤。我们不理解。

在张磊杀死多尔冈的第二天，队友把他带到一位外科医生那里。只用了二十分钟，大夫就把一根绳子拴在了他的颈动脉上，接着又用了两分钟连接解除按钮，并把改动提交给他的ID。他的队友们尽量温柔地对待他。当一切结束后，球队的执法者[①]科尔琴科把他的胖手按在张磊的肩头。

“我们现在做一下测试。”科尔琴科说，接着张磊像一块肉一样瘫倒在地。

醒来时，他的朋友全都一脸关切和同情，甚至有点悔恨。

可这种态度并没有持续多久。手术过后，球队去苏尔古特打了一场比赛。张磊的解除按钮吸引了所有人的目光。只要够得着，谁都会触发它。一路上他昏倒五次，大半场比赛都在替补席上度过，耷拉着

① 冰球比赛中专门负责斗殴的队员。——译者注

头，靠生物系统的努力工作才没伤到大脑。最后队友不得不背他回去。

接下来几个星期，球队把他当成吉祥物，拖他离开住处，去训练场、球场，然后再拖他回来。很快，队友们就厌烦了这一切，不再带他出门。他第一次单独出行时，下巴被打得粉碎，肚子上留下一个脚印形状的淤青，被放在一辆货运悬浮车上送了回来。没关系。他觉得这都是他活该。

之后有天他们在比赛中惨败，那天晚上，球队开始拿他的按钮取乐。先是科尔琴科，说是跟他开玩笑。接着是其他人。没过多久，张磊就成了他们新的出气筒。所以他逃跑了。他藏在斯科拉德的城市下层，每十五分钟用临时的隐私遮罩掩盖他的ID，防止球队跟踪。当他们在球场为比赛热身时，张磊逃到了哈尔滨。

他有一次在去往最近的定居点内接口的路上昏了过去，但按下解除按钮的那名老打手喝醉了，照着张磊的肋骨踢了几下，裆部也挨了他一脚，之后这名醉汉踉踉跄跄地离开了。他没有再给其他任何人对他动手的机会，但是也没人向他施以援手。

登上连接器后，他的运气终于来了。一位儿童之家的经理正在转移四个哭哭啼啼的新生儿，而车厢内的降噪系统恰好坏了。舱室中的人马上一哄而散——只剩他和这位经理。在去哈尔滨的路上，经理对他不予理睬。一路上张磊保持着距离，但到达目的地后，他跟着经理进入了定居点的下层空间。她忙于照顾婴儿，起初并没有注意到张磊。但是，当张磊和她一同进入电梯时，她吓坏了。

“你想干什么？”她发问，嗓音因为紧张而变得尖锐。

他试图解释，但她惊慌失措。按钮上的大大的红色标签“杀人者，无权反抗”没法让她相信他是个品行端正的人。她使劲按下按钮，一连按了好几次。他瘫倒在电梯的地板上，整整一小时，随着电梯上上下下，最后带着内出血、眼眶伤、三处肋骨骨折和左臂上一个凶狠的咬痕离开。

他一瘸一拐地来到儿童之家所在的底层，找到了他从前的经理。女人头发灰白，身形佝偻，比他印象里的瘦弱得多。

“张磊。”她把掌心温柔地放在张磊的头顶——那是全身上下唯一没有受伤的地方，“我是第一个把你抱起的人。是我亲自为你做的基因淆析。我不会再让任何人伤害你。”

就算当时张磊哭了，他也从来没有承认过。

张磊望着金达拉手捧一罐汤进入餐厅。她动作笨拙，为了平衡那颗突起的肚子，不停调整姿态。张磊想不明白，为什么不动手术把肿块切掉？她妈妈明明就是个医生。

晚期了。他这么想，接着才发现自己盯得太久。

金达拉把锅放在桌子中央的炉子上，然后点燃炉火。

调整炉子的温度时，金达拉和张磊眼神交汇。

“你父亲在排佐一定很有地位。”他说。

金达拉笑了。

“他自己确实这么认为。”鼓起的腹部上罩着一件绣花衬衣，她把一只手放在上面，“多添一个子孙，当爷爷的就多一分自以为是。”

她用手指轻轻拍了拍腹部。张磊突然挺直身子，靠在椅背上。她没有生病，而是怀孕了——真真切切地在肚子里怀了一个孩子。“苗族人的孩子都是从娘胎里出生的吗？”他脱口而出。

她看起来有点生气：“留在排佐的苗人大都愿意遵循传统。”

脑子里蹦出一连串唐突的问题——疼吗？你害怕吗？——但她的表情让张磊没法问出口。“祝贺你。”他说。金达拉笑笑，然后返回了厨房。

在和玛塔交谈过后，他把油画带回自己房间藏在床底，然后沉沉睡去，进入层层叠叠的梦乡。斯科拉德球场空空荡荡，冰面广阔无垠，独属他一人。溜冰鞋上的冰刀割开冰面，他积攒速度，做好准备，然后一跃而起，完成一个四周跳，身体快速旋转，穿透空气，面部肌肉随之转动、移位，又在他落地时回归原形。他跳跃、旋转，然后再次腾空。

一个关于力量和喜悦的美梦，醒来后就破灭了。他把油画从床底抽出，然后拿到旅馆的休息室，藏在沙发后。

金达拉的汤开始冒泡、煮沸。番茄在酸粥里上下翻滚。张磊看着鱼肉煮熟变白，然后向楼上的三位艺术家发了一句话："来吃午饭。"他们噔噔噔地下了楼。

"看来昨天的工作挺有成果。"普拉贾帕提说，"祝贺你。"

"保持这种节奏。"韩松补了一句。

保罗咧嘴一笑："艺术家就喜欢乱给人出主意。"

"这叫鼓励，"普拉贾帕提说，"年轻艺术家尤其需要鼓励。"

"你想说年轻的竞争对手吧。"

"我可不那么想，"他转向张磊，"你呢？"

三位艺术家都露出期待的目光。张磊盯着自己扶在木质桌面上的双手。他忘了放下卷起的袖子。前臂露在外面，伤痕累累的皮肤上沾了星星点点的颜料。他把手垂下，落在大腿上。

"我觉得鱼应该熟了。"他说。

午饭过后，他出门找寻新的构图，却发现金丹出现在旅馆后面。水牛——这是他第一次用查看器时就搜索过的动物——被拴在柱子上，绳子另一头是牛鼻子中间穿过的铁环。水牛块头很大，肌肉健硕，粗壮有力，头上两只角向后弯曲着，表面起伏不平。然而，这么一头大家伙就那么站着，安静地等待金丹检查它的蹄子。

"退后，"金丹说，"别看水牛表面上温和，其实根本没那么友好。

这不是种宠物。”

“没错，我知道。”张磊说。原先给水牛画速写时，曾有严厉的警告跳出在他眼前：不要接近。小心踩踏、顶撞、踢蹬。

他举起捕景器，捕捉到一张构图：金丹弓着背，背对水牛，拖起一条后肢放在自己的两腿之间，用大腿夹紧牛蹄。

“只要它后退一步，就会把你踩扁。”张磊说。

“它了解我。”金丹放下蹄子，拍拍牛臀，“它知道自己一天中最惬意的时刻就要来了。”

农夫解开木桩上的绳子，牵着动物走上房屋后面的小道。张磊跟在后面。一只鸟在树丛间行走，红、金、蓝三色夹杂的身体，拖着带斑点的褐色长尾羽。查看器标出了它的名字：红腹锦鸡。旁边附带一个特殊的符号，表示“此物种对当地原住民具有重要的象征意义和文化意义”。他用查看器识别的大部分动植物都有这样的意义。

“我开始用查看器了，”他说，似乎那次在稻田里和金丹的聊天就发生在今天早上，而不是几天以前，“可它什么都解释不了。为什么苗族看重每一种蝴蝶，而不看重苍蝇？为什么你们重视某一种蜜蜂，而不是另外一种？”

“蝴蝶是我们的母亲。”金丹说。

“不，不是的。这太荒谬了。“

“假如我像你一样年轻、鲁莽、不懂礼貌，我可能也会问问你母亲是谁。”

“我没有母亲。我是用基因滗析技术出生的。”

“也就是说，你是基因输送流的产品，来自你所在的儿童之家订购的一条经过严密编辑的基因物质流。这难道不比母亲是蝴蝶更奇怪吗？”

“蝴蝶是一个隐喻吗？”

金丹的目光越过他的肩头，眼神冰冷："随你怎么看。"

水牛在舔金丹的衬衫下摆，他用手心拍拍牛鼻，示意它离开。小道开始爬上一道高高的山脊，越来越宽。水牛虽然笨重，但力量并不差。它像一块逆向滚动的巨石，自己爬上了山坡。金丹在一旁，与牛步调一致，张磊只好跟在后面。这种锻炼感觉不错，在标准重力下登山，还有两位健身伙伴作陪。哪怕其中一位是头动物呢——张磊也感到自得其乐。

小道变得开阔起来，张磊抓住机会冲到前面。他领先水牛十秒登顶。金丹上下打量着他。

"不错。大部分游客都慢吞吞的。"

张磊笑了笑："我受过双倍训练。"

"双倍训练？"

"地球重力的两倍。怎么说呢，就是锻炼力量的一种方法。"

"真是想不到。"

"我知道，"张磊急切地说，"我看起来下肢很胖，对吧？两腿粗壮，臀部宽阔，上身却很窄小。这就是一名优秀冰球手需要的身材。"

"闭嘴。"玛塔使劲压低自己的怒火。但张磊不听。他好不容易才有了一次正常交流的机会。

"我是为了上肢灵活性特意训练的，像所有中锋一样——"

脖子上一阵刺痛，张磊摔在地面上。落地时，他的身体扭曲翻滚——从山的边缘落下，接着世界淡去，只剩一片迷雾。

张磊艰难地从意识边缘爬了回来。

"你没事，你没事，没人对你动手。"

"好吧。"他咕哝道。

"你只昏倒了五分钟。"玛塔接着说，"告诉那个男人，你有癫痫症，神经科医生正在帮你调整治疗方案。快说。”

张磊努力集中精神。他眼皮上下跳个不停，努力从嘴里挤出几个字来。

“我有癫痫的毛病。”他舔舔嘴唇，“医生正在想办法。”

金丹说了些什么。张磊努力把眼睛睁开。他瘫倒在地，半边脸扑在土里。离眼睛不到十厘米的地方有三只蚂蚁在爬。他翻身背靠地面，这才读到农夫的对话气泡。

“你的医疗报告上说，这不是急症发作，并且我不应该触碰你。”金丹身后，水牛懒洋洋地用棕色的眼睛对着他，头左右摇摆。

“告诉他你没事。”玛塔命令道，“叫他不要告诉任何人。”

“我没事，”张磊先是用肘部支起身子，然后跪在地上，“不要和别人谈起，好吗？”

农夫看上去将信将疑。他牵起水牛的绳子。

“我送你回画室。”

“不用了。”张磊一下子站了起来，“我一点事都没有。不会再发生了。”

“最好不要。”玛塔咕哝道。

张磊带路走上小道。金丹跟在后面。水牛不再闲庭信步，而是加快速度，几乎跑了起来。小路与一条单车道的石子路汇合，那条路呈来来回回的之字形攀上山谷。他们现在来到高处，旅馆落在遥远的下方，到处都能看到即将成熟的稻谷，在稻田中满满当当，如太阳般金黄。用镉黄颜料厚厚地涂上几笔，就能画出稻田的样子。说不定他真会这么画。

“哪条路？”

张磊其实没必要问。水牛踏上其中一条，跋涉上山。没过多久，坡度开始变得平缓。房屋沿道路两边铺开，后面是花园和小块稻田。

路的尽头是一座圆形的庭院，院中用深浅两种颜色的石头铺成图案，院子被一条小溪半包围着。在远处的那一端，一座人行桥架在水上，对岸是更多的房子。

水牛急切地来回甩着尾巴。它半是小跑地来到水边，叉开四蹄，笃笃地敲打有图案的庭院地面。一台清扫机器人冲出了自己的前进路线。在小溪边，庭院的石砖图案变成了大块的深色石板，水牛停步，低下头，蹚入水中。

桥的另一头，一座房子里传来男人的声音。金丹大声回话。对话气泡没有出现。

金丹把牵牛绳递给了张磊。

“它会一直待在水里。等我几分钟。”

张磊倚靠在桥栏杆上，不停摆动绳子，以免绳子缠在正在嬉水的牛的角上。溪水不深，只有一米左右，但这头家畜却侧身入水，翻滚身体，同时把它的白须、眼睛和牛角露出在水面上。

金丹回来的时候，水牛找了一块半浸在水中的石头，在上面蹭着自己耷拉着的长耳朵。张磊紧握牵牛绳。

“很好玩，”他说，“这也是我一天里最惬意的时刻。”

农夫漫步走过庭院，来到几个朋友身旁。他们正在一棵桑树下面，乘着树荫干活。

张磊捕捉了几张构图。水牛愉悦地垂下了眼皮，张开嘴唇露出一排洁白的下齿。三个身穿天蓝色衬衣的女人在一间露天作坊里织布，脖子上的银环闪烁着。一个男子身穿绣有粉色和银色钻石图案的深靛蓝色上衣，正在整理堆满桌子的羽毛。金丹倚靠在一面低矮的石墙上，和两位朋友交谈得很投机，那两人手握亮闪闪的斧头，将竹子斩成几段。一位白发苍苍的老妇系着围裙，用木桨搅动着一桶黏稠的液体。一群脸颊粉嫩、刷洗干净的小孩跑过院子，而一只红腹锦鸡正从与他们相反的方向悄悄走来。一排白菜种在路边。一块埋在土里的石板上爬满了草药的藤蔓。一只蜻蜓飞过水面。最高的山峰刺穿西方的地平线，像一只利爪钳在巨兽的下巴上。

这幅如画的美景让人心旷神怡。可是，没有哪个群体之中不存在紧张和冲突。只有苗人才能看出这些场景中的深层含义。只有伟大的艺术家才能画出这幅美景，并赋予它意义。他不是苗人，也不是什么伟大的艺术家。他能准确把握水牛刨水时狂喜的神情吗？不太可能。但他可以画画那座山。又一幅山的风景画，没有比这更平庸的创作了，可他喜欢那座无名的山峰。曾经他也喜欢哈德利山。

金丹挥了挥手。对话气泡出现在他头顶："我们走吧。"

他晃晃绳子，而水牛毫不理睬。他用绳子拍打水牛，然后轻轻一拽。水牛喷着鼻息，走出溪水。它原地站了一会儿，水珠从身上落下，皮肤微微颤抖，然后它低下头，摇晃自己魁梧的身躯，给张磊制造了一场小型的暴风雨。

张磊用袖子擦了擦脸。走到男人身边的时候，他们还在笑个不停。没有比菜鸟摔跟头更有趣的场面了。

金丹还在聊天。张磊在旁边房子的阴凉处等着。墙角摆着一个金属笼子，与他在旅馆见到的那个差不多。公鸡在里面来回走动，它的面部、鸡冠和肉裾都是亮红色的，光秃秃的胸膛和羽毛蓬乱的背部上都满是伤口，不过已经得到了清洁，正在愈合。它用恶毒的橙色眼珠紧盯张磊，然后抬起黄色的利爪，打翻了盛水的盘子。

"蠢鸟。"张磊咕哝道。

转角过去是另一个笼子，另一只状况类似的公鸡，撕裂的鸡冠一片一片垂在头顶。它一尖叫——刺耳的挑衅声——另一只鸡就马上回应。张磊知道这是在互相宣战。

"这是斗鸡吗？"金丹走来时，张磊向他发问。

“月球上没有吗？”他反问。

“该死。”玛塔悄声说，“告诉他你来自小行星带。你从来没有去过月球。”

“你怎么不再按一次那个解除按钮？把我装上货运悬浮车，然后找一个洞丢进去？要不还有更好的办法——锁在笼子里。把鸡赶出来，再给我一个喝水的盘子就够了。”

“如果迫不得已，我会那么做的。听着，小子，你必须多加谨慎，情况已经比原来更紧迫了。”

“怎么了？他们来找我了吗？”

沉默。

“我说中了，是吗？快回答我。”

“一队月球人一路跟随你的足迹，已经来到了苗寨县的路边旅馆，不过不用担心。我们在当地安排了人手散布谣言，打算骗他们到贵州去。就算他们不上钩，这里村村镇镇那么多，你还是安全的。”

“我来自小行星带，”他告诉金丹，“我从来没去过月球。”

农夫一脸怀疑的表情。

张磊偷偷摸了一下喉咙。下颌以下，脉搏跳动的地方，那个坚硬的绳结时刻准备着将他扼死。

张磊返回画室时，另外三位艺术家已经上楼去了。他把沙发推开，斜靠在墙上的油画正面朝外，一层透气的密封层保护着干燥的颜料。他确定自己藏画的时候，是用正面对着墙的，可现在方向却反了过来。不重要。他只想让这幅画消失。

他又在画布上喷上了一层密封剂，尽量不去看球场冰面上厚重潮湿的血光。他用两层黑色的聚合物薄片把画包裹起来，然后呼叫了一份货物包装带，要求送到导轨的栈台处。

他到达那里时，场地上已经挤满了驾着滑翔板和骑着单车前来的苗人，一家几口挤在多座车辆上笑着聊着。他慢慢移动到货物投放处，用包装带把画缠好，写上玛塔的地址，然后把油画放上传送带。完成了。他可以把这幅画彻底抛到脑后了。

苗族人正在庆祝节日。女人身穿蓝色衬衣，搭配拖着长飘带的短裙，也有人穿及踝的红蓝两色连衣裙。所有女人的服装都绣满各种色彩，银饰叮当作响，而且她们都戴着银色的颈环。年轻一些的女子把花插在顶髻上。母亲和祖母把项链套在颈环之外，戴上高高的银色头饰，头饰上有细长的弯牛角。到处都是银器——花朵、铃铛、鱼和蝴蝶形状的缀饰从他们的珠宝、袖口、腰带和卷边上垂下。

一句话，她们美极了。欢笑着，带着子女，怀抱婴儿，与朋友手拉着手。在她们中间，男人不分老幼，全都穿着黑、蓝、靛青色的绣花衣。男人们也很快乐，也欢笑着，也与朋友相拥，同时搀老携幼。那些年轻女子——天哪。张磊的目光被她们牢牢俘获了。

张磊后退到一块玉米田的旁边，一边观看绵延如织的来宾，一边捕捉构图。一些人呼叫了交通支援，乘着悬浮椅上路，不过大多数是徒步前来的。一些人避开了大路，向着旅馆的方向跑上山去，打算走那条陡峭的山上近道。张磊跟在他们后面。

保罗、普拉贾帕提和韩松从画室的露台上观看着。张磊来到他们旁边。

“金达拉告诉我，我们可以在晚餐后观看庆典，”普拉贾帕提说，“这个节日的名字叫‘把女儿解放出来’什么的。”

“从什么里解放出来？”韩松问。

六个年轻女孩穿过金达拉的白菜地，向着他们的方向跑来。

“我觉得是家长的控制。”保罗说。

女孩们甚至都没有抬头。在故乡，他不用费力就能吸引到女孩们的关注——队友们也都一样。除非教练出于训练原因明令禁止，性是唾手可得的东西。然而在这里，他觉得自己还是当个隐形人比较好。退一步说，这段时间里，他也根本没有找姑娘的想法。如果这些女孩子被解放了，而他又在恰当的时机出现在合适的地点，也许会有哪个女孩子会愿意和他同床共枕。他只需要让她们注意到自己。

“我要去参加庆典。”张磊说。

“我也去，”韩松说，“我还没有探索够。”

“我们都去。”普拉贾帕提说。保罗点点头。

金达拉送来晚餐的时间比往常提前。餐后，张磊带着三位老者爬上通往村中心的曲折山路。他们在每一个折返的急弯处对着美景大发赞叹，好像他们才刚刚到达，可实际上之前的一周里他们一直在到处探索。他们仔细观察每一处花丛，好像排佐这座大花园还不够满足他们那样。来自其他画室的游客也加入了他们的行列，更加拖慢了队伍的行进速度。

张磊禁不住诱惑，抛下大伙跑去村中心，想看看女孩们有没有被解放。他才刚跑过几个转角急弯，马上又变了主意。看到他这么一个人单独出现，身上还带着一个有“杀人者”字样的解除按钮，即使最大胆的女孩也会被吓跑吧。如果想让别人相信自己，他最好还是和老者们待在一起。

张磊坐在路边的一块石头上，等着老者们赶上来。他们都是很好的人。三个人都很友善，也很聪明，只是风格各有不同。也都很有耐心。张磊对他们很不友好，但是他们却一点都不在意。

“我们应该走快点，”三人赶上来的时候，普拉贾帕提对另外两个人说，“我们可不想让张磊错过他和女孩子们接触的机会。”

张磊咧嘴笑了：“我可以叫一辆货运悬浮车来接你们。”

她大笑，然后挽起了张磊的胳膊。

路边的漂浮灯明灭变幻，把他们脚下的这条路变成了蜿蜒在山坡上的一条光芒隧道。他们到达村庄中心时，夜幕已经降下。庭院里点着火把照明，人群中间燃起一堆篝火，迸出的火星形成一道光柱，穿透夜空。人们脸上阴影摇曳，银饰闪闪烁烁，人群中爆发出欢声笑语。一位歌者大展歌喉。

“我已经忘了上次闻到烧灼的气味是什么时候。”韩松说。

“原来这就是臭味的来源？”保罗说。

“木头燃烧的烟气是最美妙的气味，”普拉贾帕提说，“很原始。”

大多数游客都处在庭院的边沿。他们加入了桑树下的三人组，他们是三位X性别者[1]，是来自库斯科定居点的表演艺术家。张磊在村子附近见过他们。他们看起来好像总在开会——一边低着头商议、争吵，一边做着笔记。

“女儿们解放了吗？”韩松打趣道，“我是替朋友问的。”

三个人都笑了。

“其实只有一位女儿，也还没解放，庆典还没开始。”三人当中个子最高的爱子说。

“只有一个女孩？”张磊说，“那意义何在？”

“莎士比亚啊！一个晚上只能有一位表演者。作品全集。”爱子显然是在开玩笑，但他们的表情却很清醒。

普拉贾帕提咧嘴笑了：“不要拿这个孩子开涮。”

另外两位艺术家也加入了他们的行列，一位是来自苏黎世的大提琴手，一位是来自北海道的歌剧歌手。他们好像对庆典了如指掌，比谁都清楚。

“除非女孩打开她的翻译气泡，否则我们不可能看懂多少，”大提

① 指自我认同为男女二元性别之外的人。——译者注

琴手低声说，“去年那位就没有翻译。”

“有人告诉我，卡拉村的庆典上有翻译，专门照顾来自苗寨小镇的游客。”爱子说。

“排佐村比卡拉村保留了更多传统。所以我们才会到这儿来。”大提琴手用手遮挡火把的亮光，目光望向人群。

“不翻译更好，”歌剧歌手说，“如果你不了解其中的背景，那么女孩说了什么都没有意义。看苗族人的反应更重要。”

因为广场上挤满了人，张磊只能偶尔瞥见庆典的过程。他把捕景器拉到最长，举在头顶一米高的地方，切换到夜间模式。好多了。音乐家在庭院的另一端，在那座桥边，敲着鼓，吹响了笔直的长竹笛。歌手头戴王冠般的银制头饰，与他们站在一起。金丹和他的家人好像没来。但他看到了那个女孩——那个即将被解放的人。她孤身一人，没有朋友，没有唠唠叨叨的父母，没有在身边纠缠不休的弟弟妹妹。

她在颈环外面套着几个银项圈，身穿蓝色衬衣和绣有蝴蝶图案的黑色短裙，腰间系着一条丝织腰带。头顶的发髻中间插着一朵深红色的花，双手垂在身体两侧。她没有像月球女孩那样咬指甲或者摆弄身上的珠宝。她看起来已经准备就绪，像一个站在区域线上的门将，等待着比赛开始。

他把镜头拉近到女孩的脸上。和他差不多大，可能稍微小一点。很漂亮，和所有苗族姑娘一样。也很坚强。像她这样的女孩，会怎么评价张磊呢?

不怎么样，他猜。

音乐停了，人群安静下来。女孩因全神贯注而咬紧了嘴唇。她走向篝火，围成一圈的长者张开怀抱迎接她。这次没有鼓，没有竹笛，也没有年轻有力的歌喉开腔。取而代之的是长者们轻柔的吟唱，今夜他们哼唱的歌声淹没在知了和蟋蟀的鸣叫中。

在人群后方的艺术家身旁，站着一位怀抱婴儿的母亲。她身上几乎没有什么银饰，面带沮丧。

“可怜的家伙。”普拉贾帕提说。

女人瞪了她一眼，然后示意她闭嘴。

张磊等待着什么事情发生，等待着发现苗族人如此重视这场仪式的原因。女孩什么都没做，静静地站在低吟浅唱的一圈长者中央，闭着眼睛，面容因精神集中而紧绷着。也许什么都不会发生——这就是这场仪式的意义吗？也许这是为了考验女孩的忍耐力。至少现在确实是在考验张磊的忍耐力。

就在他打算溜走的时候，女孩开始跟着唱了起来。她的声音高亢，带着一种刺穿夜空的怪异的泛音。她的调子越来越高，湮没了长者们的声音。苗族人全神贯注，屏息凝神。她开口说话——好像安装了扩音器那样嘹亮——的时候，人群集体发出惊叹。

“没有翻译气泡，”爱子呼了口气，“该死。”

张磊还以为那位哭泣的母亲会转过头来再次责骂他们，却看到她推挤着穿过人群，啜泣着，把自己的婴儿如祭品一样举起。

“一定是她死掉的丈夫。”大提琴手低声说，“看到了吗？他们刚刚把女孩的灵魂解放出去，以拜访神明，现在她带着神明的口信回来了。”

“口信？”张磊说，“什么口信？”

“各种各样的，教导、训诫、警告、祝福。假如你可以从阴间与人世通信，你会说些什么？”

“我不知道，说一些传话的女孩容易懂的？”韩松说。

“嘘，”普拉贾帕提说，“这很严肃。”

确实很严肃。张磊根本不需要抬头，就知道新月正在注视着他，各个定居点发出的灯光出现在没有阳光的黑色圆盘上，像一句诅咒穿破银河的中央。

在月球上，冰球是一项淌血的运动。月上冰球比赛在六分之一重力下进行，场地是一块曲面，并用斯泰福夫力场保持球和球员不飞离冰面太远。使对方球员丧失进攻能力，是一种主要的防守手段。用加重的碳纤维球棍打人是犯规的，而实际上所有裁判都对此选择性无视。然而，用冰刀割人却是十分强力的一招。如果两支队伍实力悬殊，强队就能一路切开对手的首发阵容，斩落替补队员和四等队员，在最后一节的比赛中袭击孤立无援的门将。

死亡非常罕见。球衣的头部、腿部、躯干和腹股沟都装有护甲。只有手臂和颈部例外。虽然赛场上空盘旋着医疗机器人——它们随时准备俯冲下来，做出及时响应——然而刚刚离开儿童之家的新手们还是很快就会在身上留下疤痕，即使只是打娱乐联赛。能做到毫发无伤的只有守门员和胆小鬼。

张磊那间儿童之家的经理曾试图好好待他，她引导张磊的才能，让他在离开儿童之家后能多一些选择。她培养了张磊在素描和油画上的天赋。但是，她也知道从实际考虑。月球到处都是职业性的冰球俱乐部，数量远远超过艺术家团体。因此，她手下的孩子们一学会走路，就被她套上了一双冰鞋。

张磊双腿强壮有力，重心很低，因此他接得住对手的攻击，还能同时保持速度。他懂得跳跃、转身、踢腿的技巧。他能划开对方防守队员的肱动脉，让冰球穿过对方喷涌的血柱，并在滑入球网时把血溅在门将身上。这一招博得了球迷们的喜爱和队友的赞赏。

但这也让他成了对手的眼中钉。因为要处理手臂上的伤口，他待在替补席上的时间超过了所有队友。没关系。这让他可以在场下多多练习，完善那招最罕见的动作——用力跳起，在足够高的位置转身，然后用冰刀划破对手的喉咙。这一招他练过，和人聊过，也在纸上画过。有一次，他甚至为了尝试这一招，放弃了进球的机会。后来教练对他训话时总是会喷他一脸口水。

后来，他终于练成了。

多尔冈并不是张磊最想对付的目标。他只是个年轻的重型后卫，喜欢喋喋不休。面对张磊飞来的冰刀，他毫不退却。

其实，他本该退一步才对。

不到十秒，多尔冈全身的血就流干了。医疗机器人把他裹在生命支持气泡里，想要在球场上原地输血，却对这位防守球员手臂上的累累伤痕无计可施。机器人在多尔冈身上寻找另外可供输血的位置，他的教练却在一旁忙着对张磊大喊大叫，以至于无暇按下多尔冈装甲上的主触发开关。

那么，多尔冈的死到底是谁的错?

“是你的错，张磊，”苗女说，“你在我的脖子上划开一道伤口，我的全部生命就从伤口里喷涌而出。”

苗女指着他，而他正和其他游客一同站在桑树下。所有人都向这边看过来。他本该逃走，可身体却僵在原地，他感觉自己无法呼吸，仿佛置身在真空中。如果没有身后的树干，他早就倒在地上了。

“玛塔？”他悄声说，“救救我。”

没有反应。

普拉贾帕提抓住了他的手臂。“别理她，这是个陷阱，”她说，接着提高了声音，“这玩笑一点都不好笑。”

人群从中间分开，张磊完全暴露在苗女的视野里。

“你无处可逃，因为我紧追不舍。你要入睡，我就钻入你的床垫。我躲在你的房门之后，藏在你的衣柜深处。你以为，在那幅斯科拉德球场的油画上，是谁把血洒在了上面？是我。”

她高举双拳，向张磊挥舞着，好像在用一根幽灵般的冰球棍击发冰球。

“你无权反抗。”

苗女的头甩了一下，回到原先的位置。她咳嗽了一声，接着开始讲起自己的母语。人群也不再注视张磊。

“玛塔？回答我。”

普拉贾帕提扯了扯张磊的袖子。“时间不早了，陪我走回去。我们抄近道。”她再次挽起张磊的胳膊，假装自己在山路上行动不便、需要搀扶，其实是在扶持张磊。韩松和保罗紧随其后，低声谈论着。

“玛塔？玛塔！”

他们到达山顶时，玛塔终于有了响应。

“抱歉，小子。刚才在开封闭会议。完全的隐私遮罩。”

“是他们来找我了吗？”

“什么？没有。怎么了，排佐出什么事了？”

张磊叹了口气。普拉贾帕提敏锐地望向他。饱满的面庞上出现忧愁的皱纹。

“他们知道我是谁。知道我做了什么。”

“谁？”

“所有人。还有他们的亲属，从各地赶来的亲属。多尔冈全告诉他们了。”

“这不可能。”

他掏出捕景器，把最近十分钟的数据截取出来，一股脑丢给玛塔。

“你自己看。”

下山的路很险，只有星光照在路上。如果只有张磊一个人，他早就顺着山脊跑下去了。就算摔跤跌断了脖子，那也是他活该。但身边的几位老者需要他的帮助。

他拉起普拉贾帕提的手——温暖、干燥、强壮有力——并打开捕景器的补光灯，照亮前进的每一步。韩松则举起相机，用闪光灯更为明亮的灯光照亮整条小路。两位男性老者互相搀扶，保罗的手放在摄影师的肩头。韩松差点滑倒的时候，是保罗一把握住了他的肘部。

“好。”玛塔悄声说，“看来有人知道了你的身份，还告诉了那个女孩。我会联系安保小组。不要做傻事，好吗？我们会处理这事。”

返回画室以后，保罗从房间里拿出一瓶威士忌。他把酒倒进四个杯子，然后把最多的那杯递给了张磊。

“我是几天前从月球的新闻推送里看到的，”保罗说，“但是我没有告诉别人。”

“我发现了那幅画，”普拉贾帕提说，“不是我要找，是沙发的位置不对。我把画拿给保罗和韩松看了。是件很有力的作品，张磊。画中的痛苦呼之欲出。”

“如果不想让人看到你的东西，”韩松说，“那就不要放在公共空间。”

“我们没有告诉过别人。”普拉贾帕提补充道。

“那么，那个苗女又是怎么知道的？”保罗问。另外两位老者摇了摇头。

“金达拉？”韩松冒险问了一句。

“明天早上我去问她。”普拉贾帕提拍拍张磊的膝部，“能睡就尽量睡会儿。”

威士忌灼烧着张磊的喉咙，篝火的气味填满了他的鼻窦。“假如你可以从阴间与人世通信，你会说些什么？”复仇。多尔冈一直在注视着，等待着他的时机。消息很快就会传开。打手们已经来到这个国家，正在遍地搜寻张磊的踪迹。

张磊把剩下的威士忌一饮而尽。

“他们要是来抓我，请不停地按下我的解除按钮。”他说。

三位老者面面相觑。一个嗡嗡作响的扫地机器人撞在了张磊的脚上。他用脚尖轻轻推开它，向楼梯走去。

“不要这么小题大做。”玛塔悄声说。

“谁会来抓你？”普拉贾帕提问。

“让他们随便动手，”他说，“你们不要连累了自己。不过，如果可以的话，请让我一直昏迷下去。麻烦各位了。”

玛塔叹了口气。真是不听劝。

“你也是。一直按着，不要放开。不管他们对我做了什么，我一概不想知道。”

他一步两级地爬上楼梯。如果他的人生即将在不久之后被一群月球打手用脚踏碎，那么此刻他想做的只有一件事。

新月的脸上满是伤疤，它愤怒的目光穿过高悬的窗口，照亮了公共画室。张磊从他预先准备的画布中选了一张最大的，然后在捕景器中翻看，寻找合适的构图。卧在小溪里的水牛，正在捕鱼的金丹，金色雾气笼罩下即将成熟的稻田，手捧一罐酸菜鱼汤、额头上粘着一缕头发的金达拉。

关在笼子里的两只斗鸡，被房子的拐角隔开，它们身上皮开肉绽的地方已经开始愈合，只等下一次被对方撕裂。

他将画布翻转，长的一侧朝下，然后将构图投影在画布表面。如何用两个维度清楚表现三维场景——这是最主要的问题。两只公鸡彼此都知道，对方只是暂时离开了视野。如果能从笼子里出来，它们就会战斗到死。

“这是他们的本性。”他小声说道。

“什么本性？”玛塔问，“噢，我明白了。你打算通宵画画吗？”

“我打算画到生命的最后一刻。”

“行，行，有问题就呼叫我。”

他先用一根轻铅笔画出草稿，调整构图。房子的拐角将画布一分为三，一只斗鸡在笼子里正对观众，另一只在它附近。这是一个困难的构图问题——他不得不几次擦掉草稿，重新再来。接着，他开始用几种灰色打底，非常干燥的薄薄一层。这是过去的油画大师称为“灰色单色画法”的技巧。在考虑色彩之前，只用单色解决绘画问题。房屋木墙的纹理，鸟的形体，它们身上的凶狠好斗充斥整张画布。他画了整整一个晚上。

距离破晓还有几小时，韩松给他端来一杯茶。

“画得很好，”他说，眯起眼睛望着画布，“我也拍了几张这些鸟的照片。”他在自己的工作台旁坐下，小口抿茶，快速翻动文件，“如果你愿意，可以拿它们做参考。”

一个文件包出现在张磊的消息队列中——离开月球以来，这是他收到的唯一一封无关移民状态的邮件。照片拍得很棒。公鸡那愤怒的面部和恐龙般的下肢细致入微，新生的绒毛出现在光秃秃的背上，还有色彩斑斓的光辉闪耀在翎颌上。

他把绯红和鲜红两种颜料挤在调色板上，同时参考着韩松照片上被撕开的公鸡肉裾，一一复现细节，然后接着解决下一个问题。他用溶剂稀释光亮油，给画涂上保护层。没时间等待油脂氧化，也没时间等待厚颜料层凝固了。在好几处地方，颜料太薄，画布的纹理透了出来。没关系。虽然他成不了什么油画大师，但这张画会是他最好的作品。

朋友的照片帮了大忙。越来越丰富的色彩和细节，让画变得栩栩如生。

“谢谢你。”几个小时以后张磊说。韩松没有听到。画室另一头的普拉贾帕提露出笑容，她的两只手上沾满黏土，从手指到手肘全被包裹起来。

“别忘了吃午饭，”她说，“画家也是要吃饭的。”

“还有睡觉。”保罗补了一句。

睡觉。他没时间睡觉了，更别说多尔冈就在他的床下、门后、柜中。他马上就会加入多尔冈的行列，等到明年排佐的稻田变成金黄色，他们两个可以借苗族女孩之口，公开向对方宣战。

在那之前，他只有手头的工作。就像他从来不知道，世界上还有绘画这种工作一样。曾经，作为一名运动员，他不停练习，直到直觉代替了思考。球场上的他从不多想，只管施展自己的技巧。在画室里，他也动用了自己的全部肢体——蹲爬、伸展、张开双臂——像战士挥拳砸向对手的下巴那样，从画布上抬起后仍然延续着画笔的运动——小心翼翼，深思熟虑，甚至充满爱意。但他的思想并未游离天外。他做着决策，预测自己的行动，大胆施为。

这是他画过的最辛苦、最费时的作品。

画布上的斗鸡目光灼灼，它被毫无意义的欲望驱使着：战斗，战斗，直至死亡。张磊用画笔扫过那只眼睛。再多一层色彩，再一层，再一层，直到看画的人再也不会误解那凶恶又愚蠢的目光中所蕴含的意义。

保罗把胳膊搭在张磊的肩膀上。

“下来吃午饭吧。这幅画已经画好了，你要是再这么改下去，这幅画就毁了。”

“你自己也会毁掉。”韩松说。

“他还很年轻，能承受得住。”普拉贾帕提说。

他们给他端上了米饭、鸡蛋、绿茶还有小米糕。没有鱼汤。金达拉也没有出现。

“她正在生孩子，“普拉贾帕提解释道，“昨天晚上开始分娩的。勇敢的女人。”

"我们今晚应该再开一瓶保罗的威士忌，"韩松说，"好好敬金达拉一杯。"

保罗大笑道："也许吧。我们还有别的东西要庆祝。"

他们全都看着张磊。他的嘴里塞满了小米糕。

"我不知道。有什么好庆祝的？"他还没把小米糕咽下去。

"你那颗按钮没了，亲爱的。"普拉贾帕提温柔地说。

他吞下蛋糕，然后请求查看自己的ID。张磊，北京居民。没有任何警示，也没有任何含糊不清的地方。按钮也消失了。

"玛塔。"他悄声说，"结束了？"

"通知半小时前已经出现在你的消息队列里了。我当时就呼叫了你。不过你忙着画鸟，没有注意到。"

"打手也都走了？"他说。

"已经踏上返程。他们现在不能伤害你，这点他们很清楚。我不建议你近期内返回月球，不过如果你回去了，或是遇到了什么问题，至少你还可以还手。"

张磊说了句抱歉，离开餐桌，然后跌跌撞撞地走出旅馆。他绕过白菜地，沿小路来到那座有着完美风景构图的亭子。山谷上下，农夫走在梯田上，检查着即将成熟的稻穗。

"怎么会这样？你说过至少需要几周时间。也许永远都等不到。"

"我把你的画直接交给了法庭。"

完全没有道理。他的画还在楼上的画室里，在画架上摆着。

"他们被打动了。"玛塔补了一句，"我也是。"

"我不明白。"

"那摊血。聪明的一招。很真诚。法庭瞬间就明白了。"

"血？"

"冰上的血。他们请法医专家检查，并且做了基因测序。吓了我一跳，因为我认定血是你的。在那之前，我没想过有可能是别人的。如果血是别人的，那么结果肯定不会这么好。”

“我的血？”

“我想，法庭也乐意相信你对多尔冈的死很愧疚，只不过需要有人说服他们。”

张磊靠在亭子的栏杆上。清风吹拂着他的头发。

“我确实很愧疚。”

“他们现在知道了。我会帮你保管这幅画，直到你有了自己的住所。那么，保持联系，好吗？”

“我会的。”他悄声说。

在下方的梯田上，金丹正带着四个孙子沿着稻田的边缘漫步。农夫向他挥了挥手，张磊也挥了挥手。